suhrkamp taschenbuch 325

Günther Rühle, geboren 1924 in Gießen, ist Leiter des Feuilletons der *Frankfurter Allgemeinen Zeitung*.

Theater in unserer Zeit enthält Aufsätze zur Geschichte des deutschen Theaters in diesem Jahrhundert. Beginnend mit einem Überblick über die Tendenzen der zwanziger Jahre und die Arbeit Leopold Jeßners wird die Entwicklung der deutschen Szene und des deutschen Dramas bis in unsere Tage betrachtet. Die Entstehung des neuen deutschen dokumentarischen Dramas, die Verschiebung der Positionen Brechts in den sechziger Jahren, die Zeit der Experimente, die Jahre der Aggression und die Entwicklung einer neuen Bildersprache am Bremer Theater sind Hauptthemen. Am Ende setzt sich der Autor in einer »Argumentationshilfe für Parlamentarier und Freunde des Theaters« mit der Frage auseinander, ob man für dieses Theater noch mehr Geld bezahlen solle und warum. Die Aufsätze sind zum größten Teil in die aktuelle Auseinandersetzung unserer Jahre hineingeschrieben. So wird gleichzeitig etwas von der Arbeit des Kritikers deutlich, dessen Teilnahme am Theater sich nicht im Betrachten und Rezensieren des einzelnen Theaterabends erschöpft. Theater ist hier verstanden als wichtiger Teil kultureller Arbeit, in der der Geist der Zeit sich formuliert.

Der Autor gibt damit nach seinen dokumentierenden Arbeiten zum Theater der Weimarer Republik und des Dritten Reiches erste Markierungspunkte für eine Theatergeschichte der Nachkriegszeit.

Günther Rühle
Theater in unserer Zeit

Suhrkamp

Umschlagfoto: Hildegard Steinmetz
Bertolt Brecht, »Leben Eduards des Zweiten von England«
Aufführung der Münchner Kammerspiele

suhrkamp taschenbuch 325
Erste Auflage 1976

Nachweise für die einzelnen Aufsätze
am Schluß des Bandes
Suhrkamp Taschenbuch Verlag

Satz: IBV Lichtsatz KG, Berlin
Druck: Nomos Verlagsgesellschaft, Baden-Baden
Printed in Germany
Umschlag nach Entwürfen
von Willy Fleckhaus und Rolf Staudt

Inhalt

Vorbemerkung

Die Betrachtung des Theaters in Deutschland steht fast ganz in Widerspruch zu dem, was es darstellt. Dieses Theater ist ein großes kulturelles System, auf dem sich Bewegungen in der Gesellschaft ankündigen, ausdrücken, abspiegeln und auch wieder verlaufen. Es ist ein dominierender Teil unserer gesamten kulturellen Äußerung. – Aber gesprochen wird über Theater meist nur aus dem punktuellen Aspekt der einzelnen Inszenierung des Stücks, des Autors, Schauspielers oder Regisseurs.

Theatergeschichte wird so schnell zu einer Summierung von Namen und Daten. Der Blick für die Prozesse, die sich auf dem Theater vollziehen, für das ganze aktive Feld der Anstöße, Wirkungen und Rückwirkungen, Antagonismen, die Macht der Strategien, die Systeme der Verbildlichung, der Bildverweigerung, des Materialwechsels, der Zusammenhang politischer oder psychologischer Vorgänge in der Gesellschaft mit der Arbeit im Theater – dieser Blick ist nicht sehr ausgeprägt, und darum ist dies alles fast ganz der Beobachtung und Analyse entzogen. Wir leben aber in diesen Prozessen und jeder Theaterabend ist ein Teil von ihnen und wird von ihnen geprägt. – Die hier gesammelten Beiträge versuchen, den Blick darauf zu lenken. Sie sind entstanden als Vorträge und Aufsätze für Bücher, Zeitschriften und Zeitung. Vom konkreten Thema ausgehend, sind sie bemüht, Zusammenhänge herzustellen. Wiederholungen begründen sich daraus oder als Ausarbeitung des Abgekürzten. Obwohl nicht der ganze Zeitraum der Theaterarbeit seit den zwanziger Jahren erfaßt wird (ergänzend verweise ich auf meine Edition »Zeit und Theater«, 3 Bde., Propyläen-Verlag 1972-74), könnten sie erste Gesichtspunkte für eine neuere Theatergeschichte geben. Die Aufsätze sind aber mehr noch Versuche, die eigene Arbeit als Theaterkritiker am punktuellen Objekt zusammenzufassen und in einen Zusammenhang zu bringen; hoffend, es sei nicht die pure Subjektivität, die sich in ihnen darstellt.

g. r.

Der Horizont des Jahrhunderts

Theater in der Weimarer Republik

Die deutsche Republik dauerte vierzehn Jahre und drei Monate. Die Geschichte des Theaters, das zu ihr gehört, ist um ein gutes Jahr länger. Noch war Krieg, noch hielten die Fronten, noch regierte der Kaiser, da kündigte sich auf der Szene die Veränderung, der Los- und Umbruch von 1918 schon an. Er kam so untergründig, daß selbst die Zensur, die doch ein ganzes Rudel älterer Stücke – auch solche von Wedekind und Sternheim – zurückhielt, ihn nicht mehr eindämmte.

Wir sehen heute den Zusammenhang zwischen dem Disparaten. Wenige Wochen, nachdem in Zürich, am Rande des Krieges, die jungen DADAisten der bürgerlichen Kunst den Tod erklärt hatten, geisterte über das Dresdner Albert-Theater ein junger Schauspieler namens Ernst Deutsch. Er hatte verschattete, aber glühende Augen, angstvoll-verklemmte Bewegungen, sein Gehen war ein unheimliches, lauerndes Schleichen. Ein Zögling in einem Zuchthaus? Ein Sohn in seinem Vaterhaus. Er war der Vorbote einer Schar junger aufrührerischer Gestalten, die gegen die alte patriarchalische Welt der Väter zu gestikulieren und Sturm zu laufen begannen, um sie auszurangieren. Auszurangieren in wessen Namen?

Weimar und der Expressionismus

Das Ende des Schauspiels, das die kommende Ablösung in seinem Titel »Der Sohn« schon ausdrückte, wirkt heute in einem fast fatalen Sinne symbolisch. Der Sohn hebt am Ende des Dramas den Revolver, und der martialische Vater stürzt angesichts der Mündung vom Schlag getroffen tot zusammen. An solchem Schlagfluß stirbt angesichts der Maschinengewehre der revolutionären Soldaten im November 1918 auch die Monarchie. Hasenclevers »Sohn« bricht in seine unverhofft errungene Freiheit mit hymnischen Versen auf:

> Denn dem Lebendigen mich zu verbünden,
> Hab ich die Macht des Todes nicht gescheut.

Jetzt höchste Kraft in Menschen zu verkünden,
Zur höchsten Freiheit, ist mein Herz erneut!

In diesem Aufbruch, in dem sich noch fern Fausts Weg widerspiegelt, klingen Goethesche Begriffe und Reime; man spürt Schillersche Entflammtheit. Die Erneuerung, die da verkündet wird, speist sich aus dem Geist von Weimar, aus dem zweieinhalb Jahre später (so sprechen die Geschehnisse) im Nationaltheater in Weimar die deutsche Republik, dieser deutsche Traum aller Geistigen, zu begründen versucht wird. Das neue Theater und der neue Staat: Sie kommen aus demselben Verlangen. Sie wollen und versuchen den gleichen Weg: aus dem Chaos des Krieges zurück in die Kultur, in eine neue Ordnung von Kunst und Geist. Die jungen Dichter, die auf der Bühne erscheinen, wirkten wie Apostel und Propheten, wie die Verkörperungen der reinen Jünglingsgestalten, für die die deutsche Seele sich ihre eigene Mystik erfunden hat. Fritz von Unruh, Walter Hasenclever, Paul Kornfeld, der endlich entdeckte frühe Georg Kaiser, selbst noch Ernst Toller sind so betrachtet worden: als »dem Chaos Entstiegene«, wie es bald heißt: Wegführer, Lichtbringer, Verkünder, die die »Wandlung« sichtbar machten. Für einen Augenblick schien es, als werde die Bühne zum Ort, an dem die Erneuerung der Gesellschaft aus dem Geist und aus der Liebe ihre Kanzel fände.

Die Bühne als nationaler Ort, an dem die Gesellschaft sich ihrer bewußt wird: wenn das deutsche Theater eine Tradition hat, so keine des Stils und des Spiels, sondern der gesellschaftlichen Funktion. Seit den Tagen Lessings und der Weimaraner war die Bildung eines nationalen geistigen Zusammenhangs über die vielen hundert Ländergrenzen hinweg vor allem mittels der dramatischen Literatur, und das heißt: über das Theater hergestellt worden. Ohne diese politisch-gesellschaftliche Funktion hätte sich das Theater in Deutschland nie so tief einnisten können. Bühnensprache und -gestus haben sein gesellschaftliches Leben maßgebend geprägt. Seitdem ist die Bühne in Deutschland geistig und politisch so aktivierbar wie in keinem anderen Land.

Der Expressionismus ist eine solche Aktivierung des Theaters, das im höfischen Dienst benutzt und erstickt worden war. Die Jünglings- und Erneuererfiguren der jungen Dramatiker entstehen – von Sorges »Bettler« bis zu dem jungen Dietrich des Fritz von Unruh – inmitten der wilhelminischen Gesellschaft, aber sie kommen nicht mehr aus der aristokratischen Welt, sondern (soweit sie überhaupt sozial noch fixierbar sind) aus allen Ständen. Ihre Rechtfertigung ist die Spontaneität, die sich aus dem Widerspruch oder dem Leiden an der alten lieblos gewordenen Welt herleitet.

Die Väter und die Söhne

Diese alte Welt war vornehmlich repräsentiert von der wilhelminischen Männergesellschaft und dem in ihr herausgestellten Archetypus des Vaters. Er war politisiert in der Vaterimago der Landesmonarchen, vorab des Kaisers. Diese verband sich mit einer halb-feudalen Lenkungsstruktur über einer Gesellschaft, die längst zur Demokratie, zur Emanzipation und Selbstverantwortlichkeit hindrängte. Bis tief in die zwanziger Jahre hinein, vom »Sohn« und der »Antigone« Hasenclevers über Unruhs »Platz« bis zu Jeßners »Hamlet«-Inszenierung von 1926 drängt sich darum der Vaterhaß auch als Herrschaftshaß durch die Aufführungen der Theater. Daß Hamlets Vater 1926 noch die Züge des Kaisers annimmt, macht vielleicht verständlich, warum Bronnens »Vatermord« noch Jahre nach Hasenclevers Stück einen wichtigen Markierungspunkt in der Geschichte des republikanischen Theaters abgibt. Im Hintergrund der Stücke stehen politische Sachverhalte.

Das Theater tritt in den Dienst der Demokratie, indem es – gleichzeitig mit den bald nach Deutschland herüberwirkenden revolutionären Vorgängen in Rußland – gegen die alten Herrschaftsstrukturen angeht. Seine Symbolfiguren sind psychologisch aus der gesellschaftlichen Situation erklärbar. Sie symbolisieren die Hoffnung auf die Erneuerung der Gesellschaft. ›Der Neue Mensch‹ wird das visionäre Geschöpf, das aus der chaotischen Situation des Krieges hervorgeht. In den Stücken, die um 1918 auf die Bühnen kommen, erscheint diese absolute Gestalt in vielerlei Variation. Georg Kaisers Eustache de Saint Pierre (»Die Bürger von Calais«) und der Ingenieur (»Gas«), Tollers Friedrich (in »Die Wandlung«) sind solche Figuren. Die Frauen als die Gebärerinnen des neuen Menschen kommen zu einer neuen Rolle. Viele machen sich auf den Weg – Menschen, die wieder aus der Seele leben wollen, die die Welt als etwas neu zu

Durchglühendes verstehen. Seele und Geist, das wird so identisch wie Liebe, Ekstase und Erneuerung; immer ist es ein Heraustreten aus dem Herkömmlichen, aus den alten Zwängen und Räumen. Die Dramatiker schreien schreibend nach der Aktivierung der Herzen, und manche – wie Hasenclever in »Jenseits« – dehnen den Bewegungsraum der Seele so aus, daß das Drama schon bis in die vierte Dimension parapsychologischer Kontakte hineintreibt.

Jüdische, christliche und auch areligiöse Dichter sind von diesem Vorgang gleichermaßen ergriffen. Der Expressionismus ist ihre gemeinsame Mystik; soziologisch gesagt: eine geistige Verschmelzung der so lange getrennten Gruppen. Das Theater dieser Jahre wird wie nie zuvor auch praktisch (bis in die Ensembles hinein) ihr gemeinsames Arbeitsfeld. Am Ende der Republik wird es gerade dadurch verwüstet, daß diese Gemeinsamkeit gewaltsam und reaktionär wieder zerschlagen wird.

Freilich: dieser sich aus weimarischen Quellen und jüdischen Erlösungserwartungen speisende, expressive Idealismus ist in dieser letzten Phase nur noch ein Idealismus des Rausches. Ein fast wütender Versuch, Wirklichkeit zu übertölpeln, die sich als härter erweist. Mit dem Rausch hat das expressionistische Stück auch das Verrauschen schon festgehalten. Wie viele von den Figuren, die in Georg Kaisers Stücken aufbrechen, scheitern. Glaube, Absicht und Realisation bleiben voneinander getrennt. Viele der Sucher enden im Selbstmord. Es ist ihre »sprechende Gebärde«: die Verzweiflung an der Wirklichkeit.

Diese Wirklichkeit, auf die die neuen Figuren treffen, wird von den Expressionisten wahrgenommen als der große Widerstand. So wird sie zum Gegenstand der Anklage, da sie ja das Scheitern der Hoffenden, Gutwilligen und Glutherzigen erzwingt. Es ist durchaus noch die »alte« Welt, die sich schon in den naturalistischen Stücken als eine lastende, unveränderbare darstellte. Aber jetzt werden nicht mehr die Konflikte *in* ihr geschildert, jetzt werden die glühenden Figuren gegen sie gehetzt, damit sie abgeurteilt werden kann von einem ›höheren‹ Begriff des Menschen her. Noch Jeßners expressive ›Tell‹-Inszenierung behält, so revolutionär sie in den Mitteln ist, das Schema von Gut und Böse, von Neu und Alt bei. Geßler erscheint schwarz als die Macht, als Ausgeburt der Hölle und dagegen: Tell in Weiß, mit dem Aufbruchspathos einer Hodlerschen Gestalt.

Diese moralische Verurteilung des Wirklichen charakterisiert eine bestimmte, idealistische Spielart des deutschen Geistes. Jahrzehntelang hatte er sich geweigert, die Marxsche Gesellschaftsphilosophie ins Denken aufzunehmen. Das Theater zwischen 1917 und 1933 ist von dieser deutschen Divergenz gekennzeichnet. Der Expressionismus ist der letzte, von den sozialen Problemen losgelöste Erneuerungsversuch des Idealismus. Insofern er auf die alte, im Kriege sich selbst umbringende, muffige bürgerliche Kultur antwortet, erscheint er jung, revolutionär, aber sein Gesellschaftsbild bleibt utopisch – illusionär –, auch dort, wo er sich sozialistisch formuliert wie im Kreis um Gustav Landauer, Ernst Toller und Erich Mühsam. Die Zeit seines Entstehens haftet ihm an: er überspringt das Kriegschaos mittels seiner Visionen; er wirkt auf dem Theater wie die Einleitung zur Revolution und entfaltet sich dort kraft der Freiheit, die die Revolution auch der Kunst gewinnt. Geist und Wirklichkeit: das wird das durchlittene Problem dieser Jahre.

Der Expressionismus versteht sich als »geistige Bewegung«. Nach dem Vorbild des Weimarer Hofstaates zieht die junge Republik ebenfalls Dichter (wie Fritz von Unruh und Gerhart Hauptmann) an sich, um sich Geist und Kunst zu inkorporieren. Der Expressionismus nimmt gerade die Kräfte noch nicht wahr, die die Revolution als gesellschaftliche Faktoren sichtbar gemacht hat: die Arbeiterschaft. Wo diese im Drama überhaupt auftaucht, wie in Kaisers »Gas«, bleibt sie sogar reaktionär. Künstlerisch wie politisch wird sie zunächst »ausgespielt«. Diesem Vorgang entspricht, daß das System und der Betrieb der deutschen Theater von der Revolution (Max Weber nennt sie einen »blutigen Karneval«) fast gar nicht getroffen wird. Einige Vorstellungen fallen aus, einige Hofintendanten (wie Botho von Hülsen in Berlin) werden abgelöst, einige Versuche, die sich in Staatstheater verwandelnden Hoftheater von demokratischen Bühnenräten verwalten zu lassen, scheitern schnell und kläglich.

Und doch: in der Hauptphase des Expressionismus bilden sich in Berlin schon die ersten proletarischen Theater aus; aber noch bleiben sie wirkungslos. Erst gegen die Mitte des Jahrzehnts wird die neue Wirklichkeit zum umfassenden Problem.

Der Auflösung der geschlossenen bürgerlichen Gesellschaft nach 1918 entspricht die Zerstörung der geschlossenen dramatischen Form. So neu zwei Jahrzehnte früher die Themen und sozialen Beziehungspunkte Gerhart Hauptmanns gewesen waren, er hatte doch noch das Akt-Stück mit steigender und fallender Handlung beibehalten, er hatte die dramatischen Konflikte zwar in anderen sozialen Schichten gesucht als das Kunstdrama des neunzehnten Jahrhunderts, aber er hatte diese Konflikte doch als der Welt immanente und unaufhebbare immer objektiviert. Auch hat die Familie für ihn, wie für die ganze bürgerliche Kunst seit Lessing, noch ausgereicht als Spiel-, als Spiegelfeld der menschlichen Beziehungen. Fast noch: ein wenig mehr Lebenstrieb, und der junge Vockerat in Hauptmanns »Einsame Menschen« wäre schon ausgebrochen, ein Vorbote der expressionistischen Jünglinge, die nun im ersten Aufwallen mit der Familie auch das Familienstück zerschlagen. Die Jünglinge des Expressionismus machen sich frei, weil die Welt größer und wichtiger wird als die Familie. In »1913« hat Sternheim sie schon als Staffage im neuen Industrialismus vorgestellt, in Hasenclevers »Sohn«, in Unruhs »Ein Geschlecht«, in Bronnens »Vatermord« wird sie zertrümmert.

Literarisch war dieser nun losbrechenden Subjektivität Vorschub geleistet durch das Erlebnis der späten Strindbergschen Stücke, in denen der Zwang von Handlung und Aktgliederung von den Leiden einer konventions- und formsprengenden Seele schon zerstört war. Die neuen Dramen der jungen Expressionisten entstanden alle in der stärksten Wirkungsphase Strindbergs auf den deutschen Theatern zwischen 1910 und 1919. (Auch diese Phase läuft 1923 aus, als in Frankfurt mit allen inzwischen erworbenen Mitteln des szenischen Expressionismus »Die große Landstraße« urauf- und abgeführt wird.) Die Worte von Otto Zoff, der als Autor wie als Dramaturg eine wichtige Person in dieser expressiven Kunsterregung war, lassen Strindbergs Wirkung noch nachspüren: Strindbergs »Aufführungen machten einen so großen Eindruck auf uns, daß es unmöglich wäre, ihn zu schildern. Es kam ausschließlich auf die egozentrischen Ansprüche an, auf das dichterisch erzwungene Bekenntnis.« –

Diese Explosion der an der Wirklichkeit leidenden Seele mit ihren starken anarchischen Kräften hat auch in Deutschland das bis dahin geschlossene Drama in eine Vielzahl szenischer Strukturen zerfallen lassen. Es gibt dafür keinen besseren Nenner als den Bernhard Diebolds von der »Anarchie im Drama«. Das zerfetzte Stück: von Sorges »Bettler« bis zu Ivan Golls »Überdramen« bildet es subjektive Muster, so eigenwillig, daß die Vision der Dichter auch die Szene und die Darstellungsmittel zu Veränderungen zwingen. Simultanszenerien, Herausleuchten aus dem Dunkel, Dramaturgie des Scheinwerfers: torkelnde Wände, von Angst durchsetzte Räume, das sind äußere Merkmale. Spielfiguren spalten sich, die lange verpönte Groteske taucht auf. Wirkliches und Traumhaftes durchdringen sich, Tier- und Menschenwelt, Doppelgänger und Geister kehren zurück. Der Raum wird negiert wie die Zeit. Die Wirklichkeit erscheint (wie bei Georg Kaiser) als gleitende Erlebnisfolie; die Puppen und Marionetten betreten wieder die Szene, Mimus und Maske erhalten neue Funktionen. Die Abstraktion wird versucht, um den Antirealismus dieser neuen ›Kunst‹ ganz durchzusetzen; als szenisches Material werden von den bildenden Künsten her neue Farben, werden Musik und Tanz wieder angeboten. Bei Kaiser erfolgt die Charakterisierung ganzer Menschengruppen durch Farbe und verschiedene plastische Körper. Die Allegorie (»Koralle«) überwuchert das Reale; was als noch halbwegs logisches Szenengefüge erscheint, ist im Grunde nur die seelische Projektion eines Ichs (»Der Sohn«). Bildvisionen jagen sich, die Folge szenischer Fetzen führt fast schon zum Film (Hasenclever: »Menschen«). Der dramatische Dialog verliert nicht nur den Charakter von Frage und Antwort, von Hören und Vergelten, er verliert Überlegung, Argument und die periodische Syntax, die Fülle der Worte. Um der Abgenutztheit der überlieferten Sprache zu entkommen, wird von Sternheim über Kaiser bis zu Hasenclever die Sprache verkürzt, auf Ausdrucksstummel reduziert. Selbst der Kritiker Alfred Kerr reiht sich als Verkürzer, als Kondensator von Sätzen, in einem Wort: als ›Expressionist‹, diesen Bestrebungen ein.

Gleichzeitig wird die als abgebraucht empfundene Sprache emotionell aufgeladen, wird ihr Richtung und Stoßkraft gegeben. Sie verkündet die Ekstase der Körper. Statt Wortrationalität nun Wortrhythmus, Tongebäude. Und wer sind noch die dramatischen Personen? Signaturen von Typen, Verhältnissen, Empfindungen: Personifikationen. Das heißt: es sind Befreite und Erlöste; erlöst von der Psychologie, dem Labyrinth der Neigung, der Triebe, Wünsche und Gefühle.

»Des Menschseins erstes Merkmal ist die Beseeltheit und nicht die höhere Stufe mancher Instinkte. [...] Dem Menschen nachzumachen genügt nicht, um den Menschen darzustellen. So befreie sich also der Schauspieler von der Wirklichkeit [...] und sei nichts als der Vertreter des Gedankens, Gefühls oder Schicksals! [...] er schäme sich nicht, daß er spielt, er verleugne das Theater nicht und soll nicht eine Wirklichkeit vorzutäuschen suchen...« – In seinem Aufsatz »Der beseelte und der psychologische Mensch« hat Paul Kornfeld so die Theorie der neuen Kunst entwickelt. Er formulierte nicht nur die Absage an die nachzeichnende, sich einfühlende Wirklichkeitskunst des Naturalismus. Er verlangte schon nach jener Veränderung, die sich in diesem Jahrzehnt von Shaw über Pirandello bis zu Brecht vielfach variiert: Das Theater begann sich nach der illusionistischen Phase des Naturalismus wieder als Theater, als bewußte Schaustellung, als Spiel zu verstehen. Das Verlangen nach einer solchen neuen szenischen und schauspielerischen Praxis macht unseren Zeitraum auch zu einem großen Jahrzehnt der Theorie.

Die neuen Schauspieler

›Das neue Drama‹, ›Die neue Dramaturgie‹, ›Die neue Regie‹, ›Die neue Schauspielkunst‹: die vier Grundaspekte werden mannigfach durchreflektiert. Sie verändern sich mehrmals im Lauf des Jahrzehnts. Die Verwandlung der Stücke um 1918 bedingt die Verwandlung der schauspielerischen Ausdrucksmittel. Der Schauspieler des Expressionismus kann sich nicht mehr auf die Psycho-Logik der Rollen verlassen, auf Entwicklungsströme der Figuren, er kann sich weder auf das Milieu stützen noch mit den Requisiten des Interieurs spielen. Das historisierende Kostüm wird ihm abgenommen; schauspielerisches Raffinement kann sich nicht mehr in Details und Nuancen entfalten, wie es im naturalistischen Stück möglich war und wie Bassermann und Else Lehmann es so musterhaft entwickelt hatten. Nun zählt das nackte Gesicht, das beseelt werden muß mit großen Ausdrucksbewegungen von Freude und Schmerz, Jammer und Glück. Der Grundhabitus ist nicht mehr Einfühlung in einen Charakter, sondern geistige Gespanntheit, Intensität, die ›gerichtete‹, symbolische Gebärde. Straffheit und Rhythmik des Schauspielers verbinden sich mit Straffheit und Rhythmik der Szene. Die moralische Wertung der Figuren wird sogar sichtbar gemacht durch Masken, durch weiß und rot überschminkte Gesichter, durch Überakzentuierung der kennzeichnenden Kostüme. Der Drang, weg von der Illusionskunst, führt oft direkt zur Groteske; diese regt sich selbst in den Inszenierungen klassischer Stücke (Jeßners »Tell«).

Wie immer man die Ausdrucksskala beschreibt: das Zentrum des Menschen wird nun als Energie erlebt, in seinen Äußerungen spürt man den inneren Schub. Auf diese Weise wird der Mensch als Akteur wieder hervorgehoben, oder doch als Zentrum aller Aufmerksamkeit. Überzeichnung durch Dynamik: der Ursprung dieser Ausdruckssprache heißt Frank Wedekind. Er war als Schauspieler in das realistische Milieu seiner Stücke eingetreten und hatte es durch die Glut seines Spiels entmaterialisiert. Siegfried Jacobsohn spricht von dem Schauspieler Wedekind als von einer »zermarterten, nächtigen, vorwärtsgepeitschten Existenz«, die mit »ungeheurer Ehrlichkeit die schwärenden Striemen herzeigt«, und Hugo Ball (der die DADA-Gruppe mit anführte) beschrieb ihn so: »Ein Schauspiel grausam wie Harakiri (wird man sagen): Es schlitzte sich einer die Seele auf. Zerstörte die Wand zwischen Innen und Außen (Scham genannt), zwischen öffentlich und privat. Zerriß und zerfetzte sich selbst. Barbarismus, Flagellantentum. Und lud uns als Zuschauer ein, fluchte sadistisch, spie Witze und Hohn. Und immer der Verstand, der hinrichtende Verstand. Gotische Berserkerei in diesem sich selbst Entblößen. [...] Nicht, daß er immer ergriffen hätte. Er hypnotisiert. Er hat den Krampf im Gehirn, den Krampf im Körper, den Krampf in der Kehle, in den Beinen.«

Die Überleitung dieser Impulse in die Generation der jungen Schauspieler von 1920 geschah durch Werner Krauß. Krauß hatte mit Wedekind als junger Darsteller auf der Bühne gestanden, seine Glut, seine Wahrheitsbesessenheit in sich aufgenommen und mit seiner eigenen fast magischen Verwandlungskraft vereinigt. Krauß spielte mit einer unerhört geistigen Energie. Das machte ihn zum Prototyp des ›neuen Schauspielers‹. Als er 1918 in Berlin als der vierte Matrose in Reinhard Goerings »Seeschlacht« auftrat, war dieser Typus sichtbar geworden. »Werner Krauß ist so besessen von seinen inneren Erfahrungen, daß er mit vertauschten Sinnen spielt. Es ist, als ob er die Töne sähe und die Gebärden hörte. Brennende Intensität des Gestaltens läßt Klänge körperhaft und Bewegungen klingend werden. Die Phantasie hat letzte Stoßkraft: dämonische Gesichte werden formelhaft zusammengedrängt. [...] Glühende Visionen werden durch ihre eigenen Energien zusammengehalten. Phantasie wird Sachlichkeit und Intensität ist Plastik. Werner Krauß hat ohne Absicht und Programm aus seiner schauspielerischen Persönlichkeit heraus das Pathos und den Rhythmus der modernen Dichtung und Malerei [...] Er widerspricht der Regie und befruchtet sie, indem er das vollbringt, was sie nur fragmentarisch versucht hat: er verkürzt, anstatt zu vervollständigen. Wenn Expressionismus letzte Konzentration ist, gibt es eine expressionistische Schauspielkunst.« (H. Ihering, »Die Weltbühne«, 1918).

Es ist faszinierend zu beobachten, wie plötzlich die junge Generation von Schauspielern in die neuen Texte eintritt, wie sie Rhythmus und Ausdruck der neuen Rollen erfaßt und diesen Rhythmus weiterträgt in die Darstellung klassischer Rollen. Zu Ernst Deutsch und Werner Krauß treten der monomanische, die Sprache neu formende Fritz Kortner, die elementare Agnes Straub, der voluminöse, pathetische Heinrich George, Alexander Granach und Theodor Loos, Gerda Müller und Fritz Odemar, Eugen Klöpfer und Walter Franck. – Plötzlich sind Regisseure bereit, diesen Rhythmus umzusetzen in szenische Figur: Richard Weichert und Erich Ziegel, Karl-Heinz Martin und Leopold Jeßner, der junge Berthold Viertel und Jürgen Fehling, Otto Falckenberg, Ludwig Berger und Gustav Hartung. Sie formulieren neu, was Regie heißt: Zusammenfassen des szenischen Ausdrucks, Unterstellen unter eine Vision. Dies unter gleichzeitiger Veränderung des Bühnenraums, der nach allen Seiten hin geöffnet wird, dessen Perspektiven sich nun verzerren, als sei die illusionistische Bühnenwelt des bürgerlichen Zeitalters ins Wanken geraten. Die neuen Bühnenbildner – Sievert, Pirchan, César Klein – arbeiten mit den Mitteln der Verzerrung, die bald zur Mode werden, mit symbolischen Strukturen und fast ortlosen Spielflächen; die Rampe wird überschritten und damit die Illusion der vierten Wand gesprengt, die Podium-Bühne verwirklicht: am sinnfälligsten in Berlin mit K.-H. Martins neuerrichteter »Tribüne« und, so scheint es, in Reinhardts Großem Schauspielhaus, das als das Theater der Massen mit dem Herausdrängen des

Spielfeldes aus dem Guckkasten den Tendenzen der Zeit eine außerordentliche Dimension geben sollte. – Später treten hinzu: Caspar Neher, der die Brechtbühne, Traugott Müller, der die Szene für Piscator entwirft und Rochus Gliese, der (wie Müller) für Fehlings Inszenierungen am Berliner Gendarmenmarkt arbeitet.

Neue Mittel: neue Methoden; aber eine Fülle neuer Probleme. Nicht nur im Spielplan überschneiden sich die alten mit den neuen Stücken, in den Ensembles treffen die alten auf die neuen Schauspieler. Eine Situation für alle: als 1920 Hauptmanns ›Einsame Menschen‹ im Deutschen Theater aufgeführt werden, stehen Schauspieler aus drei Generationen, aus drei Spielepochen auf der Bühne; aus der alten Schule Otto Brahms Else Lehmann, aus der Reinhardts Alexander Moissi und aus der neuen Werner Krauß und Agnes Straub. Die Besetzung stellt die Entwicklung des Theaters selber dar. Aber unter dieser allerorts üblichen Mischung der Stile werden viele expressionistische Aufführungen undeutlich; nur selten wird der Widerspruch in der Spielweise zur Spannung, wie in Jeßners »Tell«, wo der Brahm-Spieler Bassermann (Tell) auf den neuen Spieler Kortner (Gessler) trifft. Allgemein ist die Straffung der älteren Schauspieler so schwer wie das Sich-Einfügen in die neuen Tempi oder die dramaturgische Aktivierung des Bühnenbildes, das aus dem ruhenden Milieu in einen mitspielenden Raum verwandelt werden muß. Alfred Kerrs Satz: Der Expressionismus scheint von den Regisseuren erfunden, enthält eine halbe Wahrheit. Freilich mußten erst die Texte sich ihre Regisseure erfinden, danach aber verwendeten viele Regisseure die expressionistische Technik ohne die dazu gehörige Intensität. Deswegen gab es den Expressionismus als Mode und wahrscheinlich kaum mehr als ein Dutzend Inszenierungen, die den expressionistischen Geist und Elan rein zeigten.

Aber das spricht so wenig gegen ihn wie sein verhältnismäßig schnelles ›Erlöschen‹. Zwar gibt es noch spät in den zwanziger Jahren Inszenierungen seiner wichtigsten Stücke (charakteristischerweise sind es solche von Georg Kaiser, der am engsten mit dem Geist und den Stoffen der Zeit zusammenhing). Auf dem Theater haben sich diese expressiven Stücke schneller verbraucht als in unserer Erinnerung, denn so geistig und so appellativ sie auch entworfen waren, ihre wichtigste Funktion bestand darin, das alte Theater zu sprengen und einen neuen Begriff heranzuführen, der sich erst im Laufe des Jahrzehnts in vielen Spielarten deutlicher ausprägte: weg von der Illusion und hin zu einer neuen spontanen Aktualität.

Das neue Theater entwickelt ein zunehmendes Verlangen nach immer stärkerem Kontakt mit den geistigen und politischen Fragen der Zeit. Zusammenhang mit der Zeit: das ist das große Experiment, das der Expressionismus eingeleitet hat. Dieser Zug prägt sich bald vielseitig aus. Die Veränderungen in den Beziehungen der Theater zueinander gehören unbedingt dazu.

Die Provinz regt sich

So vielgliederig das deutsche Theatersystem der Hof- und Stadttheater war, seit der Zentrierung der Staatsgewalt auf Berlin hatte auch das Berliner Theater den Vorrang in der deutschen Theaterlandschaft übernommen. Das Königliche Schauspielhaus zog die ersten Schauspieler an; 1890 hatte dann Otto Brahm im Deutschen Theater den Naturalismus auf die Bühne geholt. Sein Nachfolger, Max Reinhardt, hatte die Regie als die zweite Kunst neben der Schauspielkunst begründet und mit ihrer Hilfe nicht nur realistisch-impressionistische Inszenierungen geschaffen, deren Atmosphäre das Publikum berauschte; Regie war hier zu dem Instrument geworden, mit dem die Ausarbeitung des jeweiligen Stückstils gelang: von der Schärfe Wedekinds und Sternheims bis zu der neuen ›offenen‹ Regie für die Stücke Shakespeares, der aus dem illusionistischen Hoftheaterpomp nur mühsam zurückgewonnen wurde. Dies von Reinhardt entwikkelte Instrumentarium der Regie gab dem Berliner Theater die Überlegenheit auch über die Bühnen im Reich: sie erschöpften sich lange Zeit in der Nachahmung Reinhardts. Auch dieses Verhältnis änderte sich um 1917. Was vom Gesichtspunkt der Reichshauptstadt etwas hochmütig ›Provinz‹ genannt wurde, gewann plötzlich vielerorts neue initiative Kraft.

Daß der Expressionismus in der Provinz einen besseren Boden fand als in Berlin, hängt sicher damit zusammen, daß die Reste des deutschen Idealismus dort noch nicht so abgebaut waren wie in der von 1918 ab sich schnell verändernden Großstadt Berlin. Man erkennt das daran, daß es zum Beispiel von dem Dumont-Lindemannschen Theater in Düsseldorf mit seinem hohen Kunst- und Kulturbegriff sehr direkte Verbindungen zum Expressionismus gibt und daß das expressionistisch geführte Frankfurter Schauspielhaus unter Zeiß und Weichert (der bei der Dumont Theater ›gelernt‹ hat) sich beispielsweise den Düsseldorfer Begriff des gepflegten Kulturtheaters zulegt.

Natürlich ist die plötzliche Aktivität der Bühnen im Reich vorbereitet. Noch im halbfeudalen Wilhelminismus hatten einige Hoftheater den vom Königlichen Schauspielhaus in Berlin repräsentierten Traditionalismus aufgegeben; so das Königliche Schauspielhaus in Dresden oder das Darmstädter Hoftheater. Der erste Sammelpunkt der neuen Kräfte (neben dem Landestheater in Prag) war das Albert-Theater in Dresden geworden. Dort inszenierte der junge Kokoschka (mit dem jungen Heinrich George) seine ersten, kühnen Stücke; dort wurde »Der Sohn« zum ersten Male in Deutschland aufgeführt, dort stellte sich auch der abstrakte Flügel des expressionistischen Theaters, die folgenlos bleibende Sturmbühne mit Herwarth Waldens Pantomime ›Die vier Toten der Fiametta‹ vor. Im Südwesten machte schon 1916 der junge Richard Weichert (unter Hagemanns Intendanz) das Mannheimer Hoftheater zu einem Vorort des Neuen.

Um 1917 gruppieren sich die wirklich bestimmenden Kräfte neu; in Frankfurt bekommt der Privattheaterdirektor Arthur Hellmer, der 1911 mit Max Reimann das Neue Theater gründete, Kontakt mit den neuen Schriftstellern. Seine Bühne wird die wichtigste für Georg Kaiser. 1917 wechselt Carl Zeiß von Dresden ans Frankfurter Theater und leitet dort in Schauspiel und Oper den ›Frankfurter Expressionismus‹ ein. Gustav Hartung ist sein Regisseur; von Mannheim stoßen Richard Weichert und der Bühnenbildner Sievert dazu. In Frankfurt sammeln sich die Autoren Hasenclever, Kornfeld, Fritz von Unruh, Otto Zoff, Döblin, Vischer und Bronnen: es wird ein Zentrum. Der von Dresden nach Frankfurt wechselnde Heinrich George bestätigte das, wenn er sagte: Ich möchte Frankfurt mein Mutterland nennen. Ernst Leopold Stahl stellte damals fest, es sei die unbestritten erste deutsche Theaterstadt. Als Zeiß 1920 Frankfurt verläßt und nach München geht, spalten sich die Frankfurter Impulse: Weichert übernimmt das Frankfurter Schauspiel, Hartung das Darmstädter Landestheater. Der nun beginnende Darmstädter Expressionismus wird durchglüht von Hartungs scharfem Pazifismus. Kasimir Edschmid hatte recht: »Die ersten Schritte der neuen Kunst geschehen abseits von Berlin.«

In München sammeln sich die jungen Kräfte an den Kammerspielen, die Erich Ziegel seit 1913 geleitet hatte. 1917 übernahm sie Otto Falckenberg, der sich 1915 mit einem Schlag durch eine Inszenierung von Strindbergs »Gespenstersonate« bekannt gemacht hatte. Auch er will modernes Theater, er setzt Georg Kaiser mit durch, spielt Stücke von Sorge, Kornfeld, Essig und Reinhard Goering, ein erstaunlich reiches Programm, das sich mit der ersten Uraufführung eines Stückes von Brecht krönt: »Trommeln in der Nacht«. Im Ensemble der Kammerspiele sind Erwin Faber, Gustav Waldau, Elisabeth Bergner, Therese Giehse, Leonard Steckel, Kurt Horwitz, Maria Koppenhöfer, Erwin Kalser, Adolf Wohlbrück, Heinz Rühmann; Erich Engel und Kurt Stieler führen Regie, Otto Zoff ist Dramaturg.

In Hamburg gibt es ein Gegenstück: Im August 1918 eröffnet Erich Ziegel seine Kammerspiele mit einer Huldigung an Wedekind. Auch dort das moderne Repertoire von Kaiser, Kornfeld bis zu Klaus Mann, Hanns Henny Jahnn und Barlach. Im Ensemble stehen der junge Kortner und Gründgens. – Leipzig sucht den Anschluß unter dem Intendanten Vieweg im Schauspielhaus und unter Kronacher im Alten Theater. In Stuttgart weist die Ära Kehm (1920-1933) allein fünfzig Uraufführungen aus. Das bestätigt nur die Intensität der Ausschau nach dem Neuen.

Nicht nur Kaiser, Kornfeld, Hasenclever, Unruh, auch die schweren Stücke Barlachs und die verwirrenden des jungen Brecht sind vom Theater in der ›Provinz‹ zuerst inszeniert worden. Carl Zeiß bringt in München Erich Engel mit Brecht zusammen, und Brecht wird, da Berlin ihn zunächst nicht aufnimmt, in München, in Leipzig, in Darmstadt gespielt und durchgesetzt. Ein Autor wie Friedrich Wolf wird neun Jahre lang von den Bühnen der Provinz gestützt, bis er 1930 plötzlich in Berlin zu den spektakulärsten Erfolgen kommt. Die Entdeckungsfreudigkeit, aber auch der Mut zum Risiko blieben in der Provinz bis zum Ende der Republik größer als in den Berliner Theatern.

Los von Berlin – Los von Reinhardt

Was in der Provinz an neuer Kraft entbunden wurde, geschah bewußt abseits von Berlin. Zoff bestätigt: man hat sich damals nicht mehr um Berlin gekümmert. Die Polemiken Weicherts wiederholen immer wieder, daß man los wollte von Berlin. Jeder Erfolg wurde als Beweis der Selbständigkeit angesehen, und die Berliner Kritik, Ihering vor allem, hat dem Berliner Theater mehr als zehn Jahre lang immer wieder diesen Kunsteifer der Provinz vorgehalten: als Muster für Verantwortung, für künstlerische Entwicklung, als Muster für den Ernst der Arbeit. –

Los von Berlin, das hieß zwischen 1917 und 1919: los von Reinhardt. Auch Reinhardt hat sein Theater damals den neuen Stükken geöffnet, aber die Initiative dazu Heinz Herald und seinem Verein ›Das junge Deutschland‹ überlassen. So stark die Erfolge dieser Matinee-Bühne auch waren (ein großer Teil des expressionistischen Theaters spielte sich in Matinee-Vorstellungen ab), der Expressionismus an Reinhardts Theater blieb halb, das heißt, er blieb immer überschattet von der Reinhardtschen Differenzierungskunst. Der Expressionismus wurde erst nach Berlin gebracht, als Karl-Heinz Martin Tollers »Wandlung« inszenierte.

Aber Martins Programm an der »Tribüne« hatte keinen Bestand. Der idealistische Expressionismus blieb Berlin fremd. Die Kritiken gegen die Stücke, die ihn darstellen, fielen in Berlin viel härter aus als in der Provinz. Er wird akzeptiert nicht als Stil, nicht als Ausdrucksphänomen, nicht mit seinen Themen; was gilt, sind die großen schauspielerischen Leistungen, die sich mit ihm verbinden. Also die von Krauß, von Kortner, von Deutsch, der Straub und von Gerda Müller. Der angestammte Berliner Realismus verstärkte die Distanz. Er war die szenische Tradition der Stadt; er hatte sich in der naturalistischen Schule Otto Brahms auf der Bühne durchgeistigt, psychologisiert und vertieft. Es war jener Stil, den Berlin dreißig Jahre früher dem Burgtheater in Wien entgegengesetzt und es damit in seiner führenden Rolle abgelöst hatte. Der Berliner Realismus blieb der Grund des Berliner Theaters die ganze Republik hindurch. Auch Karl-Heinz Martin hat sich ihm angepaßt, als er Reinhardts Statthalter wurde – so expressiv er sich zwischendurch auch gebärdete. Heinz Hilpert hat ihn am Ende der Epoche wieder aufs höchste am Deutschen Theater kultiviert. Auch der Realist Brecht suchte die Berührung mit dieser Tradition, als er nach Berlin drängte. Gebändigt hat diesen Berliner Realismus nur einer für kurze Zeit.

Dieser Mann war Leopold Jeßner. Ein Mann aus der Provinz, und also einer, an dessen Weg noch einmal abzulesen ist, was das Theater im Reich als Vorbereitung der ›neuen‹ Bühnenkunst bedeutete. Jeßner hatte 1904 am Thalia-Theater in Hamburg mit Regie begonnen, an Wedekind seinen Arbeitsstil entdeckt: Er inszenierte nicht mehr die Stufen einer Handlung, sondern das Grundmotiv; er begann vom ›motivischen Theater‹ zu sprechen.

Alles, was auf der Szene Jeßners geschah, ist fortan Auswirkung des einen Motivs. Von 1915 ab führte er die Hamburger Versuche als Intendant in Königsberg weiter. An Wedekinds »Hidalla« wurde mittels Beschleunigung (Jeßners berühmt gewordenes Tempo) Aggressivität gewonnen; der »Don Carlos« wurde als die Tragödie Philipps konzipiert, und schon erprobte Jeßner jene Konzeption des »Tell«, mit der er dann 1919 die Berliner Szene schlagartig veränderte. Was er damals in Berlin inszenierte, ist seine alte Hamburger Idee: Der Tell als ›Freiheitsschrei‹.

Der politische Impuls, der sich in Jeßners Theater immer als republikanischer bemerkbar macht, kommt zusammen mit der radikalen Entrümpelung der Szene. Der wilhelminische Zierat ist auf dieser mit symbolischen Farben ausgeschlagenen Stufenbühne so weit weg wie die Monarchie selbst. Symbolisch wird das Licht verwendet. Auf der Stufenbühne, die einen reinen Raum abgibt, macht der Regisseur Beziehungen deutlich, personale Spannungen, Querverbindungen zwischen den Darstellern. Er wertet durch Hoch- und Tiefstellung die wechselnden Bedeutungen der Figuren im Spiel, die Spieler, ungedeckt im leeren Raum, werden zu dynamischem Sprachpathos, zu rhythmischer Gliederung der Perioden getrieben. Die Situation wird bis zur Explosion verdichtet. In »Richard III.« wird nicht mehr Historie, nicht mehr ein Charakterstück inszeniert, sondern das Thema ›Karriere‹.[1]

Es war Anti-Reinhardtsches Theater, was sich da auf der ersten Bühne der Republik im Staatstheater am Gendarmenmarkt, dem ehemaligen Königlichen Schauspielhaus, darbot. In Königsberg hatte der eigenwillige Jeßner das ›Los von Berlin‹ zur Triebkraft seiner Arbeit gemacht. Als er 1919 als Intendant nach Berlin berufen wurde, zeigte sich, wie sehr dieses ›Los von Berlin‹ das ›Los von Reinhardt‹ war. Ein Einschnitt in die Berliner Tradition. Beim Betrachten von Jeßners »Richard III.« faßte der Berliner Theaterdirektor Rudolf Bernauer, der mit Carl Meinhard das nach Reinhardt beste Theater Berlins, das Theater in der Königgrätzer Straße, führte, den Entschluß, »keine künstlerischen Inszenierungen mehr zu unternehmen« und die Liquidierung seiner

[1] s. dazu den Aufsatz: Leopold Jeßner. Die Revolution im Staatstheater. S. 47ff.

Direktion vorzubereiten. Der Berliner Stil, für den er sich eingesetzt hatte, schien damals für alle Zukunft verloren.

Mit diesen Veränderungen hing es zusammen, daß ein Jahr nach dem Auftreten Jeßners Max Reinhardt die Direktion seiner Theater an seinen Adlatus Felix Hollaender übergab und nach Wien retirierte. Es war das nicht nur Resignation, nicht nur Enttäuschung über die immer kritischer betrachteten Inszenierungen in dem so hoffnungsvoll eröffneten Großen Schauspielhaus; der Wechsel von Berlin nach Wien war ein Positionswechsel, der den Veränderungen innerhalb der Kunst entsprach. Reinhardt führte nicht mehr. Darum ging er in die Opposition.

Berlin und Wien

Reinhardt ging nicht, weil die Szene nach neuen darstellerischen Mitteln verlangte. Er selber hatte in den Jahren seit 1910 mit vielen unkonventionellen Versuchen die Ausdrucksskala der im Illusionismus eingeschlossenen Bühnenkunst durchstoßen. Er hatte die Pantomine wieder belebt, Lichttheater versucht, vor schwarzen Wänden gespielt und die Comedia dell'arte wieder aufgegriffen. Was ihm Berlin nun verleidete, war der Sieg einer anderen Auffassung von Theater.

Für Max Reinhardt war das Theater die höchste Form des Spielens. An Berlin hatte ihn einst fasziniert, daß die Stadt seinen »Spieltrieb in eine wahrhaft dramatische Atmosphäre« riß. Erspielte Wahrheit, das war seine Wirklichkeit; es war die des Künstlers, der Kunst als gesteigertes Leben empfand. Von da aus gesehen hatte Hofmannsthal recht, als er das, was 1919 in Berlin vor sich ging, als »die Auflösung der höheren deutschen Theaterkultur« bezeichnete, als »eine allgemeine krisenhafte Situation, in der alles seit 1770 Aufgebaute in Frage steht«. Darum bereitete Hofmannsthal den Rückzug Reinhardts nach Wien vor: »Es ist die letzte Möglichkeit für ihn, zu etwas noch einmal im Leben zu kommen – denn in Berlin ist das höhere Theaterwesen unmöglich – ein lang gefristeter Schein zergeht jetzt in nichts.«

In Wien hatte das Theater die gesellschaftliche Veränderung von 1918, den Zusammenbruch der Monarchie nicht registriert; die künstlerische Opposition konnte sich nicht entwickeln, die Anstöße, endlich doch modernes Theater zu machen, blieben unter Albert Heine am Burgtheater und später unter Dr. Beer am

Raimund- und am Volkstheater beiläufig. In Wien wurde gerade *das* theatralische Element nicht gebrochen, das Reinhardt einst nach Berlin gebracht hatte: das Schauspielertum mitsamt seiner Rollenlust und seiner Stimmungskunst. Obwohl es nicht gelang, Reinhardt als Direktor ans Burgtheater zu bringen, obwohl er den Umweg über Salzburg gehen mußte, um sein Genie wieder mit der österreichischen Theaterwelt zu verbinden: als er 1924 sein Theater in der Wiener Josefsstadt eröffnete, hob er den Schauspieler als das führende Element des Theaters wieder gegen das Berliner Regie-Theater deutlich hervor. Was ihn vom deutschen Theater jetzt trennte, das war dessen Bindung an die Gegenwart, die Indienststellung für allerlei Außerkünstlerisches, im Grunde: der Abbau seiner Festlichkeit, seines Spielcharakters, seine Einfügung in die Wirklichkeit.

Reinhardt hat die nun so scharfe Trennung zwischen dem Wiener und dem deutschen, dem Berliner Theaterbegriff im Lauf der Jahre immer wieder erfahren. Immer, wenn er im kommenden Jahrzehnt nach Berlin zurückkehrte, blieb er der Antipode zu Jeßner. Er hat große Erfolge errungen, aber immer nur, insofern er Widerspruch gegen das aktuelle Theater erhob. Manche Stücke, die er in Wien inszenierte, brachte er wohlweislich nicht nach Berlin, manche von Berlin nicht nach Wien (z. B. Bruckners »Kreatur«); die Serienerfolge in beiden Städten waren immer dann nicht identisch, wenn der sozialkritische Berliner Impetus in einem Stück zu spüren war (z. B. in Shaws »Kaiser von Amerika«).

Wien und Berlin: das bleibt das ganze Jahrzehnt ein theatralisches Spannungsfeld. Zum Rückzug Reinhardts nach Wien von 1920 ist der Auszug junger, bald führender Kräfte von Wien nach Berlin das Pendant: aus Wien also der Auszug Kortners, Fehlings und Iherings. So wechselten die Positionen. Von Wien aus stieß der konservative Reinhardt einige Male wieder nach Berlin vor wie Karl-Heinz Martin von Berlin nach Wien. Auch die Schauspieler, vorab die des Reinhardt-Ensembles, wechselten zwischen den großen Städten. So blieb der Kontakt.

Daß sich mit dem Beginn der Republik diese künstlerischen Spannungsfelder zwischen den Bühnen im Reich und der Hauptstadt, zwischen den Hauptstädten Berlin und Wien herstellten, das war eine der wichtigsten Grundlegungen für die Lebendigkeit dieser Jahre. Die Spannungen wiederholten sich innerhalb Berlins: zwischen der Masse der kommerziellen und den wenigen ernsthaften, auf Kunst bedachten Bühnen, aber auch unter diesen selbst. Außer dem Staatstheater und den Reinhardt-Bühnen zählte dazu das Lessing-Theater, das Barnowsky 1913 als Nachfolger von Otto Brahm übernommen hatte, die Bühne von Bernauer und Meinhard in der Königgrätzer Straße (die letzteren rüsteten nach ihren großen Strindberg-Erfolgen zum Abbruch, Barnowsky schwankte zwischen Moderne und Startheater) und die Volksbühne am Bülowplatz. Die Rivalität war am deutlichsten zwischen dem »Deutschen Theater« Reinhardts und Jeßners »Staatstheater«. Sie blieb auch unter den Nachfolgern Reinhardts als ein angestrengter Dialog. Es gab Inszenierungen, die so aufeinander bezogen waren, als wäre es Herausforderung und Antwort. Reinhardt inszenierte, wenn er kurzfristig in Berlin arbeitete, gegen Jeßners ›Motiv‹-Theater atmosphärisch dichte, schauspielerisch glänzende Gesellschaftsstücke, wie die von Galsworthy. Gegen die »Dreigroschenoper« setzte Reinhardt schließlich »Artisten«. Je engagierter die anderen, desto spielerischer wurde er. Am Ende der Republik, als die Ermüdung am politischen Theater nach theatralischer Vergnügung verlangte, trumpfte er in seinem Großen Schauspielhaus in Berlin noch einmal auf mit »Hoffmanns Erzählungen« (1931) und der »Schönen Helena« (1932).

Berlin, das war ein Spannungsfeld in sich; dort war man den neuen Entwicklungen des Jahrhunderts am nächsten. In Berlin begann sich damals Mitteleuropa zu amerikanisieren. Eine hektische Atmosphäre von Geschäft, Sensation, Literatur und Ruhm; Berlin verlieh durch seine weit ins Reich wirkende Presse die ausschlaggebende Publizität, es verlieh Öffentlichkeit. Die Berliner Kritiker zogen in die Provinz und reklamierten die Schauspielerentdeckungen gleich für die Hauptstadt. So erklärt sich der ständige Zuzug bedeutender Kräfte aus dem Reich nach Berlin. Aus Frankfurt gingen Gerda Müller und Carl Ebert, Heinrich George, Renée Stobrawa und Theo Lingen, aus Nürnberg kam Walter Franck, aus München Elisabeth Bergner und Heinz Rühmann, aus Dresden Erich Ponto, aus Hamburg Gustaf Gründgens. Das sind nur einige Namen. Im Lauf der Jahre verschmolzen die anfangs noch klar unterscheidbaren Ensembles zu einem großen Berliner Schauspielerarsenal. Die Unbarmherzigkeit des Betriebs war die Peitsche zum Ruhm. Hier wurde Elisabeth Bergner die Bergner, Jeßner zu Jeßner, Engel zu Engel, über Nacht rückte man hier in die erste Reihe. Kortner, die Dorsch und Gustaf Gründgens stehen dafür. Die Provinz lieh sich die berühmt Gewordenen dann wieder zu Gastspielen aus. Aber hier konnte man auch stürzen und scheitern. Manche Regisseure an Reinhardts Theater haben es so erfahren wie später Gustav Hartung, wie Arthur Hellmer und – nach seinem Abschied aus Frankfurt 1929 – auch Richard Weichert. Berlin akzeptierte nicht alle. Es hatte seinen eigenen Hochmut, seine eigenen Lieblinge, es bevorzugte seine eigenen Entdeckungen. Nicht durch seine literarische Kraft erhielt das Berliner Theater seinen Rang, sondern als ein imponierendes wirkungskräftiges Instrument. So stellte sich über den Kommerz und über die Publizität das alte Gefälle von Hauptstadt und ›Provinz‹ doch wieder her. Gerade weil in Berlin das Theater ein Teil der übrigen Geschäftigkeit und kein ›festlicher Überbau‹ mehr war, zog es auch die Kräfte an sich, die sich um eine Inkorporierung des Theaters in die Wirklichkeit bemühten.

Zersetzter Expressionismus

Um 1922, als der Expressionismus auch im Reich schon zu Ende geht, beginnen überall neue Entwicklungen. Brecht, dessen schon lange fertige Stücke bisher nirgends angenommen waren, findet plötzlich Aufnahme. Falckenberg nimmt »Trommeln in der Nacht« für die Münchner Kammerspiele, Zeiß »Im Dickicht der Städte« für das Münchner Schauspielhaus, in Berlin sammelt ein gewisser Moriz Seeler den jungen Brecht und Bronnen und den Kritiker Herbert Ihering um sich, um eine später sehr erfolgreiche »Junge Bühne« zu eröffnen. Seeler sucht eine Plattform für die neuen jungen Autoren, die hinter den Expressionisten bereitstanden, Autoren, die die Ekstase des Expressionismus zwar noch im Blut hatten, aber nicht mehr dessen Idealismus. Seelers Bühne bringt Bronnen, Brecht, Ernst Weiß, auch den jungen Zuckmayer (»Pankraz erwacht«), Seeler reklamiert noch den toten Hermann Essig; er greift aber nicht nach Hanns Henny Jahnn, dessen »Pastor Ephraim Magnus« an einer anderen Berliner Neugründung, dem »Theater« Jo Lhermanns, in einer aufsehenerregenden Weise ›zerspielt‹ und der am Ende dieser Übergangsphase in Berlin von Fehling mit der schwarzen »Medea« so glänzend rehabilitiert wird.

Was der frühe Brecht, was Bronnen, Weiß und Jahnn in ihren Stücken betrieben, das war die Zerstörung des idealistischen Expressionismus, des Glaubens an den neuen Menschen, es war die Hervorkehrung seiner Triebe, seines Sadismus. Es waren Stücke, die überquollen vor Brunst und Sexualität, von Mordlust und Perversion: ein Theater der Brutalität, das den Menschen als ein Stück Natur vorführte, heimgesucht vom Wahnsinn des Sexus, mit Lust und Greuel. Alles war hier ins Extreme verlängert: der lichte, ›geistige‹ Expressionismus war in den schwarzen Expressionismus umgeschlagen, der als Motiv- und Ausdrucksgruppe bisher kaum beschrieben ist. Er stellt sich dar in Berlin, aber auch in Frankfurt (mit den Stücken Bronnens) und in Leipzig, und dort bezeichnenderweise durch die Vermittlung des Dramaturgen Hans Rothe, der seine Shakespeare-Übersetzungen begonnen hatte, um den dunkleren, rauheren, wahreren, entschönten elisabethanischen Grund in den romantisierten Texten des Briten wieder heraufzuholen. Es ist ein neuer Realismus, der sich hier anmeldet, so monströs er sich auch darstellt; es ist aber auch ein Sprengungsversuch, sowohl was das Drama angeht wie die bürgerliche Vorstellung von der Kunst und der Ästhetik des Theaters. Brecht notierte zu seinem »Baal«, er habe diesen Typus entworfen, weil er »in der Bourgeoisie einen Gegner gesucht« habe. Die Skandale, die die Aufführungen des ›schwarzen Expressionismus‹ verursachten, sind der unmittelbare Ausdruck für die gelungene Aggression, die gelungene Sprengung des bürgerlichen Horizonts.

Der Expressionismus erschöpfte sich fast in demselben Tempo wie der geistige Impuls der Republik. Mit seinem Erlöschen um 1923, seinem Umschlag in die Negativform, sind zwar seine Illusionen und sein idealistischer Impetus historisch geworden, nicht aber die auf Veränderung der Lebensverhältnisse drängende Energie. Diese orientiert sich mit neuen Einsichten: die Wirklichkeit wird um die Mitte des Jahrzents zum Problem. Die Krise von 1923 (Inflation, Putschversuche) öffnet den Blick, Kunstdrama und Szene geraten langsam unter einen sozialen und soziologischen Aspekt. Wie die Republik sich in konträre politische Lager spaltet, spaltet sich dann auch das Theater. Das alte Kunsttheater wird zum Teil restauriert, die neuen Kräfte begeben sich an die Ausbildung eines auf die Einsicht in und die Kritik an den sozialen Zuständen bezogenen Theaters.

Das angestammte Publikum der Theater wird damals durch vielerlei Vorgänge zerstört: durch die Inflation, die den Bildungsbürger verarmt und die Inflationsgewinnler in die Theater treibt, die ihrerseits (selbst das »Deutsche Theater« spielt »Alt-Heidelberg« mit Werner Krauß) das Geldpublikum mit Trivialitäten, Zoten und Reißern anlocken. Das Unterhaltungstheater vom Boulevardstück bis zur Nacktrevue erhält speziell in Berlin einen solchen Auftrieb, daß es zu einem eigenen Phänomen der zwanziger Jahre wird. Selbst in der Provinz schwächt sich das literarische Interesse. Die Krise zeigt sich dort in den leeren Parketts, in Berlin in den Protestreaktionen der Schauspieler. In Berlin ist sie deswegen so anders, weil das Berliner Theater – von der öffentlichen Hand mit Ausnahme des Staatstheaters nicht unterstützt – die Krise am schärfsten durchlebt. Da die Geschäftstheater die Kunst hinter das Geschäft stellen, gründen Berthold Viertel »Die Truppe«, Heinrich George und Karl-Heinz Martin »Das Schauspielertheater«. Ihre Inszenierungen werden in dieser Phase des Übergangs in eine neue Ordnung die künstlerischen Ereignisse in Berlin. Seelers »Junge Bühne« wird die langlebigste dieser Gründungen, weil sie sich nicht auf den Antrieb der Schauspieler, sondern auf die der neuen Autoren verläßt. 1924 ist ein merkwürdig reiches Jahr: daß der realistischer werdende Jeßner zum letztenmal die symbolische Treppe benutzt, ist nur ein Zeichen; daß Brecht sich auf der Bühne durchsetzt, ein anderes. Es gibt keinen bestimmenden Stil mehr. Neben Jeßner ist schon Jürgen Fehling getreten mit seinem pathetischen und magischen Realismus, neben beide der in Berlin einkehrende, die Szene zergliedernde Erich Engel. Max Reinhardt errichtet seinen Hauptspielort in der Wiener Josefsstadt und kehrt nach Berlin (als Dependance) mit einer Folge ausgefeilter Inszenierungen zurück. Die deutschen Theater öffnen sich nun mit einemmal für die neueren ausländischen Autoren, für O'Neill, für Pirandello, für Claudel, für O'Casey. Ein neuer Stücktyp entsteht: das Historienstück, das mit den Shawschen ironischen Brechungen und Spielarten der Distanzierung ausgerüstet ist. »Die heilige Johanna« wird Reinhardts ›moderner‹ Beitrag in dieser Veränderung. Es ist das anregendste Stück innerhalb der neuen literarischen Entwicklungen. – Der ahistorische Expressionismus hatte verdeckt, daß die Darstellung der Geschichte zum Problem geworden war. Das unreflektierte Geschichtsdrama des Wilhelminismus (Muster: Wildenbruchs »Die Quitzows«) war mit der Revolution überholt. Geschichte konnte nach den Erfahrungen des Krieges, nach solcher Verwertung als nationale Propaganda, nicht mehr ohne Distanz und Kritik hingenommen werden. Die Schwierigkeit der Darstellung historischer Gegenstände wird nun diskutiert an Shakespeare und seinem Zeitgenossen Marlowe. Warum?

Die Erneuerungen der Bühne in diesem Jahrhundert hingen sehr wesentlich mit Shakespeare zusammen. Reinhardt hatte die Shakespearesche Welt als erster aus der verklebenden Illusionskunst des Hoftheaters zurückgewonnen. Er hatte in Shakespeare den großen Spielmacher entdeckt: Rollen, Farben, Atmosphäre, Musik, Raum, Welt. Ludwig Berger hatte nach der Revolution in Reinhardts eigenem Theater Shakespeares Komödien – antireinhardtisch – auf die abgeräumte Podiumsbühne gebracht: aber auch bei ihm blieben Erlebnis und Genuß. Falckenberg wie Ziegel haben sich mit »Wie es euch gefällt« gleich Reinhardt Triumphe ihrer Regiekunst geholt und mittels der Regie das Stück zurückgewonnen. Jeßner wie Ziegel hatten aber auch schon den Zwang gespürt, Shakespeare aus der vergangenen Zeit in die Gegenwart zurückzuholen. Jeßner tat es, indem er »Richard III.«, »Macbeth« und »Othello« ihre grandios vereinseitigten Themen entlockte und sie aus dem neuen expressiven Rhythmus inszenierte. Ziegel ging schon weiter: er begann eine Art der Aktualisierung, die bald um sich griff: Shakespeare im modernen Kostüm, in Wien sah man Hamlet im Frack. Indem man die Mode der Personen veränderte, entzog man sie für das Auge der Historie, aber brachte sie dadurch in Konflikt mit dem Text. Es war eine Aktualisierung von außen. Sie berührte nur die Oberfläche. Hans Rothe versuchte die Annäherung an die vom Klassischen sich immer mehr entfernende Gegenwart mit seinen derb-kräftigen ›Bearbeitungen‹ der Shakespeareschen Texte.

Wenn Musil niederschrieb, das Theater habe seit der Klassik für die Entwicklung des europäischen Geistes keine Rolle mehr gespielt, weil das Drama unserem Denken keine Bewegungsfreiheit lasse, so deutete er damit das Verlangen nach neuer Freiheit des Denkens der szenischen Schaustellung gegenüber an. Shakespeare wurde damals deswegen zum Katalysator für die Darstellung klassischer Stücke, weil aus der offenen Form seiner Stücke diese Freiheit am leichtesten zurückzugewinnen war. Der Rückgriff Brechts auf Shakespeare und darüber hinaus auf Marlowe ist aus diesem Verlangen zu verstehen: dem Verlangen, an der Historie nicht mehr staunend, emotionell, sondern kritisch teilzunehmen.

Brecht begann mit der Behandlung der entscheidenden Frage, wie kritische Teilnahme am Stoff möglich sei, im »Leben Eduards II. von England«. Er entwickelt nun stetig ein System distanzierender Darstellungsmittel: Es gibt Vorsprüche und Zwischentitel, statt einer mitreißenden versucht er eine distanzierende, durch Umstellung verzerrte Sprache, er fügt Lieder in den Text ein, er sorgt für mechanische Auf- und Abgänge der Personen. Er gliederte und zergliederte als Regisseur die Emotion, kreidete seinen Soldaten die Gesichter weiß, er achtete auf eine neue ›sprechende‹, nämlich ›zeigende‹ Gebärde. Einfachheit des Ausdrucks geht zusammen mit Sachlichkeit der Darstellung. – Die Wirkung dieser Arbeit war bald zu verfolgen. Erich Engel überträgt die Prinzipien auf Shakespeares »Coriolan«, dem alles heldische Pathos, und das heißt auch die Bewunderung menschlicher Größe, entzogen wird. Kortners Coriolan ist, wie Ihering schreibt, »ein erkennender Politiker«. Noch Jeßner wird von diesem darlegenden Stil so berührt, daß er, der bis dahin auf Tempo drängende Regisseur, seine Inszenierung des »Ödipus« zum Gegenstück zu jener berühmten Aufführung des Stückes macht, die Max Reinhardt mit allen Mitteln der Suggestion im Großen Schauspielhaus inszeniert hatte. Nüchtern und gehirnlich, so nennt Felix Hollaender Jeßners Inszenierung: das heißt, die Motive der Handlung interessieren nun mehr als die Gefühle, die Reinhardt so mitreißend für das Publikum ihr abgewonnen hatte. Für den Schauspieler hieß das: Verzicht auf individuelle Steigerung der Figur, die er darstellte, und Bemühen um interpretierendes Zeigen; es heißt im Grunde: Eintreten in eine Funktion. Freilich sah Brecht, daß die damit entworfene neue Spielweise am Klassiker allein nicht deutlich zu exemplifizieren war. Von »Mann ist Mann« über die »Dreigroschenoper« bis zu der vom Theater der Republik nicht mehr aufgeführten »Heiligen Johanna der Schlachthöfe« hat er dieses Theater des Zeigens dann systematisch vervollständigt: als Beispiele der kommenden, wissenschaftlich interessierten Dramaturgie.

Brechts Dramaturgie des Zeigens ist eine Antwort auf die gesellschaftlichen Erfahrungen jener Jahre. Brecht spürte nicht nur, daß das Emotionstheater in der versachlichten Welt keinen Platz mehr hatte, weil das Existenzproblem selber ein anderes geworden war. In »Trommeln in der Nacht« und in »Im Dickicht der Städte« hat er sich dieser Einsicht versichert. Dort, indem er seinen Helden von seiner Aufgabe in individuelles Glück fliehen läßt; – hier, indem er darstellte, daß kein Kampf mehr zustande kam, der zur Dramatisierung der eigenen Person, und das heißt zur Steigerung des Lebensbewußtseins hinreichte. Die Vergesellschaftung des Menschen trat durch die neuen Arbeitsprozesse, durch die neuen Großorganismen immer mehr zutage. Unbedingtheit war kein Maßstab für das Leben mehr, wie das alte Drama noch darlegte. Der Blick wandert auf die Situation des bedingten, des in den Realitäten gefangenen und von den sozialen Aufgaben beanspruchten Menschen, er legt sich auf die Abhängigkeiten, auf die Systeme, denen er in dem Maße ausgesetzt war, wie er sie selber am Leben erhält. Es gab nun alte und neue dramatische Figuren. Die Scheidelinie zwischen ihnen ist identisch mit der zwischen Georg Kaiser und Brecht. Bei Kaiser *erlebt* man den Stoff der neuen Zeit. Bei Brecht wird er zum *Problem.*

Das neue Interesse an der Realität, das sich 1924 zum erstenmal ganz stark zeigt, ist die Folge der Abhängigkeitserlebnisse der zurückliegenden Jahre. Was war diese Gesellschaft, was war die mit soviel Hoffnung gegründete Republik? Der Mord an Karl Liebknecht und Rosa Luxemburg, der Mord an Rathenau, der Hitler-Putsch, die Inflation: darin zeigten sich die Gefährdungen. Die Besetzung der Westprovinzen durch die fremden Truppen, die anhaltende Ausbeutung durch die ›Reparationen‹, die das sich neu bilden wollende Deutschland an die Siegermächte des Weltkrieges zahlen muß, schafft unausgleichbare politische Spannungen. Separatisten (»Rheinische Rebellen« von Arnolt Bronnen) und Widerstandskämpfer (»Schlageter« von Hanns Johst) werden die politischen Extreme. Diese nun nach der Entlastungsphase nach 1918 neu gespürte Wirklichkeit dringt von Jahr zu Jahr mehr und in den verschiedensten Ausprägungen auf die Bühne vor. Nun kommt der junge Regisseur Erwin Piscator zur Geltung, der mit seinem ersten proletarischen Theater 1920 in Berlin gescheitert war. Er verbindet sich mit Brecht; beide haben die gleichen Überlegungen: den Entwurf einer soziologischen Dramaturgie, die die gesellschaftlichen Verhältnisse darlegt und kritisiert. Piscators Inszenierungen an der Volksbühne in Berlin, die mit ihm nun zum dritten ›führenden‹ Theater Berlins aufrückt, werden so wie Brechts Versuche zur Form des neuen Dramas von der Frage der Abbildbarkeit dieser Gesellschaft beherrscht. Beide kommen deswegen zur Ausarbeitung eines ›epischen‹ Dramas. Das dramatische Drama hatte die gesellschaftlichen Verhältnisse nur zum Anlaß für die psychischen Konflikte der dramatischen Figuren genommen. Ihnen galt das ganze Interesse des Dramatikers, der ein ›Dramatisierer‹ war. Die sozialen Verhältnisse selbst waren konstant. Das epische Drama breitet nun diese Verhältnisse aus und führt den Menschen vor in seiner Abhängigkeit, aber auch in seiner Freiheit, auf sie zu antworten und sie zu verändern. Gezeigt wird der Mensch in seinem Verhältnis zu seinen Zwängen. Die Zusammenarbeit Brechts und Piscators erreicht den Höhepunkt in der Inszenierung des »Schwejk«: es war das Stück, in dem die Hauptfigur die Verhältnisse dadurch für sich aufhob, daß sie sie unterlief. Es war das erste Schauspiel von der Kunst des Überlebens. In diesem »Schwejk« huldigt Piscator wie Brecht in »Mann ist Mann« zum erstenmal dem neuen Genie des Films: Charles Chaplin, der die Verstrickung des kleinen Mannes in die Willkürlichkeiten der Welt zum Thema seiner Pantomimen gemacht hatte. (Chaplins Filme wirkten damals in Berlin wie sensationelle Ereignisse.)

So verwandt die Ausgangspunkte Piscators und Brechts waren: beide trennen sich bald ganz durch ihre Methoden. Brecht, indem er seine Erkenntnisse der Vorgänge in der Gesellschaft, die Ortung bestimmter Situationen und Verhaltensweisen ›beispielhaft‹ in fremde Milieus überträgt (Beispiel: »Mann ist Mann« nach Indien), um sie so leichter durchschaubar zu machen; d. h., er befreit sie von den Emotionen, die jede direkte Abbildung der eigenen Gegenwart mit sich bringt. Piscator mobilisiert alle technischen Hilfsmittel, um diese Gegenwart direkt und ›unverfremdet‹ abzubilden.

»Mann ist Mann« wurde das thematisch wichtigste Stück der letzten Phase der Republik. Es hat Brecht, wie die Inszenierungen und Umarbeitungen zeigen, bis zu ihrem Ende beschäftigt. Was Brecht darin demonstrierte: daß der Mensch als intelligibles

Wesen durch äußere Gewalt ummontierbar sei in ein nur emotionales; das wurde ja das Schicksal der Republik. – In »Mann ist Mann« hat sich das Brecht-Theater 1926 zum erstenmal deutlich charakterisiert. Die »Dreigroschenoper« vervollständigt das Arsenal der neuen darstellerischen Mittel und gibt die Grundlage zur ersten Formulierung der Theorie des epischen Theaters; sie bestätigte sogar die Unterhaltsamkeit dieses Verfahrens. Sie wurde Brechts populärster Erfolg.

Bei seinen Versuchen, in die komplizierten Zusammenhänge der Wirklichkeit, und das heißt, in die verdeckten Praktiken des kapitalistischen Wirtschaftssystems einzudringen, kam Brecht zwangsläufig zu Marx. Dessen gesellschaftliche und wirtschaftliche Analysen werden ihm Handhaben für die Interpretation der Wirklichkeit wie für die Darstellung des Abhängigkeitsverhältnisses des einzelnen von den Gegebenheiten. Die als unwürdig empfundene Abhängigkeit wird zum Antrieb für die proklamierte Veränderung. So konnte Brecht später den neuen Charakter seines Entwurfs vom Theater so formulieren: »Das Theater wurde eine Angelegenheit für Philosophen, allerdings solcher Philosophen, die die Welt nicht nur zu erklären, sondern auch zu ändern wünschten.« Die politische Anziehungskraft des Marxschen Systems, das die seit 1921 anwachsende kommunistische Partei zu bewahren vorgab, wurde für Brecht erst bestimmend, als er spürte, wie notwendig energischer Widerstand gegen den von Hitler geschürten, sich schnell verbreitenden Nationalismus wurde. Erst am Ende der zwanziger Jahre geht er in das Lager, in dem ihm die Maximen der Aufklärung mit dem Entwurf einer zu verändernden Gesellschaft bewahrt schienen. Damit traf sich Brecht abermals mit Piscator. Aber Piscators marxistische Neigungen und Parteinahmen waren weniger von ästhetischen Überlegungen bestimmt. Seine Bindung war spontaner. Ein weltverbessernder Zug kopulierte sich in dem feinen, später fast grandseigneurhaften Mann mit dem antibürgerlichen in ihm, der ihn zu DADA getrieben hatte als der ersten sichtbar gewordenen Aktion gegen die überkommene bürgerliche Kunst. Von den Erlebnissen des Weltkrieges schockiert, von Lenins und Trotzkis Manifesten für eine bessere Welt fasziniert, vertraute er auf die in der Revolte von 1918 sichtbar gewordenen Proletarier als die kommenden Träger einer freien, aufgeklärten Gesellschaft. (»Der geistige Fixierpunkt ist und bleibt für mich das Proletariat und die soziale Revolution«, notierte er noch 1928.) Im Grunde aber ist Piscator den kommunistischen Ideen begegnet wie der Expressionist seinen Visionen vom neuen Menschen: hymnisch, ekstatisch, bekennerisch. Der Jubelton, mit dem er 1925 in seiner kommunistischen Revue »Trotz alledem« im Großen Schauspielhaus selbst einen Text Karl Liebknechts sprach, ist dafür ein unüberhörbares Zeugnis. Etwas von dem Schub der Expressionisten hat der 1919 ins proletarische Theater aufbrechende Piscator immer behalten. Die szenischen Formen jedoch, die er für sein Theater nun auszuarbeiten beginnt, werden deswegen so anders, weil er sich einer Gesellschaft gegenüberfindet, die nicht wahrnehmen wollte und will, was mit der russischen Revolution von 1917 eigentlich geschehen war: die Veränderung der Welt durch ›proletarische‹, nichtkapitalistische Prinzipien, die Setzung einer Alternative. Solange und in welchen Formen Piscators Theater immer existierte, er hat diese Veränderung mit allen Mitteln hervorgehoben und ›demonstriert‹; von dem kommunistischen Revuen für die Parteitage (»Revue Roter Rummel« und »Trotz alledem!«) bis zu seiner letzten Inszenierung in Deutschland vor dem Exil: »Tai Yang erwacht« (1931). Revolution, rote Fahnen, Trotzki und Lenin, das sind die Leitmotive und Leitfiguren. Er sammelt Zitate des Programms und der Historie in seinen Inszenierungen. Piscator hat den Zwang zur Abbildung und Aktivierung anders gelöst als Brecht: dieser entwickelte seine Theorie der Verfremdung, Piscator sein Theater der direkten Konfrontation.

Das Prinzip der Piscatorschen Inszenierungen ist soziologisch in dem Sinn, daß hier die Hintergründe der Stücke ausgeweitet sind, um die Figuren ›in ihre Zeit‹ zu stellen, das heißt in ihre sozialen Bedingungen und in ihre Kraftfelder. Darum ist der Ausgangspunkt seiner Arbeit die Verwendung von Lichtbildern, statischen und beweglichen: sie sind Wirklichkeitszitate. Sie werden auf vielfache Weise verwendet: um historische Abläufe (etwa die permanente Revolution in »Gewitter über Gottland«) zu zeigen, wie um Situationen zu beschreiben (den Hexenkessel Großstadt in »Der Kaufmann von Berlin« 1929). Sie werden verwendet, um Vorgänge auf der Bühne zu kommentieren (wie in »Rasputin« 1927). Daß sich Piscator immer mehr technischer Mittel bedient, entspricht der Entwicklung der Gesellschaft zu einer technischen hin. Er bringt ihr Ausdrucksinstrumentarium auf seine neue

Bühne; die bisherige hatte es noch hinter Pfeilern und Kulissen versteckt.

Auch Brecht hebt dieses Versteck der Scheinwerfer und Züge auf, aber er bleibt ihm Rahmen des herkömmlichen Theaters. Er benutzt die Maschinerie nur als Mittel, die Illusionierung des Bühnenspiels zu verhindern. Er verstärkt aber das Spiel in durchaus herkömmlichem Sinn, indem er den Schauspieler innerhalb seines kritisch arrangierten Szenariums auf eine fast artistische Weise aktiviert. – Piscator geht auch hier den anderen Weg, er aktiviert die Szene durch die technischen Mittel, die als Funktionen des Themas eingesetzt werden und so einen eigenen Ausdruckswert erhalten. Auch der Schauspieler wird in Piscators Theater auf seine Funktion für das Thema reduziert. Darum hat Piscator immer lieber mit Typen als mit großen Individuen gearbeitet. – So kommen Brecht und Piscator vom gleichen Ausgangspunkt und bei gleicher Zielrichtung zu ganz verschiedenen Formen von Theater. Brecht zum kritischen Schauspielertheater, Piscator zu einem Funktionstheater, das die verschiedensten Wirklichkeitselemente und Vorgänge zu einer szenischen, zweckhaft eingesetzten Kollage komponiert. Der Zweck hieß: die Veränderung der Gesellschaft. »Wir fassen das Theater nicht auf als einen Spiegel der Zeit, sondern als ein Mittel, die Zeit zu verändern«, sagt auch Piscator.

Wirklichkeit! Wirklichkeit!

Stärker ist die alte ›Kunstanstalt‹ Theater nie in die Wirklichkeit eingegliedert worden als bei ihm. Mit fast propagandistischem Elan verkündet er das Theater als politische Anstalt, deren Zweck es nicht mehr ist, Kunst zu produzieren, so viele künstlerische Elemente die Inszenierungen auch enthalten oder sich zwangsläufig aus dem experimentellen Charakter dieses Theaters ergeben. Piscators Theater ist im ganzen mehr ein Entwurf als eine Vollendung, seine Inszenierungen verraten noch immer das Labor. Es wird in dem Augenblick überfordert, als die Experimente solchen Umfang annehmen, daß sie einmal mit dem Premierenzwang kollidieren, dem ein Theater unterliegt, zum anderen mit dem Funktionscharakter der technischen Mittel selbst. Als Piscator das Prinzip der Hebebühne ausdehnt, um die Menschen mit ihr in der vertikalen Schichtung der Gesellschaft (ihr entsprechen die drei Etagen der Bühne), von einer Schicht in die andere zu heben, da wird das technische Hilfsmittel Ersatz für gesellschaftliche Bewegung. Es ist ein ungewollter Effekt, daß es streikt, daß der große Versuch die größte Niederlage Piscators wird (»Kaufmann von Berlin«).

Nicht der Zusammenbruch seiner Theater entscheidet über Piscators Rang und Bedeutung, sondern das, was er auslöste. Die Willkür, mit der Piscator in vorliegende Stücke eingreift (ihm fehlten immer die Dichter), und die faszinierende Erweiterung der szenischen Ausdrucksmittel konnten den Eindruck erwekken, als werde die Anarchie im Drama hier noch einmal vergrößert. Durch das, was Brecht und Piscator einleiteten, wurde sie auf die Dauer überwunden. Was beide formulierten, wurde die neue Dramaturgie.

Die neuen Kategorien, die auch Brecht antreiben, sind in Piscators Theater am deutlichsten formuliert: Zeitbewußtsein und Gerechtigkeit. Sie beherrschen das Theater der Republik von der Mitte der zwanziger Jahre an. Nach dem Verlöschen der idealistischen Impulse wird es mit ihrer Hilfe noch einmal gegründet. Es nimmt kämpferischen Charakter an. Auch die Klassikeraufführungen werden davon nicht verschont. Piscator gestaltet für seine Inszenierung Schillers »Räuber« 1926 nach diesen Kategorien um. Sie öffnet eine Schleuse. Selbst der lavierende Intendant des Staatstheaters, Leopold Jeßner, verschließt sich diesem Strom des Zeittheaters nicht mehr. Sein »Hamlet« wird 1926 das Siegel darauf.

Das Zeittheater ist keine plötzliche Geburt. Viele Stücke der Expressionisten haben schon den kritischen Impetus gegen fixierte Gesellschaft und Situationen enthalten. Aber wo bei ihnen Wirklichkeit auftrat, wurde sie als Widerstand diffamiert und angeklagt: aus Zorn, aus Verachtung, doch sie blieb unverändert. Es wandelten sich einzelne ›Ergriffene‹, ›die Gesellschaft‹ aber blieb träge.

Der Impuls zur Erneuerung des Individuums verebbte in dem Maße, wie erfahren wurde, daß in die Wirklichkeit selbst eingegriffen werden muß, wenn die Abhängigkeit des Individuums von nicht mehr zu rechtfertigenden Bindungen überwunden werden soll. Politisch ist das Zeittheater die Konsequenz dieser Einsicht. Darum entfaltet es seinen sozialen Aktivismus. Es bleibt nicht auf die Parteigänger der KP beschränkt. Karl Kraus nimmt daran teil

(»Die Unüberwindlichen«), wie Peter Martin Lampel (»Revolte im Erziehungshaus«, »Pennäler«, »Giftgas über Berlin«), Erich Mühsam (»Sacco und Vanzetti«), Günther Weisenborn (»U-Boot S 4«), der Arzt Dr. Credé (»§ 218«) oder Friedrich Wolf mit »Cyankali«. Das sind Themen des Kampfes von der Bühne herab gegen Mißstände in der Gesellschaft: die Zustände der Fürsorgeerziehung, die Geschlechtsnot der Jugend, die sexuellen Tabus, das Verfügungsrecht der Frau über ihren eigenen Körper, die Todesstrafe, das Sterben von Soldaten mitten im Frieden. – Freilich sind diese Zeitstücke schon die fortgeschrittene Form des aktualisierten Theaters. Bis 1932 wächst seine Aggression.

Das Zeittheater ist nicht nur aus dem politischen und sozialkritischen Engagement bestimmter Autoren entstanden. Die neue Wirklichkeit selbst drängt Stoffe aufs Theater, die die gesellschaftlichen Kräfte und die neuen Machtballungen sichtbar machen. Das Theater von 1914 hat mit den bis dahin entstandenen Stücken nicht abgebildet, was diese neue Wirklichkeit war. Alfred Kerr hat um 1910 die Veränderung, die neue Aktualisierung der Bühne und damit ihre Tendenz zum Epischen geahnt, als er notierte: »Manches Drama wird künftig nur Vorspiegelung eines Dramas (im alten Sinn) sein können. ... de facto jedoch Zeitung ... mit verteilten Rollen.« – Nicht nur Piscator hat sich auf die Zeitung berufen, der Abbildungsdrang der Zeitdramatiker wuchs so schnell, daß wenige Monate nach dem Erscheinen der Zeitungsberichte die Meldungen schon zum Gegenstand von Stücken geworden waren. Dazu gehört »U-Boot S 4«, aber auch Duschinskys »Stempelbrüder«, das 1929 bereits die beginnende Arbeitslosigkeit referierte.

Die neuen Stoffe: Georg Kaiser hatte sie in »Gas« angedeutet und Peter Martin Lampel in »Giftgas über Berlin« einen Vorfall zur Vision eines Großstadtschicksals ausgeweitet. Leo Lania (»Konjunktur«), Hans J. Rehfisch (»Skandal in Amerika«), Lion Feuchtwanger (»Die Petroleuminseln«) beschrieben die Macht des Öls, Bruckner schilderte die Sexualnot der Jugend und die Moral der Großstadt (»Krankheit der Jugend«, »Verbrecher«). Die Rolle der schwarzen Reichswehr in der Republik behandelte Horváth in »Sladek«, die Separatistenkämpfe verwertete Bronnen in den »Rheinischen Rebellen«. Das war die Szene des Jahrzehnts, von der Musil sagte, man werde eine Psychopathologie des Theaters schreiben können. Hanns Henny Jahnn hat in das

Brodeln der vielen zum Zeittheater drängenden Halb- und Vierteltalente hineingesehen, als er 1928 den Kleistpreis verlieh. Seine Rede gibt Zeugnis davon: »Die junge deutsche Literatur steht überwiegend links. Ist radikal (und sei es völkisch) [...] Die Gründe für die Aktivierung sind viele. Das Messer sitzt an der Kehle. Die Unsicherheit gegenüber sympathischen und antipathischen Strömen des Lebensnächsten ist gewachsen. Die neue Jugend ist nicht weiser als die vorausgegangene; aber mißtrauischer, darum roher, offener, unberechenbar [...] Sie fürchten die kommenden Giftgase.«

Für diese neuen Stoffe gibt es keine überlieferten Formen. Daß sie mit dem alten, vom Expressionismus schon zerstörten Dramenschema nicht mehr zu fassen waren, das ergibt sich schon aus der Trivialität der zum Teil verhaßten Gegenstände, die weder Poesie noch Erhöhung, noch Dramatisierung der Figuren zulassen. So wird das Zeitstück in der Form ein Beliebigkeitsstück: realistisch und der Realismus gesteigert bis in den Naturalismus von einst. Minnichs »Schlafstelle« ist wohl das Äußerste: »Das Elendsdrama der jungen Naturalisten der 80er Jahre« kehre zurück, heißt es im »Berliner Lokal-Anzeiger«; und Kerr schreibt einige Male zu solchen Zeitstücken: »Das war kein Theater mehr.« Die Lebensechtheit, die dampfende Wirklichkeit: wenn man betrachtet, was Piscator mit den ihm übergebenen Texten im Sinn einer soziologischen Dramaturgie experimentell veranstaltet, was Brechts antiaristotelische Dramaturgie an neuer szenischer Form bis zur »Heiligen Johanna der Schlachthöfe«, bis zum Ende der Republik zustande bringt, so erscheint das späte Zeitstück, so direkt es auch nachweisbar auf die Gegenwart wirkte (siehe »Cyankali« und »Revolte im Erziehungshaus«), formal als ein Rückfall.

Inhalt geht vor alles. Angeklagt sind die Zustände. Die Expressionisten sind nicht ohne Grund von 1923 ab, einer nach dem anderen, in die Komödie abgeschwenkt. Sie ist die Form, in der man sich abfindet mit der Realität. Erst ihre Nachfolger reden von der Veränderung der Gesellschaft als Ganzem, der sozialen Verhältnisse. Für sie mußte Kornfelds Satz von 1919 lächerlich wirken, der hieß: »Das einzige Mittel, das der einzelne hat, um die Welt zu ändern, ist das, sich selbst zu ändern.« Von der Mitte des Jahrzehnts an wird immer mehr in Kollektiven gedacht. Darum zum Beispiel hatte der Sowjet-Film »Panzerkreuzer Potemkin« eine solch einschneidende Wirkung in Deutschland gehabt. Eisensteins »Panzerkreuzer Potemkin« (dt. Auff. April 1926) geistert durch viele Zeitstücke und Inszenierungen, als solle mit seiner Hilfe die Revolution noch einmal nachgeholt werden, die doch längst verspielt war. Dieser Film wird nun deren nachdrückliches Symbol in Deutschland. Nie hat die deutsche Bühne vom Film her einen stärkeren direkten Einfluß verspürt, auch nicht von den Filmen Chaplins. Der Panzerkreuzer Potemkin ist gegenwärtig in Piscators »Räubern«, in Jeßners »Hamlet«, in Piscators »Gewitter über Gotland« und »Hoppla, wir leben«, in Weisenborns »U-Boot S 4« und in Friedrich Wolfs »Matrosen von Cattaro«. Er wirkte noch nach in der politischen Panzerkreuzerdebatte im Jahre 1928. Seine Schatten liegen auch auf Tollers »Feuer aus den Kesseln«.

War das Zeitstück eine Mode? In seinen Auswüchsen und seinen Nachahmungen sicher; wie eng es aber mit den Entwicklungen des Bewußtseins jener Jahre zusammenhing, kann man an den Stücken Tollers ablesen, der am konsequentesten den Übergang vom Expressionismus in das politische Drama vollzogen hat. Man erkennt den Zusammenhang zwischen Stücktypus und Gesellschaft aber auch an der Entwicklung des Kriegsstücks, das innerhalb dieses Zeittheaters einen eigenen und immer wichtiger werdenden Typus darstellt.

Hitler an der Rampe

Die Erinnerung an den Krieg, die zunächst verdrängt war, wird um die Mitte des Jahrzehnts plötzlich lebendig. Die Kriegsstücke entstehen zusammen mit den Kriegsromanen von Barbusse, von der Vring, Arnold Zweig, Remarque und Renn, von Ernst Jünger und Zöberlein. Was Bronnen noch symbolisch mit der »Katalaunischen Schlacht« im Unterstand begann, endet realistisch in Hintze/Graffs Verdun-Schauspiel »Die endlose Straße«. Da ersteht die Kriegssituation auf der Bühne so nah und deutlich vor Augen, daß Kerr also schreibt: »Das ist nicht mehr Theater.« Was in Sheriffs »Die andere Seite« pazifistisch gemeint war, das endet in Erstaunen über den heroischen Fatalismus, mit dem eine dezimierte Truppe sich zum Marsch in die vordere Linie wieder aufstellt (»Die endlose Straße«). Mit Hilfe des Kriegsstücks erobern sich bald auch die konservativen und national gesinnten

Autoren das Zeitdrama. Es fällt den Nationalsozialisten später nicht schwer, manche dieser Frontstücke in ihren Dienst zu stellen. »Reims« von Friedrich Bethge, das 1932 erscheint, ist eines davon.

Der Kampf der bürgerlichen, sozialistischen und nationalen Gruppen um das Theater, der die letzten Jahre der Republik kennzeichnet, ist nicht nur am Kriegsstück abzulesen. Er ist ablesbar auch an der Geschichte der Publikumsorganisationen. Die Berliner Volksbühne ist von Spaltung bedroht, denn in ihr wird der Kampf zwischen dem Kunsttheater und dem progressiven politischen Theater fast exemplarisch für die ganze Gesellschaft ausgefochten. Die progressiven, sich an Piscator anhängenden Sondergruppen drängen auf ein eigenes Theater und nach einem eigenen engagierten Spielplan. Aber neben der Volksbühne entsteht der bürgerlich-christliche Bühnenvolksbund, und die Nationalsozialisten antworten auf die starke Bedeutung dieser Theaterorganisationen und der links orientierten Zeitstücke mit der Gründung einer »Großdeutschen Theatergemeinschaft« in Berlin; aber sie bringt nichts zustande als einige trivial-sentimentale Volksstücke und geht bald ein. Ihr fehlen die Dichter, die Schriftsteller und die Regisseure; es fehlt ihnen der künstlerische Impuls. Aber es wäre falsch, das als Kriterium für das Versagen der Theaterpolitik der immer stärker werdenden Nationalsozialisten zu nehmen. Gerade weil der Linken mehr Theaterleiter geneigt sind, weil sie die aufsehenerregenden Regisseure und Autoren hat, wird der Kampf von den Nationalsozialisten gegen diese Personen geführt, um über sie auf das Instrument Theater selber zu wirken. Der Kampf beginnt 1922 in München schon im »Völkischen Beobachter« (in der Rezension zu Brechts »Im Dikkicht«) und weitet sich in der NS-Presse aus. Die nationalen und die NS-Kritiker (eine Weile gehen sie zusammen) schrecken vor keiner Drohung zurück. Fritz Kortner muß sich gegen die Diffamierung zur Wehr setzen, er habe ein deutsches Mädchen vergewaltigt, Leopold Jeßners beste Kräfte werden in politischen Auseinandersetzungen verzehrt, die Skandale vieler Aufführungen werden nicht mehr dadurch verursacht, daß die Grenzen der bürgerlichen Lebensvorstellungen aufgehoben, sondern daß nationale Gruppen in die Vorstellungen gelenkt werden. Der Kampf wird mit Hilfe des »Kampfbundes für deutsche Kultur« aufgezogen als ein Kampf gegen die Verjudung des deutschen Theaters, und das heißt: gegen den größten Teil der maßgebenden Intendanten und Schauspieler. Von 1930 ab gehen überall die wichtigen Positionen auf dem Theater der Republik verloren. Leopold Jeßner kündigt seinen Vertrag im Berliner Staatstheater. Ernst Legal folgt ihm im Amt, geht bald, dann treibt die erste Bühne der Republik lange Zeit ohne Führung. Erwin Piscator, am Nollendorffplatz wie im Wallnertheater gescheitert und schließlich ganz im Parteitheater befangen, zieht noch mit einer Wandertruppe durch Deutschland, bevor er sich nach Moskau zu Filmarbeiten absetzt. Richard Weichert, in Frankfurt ausgeschieden, bleibt in Berlin ohne hinreichende Aufgaben. Max Reinhardt, seit 1929 wieder in Berlin, gibt seine Theater 1932 abermals ab und geht nach Österreich zurück. Der »Völkische Beobachter« triumphiert. Über Reinhardt wie über den Zusammenbruch des finanzkräftigen Theaterkonzerns der Gebrüder Rotter. Die Wirtschaftskrise arbeitet ihnen auch im Theater in die Hand.

Hitlers Partei sieht die große Zeit des deutschen Theaters vor allem unter dem antisemitischen Aspekt. Sie zitiert Adolf Bartels' Wort vom »Deutschen Theater jüdischer Nation« und setzt nicht nur den Berliner Generalintendanten Tietjen unter Druck, daß er keine jüdischen Schauspieler mehr engagiere. Alfred Kerr schreibt: »Die Theaterleiter haben Angst.« Aus Angst streicht Jeßner, als er Paul Kornfelds »Jud Süß« inszeniert, die aggressiven Massenszenen, in denen der Antisemitismus des Volkes angeprangert wird. Der Intendant des Münchner Residenztheaters läßt ein Schauspiel vom Theaterkritiker des »Völkischen Beobachters«, Josef Stolzing, in Szene gehen (»Friedrich Friesen«), Erich Ziegel gibt aus Hamburg politisch gefährliche Stücke zurück, Friedrich Wolfs neue Schauspiele werden nur noch von proletarischen Spieltrupps in der Provinz gespielt. Nationalsozialistische Intendanten setzen sich in den deutschen Theatern fest. Im Nationaltheater in Weimar, in dem die Nationalversammlung einst feierlich zur Gründung der Republik zusammenkam, erscheint am 30. Januar 1932 zum ersten Mal Hitler offiziell im Theater zu einem Stück »Hundert Tage«, das den Faschisten Mussolini zum Autor hat. Der Weimarer Intendant Ulbrich wird der erste sein, der 1933 die vakante Intendanz am Staatstheater in Berlin nach der Berufung Hitlers zum Kanzler übernehmen wird.

Nationalismus: Auch das ist das Gesicht der ›Provinz‹, die zu

Anfang des Jahrzehnts das neue expressionistisch-revolutionäre Theater so ungestüm hervorgebracht hat, als der Kaiser noch in Berlin saß. Die letzten Jahre des republikanischen Theaters bleiben merkwürdig leer. Wichtiges und Charakteristisches geschieht nur noch an Außenseiterbühnen: am Schiffbauerdamm unter Ernst Josef Aufricht, in der »Gruppe junger Schauspieler«, die die Nachfolge von Moriz Seelers »Junger Bühne« antritt. Sie trägt die letzte, aktivistische Phase des Zeitstücks. Aber auch das Zeitstück wird nun schnell überholt. Im Grunde bleibt es ohne Erfolg. Es hat nichts verändert, es hat die Situation nur verschärft. Monty Jacobs schreibt schon nach dem Zusammenbruch der zweiten Piscator-Bühne: »Nun wollen wir dem Schwindel von der politischen, nichts als politischen Kampfbühne fröhlich pfeifend den Sarg zimmern«, und Kerr folgte mit dem Satz: Das Zeitstück »war eine Notwendigkeit und beginnt jetzt ein Irrtum zu werden«. Herbert Ihering schreibt schon 1929: »Alle Anzeichen deuten darauf hin, daß eine geistige Reaktion ohne Beispiel den Vorstoß, den das Theater versuchte, beantworten wird.« Im Februar 1931 fährt er fort: »Das Theater stürzt heute in eine Leere.« Die Aktivitäten vereinzeln sich: noch gibt es örtliche Versuche, das Theater als freien Platz zu halten, wie in Stuttgart, wie in Osnabrück. Aber es gibt kaum noch Zusammenhang. Der Schauspieler Gustaf Gründgens kündigt am Reinhardt-Theater und fragt: »Wo ist das Theater, das dem Schauspieler planmäßige Arbeit ermöglicht?« Ihering notiert: »Karl-Heinz Martin ist fast der einzige, der heute noch inszeniert.« Das ist, denkt man an Fehling, an den mit Zuckmayer aufgestiegenen Hilpert, an Erich Engel, zwar übertrieben. Aber auch Kerr schreibt 1932 angesichts der Regressionen eine Klageschrift: »Was wird aus Deutschlands Theater?« Sie beginnt so: »Deutschland, das sichtbarste Theater der Krise, hat zugleich die sichtbarste Krise des Theaters«... und er endet: »Dies insgesamt versinkt... wenn kein Wunder geschieht.« Wir wissen, daß das Wunder nicht geschah. Am 9. Februar 1932, beim Vor-Abgesang auf Max Reinhardt, der damals in Berlin die »Komödie« und das Theater am Kurfürstendamm aufgibt, heißt es schon im »Völkischen Beobachter«: »Auch auf dem Gebiete des Theaters haben *wir* ja jetzt die Führung übernommen.« Das Dramaturgische Büro, die Deutsche Bühnenkorrespondenz der Nationalsozialisten beginnen zu wirken. Sie bereiten den »deutschen Spielplan« vor, der

1933 mit einer uns heute fast erschreckenden Schnelligkeit und auf Grund eines lange angekündigten und bereitgehaltenen ›Sofortprogrammes‹ in den deutschen Theatern verwirklicht wird: Ein Spielplan der deutschen Stärke. Dazu gehören Graffs »Endlose Straße«, Lerbs' »UB 116«, Hermann Burtes schon zwanzig Jahre zuvor auf den deutschen Bühnen gespielter »Katte«, Otto Erlers »Struensee«, aber auch Hanns Johsts Stücke (»Propheten«, »Thomas Paine«) und die des jungen Eberhard Wolfgang Möller (»Panamaskandal«, »Douaumont«). Zeitstück und historisches Stück: es gibt eine Linie, die durch die Spielpläne der zwanziger Jahre zu dem Punkt führt, an dem aus dem kritischen aktuellen Theater der Republik das alte Illusions- als neues Indoktrinationstheater wiederher- und auch gleich politisch in Dienst gestellt wird: »als eine Erbauungsstätte, eine Kultstätte deutschen Wesens«. Der Weg Hanns Johsts, auch der Arnolt Bronnens gibt darüber Auskunft.

Es ist ein Rückschlag. Der ätzende Komödienschreiber Carl Sternheim hatte mit seinem Eintreten für eine neue freie offene Gesellschaft nach dem Ende der fixierten wilhelminischen seinen Boden verloren und die liberale Republik mit zweitrangigen Komödien gespeist; Georg Kaiser, der unermüdliche Heros unter den Dramatikern dieser Jahre, hatte sich in seiner ungeheuerlichen Produktion so sensationalisiert, so isoliert von den Gegenwartsproblemen, daß Brecht diesen seinen Anreger schließlich fragte, ob er noch wisse, wo Gott wohnt. Wo er Zeitthemen aufgriff wie den Aufmarsch des NS-Trupps in »Lederköpfe« (1928), verschloß sich der Inhalt wieder in Kaisers hermetisch-neurotischer Form.

Der große Rest

Was blieb? Brecht ist, so scheint es, damals auf dem Weg gewesen, das Werk Hauptmanns abzulösen. Er war der einzige, der die neue Dramaturgie seiner Stücke auf der Bühne selbst entwikkelte, sie war antipodisch zu der Gerhart Hauptmanns. Aber Brecht kommt nur bis zu den Lehrstücken »Die Mutter«, bis zur »Maßnahme« und der nicht mehr aufgeführten »Heiligen Johanna der Schlachthöfe«. Dann geht er ins Exil. Zwischen Brecht und Hauptmann aber hat sich ein Autor eingefügt, der das Zeitstück mit dem Volksstück verbunden hat; sein »Fröhlicher Weinberg« hat 1925 nach den Überanstrengungen des bald als krank ausgegebenen Expressionismus wie eine Erlösung gewirkt. Man »hat sich gesund gelacht«, hat damals Eloesser notiert. Mit dem »Hauptmann von Köpenick« schreibt Carl Zuckmayer nun zwei Jahre vor dem Ende der Republik, Shaws ironischem Muster folgend, die große deutsche Zeitkomödie des Jahrzehnts: die Republik sieht in dieser Eulenspiegelei auf ihre wilhelminische Vergangenheit nicht mehr gereizt, sondern versöhnlich zurück. Doch in diesem Rückspiegel entdeckt man bereits die Warnung vor den kommenden Uniformen, vor den Leuten, die Georg Kaiser in den »Lederköpfen« meinte und die Ödön von Horváth – der Analytiker der letzten Stunde – zur gleichen Zeit in der »Italienischen Nacht« (1931) am Schiffbauerdammtheater sehr deutlich vorzeigte – inmitten von »Verteidigern der Republik«, die kaum noch etwas zu sagen hatten. Zuckmayers ›Hauptmann von Köpenick‹ wird der letzte große Stückerfolg auf dem republikanischen Theater.

Und Hauptmann selbst? Das nun ist das Wunder der Republik. Unter der Oberfläche dieses ›aktualisierten Theaters‹ sind Hauptmanns realistische Schauspiele immer wieder Quellen der schauspielerischen Erholung gewesen; der Strom von Tradition, der durch das hektische Treiben dieser Theaterjahre geht, wenn auch alle seine neuen Stücke von 1916-1932 dem Verdikt der Kritiker und des Publikums verfielen. Das Ende der Epoche ist ein Hauptmann-Jahr. Die Theater feiern Hauptmanns siebzigsten Geburtstag, und sie feiern den Dichter als den geistigen Repräsentanten der Republik. Und er selbst gibt der Bühne mit »Vor Sonnenuntergang« ein Pendant zu seinem erstaunlichen Anfang von 1889: wieder ein Menschenschicksal, anscheinend ein altes, unaktuelles Thema, aber den Schauspielern bietet er Rollen mit Differenzierung und Atmosphäre; ein Stück altes Theater wird wieder zum Ereignis. In Berlin, wie in Wien, wie in der Provinz. Es ist das letzte große Stück des realistisch-bürgerlichen Menschentheaters. Sein Titel bekommt im Zusammenhang mit den politischen Ereignissen – dem Verenden der Republik – einen symbolischen Wert.

Ein seltsamer Zusammenklang. Das Hauptmann-Jahr ist auch ein Goethe-Jahr. Das zerrissene, in Parteien gespaltene Publikum des ebenso zerrissenen Theaters sammelt sich unter ihrer beider Namen. Mit »Faust II« endet im Berliner Staatstheater, also im ersten Theater des demokratischen Staates, die Republik. Es ist eine Aufführung, für die der Regisseur und das Konzept aus der Provinz geholt werden, weil sich in Berlin niemand mehr findet. Aber die Aufführung wird mit Berliner Kräften besetzt. Da ist noch einmal der demokratische Zusammenhang des dezentralisierten Theaters: Provinz und Hauptstadt. Wenige Tage später schon verlassen die führenden Kräfte des republikanischen Theaters angesichts des politischen Umsturzes das Land. Es ist wie ein abrupter Aktschluß nach einer langwierigen Agonie; nach vier Akten eines noch heute faszinierenden Experiments.

Als ein großes Experiment stellt das Theater der zwanziger Jahre sich uns heute dar. An die damals erarbeiteten szenischen Mittel knüpfte das deutsche Theater erst in den fünfziger Jahren wieder an. Das war und ist noch immer ein schwieriger Versuch, deswegen, weil in diesem Experiment selbst kaum eine Ordnung gewesen ist, sondern nur Spontaneität und Wille. – Daß sich das neue Theater nach dem Zweiten Weltkrieg über Brecht in die zwanziger Jahre zurücktasten konnte, das ist ein Glücksfall. Er vor allem hielt die Kontinuität mit seiner Dramaturgie, er allein fast ein Leitseil. Zu dem anderen großen Theaterentwurf des Jahrzehnts, zu dem Erwin Piscators, hat sich erst in den sechziger Jahren über das neue politische Drama von Kipphardt, Weiss und Hochhuth die Verbindung wiederhergestellt. Das Theater der Republik hat freilich mehr bereitgehalten, als diese beiden Entwürfe widerspiegeln.

Leopold Jeßner

Die Revolution im Staatstheater

Leopold Jeßner war Intendant am Staatlichen Schauspielhaus in Berlin von 1919 bis 1930. Seine Geschichte enthält für uns Auskünfte der verschiedensten Art: Erstens darüber, was es für ein kulturelles und theatralisches System bedeutet, wenn ein Mann mit neuen, selbst erarbeiteten Vorstellungen im entscheidenden Augenblick in eine zentrale Stellung kommt. (Möglich wäre ja gewesen, Jeßner hätte sich in den zwanziger Jahren in Königsberg verhockt.) Zweitens darüber, wie künstlerische Entwicklungen plötzlich politische Funktionen bekommen, wenn sie sich mit einer neuen politischen Konstellation verbinden. Drittens darüber, wie künstlerische Arbeit von politischen Reibungsprozessen zerstört werden kann. Viertens darüber, daß selbst die Zerstörung eines solchen wesentlichen Arbeitsprozesses nicht dessen weitere Wirkung aufhebt.

Was war Jeßners Arbeit, was sein Programm? Was waren seine Prägungen, was prägte er? Was ist von ihm noch gegenwärtig?

Der Weg nach Berlin

Wenn ein Herrscher stürzt, fallen auch seine Trabanten. Das Theater hat solche Fälle oft durchgespielt. Als im November 1918 der deutsche Kaiser den Thron räumen mußte, war es nicht anders. Kurz darauf demissionierte der Intendant seines Hoftheaters, des Königlichen Schauspielhauses in Berlin, Botho von Hülsen. Er war ein Kavaliersintendant alter Schule, hervorgegangen aus dem militärisch gebildeten Hofadel, der – soweit er selbst künstlerisch disponierte – den Geschmack des Hofes zum öffentlichen Geschmack und Kunstbegriff machte und auch dort, wo er künstlerisch persönliche Initiativen entfaltete wie in der Oper, den offiziellen sittlichen Normen doch so viel nachzugeben hatte, daß etwa die Durchsetzung des »Rosenkavaliers« an der Königlichen Oper nur unter »sittigendem« Austausch des obszönen Vokabulars möglich war. Hülsen repräsentierte die offizielle Institution Theater, nicht die Kunst des Theaters. Einen Typus wie ihn gab es nach Herkunft und Funktion nach 1918 nicht wieder. – Die Entscheidung, wie man diesen Hauptplatz nach Hülsen besetzen könne (das Interim mit Bruck und Patry war nicht haltbar), stellte die neue sozialdemokratische Regierung vor eine schwierige Frage. Zwar hatten sich zwischen 1916 und 1919 einige jüngere Regisseure deutlich als Träger neuer künstlerischer Energien profiliert – Gustav Hartung in Frankfurt, Richard Weichert in Mannheim, Karl-Heinz Martin in Berlin. Sie hatten Anschluß an die Gruppe junger expressionistisch-revolutionärer Dichter; sie inszenierten deren Stücke in musterhaften Aufführungen. (Die Jungen: Brecht, Piscator, Fehling waren noch nicht zu sehen.)

Die Entscheidung, die der preußische Kultusminister Konrad Hänisch zu treffen hatte, war aber keine primär künstlerische. Sie war, wie alle Entscheidungen damals, vor allem politisch. Die junge Republik, die die Geltung Berlins als Zentrale nicht an einen neuen Föderalismus zurückgeben wollte, brauchte in dem zentralen Theater am Berliner Gendarmenmarkt, dem als preußischem Hoftheater doch eine hohe Identität mit dem deutschen Staat zugewachsen war, einen Organisator, der die Prinzipien der Republik vertrat. Sie brauchte den Schnitt mit der Tradition des Hoftheaters. Das Hoftheater illuminierte das aristokratisch-nationale System. Das neue preußisch-republikanische Staatstheater sollte den Kunstwillen des neuen Staates manifestieren. Der Schnitt hieß Leopold Jeßner.

Jeßner widersprach in Herkunft und Person allem, was bisher »Tradition« war. Er war kein Mann von Adel, sondern ein Mitglied der sozialdemokratischen Partei mit Rückhalt an dieser wie an der Gewerkschaft. Er war Jude, der erste auf diesem Platz, seine Gesinnung streng republikanisch; zur Zeit seiner Wahl war er Intendant in Königsberg, seiner Geburtsstadt, einundvierzig Jahre alt. Als er am 1. September 1919 den machtvollen, klassizistischen Bau Schinkels am Berliner Gendarmenmarkt betrat, war klar: seine künstlerische Arbeit geschah in einem politischen Spannungsfeld, in dem von den Rechts- wie den Mittelstandsparteien und ihrem latenten Antisemitismus gegen Person und Amtsführung Feindschaft zu erwarten war. Jeßners Chance war: sie durch seine Arbeit wenn nicht mundtot, so doch wirkungslos zu machen. War er der Mann dazu? Jeßner war groß, klug, sparsam im Sprechen, etwas doktrinär im Denken, voller Herzlichkeit und Bonhomie, visionär begabt, machtvoll vom Gedanken her.

Eckart von Naso – sein Dramaturg, der ihn so beschreibt – nennt auch die andere Seite Jeßners: Scheuheit, Züge von Unstetigkeit und Angst bis zum Gefühl von Gejagtheit. »Ein Zerrissener«, der sich aber immer wieder in die Pflicht nahm, »in sich selbst zu einer Kraft übersteigert, die er von Haus aus nicht besaß, weil er, so schien es oft, die ihm innewohnende Lebensangst mit großartigen Wunschträumen betäubte.«

Jeßners Aufgabe war komplex. Er konnte seine Funktion nur im Zusammenhang sehen mit der Republik, deren Geist er künstlerisch ausdrücken sollte. Dieser war nur als Programm definierbar: republikanisch in der Gesinnung, weimaranisch in der humanistischen Haltung und Bildung.

Das Instrument, das ehemalige Königliche Hoftheater, war dazu kaum tauglich. Die an die engen und überholten Kunstvorstellungen des Hofes gebundene Bühne hatte von den elementaren Entwicklungen der Kunst kaum Kenntnis genommen. Zwar gab es gute Aufführungen, die von einzelnen Schauspielern wie Matkowski getragen wurden, die Inszenierungen blieben aber in einem gefälligen historisierenden, schon 1910 überholten Meiningerstil. Wildenbruchs historisierende und Sudermanns bürgerliche Dramen waren Favoriten im Spielplan. Die Dichter des Naturalismus (Ibsen, Gorki, Hauptmann) und des aggressiven Realismus (Wedekind, Sternheim) wurden nicht hier, sondern in der Schumannstraße unter Otto Brahms, später Max Reinhardts Direktion am Deutschen Theater aufgeführt. Dort lag die künstlerische Führung, nicht am Gendarmenmarkt.

Wollte Jeßner diese also zurückerobern, mußte er das Haus reaktivieren und die Auseinandersetzung um die Hegemonie mit dem großen Max Reinhardt aufnehmen. Doch Reinhardt hatte sich 1917 abermals den neuen Strömungen geöffnet. Jeßner konnte also nicht einfach auf die neuen Autoren der jungen expressionistischen Generation setzen. Jeßner sprach von seinem Willen, der Republik ein neues Volkstheater zu schaffen; aber auch da war Reinhardt einen Schritt weiter. Am 28. November 1919 eröffnete dieser das Theater der Dreitausend, das »Große Schauspielhaus« mit der emphatischen »Orestie«, während Jeßner das von der nationalen Tradition und gerade auch vom Königlichen Schauspielhaus mit verbrauchte Schauspiel »Wilhelm Tell« von Schiller ankündigte.

Was brachte Jeßner überhaupt künstlerisch mit? Welche

Chance hatte er? Gewiß war, daß er sich in dem verworrenen Spannungsfeld der Republik politisch nur durchsetzen konnte, wenn er künstlerisch reüssierte. – Von Jeßner wußte man in Berlin kaum mehr, als der Königsberger Korrespondent von Siegfried Jacobsohns »Schaubühne« 1917 in einem Jeßner-Porträt angekündigt hatte: »Ein Kerl auf eigene Faust... rüttelt das Publikum auf aus seiner verfluchten Zufriedenheit. Reizt zum Widerspruch... sprunghaft und unberechenbar. Ein heftiger Arbeiter – arbeitet mit durchschlagendem Erfolg auf große Höhepunkte hin.« Immerhin: er wurde als der Mann ausgegeben, der »selbständig neben Reinhardt stehen« könne. Das erklärt die Spannung auf seine erste Inszenierung.

Das Wunder, das sich wiederholt

Sie explodierte in der Aufführung des »Wilhelm Tell« am Abend des 12. Dezember 1919. Mitten im dritten Akt mußte der Vorhang fallen. Ein Tumult ohne Beispiel kam in Gang, entzündete sich nach Fortgang der Vorstellung beim Tell-Monolog (»Durch diese hohle Gasse«) noch einmal bis zur Saalschlacht und endete erst, als Polizei die Störgruppen entfernt hatte. Der Kampf um Jeßner begann mit seiner ersten Inszenierung. Diese trennte das Haus von seiner Vergangenheit – für welche Zukunft? Am nächsten Tag schrieb Alfred Kerr im Berliner Tageblatt: »Hier ist ein Wunder, glaubet nur.«

Jeßner hatte zwar, entsprechend dem Selbstverständnis der Republik, mit einem weimaranischen Stück begonnen. Aber so, wie der »Tell« auf Jeßners Bühne erschien, war er bis dahin nie gesehen. Keine lieblichen Kulissen der Schweizer Welt, keine Zitatenseligkeit, die Bühne: ein Kasten, gegliedert mit querlaufenden drei Stufen, die unten eine Spielfläche einkesseln, oben ein Plateau ergeben, graugrün bespannt. Ein Vorhang in symbolischen Farben machte den Hintergrund: grün für das Rütli, rot, wenn es sich um die Freiheit und Geßlers Tod handelte. Die Ortsangaben waren knapp, zeichenhaft. Das Rütli kennzeichnete ein Kreuz, Altdorf nur die Stange mit dem Hut; als Hohle Gasse sah man zwei schräg nach unten gezogene Vorhänge, zwischen denen stilisiert, in Überperspektive gemalte weiße Berge (Jeßner: »Die Idee der Alpenwelt statt ihrer Illusion«) leuchteten. Das Licht war symbolisch eingesetzt: dunkel und gleichmäßig in den

Volksszenen, hell beim Auftritt Tells. Die Personen: keine bäuerlich-bürgerlichen Individuen; sie waren durch Steigerung in Ausdruck und Kostüm zum Urtypus geformt. Tell (Albert Bassermann) in Weiß wie einem Hodlerschen Bild entstiegen, ein einfacher, in die Freiheit aufbrechender Mann. Geßler (Fritz Kortner) in Schwarz, ordenbehängt, rot geschminkt, mit der Reitpeitsche schlagend. Keine historisierte Figur mehr, sondern das Böse selbst, ein »Sadist im Schillerschen Kleide«. Jede Illusion war verweigert, das Publikum klagte sie im Protest ein, als »die Bank von Stein« nur eine aus Holzstufen war. Ein klassisches Stück war den Spiel- und Sehgewohnheiten entzogen. Es war dramaturgisch gestrafft, der Zitate beraubt. (Kein »Ans Vaterland, ans teure, schließ dich an«.) Die Vision des Regisseurs formte aus einem erzählenden Drama einen jähen dramatischen Akt, in dem die Szenen die Teile eines dynamisch-theatralischen Prozesses waren. Alle Intensität war von der Handlung auf das Problem Macht und Freiheit, auf den politischen Inhalt der Fabel gelenkt. Die Intention war, den »Freiheitsschrei« aus dem Stück hervorzutreiben. Der Regisseur zeigte sich nicht als Menschengestalter, sondern als Herausforderer. Kortner bestätigte: Diese Inszenierung war revolutionär und antinationalistisch. Eine neue Vorstellung von der Kraft des Theaters, das in die Gegenwart eingriff, wurde spürbar. Die abgeschaffte Monarchie erschien hier in der bösen Maske Geßlers. Jacobsohn schrieb, mit Jeßner beginne vielleicht ein neues Kapitel Theatergeschichte.

So jäh, so abrupt als Neuerer (und Erneuerer?) in Erscheinung zu treten, gelingt auf dem Theater nur selten. Auch das Neue auf dem Theater hat lange Entwicklungen. – Die Jeßners blieben in der Provinz verdeckt. Schon dort war Jeßners Arbeit auf jene Selbständigkeit aus gewesen, die nun in der gespannten Berliner Atmosphäre allgemeine Bedeutung erhielt. Nicht Berlin hat Jeßner geschaffen. Es hat ihn nur zur Erscheinung gebracht.

Ausbildung des Stils

Jeßner hatte als Schauspieler auf kleinen Bühnen begonnen. Daß er am besten in Rollen Ibsens war, zeigte, worauf sein Interesse sich richtete: auf das Stück, das die Auseinandersetzung mit dem gegenwärtigen Zustand der Gesellschaft mit dem Instrument der Dramaturgie führte. Diese Neigung bestätigte er an Stücken

Hauptmanns, Gorkis und von Arno Holz. Aber Ibsen behielt für Jeßner immer den Rang »einer darstellerischen Gesetzgebung«. Wann immer er konnte, fuhr Jeßner in Brahms Theater nach Berlin, um an dessen Ibsen-Inszenierungen zu lernen, dramaturgisch zu inszenieren, Motive zu analysieren und Symbole innerhalb des Realismus zu sehen. Jeßners dynamische Energie wurde aber nicht aufgefangen von Ibsen, sondern von Wedekind. Wedekind wurde ihm »das Interpunktionszeichen der Weltliteratur«. An Wedekind entwickelte er seinen Stil. Als er 1906 im Hamburger Thalia-Theater, wo er seit 1904 Schauspieler und Regisseur war, den »Erdgeist«, 1907 »Frühlings Erwachen« inszenierte, hatte er die härtesten Textstellen (aus Rücksicht aufs Publikum) noch gestrichen. »Frühlings Erwachen« hatte noch einen lyrischen Zug, die Friedhofsszene, in der Moritz Stiefel mit dem Kopf unter dem Arm über die Gräber stapft, wurde noch als Traumszene gespielt. Trotzdem bestätigte Wedekind später, durch Jeßner sei Hamburg die Stadt geworden, die ihn nach Berlin zuerst akzeptiert habe. An Wedekind befreite sich Jeßner vom naturalistischen Milieustück, von der Psychologie, vom Spiel mit Details.

Seine Inszenierung des »Peer Gynt« versuchte einen neuen Schritt. Jeßner hat darin alles Nationale, alle Waldlust und alles Weltschmerzlerische getilgt, seine Szene gab keine illusionistischen Bilder mehr; sie war überdimensioniert, mit einer Überperspektive versehen, in die Höhe getrieben. Der Zug zur Höhe, der seinen Stil entscheidend prägen wird, zeigt, daß er systematisch beginnt, dem Drama auf der Bühne die epische Breite, die Nuancen und Nebensächlichkeiten zu verweigern. In der Fabel vom sich verlierenden Menschen sucht er die universelle Bedeutung. In Maeterlincks »Pelleas und Melisande« inszeniert Jeßner in einer strengen Architektur (während Reinhardt das Stück in Vorhängen, Schleiern, in fließenden, verwehenden Räumen inszenierte). Büchners »Danton« stellt er 1911 in Hamburg schon vor große, einfarbige Flächen.

Als er ihn im Sommer für die von den Gewerkschaften in Hamburg eingerichteten »Volksschauspiele« wiederholt, wird das Stück vor eine rote Gardine gesetzt. Gasse, Zimmer, Revolutionsplatz werden nur angedeutet. In der letzten Szene steht eine frierende Weide neben der Guillotine. Die Bühne ist entrümpelt. Sie wird mit charakteristischen Zeichen (Metaphern, Symbol-

Requisiten) besetzt. Die rote Gardine als Hintergrund von »Danton« deutet an, daß Jeßner nicht Paris 1791 spielt, nicht den Untergang Dantons, sondern das Grundmotiv des Stücks: Revolution.

Jeßner fand also seinen Stil, indem er nach dem Zentrum des Stücks, seinem »Grundmotiv« zu suchen begann. Seine Bemühung um das Grundmotiv eines Stücks ist: Suchen nach dem Wesentlichen und Grundsätzlichen in einer Handlung. Wer als Grundmotiv »Revolution« inszeniert und nicht das halbprivate Schicksal Dantons in ihr, muß das Stück anders auf die Bühne stellen, straffer, entschiedener.

Jeßners geistige Radikalität, abgeleitet aus der Wedekinds, führte zu einer Radikalisierung des szenischen Ausdrucks wie der Szene selbst. Sein Satz: »Wedekind heißt: nieder mit dem Naturalismus. Zum Teufel mit den Kritikern, die sich im höchsten Lob erschöpfen mit dem Wort ›Man spürt kein Theater‹ « könnte zwar auch von Max Reinhardt gesprochen sein (auch Reinhardt löste sich mit Wedekind vom Naturalismus), aber Jeßner kam mit ihm zu ganz anderen szenischen Ergebnissen als Reinhardt. Als Jeßner in Hamburg Wedekinds Stück vom vertriebenen, als Narr umherziehenden »König Nicolo« inszenierte, verwiesen eine lachende und eine weinende Männermaske der Hintergrundkulisse auf die zwei Gesichter des Lebens, und Nicolo wurde die Demonstrationsfigur für den Untertitel des Stücks »So ist das Leben«. Als Jeßner 1914 in Hamburg Wedekinds »Marquis von Keith« in Szene setzte, agierten die Schauspieler vor einer einheitlichen Farbfläche wie Silhouetten. Lichtregie machte sie oft zu Schatten, die sich auf der Rückwand jagten. Das Thema »Auf- und Abstieg in der Spekulantenwelt« war als eine Schattenjagd inszeniert, das Grundmotiv optisch übersetzt. Das Stück war konsequent vom Milieu- ins Zerrbild abstrahiert. Die Kritiker, die nach dem »Danton«, nach Wedekinds »Musik« 1914 auch jetzt »orkanartigen Beifall« meldeten, notieren auch: »ein Prestotempo, das einem den Atem versetzte«.

Tempo: das ist nicht nur Beschleunigung des Spielvorgangs, nicht nur die Hervorkehrung des möglichst schnellen Reagierens auf vorhergegangene Aktion, sondern auch der Gewinn eines aggressiv wirkenden Spielduktus – später sprach man vom ›Jeßner-Tempo‹.

Jeßner hatte also in Hamburg zwischen 1911 und 1914 jene

Grundüberlegungen seines Theaters ausgearbeitet, die er von 1915 ab als Intendant am Neuen Schauspielhaus in Königsberg erprobte. Hier übte er weitere Stücke ein, denen wir später in Berlin wiederbegegnen: den »Florian Geyer«, »Don Carlos«, »Faust« und »Wilhelm Tell«. Auch an der Formulierung seines Arbeitsprinzips hat Jeßner lange gearbeitet. Was er einmal »Grundmotiv« nannte, ersetzte er später durch den »Regiegedanken«, dann durch »die Idee des Stücks«. Er betont das, was der Regisseur dem Stück als Gedanken für die Regie entreißt (wobei es, wie der »Don Carlos«, Stücke mit sich überlagernden Grundmotiven gibt).

Alles, was Jeßner erprobt, wird bei ihm eingebracht in seine Schillerinszenierungen. Schiller ist Jeßners Grund: dessen Schrift über die »Schaubühne als moralische Anstalt« ist der Gegenstand seiner absoluten Achtung. Schon 1913 hatte er in Hamburg sein politisches Interesse mit Schiller verbunden: »Um die künstlerische Forderung seiner Zeit zu verstehen, darf sich der Regisseur nicht der Welt verschließen. Im Gegenteil: wenn er den Wert des Theaters im Sinne der Schillerschen Schaubühne erfassen soll, so muß er in der Welt stehen und seine Zeit politisch verstehen. So wird er dem Theater sein, was er soll: das Programm.« Der Satz belegt, wie sehr Jeßner sich selbst als Programm versteht. Er entwickelt sich in dem Maße, wie er seine Vorstellung zum Programm eines neuen Theaters macht.

Was ist dieses »Programm«? Als Jeßner sich 1913 von Hamburg aus um die Intendanz des Berliner Volkstheaters bewirbt (er erhält sie nicht) schreibt er: »Ich will auch den Freiheitsschrei ›Wilhelm Tell‹, dieses wunderbare Volkslied, nicht als realistische Bauernkomödie darstellen.« Der Satz enthält schon das Programmwort, das sich an die Berliner Inszenierung heften wird: ›Freiheitsschrei‹. In Königsberg wird der »Tell« entworfen: Schillers Schauspiel wird von fünfzehn auf zwölf Szenen, auf drei Stunden Spieldauer verkürzt. Schnelle Folge der Bilder, alles in fahler Dämmerung, hell nur der Himmel. Der starke Umriß von Szene und Figur wird gesucht. Noch gibt es Felsenkulisse, in dem prächtig geordneten Durcheinander der Landsknechte leuchtet rot Geßlers Mantel. Geßler ist scharf gezeichnet, eine Gestalt ohne Nuancen, schwarz gekleidet, schon versehen mit diabolischen Zügen. Dagegen Tell schlicht, ruhig, ein Mann, der zum Getriebenen wird, seinen Monolog hastig, fast atemlos herunterspricht, ein Mann, der aus Notwehr handelt. Noch ist er kein Volksheld.

Solche Züge gibt ihm erst Bassermann. Damit sind wir in der neuen Situation des revolutionären Berlin. Da, 1919, wird Tell der in die Freiheit aufbrechende Mensch. Das Ereignis des Berliner »Tell« war, daß Jeßner verstand, die Zeitstimmung mit einem klassischen Werk zu formulieren. Vierzig Jahre später schrieb noch Ludwig Marcuse in Erinnerung an den Berliner »Tell«: »Dann kam jener unvergeßliche Sturm, der mit den Stimmen Bassermanns und Kortners auf uns einpeitschte – und, am Anfang, ein Höhepunkt der Begeisterung für die Revolution war. Sehr deutsch: der Enthusiasmus, das Glück wurden auf der Bühne spürbar, nicht auf der Straße, dort gab es nur düstere Szenen. Was war Jeßners Geheimnis, daß er uns befreien konnte, wo wir vorher gelähmt waren?... 1921... verriet er das Geheimnis: ›Jede Zeit löst das ihr Gemäße aus seinem Werk‹.«

Bestätigung des Zeitgemäßen

Aber was war das Zeitgemäße? Das Zeitgemäße war nicht nur die Hervorhebung des Aktuellen im Thema: Tyrannenmord und Befreiung: Es drückte sich aus im Spielvorgang selbst. Jeßner spürte den explosiven Druck der Zeit in sich, er lenkte ihn in die Inszenierung und übertrug ihn auf das Publikum. Als er als zweite Inszenierung Wedekinds »Marquis von Keith« ansetzte, meinte er das Berliner Kriegs- und Nachkriegsspekulantentum mit Wedekinds Stück, und wieder führte er weiter, was er im Hamburger »Keith« und in Wedekinds »Hidallah« in Königsberg erprobt hatte: die Berliner Keith-Szene bestand aus weißen Paravents vor schwarzem Vorhang, Stühle davor, angedeutet ein Tisch, die Spieler starr am Bühnenrand, wie Puppen auf Stichworte zu wildem Leben erwachend. »In einem geradezu peitschenden Rhythmus, da Akte und Auftritte durch Trommelwirbel verkündet wurden, gab er den Figuren die seelenlose Beweglichkeit von Marionetten, die ihre geballten Wortladungen wie Pistolenschüsse ins Publikum knallten.« (Eckart von Naso.) Wieder spielten die Schatten von Figuren vergrößert auf den Wänden. Die Schauspieler in Schwarz und Weiß, ihre Körper durch karikierenden Schnitt der Kostüme phantastisch verzerrt, rote und grüne Perücken, stark geschminkte, zu Masken verwandelte Gesichter. Kortner als Keith: »Wie vom Galgen geschnitten, Stieraugen, ein grotesk verzerrter Mund und mit unerhörter, vorantreibender Stimmkraft.« Lothar Müthel als Scholz: Schlips auf bloßem Hals im verschnittenen Matrosenjackett. Die Spießer wurden davon abgehoben und durch naturalistisches Spiel (Szene im Feenpalast) ironisiert. Zwei Stufen zogen sich quer über die Bühne, um die Figuren nach ihrer Bedeutung oben oder unten zu stellen. Alle Gänge waren in ein Stürzen beschleunigt, die Pendeltüren federten nach jedem Auftritt zurück, die Augenzeugen sprachen von der »Präzision einer Exzentriknummer«. So karg die Szene war, sie prägte sich scharf in die Erinnerung. Indem Jeßner verschärfte, vereinfachte er, die Augen wurden an die Bewegungen der Spieler fixiert.

Jeßner entwickelte sein szenisches ›Programm‹ auch im dritten Feld: im Spielplan. Auf Schiller und Wedekind folgte Shakespeare. Shakespeares einfache, nicht illusionistische Bühne hatte ihm Mut gemacht, auch Schillers Bühne zu entbildlichen und wesentliche Ausdruckskraft vom Wort zu verlangen. Dafür unterwarf er Shakespeares »Richard III.« der strengen, schillerschen Form: beider Stücke spielte er mit Wedekinds peitschendem Rhythmus. »Richard III.« wurde unter Jeßners Hand keine Historie, keine psychopathische Studie. (Jeßner: »Hier wurde dem Publikum nicht mehr ein schleimiger, hinkender Intrigant vorgeführt, sondern der neue ›Held‹, der von Ehrgeiz gestachelt bis zu letzten Stufe des Throns über Leichen weg emporsteigt.«) Es war der Vollzug einer wilden Karriere auf »der Einbahnstraße zur Macht« (Kortner), beendet mit dem Sturz eines nach Macht Gierenden. Jeßner zog das Stück ganz in die Höhe. In den ersten Bildern spielte man noch auf Emporen, gegen Schluß stand auf dem blutroten Bühnenboden nichts als eine steile Treppe, blutrot. »Glück und Ende Richards spielte sich auf dem Auf und Ab der Treppe ab«, auch die Schlachtszene. Richard genoß oben, hoch auf der Treppe, den Augenblick des Triumphs. Dann kam der Sturz über viele Stufen, unten auf der letzten stand dann ein Gestürzter, der hastend in Angst und Wahn, auf seinem Schwert reitend, mit wippenden Knien ruft: »Ein Pferd, ein Pferd, ein Königreich für ein Pferd!« In den Rezensionen spürt man noch die Erregung dieses Abends, der das Schreckbild der Machtgier mit dem kindhaften Angsttraum des Sturzes verbunden hatte. Es war der Triumph Jeßners, die Bestätigung, daß seine Vision des verknappten, dynamisierten und gesteigerten Theaters an den konträrsten Stücken und Autoren (Schiller, Wedekind, Shakespeare) vollziehbar war.

Wesentliche Unterscheidungen

Wie kurz dieser Triumph auch immer war, daß er möglich wurde, wies ihn als ein Ereignis aus, das die Hegemonie-Frage in Berlin, die Frage nach der künstlerischen Führung, schnell und klar beantwortete. Die Reaktivierung der ersten Staatsbühne war so überraschend gelungen, daß das intellektuelle Publikum Berlins sich dem Jeßner-Theater zuwandte. Daß sowohl Max Reinhardt, wie auch der Direktor des Lessing-Theaters in Berlin, Rudolf Bernauer, nach diesem Auftritt Jeßners sich entschlossen, die Berliner Position zu räumen, deutet an, daß sie in Jeßners Erscheinen ein theaterhistorisches Ereignis, eine Zäsur sahen, die ihre Auffassung vom poetischen, farbigen, erzählenden, charakterisierenden Theater hinter die mit Jeßner sichtbar gewordene Zeitgrenze zurückschob.

Auch Jeßner war, wie Bernauer und Reinhardt, von Otto Brahms dramaturgischem Theater ausgegangen. Aber Jeßner kam zu einer anderen Konsequenz. Sie bekam jetzt im Wechsel des gesellschaftlichen Systems, in der emotional starken, aber geistig und politisch unentschiedenen Situation ihre Chancen. Jeßner trat auf mit Entschiedenheit, mit einem neuen Konzept; während Reinhardt Charaktere, Farben und Stimmungen inszenierte, räumte Jeßner die sensiblen Interieurs ab. Er versachlichte, verknappte, er wollte die klare Gestalt; statt der Summe der Einzelzüge den Grundzug, statt Bereicherungen Konzentrationen, statt der Charakteristik das Typische. Wo Reinhardt differenzierte, übersteigerte Jeßner. Statt der Farbigkeit einer Fabel inszenierte Jeßner die Idee der Fabel. Wo Reinhardt auf die Wahrscheinlichkeit des Dargestellten sah, stellte er die Wesenfrage »Wer ist er?« und zeichnete aus der Antwort darauf einseitig, auch eindimensional, die Gestalt. Wo Reinhardt den Abglanz des Lebens suchte, drängte Jeßner in die Katastrophe. Seine Inszenierungen wirkten oft wie Angstträume. Trotz ihrer geistigen Prägnanz spürte man die Getriebenheit der Figuren wie des Regisseurs. Reinhardt hatte das Theater aus der souverän aufnehmenden Kraft des Regisseurs, dem impressiven Talent entfaltet,

Jeßner aus dem expressiven, aus Kraft, Willen, Energie und ihren Antipoden: Furcht, Angst und den damit verbundenen Visionen. Reinhardt hatte noch für den festlichen Abend inszeniert. Jeßner hatte einen neuen, politischen Begriff von Theater. Er inszeniert nicht mehr für die Vergnügung, die Steigerung individuellen Lebens mit Hilfe eines ›Abends‹ im Theater. Für Jeßner war die Zeit des Theaters als ›Zauberei‹ vorbei. Er argumentierte, daß der Film das Theater von der Zauberei befreit habe. Er inszenierte ein ›Programm‹, versuchte eine neue, aus den geistigen Intentionen entwickelte Ästhetik. »Das Theater ist Kampfobjekt geworden, aller Parteien und gesellschaftlichen Schichten« (»Die Szene«, 1928, S. 66).

Gehörte er zum Expressionismus? War er in ihm eine treibende Kraft?

Expressionismus und Expressivität

Jeßner hat es verneint: »Mein Darstellungsstil hat nichts gemein mit jenen Gesetzlosigkeiten, die sich als expressionistische Ausdrucksweise bekunden.« Aber Alfred Kerr nannte ihn den »einzig wirklich gewordenen Expressionisten«. Woher der Widerspruch, wenn es einer ist?

Wir haben zu scheiden zwischen Expressionismus und Expressivität, obwohl beides eng miteinander verbunden ist. Expressiv und expressionistisch (was die Attitüde meint) war das Ausdrucksverlangen der jüngeren Generation, ihr Schreiben, die Darbietung ihrer psychischen Not wie das optimistisch-illusionäre Rufen nach Menschen- und Welterneuerung. In ihren Stükken drückte es sich aus als Identitätskrise, in wilder Gestikulation, auf dem Theater in der Sprache der verrenkten Glieder, der glühenden Augen, im Stil der stürzenden Wände, der verzogenen Perspektiven, der Flucht ins Phantastische. Jeßner war zu alt, um das mitzuvollziehen, zu tragisch gestimmt, um an jähe Erneuerungen zu glauben. Er wollte das Erreichte sichern. Er verlangte nach einer direkten Sprache der Kunst, die sich nicht im Abbild verlor, sondern das Wesensbild sichtbar machte. Er dramatisierte, indem er die »hypnotische Welt des Innen zum Ausdruck brachte« (Bluth). Das Wort, dem er die größte Bedeutung unter allen Ausdrucksmitteln zumaß (»Ich bin ein Regisseur des Wortes und nicht der Dekoration«), schleuderte das Innen nach außen. Paul Bildt erklärte Jeßners radikale Streichungen geradezu daraus, daß Jeßner so sehr »ins Wortwesentliche«, in »die Wortsubstanz« vordringe, daß er mit viel weniger Wortmaterial für die Inszenierung auskomme, als gewöhnlich vorliege (»Die Szene«, 1928). – Den Ausbruch des Worts mit Hilfe des Temperaments bändigte er in der strengen Form der Inszenierung.

Jeßners Expressivität enthielt schon das existentielle Moment des äußersten Risikos. Ihn fesselte der politische Konflikt, der sich zum Sinnbild steigern ließ. All das waren Tendenzen, die auch der Expressionismus enthielt. Jeßner hat sie am klassischen Stück, am geformten Kunstwerk exekutiert. Aber der Expressionismus war ein subjektiver, die Kunstformen zerbrechender Befreiungsakt an der Welt leidender, expressiv lebender junger Menschen. Jeßner zielte vermittels seiner Expressivität auf die Schaffung eines neuen, strengen Kunstmodells. Das ist die Auflösung jenes Widerspruchs.

Die Veränderung der Bühne

Bleibendster Ausdruck für Jeßners ›Neue Form‹ ist der milieulose, kahle, symbolisch gefärbte, von Stufen durchzogene Raum: die ›Jeßner-Bühne‹. Die Stufenbühne (mit der er gegen die flache illusionistische Bühne polemisierte) war sein Ordnungsmittel, um Figuren nach ihrer jeweiligen Bedeutung im Spielvorgang postieren zu können. Regie hieß ihm auch: das Wort in Bewegung umsetzen, Wertvorstellungen in Raumvorstellungen, in Körperkonstellationen zu verwandeln. Dazu brauchte er die Gliederung in die Höhe, um die Steige- und Fallprozesse, die Kraftverschiebungen innerhalb der Handlungen und Dialoge darstellen zu können. Da Jeßner die Höhengliederung durch die Treppe in »Richard III.« ganz deutlich machte (obwohl diese Treppe auf der Stufenbühne selbst nur ein Symbol-Plateau für Aufstieg und Fall Richards war), galt die Jeßnerbühne bald als Treppenbühne.

Jeßner hat sich selbst gegen solche Benennung gewehrt. »Der Aufbau von Stufen – als eine selbständige Architektur – bedeutete eine Veränderung des Bühnenbodens, konform seiner Bestimmung, nicht mehr der Wiedergabe wechselnder Zimmer und Landschaften zu dienen, sondern der abstrakte Schauplatz mythischer Begebenheiten zu sein, notwendig, um den Stil der Präzision zu schaffen« (In: »Die Szene«, 1928).

Jeßners Spielmodell war dramaturgisch, gestisch wie räumlich abgeleitet von dem oben beschriebenen idealen Prinzip, nur das Motiv des Stücks (die Idee), nicht dessen weite Entfaltung zu spielen. Jeßner hat seine Theorie in diese Sätze komprimiert: »Das Motiv absorbiert Detailvorstellungen, in Konsequenz dessen auch die Details der Dekoration... Das motivische Theater schafft sich in der Treppe das Hauptwerkzeug, das den Ausdruck von Höhepunkten und Tiefpunkten somatisch ermöglicht.« Weil die Stufenbühne der szenische Ausdruck für dieses motivische Spielen wurde, konnte Kortner sagen, für Jeßner sei die Treppe zur Weltanschauung geworden. Er hat sie immer wieder variiert und bald auch als dramaturgisches Element in die Bühne eingebaut. Im »Fiesco« als auf- und absteigende Brücke, auf deren Scheitelpunkt Fiesco im Augenblick seines Sieges stand. Im »Faust« führte eine hohe, steile Treppe zum Katheder, auf der der Gottartige in die Sphäre des Überirdischen aufstieg. Im »Don Carlos« kam über eine schwarzgoldene Treppe der Hofstaat »gleichsam aus dem gläsernen Himmel der Monarchie« auf die Bühne zu Carlos herab – ein gewaltiges Bild des Erdrücktwerdens. Jeßner suchte mit all dem die Theatralik des Raums, die absolute Form von Theater. Wo er schildern mußte, inszenierte er Bewegung; wo er interpretieren mußte, stellte er Spannungen im Raum zwischen den Personen her. Er zerbrach die Verse, weil sie die Tendenz hatten, sich selbständig zu machen.

Der neue Schauspieler

Der vom Detailbild befreite Bühnenraum verlangte einen anderen Schauspieler, einen, der nicht mehr die Personen nachzeichnend charakterisiert, sondern den Raum beherrscht, Spannungen in ihm aufbaut und hält. Jeßners Schauspieler steht frei und ungedeckt, angewiesen nur auf die Ausdruckskraft seiner Physis, Präzision in Sprache und Bewegung, Entschiedenheit, Härte, Kälte im Persönlichen, Hitze nur in der Spannung zwischen den Personen, politisch in der Intention, das Private eher verbergend oder nur in der Stille entfaltend. Wenn Fritz Kortner Jeßners stärkster Darsteller wurde (Geßler, Keith, Othello), so wegen dieser physischen und psychischen Energie, die sich gleichermaßen im Ausdruck des Körpers wie in der schneidenden, metallisch klingenden dynamischen Sprache zeigte.

In seinem Aufsatz über Kortner beschrieb Jeßner die neue Einheit von Bühne, Dramaturgie, Darstellung und neuem Schauspielertyp so: »Der äußeren Architektur des Bühnenaufbaues entsprach die innere Architektur der Darstellung, die mit großen Linien den sachlichen Tatbestand umriß. Diese veränderte Spielweise hatte selbstverständlich auch eine veränderte schauspielerische Struktur zur Folge. Dadurch, daß dem Schauspieler jegliches Requisit des naturalistischen oder romantischen Theaters genommen war, mußte er ganz und gar für sich und lediglich aus dem Tatbestand heraus mit dem einzigen Mittel des Wortes sich auswirken. Die Magie, die von seinem Körper und von dem gesprochenen Wort ausging, war das allein Entscheidende und Überzeugungskräftige seiner Leistung. – Wenn Kortner als Geßler seine Worte schneidend in die Masse der Umstehenden warf, und diese Worte lediglich mit kurzen Zuckungen einer Reitpeitsche begleitete, so machte diese Darstellung in ihrem sachlichen Fanatismus das ganze Geschehen – die Erhebung eines bedrückten Volkes – auf eine Art verständlich, die das Alpenglühen und das Kuhgeläut nur als etwas Sekundäres anerkennen konnte. Es war der Typ des *Zeitschauspielers,* der in Fritz Kortner seinen ersten Darsteller gefunden hatte.«

Jeßners Schauspieler standen in den ersten programmatischen Inszenierungen so lange unbewegt, bis sie in die Handlung eingriffen; wie auf Stichwörter lösten sie sich zu kurzen, straffen Bewegungen. Die streng und sachlich gesprochenen Sätze waren rhythmisch und – am deutlichsten im singenden Ton Kortners – auch musikalisch gegliedert. Nicht der komödiantische Schauspieler (Typus Werner Krauß), sondern der strenge, dynamische Wortschauspieler, der sich aufschwingen konnte in die Ekstase, war Jeßners Idealtypus.

Der Schauspielertyp, den das Jeßner-Theater hervorbrachte, war der des harten, bestimmten, kalten dramatischen Arbeiters mit mythischem oder politischen Umriß. Fritz Kortner, Walter Franck, Lothar Müthel und Bernhard Minetti haben ihn am deutlichsten verkörpert. Gerda Müller, Agnes Straub war die weibliche Spielart: starke Individualität ohne Starbewußtsein. – Mit der Zeit hat Jeßner die Schauspieler aus der anfänglichen Starre befreit. Er hob immer stärker die Individualität hervor. 1928 sagte er: »Die Individualität des Schauspielers wird immer mehr das A und O der theatralischen Kunst«, aber im gleichen Zusammenhang sagte er auch: »Regieführen heißt heute, in der

Hauptsache, die Eigenart des Schauspielers einer zwingenden Lenkung unterziehen« (»Die Szene«, 1928). Jeßner war bemüht, die Schauspieler in eine »transzendentale Skulptur« (Bluth) zu verwandeln. Einige Male gelang es musterhaft: als Kortners Richard auf der hohen Treppe triumphierte und herabstürzte, als Kortners Herodes (in »Herodes und Mariamne«) »wie eine kalte Sonne« frierend die Glieder zusammengezogen auf dem Thronhocker saß.

So rational, so direkt auf Gegenwart bezogen das Jeßner-Konzept zu sein schien, es wurde entscheidend geprägt vom irrationalen Gefühl. Als Jeßner 1926 den Schauspielerkongreß eröffnete, sagte er: »Wir kommen alle aus demselben Lande, aus dem Bezirk der irrationalen Welt, das heißt einer Daseinssphäre, die nicht nur verstandesmäßigen Begriffen unterworfen ist. In dieser Daseinssphäre ist nicht nur die Vernunft das Erleuchtende und Richtunggebende, sondern einzig das Gefühl...« Daher das Wild-Überzeichnete mancher seiner Figuren, ihre fast mythische Kontur hinter dem Zeit-Umriß.

Da die Basis Emotion war, versuchte Jeßner direkt auch in die Gefühle seiner Zuschauer einzugreifen. Er überzeichnete, um die Schrecken des Bösen spüren zu lassen und die Schönheit der Lichtgestalten. Er ließ ins Publikum spielen, besetzte viele große Rollen gegen die Erwartung des Publikums, um sie der Genießbarkeit zu entziehen; Jeßners Lady Macbeth, die schwarze, wilde Gerda Müller, spielte das Gretchen im »Faust«, der verknitterte Walter Franck den Florian Geyer, der schneidende, zerquälte Kortner den Hamlet. Je verbrauchter das Stück durch die Tradition war, um so mehr trieb er es in seine Vision. In Goethes »Faust« suchte Jeßner mit äußerstem Risiko der Regie das Dämonische als alles durchwirkendes Prinzip. Die Bühne zeigte zu Anfang die halbe Erdkugel; aus dem Dunkel kam Mephisto als Fledermaus und nahm sie in Besitz. Faust sprach den Monolog nah am Himmel, auf einem hoch zu erkletternden Katheder, in gehetzter Sprache. Über dem Ganzen lag Düsternis, Rastlosigkeit und Angst. Das Gretchen wurde eine wilde, tragische Gestalt. Die Kerkerszene war unter offenem Himmel. In der Sprache der negativen Kritiken zu dieser Aufführung spürt man noch, wieviel bürgerliche Empfindung hier doch verletzt war. Die jungen Autoren, Brecht, Zuckmayer (der damals »Kreuzweg« schrieb) und Bronnen klatschten Beifall.

In die großen Entwürfe des »Othello«, »Napoleon« (Grabbe), »Wallenstein« oder auch Bronnens »Ostpolzug« (mit Kortner) setzte Jeßner die groß ausgespielte Szene als pathetische Steigerung: das Pathos des Bildes. – Der Brief des Kaisers an den Verräter Piccolomini durchlief im weiten Bogen alle Hände, bis er den Empfänger erreichte, und jede Hand, die ihn weitergab, bestätigte so ihre Mitschuld an Wallensteins Tod. – Kortner redete als Milliardär im »Ostpolzug« allein vor einer Generalversammlung von Stühlen so suggestiv, daß sie ihm zu antworten schienen. – Die so herausgespielten Bilder Jeßners verwiesen zurück aufs Thema.

Regie war diesem Regisseur »Dienst am Drama«. Es war ein Dienst radikaler Art. Jeßner sagte: »Ein Stück als objektiven Gesinnungsausdruck zu inszenieren heißt, den darin enthaltenen Tatbestand aufzurollen und das darin Erkannte allerdings rücksichtslos ohne Beschönigung und ohne Vertuschung hervorzukehren.«

Die Objektivität, die Jeßner zu zeigen vorgab, war die verwandelte Subjektivität des Regisseurs. Der Regisseur wurde durch Jeßner die Instanz, die Thema und Perspektive des Stücks festlegte. Jeßner wußte, daß ein Stück viele Inhalte hat, von denen einer zu fassen ist, daß Regie also Entscheidungscharakter hat. Regie war hier nicht mehr Nachvollzug aller Spielarten eines Textes, sondern Entschluß zur Interpretation, Eindringen eines Temperaments und einer Leidenschaft ins Stück.

Darum war, was Jeßner szenisch formulierte, in der empirischen Welt nicht wiederzuerkennen. Es waren Bildakte der gesteigerten Phantasie (die aber haltmachten vor dem Umschlag ins Surreale), existent oft nur für den hervorgetriebenen Augenblick des Dramas. Als er Gerda Müller und Agnes Straub in Hermann Essigs »Überteufel« gegeneinandertrieb, sprach Kerr von einem »Meisterstück«. »Seitdem ist Jeßner, in heutiger Übergangszeit, ein Sinnbild für den Sieg des Regisseurs an sich.«

Um die Position des Regisseurs im damaligen Theater zu stärken, führte Jeßner jahrelang im Verein künstlerischer Bühnenvorstände (gegr. 1911) den Vorsitz. Jeßner bezog sich hier immer wieder auf Max Reinhardt als den Schöpfer des Berufsstandes. Aber erst Jeßner hat den Regisseur zu jenem ›Bühnenvogt‹ gemacht, der Stücke dadurch ›vergegenwärtigte‹, daß er sie seiner aus der Gegenwart lebenden Empfindungskraft unterwarf. – Jeßner wollte damit nicht die Selbstherrlichkeit des Regisseurs. (Dagegen sprach er oft.) Er wollte den Regisseur instand setzen, dem Stück bedingungslos und bekenntnishaft die Gestalt zu geben, die er aus der Entfernung der Gegenwart in ihm wahrnahm. Jeßners beste Inszenierungen waren selbst »Glaubensbekenntnisse« (Bluth) dieser Art. Da für Jeßner die Republik das politische Schicksal aller enthielt, meinte er, aus dem politischen Aspekt des gemeinsamen Interesses zu inszenieren. Daher seine Vision, ein politisches Volkstheater schaffen zu können.

Der politische Regisseur

Die Inszenierungen der ersten Berliner Jahre waren Bekenntnisse für die gerade erworbene Freiheit, gegen die tyrannischen Formen der Herrschaft. Tell, Don Carlos, Fiesco, Macbeth, Wallenstein, Hamlet, Florian Geyer: das Staatsdrama prägte vor allem in den ersten Jahren seinen Spielplan, nicht die private Tragödie. »Fiesco« (1921) wurde ein Traumspiel über den Verrat an der Revolution. Im »Don Carlos« stand zwar der König im Mittelpunkt, aber das Thema war das Schicksal der Idee der Freiheit. Als Posa vor den König trat, stand er unter einem leuchtenden Kreuz; dessen Strahlen umgaben sein Haupt wie eine Gloriole. Nichts zeigt deutlicher, wie sehr Jeßner aus dem politischen Idealismus kam.

Da Jeßner sich als politischer Regisseur verstand, da er den Zuschauer für die Republik gewinnen wollte, setzte er mit seinen scharfen Akzentuierungen und eindeutigen Bewertungssignalen schon Anfänge einer Beeinflussungsregie, die in der zweiten Hälfte des Jahrzehnts von Piscator kräftig entwickelt wird. Für Jeßner erklärte sich Theaterarbeit unmittelbar aus der Zeit. »Jede Kunst, die nicht aus dieser Zeit ist, hängt sozusagen wurzellos in einem luftleeren Raum und vermag bestenfalls Oberflächenreize zu geben.« »Politisch orientiert sein, heißt heute: eine Beziehung zum Zeitausdruck haben.« Mit solchen Sätzen bereitete er mit die Basis für das politische Theater. Wallenstein wie Hamlet erschienen in seinen Inszenierungen als politisch verantwortliche Individuen, Hamlet als ein anarchischer Arbeiter in einem verdorbenen Hofstaat, der selbst Ophelia als Spionin gegen

Hamlet benutzt. – Zwar blieb Jeßners Theater noch frei von Agitation, aber die Entschiedenheit des republikanischen Engagements war nicht zu verkennen.

Wie sehr für Jeßner Theaterarbeit direkte Antwort auf die jeweilige Situation war, zeigte seine zweite Tell-Inszenierung von 1923. Damals wurde die nationale Geschlossenheit und Selbstbehauptung für die Republik zu einer aktuellen Frage. Rheinlandbesetzung und Ruhrkampf forderten der Regierung entschiedene Stellungnahmen ab. So konnte man in der Inszenierung von 1923 wieder hören, was in der Revolutionsinszenierung von 1919 gestrichen war: Attinghausens »An's Vaterland, an's teure, schließ dich an!« Der revolutionäre Akzent richtete sich nicht mehr gegen die Herrschenden, sondern gegen die fremde Besatzungsmacht im Lande, Geßler war kein Drangsalierer der Bauern mehr, sondern der gewalttätige Drangsalierer einer fremden Militärmacht. Endete die Inszenierung von 1919 im Tumult, so beschloß das Auditorium sie jetzt mit dem Deutschlandlied.

Jeßner national? Fritz Kortner hat Jeßner solche Uminterpretation hart angerechnet, als ein Lavieren in einer schwierigen Situation. In den »Rheinischen Rebellen« von Bronnen zeigte das Staatstheater später sogar mit der Fahne nationale Parteigängerschaft gegen die Separatisten. Jeßner mußte lavieren – wie auch die Regierungen lavieren mußten – aber er dachte auch im Begriff »Staat«. Dieser war die errungene Republik. 1926 schrieb er im Kommentar zum »Prinz von Homburg«, da ihm der Begriff »Republik« und die Tugenden des preußischen Staates wenigstens zeitweise und gegen deren Verächter zusammengingen: »Nicht also die Maßregelung eines sensiblen Prinzen durch ein Hohenzollernsches Oberhaupt bleibt das Wesentliche, sondern der Triumph der Staatsdisziplin über die Anarchie des einzelnen, in den sich der einzelne freiwillig fügt. Wenn es daher am Schluß fanfarenmäßig heißt: ›In Staub mit allen Feinden Brandenburgs‹, so soll man diese Stelle nicht streichen. Denn es stellt sich automatisch statt des historischen Begriffs »Brandenburg« der des Staates in seiner ungeschmälerten Gültigkeit ein.« (»Die Szene«, 1926, S. 90).

Die Funktion im Staat bestimmte das Selbstverständnis der Bühne. Jeßner versuchte, die einzelnen Inszenierungen durch den Spielplan zu legitimieren und zu stützen. Hatte Max Reinhardt den Spielplan nach seinen Regieinteressen, der Entwicklung eines sinnenhaften »Zaubertheaters« und den Ansprüchen seiner Schauspieler entwickelt, Jeßner machte den Spielplan zum geistig-politischen Programm seiner Bühne. (Jeßner: »Mehr als jede andere Bühne muß das Staatstheater ein Programm haben.«) Er suchte den »gebauten«, von Zufälligkeiten freien Spielplan, der im Hinblick auf das Projekt »Staatstheater« zu entwickeln war. Er hatte dies deswegen zu dem seinen gemacht, weil er meinte, daß die Zukunft des Theaters nicht mehr von Privatbühnen bestimmt werde. So gab er seinem Spielplan eine Rangordnung: »Erstens Klassiker, zweitens zeitgenössische Standardliteratur (Wedekind, Barlach, Hauptmann, Sternheim), drittens junge Autoren (Bronnen, Brecht, Jahnn, Kaiser, Zuckmayer), dann erst das Unterhaltungsstück.« Mit dem Gesichtspunkt ›Aufbau eines Spielplans‹ verband er den der ›Ausbalanzierung‹, dies zu dem Zweck, auch Risiken eingehen zu können, »eine der wichtigsten Aufgaben des heutigen Theaterleiters«. (Freilich: die Wirklichkeit schädigte die Idee: 1929 wurde ihm, dem schon Zermürbten, gerade der unentschlossene Spielplan vorgehalten.)

Jeßner begriff sehr bald, daß er den Anspruch »Staatstheater« nur halten werde, wenn er dieses Theater nicht allein zu prägen versuchte, sondern zum Sammelplatz der besten jungen Kräfte machte. So rief er an sein Haus: Ludwig Berger, Jürgen Fehling und Erich Engel. Piscator gab er früh den Auftrag für die Inszenierung der »Räuber«. Brecht saß in Jeßners Proben. Das war das weiteste Spektrum von Regie an einer Bühne. Alle Kräfte suchte er unter dem Begriff Ensemble zusammenzuführen. Er glaubte nicht mehr, daß ein einzelner Star andere Kräfte an das Haus binden könne. Er band durch Aufgaben.

Entspannung und Sachlichkeit

Das Jeßner-Prinzip war ungewöhnlich. Aber mit der Inszenierung von »Richard III.« war es im wesentlichen ausformuliert. In Jeßners »Othello« (November 1921) wurde es entfaltet, leise gemacht, sanftere Tönungen eingeschoben. Jeßner inszenierte eine dunkel-bedrückende Ballade vom verlorenen Vertrauen. Symbolisch das stille Bild: der große Pfeiler, dessen Spitze Othello bei einer bestimmten Stellung in den Kopf zu dringen schien. Oder:

das in der Mitte der Bühne stehende weiße Bett, das Symbol von Vertrauen, das im Mord Othellos zerstört wurde.

Im »Don Carlos« (Februar 1922) wurde die Starre der Schauspieler gelockert, die Entspannungen begannen. Spätestens nach dem »Macbeth« (November 1922) spürte man (nach dem grandiosen »Napoleon«), daß das Prinzip sich auch schnell verbrauchte. Kortner wurde nicht müde, im Hinblick auf das Mißlingen des »Macbeth« zu sagen, daß es für alle die Fälle, in denen man Gefühle auch begründen mußte, nicht hinreichte, weil es gerade die Begründung ausschloß und sich mit dem komprimierten Vorzeigen des Gegebenen begnügte. Nach dem »Faust« (April 1923), der von der Kritik fast einhellig abgelehnt wurde, wurde Jeßner unsicher, ob er mit Überhöhungen, Dämonisierungen und Verschärfungen noch weiterkommen könne. Mit der Regie zum »Überteufel« gelang ihm noch einmal ein dramatischer Exzeß, die Entfesselung zweier Frauen (September 1923). Es war ein Triumph, der ein Abschluß der Regie der gesteigerten Expression war. Die um 1924 überall in der Kunst einsetzende Entspannung machte sich auch in den Inszenierungen des Staatstheaters bemerkbar. Die von der ermüdeten Kritik bald gerügte ›Treppe‹ (Stufenbühne) wurde nach dem »Don Carlos« zurückgenommen und durch Schrägen ersetzt. – Auch Jeßner begann damals von der »Neuen Sachlichkeit« zu sprechen.

Als Jeßner 1923 das Schillertheater zum Staatstheater übernehmen mußte, kam ein zweiter Anstoß zum Umdenken. Ein neues, weniger intellektuelles Publikum war hier zu bedienen. Die Anstöße treffen mit der eigenen Entwicklung zusammen. Jeßner griff jetzt wieder auf Stücke zurück, die Milieu, gesellschaftliche Psychologie nicht ganz eliminieren konnten. Er inszenierte Ibsens »Volksfeind« (1923) und Hebbels »Maria Magdalena« (1924). In Hebbels Stück stand zwar wieder eine Hobelbank auf der Bühne, in einem Raum, der Zimmer und Werkstatt zugleich war. Aber trotzdem ging Jeßner nicht zurück ins Milieu. Auch die realen Details der »Neuen Sachlichkeit« blieben zeichenhaft. Er inszenierte das Schweigen hinter dem Trauerspiel. Er übernahm, was aus der früheren Phase zu übernehmen war an konzentriertem, wesenhaften Spiel. Es zeigte sich, daß auch diese realistischen Stücke einen übersetzten, konzentrierenden Stil vertrugen. Die grellen Farben in Stockmanns Zimmer (leuchtendes grelles Blau mit roter Tür) brachten noch immer nicht die reale Stube, sondern das seelische Klima, das Jeßner wahrnahm; die Volksversammlung im »Volksfeind« reichte ins Gespenstische. 1924 sagte Jeßner: »Zukünftige Aufgabe wird es sein: die jeweils dominierende Idee immer vielfältiger zu gestalten, die Vision immer farbiger zu bannen, das Grundthema des Stückes immer vieltönender zu variieren, ohne dennoch die Gesetzmäßigkeit des Aufbaus nur um eine einzige überflüssige Bewegung zu verletzen.« So milderte Jeßner die äußeren Ausdrucksmittel: Gestik, Tempo, Dekoration. Arbeitete er früher in Raumspannungen, so jetzt mit der Spannung der Menschen untereinander. Dramaturgisch jedoch beharrte er auf der Darstellung des Motivs.

Die große »Wallenstein«-Inszenierung (Ihering: »Ein Abend, an dem eine neue Zeitrechnung des Theaters beginnen kann«) ist aus diesem Prozeß der Variation und Anreicherung erwachsen. Jeßner komprimierte die Trilogie auf zwei Abende. Wieder wurde es ein Spiel unter tragischen Schatten. Das Lager in grünlicher Düsternis. Eine Soldateska im zerlumpten Marketenderzelt zeigte die Verwilderung des Krieges; sie war ganz fern der Bühnenschönheit geputzter, heiterer Soldaten. Später: große Säle in einfacher Architektur. Im Spiel war alles konzentriert auf Werner Krauß, der um so reiner hervortrat, je mehr er sank. Der erste Auftritt fand statt im Prunksaal, der letzte in fast asketischer Einsamkeit: die Bilder begleiteten so die innere Bewegung des Stükkes. Jeßner legte ein großes Geflecht von Personen an, Wallenstein war darinnen nur eine – wichtige – Figur; Jeßner beobachtete ihn durch Regie, hob die Verschiebung der Kräftekonstellationen durch entsprechendes Positionsspiel, durch sinngebende Bewegungsregie hervor. Ein Beispiel, das Herbert Ihering festhielt: »Die Schicksalsverknüpfung von Max und Thekla erreicht Jeßner noch suggestiver durch Stellungen: durch die Stellungen der Gräfin Terzky. Wie diese zu Wallenstein steht, um Max und Thekla mit Blicken und Mienen den Kreis des Schicksals ziehend, wie sie immer mehr in die Wallenstein-Tragödie hineinwächst – das ist die shakespearesche Verknüpfung eines Hausuntergangs mit einem Weltuntergang.« Fritz Engel sagte nach dem »Wallenstein«: »Der Revolutionär ist ein Reformer geworden, der Zerbrecher ein Fortentwickler...« (»Berliner Tageblatt«, 13.10.1924).

Aber noch immer war Jeßners Prinzip Steigerung der Realität.

1928 formulierte er noch: »Das charakteristische Merkmal dieses neuen Stils liegt darin, daß die Sache aus sich heraus, aus der Kühnheit ihrer letzten Ausnutzung gegeben wird, und gerade dadurch in das Gebiet des Übernatürlichen gerät« (»Die Szene«). Jeßner probierte lange an der Entwicklungsfähigkeit seines Stils. Aber gerade das, was ihn geprägt hatte, seine Empfindsamkeit für die Bedingungen der Zeit, problematisierte ihn auch.

Die Klassiker-Frage: Zweite Runde

Jeßner hatte seine szenische Revolution mit den Klassikern gemacht. Nicht nur, um sie über den Kulturbruch von 1918 hinweg in die Kultursubstanz der Republik einzubringen. Jeßner erlebte sie anders (als z. B. Max Reinhardt, der sie vom komödiantischen Antrieb her neu entdeckte). Jeßner erlebte sie als Texte, die sich unmittelbar zur Gegenwart verhielten. Sein Satz: »Es gibt im Grunde weder Klassiker noch moderne Autoren. Shakespeare, Schiller, Wedekind sind ebenso sehr als Sprecher dieser Generation zu betrachten wie die Jüngsten« zeigt diese Nähe (»Die Szene«, 1928). Bei Jeßners frühen Inszenierungen konnte man sich oft fragen: inszeniert Jeßner die Stücke oder inszenieren die Stücke ihn? So sehr ergriffen sie ihn, ergriff er sie.

Die neue Klassiker-Debatte begann, als Brecht mit dem »Leben Eduards« und Shaw mit der »Heiligen Johanna« historische, auf die feudalen Systeme bezogene Stoffe zu zerlegen und mit Ironie und Distanzierung zu entpathetisieren begannen, als sie den Blick hinter die offiziellen Fassaden öffneten und die privaten, politischen und institutionellen Interessen und Bedingungen historischer Abläufe bloßlegen wollten. Jeßner brachte 1926 (»Die Szene«: »Über die Bearbeitung von Klassikern«) das von ihm durch seine Inszenierungen behauptete Recht auf Bearbeitung der Klassiker in die Debatte ein, in der auch gegen das (Jeßnersche) Regietheater der Begriff der »Werktreue« wieder aufgetaucht war. Er sprach auch jetzt von der »Umschaffung des literarischen Werkes in ein theatralisches«. Er nannte schon den »Versuch einer getreuen Kopie« eine »Vermessenheit gegen den Dichter«, da sie nie herzustellen sei. Jeßner argumentierte aus der oben beschriebenen Erfahrung, daß jede Annäherung und Auslotung eines Werkes Interpretation sei, die selbst wieder dem Wandel von Geschmack, Interesse und Erwartung der Zeit unterliege. »Werktreue« zu fordern, schien ihm ein »Akt der Vermessenheit«, sie meine eine Objektivität des Kunstwerkes, die es nicht gebe. An Grabbes »Hannibal« exemplifizierte er die Unmöglichkeit einer wortwörtlichen Wiedergabe. Die dramaturgische Bearbeitung habe »die große Linie des Dichters freizumachen von der ihm eigenen arabesken Abschweifung«, die Hauptkräfte herauszuholen, den Grundrhythmus »herauszumeißeln«, Szenen und Personen zusammenzuziehen, Nebengeleise fortzulassen und die einzelne Figur möglichst fruchtbar zu erfassen. Den Grundriß wollte er nicht impressionistisch, sondern architektonisch. Von ihm her sollten die einzelnen Bilder variiert werden (»Die Szene« 1926, S. 50). Spannung war ihm kein Moment der äußeren, sondern der inneren Technik der Bühne. Das war – mit neuen Worten – zwar noch einmal Jeßners altes Arbeitsprinzip von der Freilegung der »Idee des Stückes«, aber auch der entscheidende Hinweis auf das Recht des Eingriffs zur Vergegenwärtigung historischer Substanz.

Jeßners Versuch, mit Hilfe dieses Prinzips die Klassiker dem »Verbrauch« im alten Bildungs- und Gefühlstheater zu entziehen, war schon 1920 nur einer unter anderen gewesen. Auch Max Reinhardt, der um 1905 mit seiner Erneuerung des Darstellungsverfahrens klassischer Stücke begonnen hatte, sah die Notwendigkeit einer Veränderung des Darstellungsverfahrens. Er versuchte sie durch die Vergrößerung des dramaturgischen Volumens, des Spielplatzes, der Gebärden, des Tones, der Massen und durch Überführung des Schauspiels aus dem Guckkasten in die Volksarena des Großen Schauspielhauses in Berlin sowie durch Annäherung und Verstrickung des Publikums in den Spielvorgang. Auch er versuchte (wenigstens im »Danton«) eine »Mitreißregie« mit Populareffekten. Karl Heinz Martin erprobte es ebendort mit »Antigone« und den »Räubern«. Andere wollten den Klassiker dadurch der Gegenwart anpassen, daß sie dem Darsteller sein historisches Kostüm gegen ein gegenwärtiges vertauschten. Hamlet im Frack war die signifikanteste, aber auch am schnellsten verworfene Lösung.

Alle diese Verfahren zeigten zugleich, was schon 1920 zur Debatte stand: die Frage der aktuellen Interpretation, wie das Übernommene zu vergegenwärtigen sei. Genauer: wie retten wir die Klassiker über den Traditionsbruch, den die Revolution sichtbar gemacht hatte? Wie in der Umwandlung des Theaters in ein Instrument aktueller und allen offener Auseinandersetzung? Jeßner hatte seit dem »Tell« von 1919 an sich selbst zweierlei erfahren: einmal, daß das Prinzip der aktuellen Vergegenwärtigung selbst zur dauernden Variation und Umarbeitung, zur Anpassung an die jeweilige Situation zwang (siehe den zweiten »Tell«). Zweitens: daß der Versuch, dem klassischen Stück durch Veränderung seiner szenischen Erscheinungsform neue Ausdruckskraft zu verleihen, begrenzt war. Selbst die Inszenierung des »Faust«, in der er durch eine visionäre Regieform sogar die beiden auseinanderlaufenden Handlungen, das Gelehrten-Stück und die Gretchen-Tragödie, zusammenzwang, konnte doch das konstruktive Element der Regie, das sich hier – als Über-Regie – ausstellte, nicht als dauerhafte Lösung erklären.

Jeßners Arbeit war in der ersten Phase der Versuch, das Klassiker-Problem durch Regie, anders gesagt: durch neue Formgebung, Akzentuierung und Konzentrierung zu lösen. War solche »Rettung« dem Regisseur überhaupt abzuverlangen? Die zweite Phase begann, als sich die von Jeßner mitbeförderte Politisierung des Theaters durch Brecht und Piscator, entsprechend der Verschärfung der politischen Spannungen in der Republik noch einmal verstärkte. Die Formfrage verwandelte sich zur inhaltlichen Frage: Was wird warum gesagt? Machte Jeßner noch vor der Umfunktionierung der Stücke im Sinne der politischen Parteilichkeit halt, indem er nur die in ihnen angelegte bürgerliche Freiheitsidee heraustrieb, Piscator betrieb sie. Die Perspektive auf die Klassiker verschob sich nun in dem Maße, wie der in den bürgerlich-feudalen Schauspielen unterdrückte soziale Gesichtspunkt sich vorschob, der nach der Existenz der Gedrückten und Gedemütigten, des »Volkes«, des Proletariats fragte. Daß Jeßner 1926 Erwin Piscator Gelegenheit gab, die Prinzipien seiner (an der Volksbühne kritisierten) Arbeit auf die Klassiker zu übertragen, entsprach seiner Intention, das Thema Revolution, Aufstand abermals und nun auch im Zusammenhang mit der aktuellen Rebellion Piscators gegen die »alten Kräfte der Volksbühne« darzustellen. Aber Piscator griff stärker ein; er ging über ›die Idee‹ Jeßners hinaus. Er machte die »Räuber« zu einem Haufen von desertierten Soldaten und gab Spiegelberg Trotzkis Maske. Das war der Schritt von Jeßners abstrakter, idealisierter Politisierung zur konkreten. Hatte Jeßner im ersten »Tell« und in »Richard III.« gegen die alte Gesellschaft noch abstrakt und »unterschwellig« gearbeitet, indem er in Bühne und Kostüm die Farbkonstellation schwarz-weiß-rot (die Farben der alten Reichskriegsflagge) zugrunde legte, jetzt nahm das klassische Tableau Uniform und Gesicht der Gegenwart an, der Stoff wurde ausgefüllt mit der aktuellen Auseinandersetzung und der aktuellen Bezugsfigur: Trotzki.

Als Jeßner wenig später »Hamlet« (1926) inszenierte, inkorporierte er selbst Piscators Verfahren in sein Modell. Er inszenierte nicht Hamlets Schicksal, sondern wieder ein Grundmotiv: »Etwas ist faul im Staate Dänemark«. Hamlet erschien zwar nicht im Frack, aber als ein moderner Mensch von 1917 im Ledermantel (Kortner). Der Hof war wilhelminisch, der König sogar mit der Anspielung auf die Verkrüppelung des kaiserlichen Arms dargestellt, die Hofwelt um Hamlet herum ein Gewaltsystem von Beobachtung und Aushorcherei. Hamlet: ein Verfolgter, Ophelia: im Spitzeldienst. Für die Theaterszene war ein Hoftheater aufgebaut, König und Königin mit Lorgnon saßen in der Loge und sahen einem Stück politischen Enthüllungstheaters zu. Jeßner machte die Revolution im Hoftheater, für die er selber Symbol war, auf der Bühne selbst noch einmal zum konkreten Zitat: eine politisch treffende Schauspielertruppe spielte gegen das Genußtheater des Fürsten an. Die Szene stellte selber die neue, intendierte »politische Wirkung« von Theater dar: Bloßlegung der Wahrheit. Sie symbolisierte den allgemein in Gang befindlichen Prozeß zu seiner neuen Funktionsbestimmung. Jeßner kommentierte 1928 seine Inszenierung so:

»Wann konnte uns heute noch nach so viel ästhetisch-wissenschaftlichen Kommentaren und nach so erschöpfenden Spitzenleistungen der Schauspielkunst (Kainz) die *Psychologie* der Hamlet-Figur interessieren? Die Grammophonplatte von »Sein oder Nichtsein« ist ausgewalzt. Die Melancholie des Dänenprinzen ist sprichwörtlich und somit Klischee geworden.

Der Hamlet von heute bedurfte weniger des Smokings und der Bügelfalte als eines neuen Stichwortes. Und dieses Stichwort hieß: »Etwas ist faul im Staate Dänemark«. Hier liegt der Angelpunkt für das Leid Hamlets. Hier der Grund seiner Einsamkeit. Hier das Martyrium, an dem er zugrunde geht. Der Rachegedanke für seinen Vater ist nur der greifbare Antrieb seines Gebarens. Denn hier wurde unter unzähligen Untaten eine – und zwar die gravierendste – offenbart, die die Morschheit jenes Königshofes entlarvte – die Morschheit der Gesinnung und des Zeremoniells, hinter dem sich der *Zerfall* verbarg. Deshalb mußte dieses *Zeremoniell* und sein *Exponent* Polonius besonders penetrant gezeigt werden. Deshalb mußte die Panik dieses Zeremoniells im Moment der Entlarvung besonders sichtbar werden. (Und aus diesem, und nicht etwa rein dekorativem Grunde war das »Hoftheater« auf der Bühne in all seinem Prunk und all seiner Gala-Atmosphäre aufgebaut.) Deshalb mußte die Falschheit, wo sie sich auch nicht zu verbergen mag, in Gestalt der Höflinge Güldenstern und Rosenkranz besonders hervorgekehrt werden« (»Die Szene«, 1928, S. 73).

Grenzen der Aktualisierung

Jeßners »Hamlet« zeigte aber auch schon Grenzen der aktuellen Konkretisierung des Klassikers. Herbert Ihering, der den »Räubern« (Piscator) eine Wirkung zuschrieb, »die gar nicht überschätzt werden könne«, eine Zäsurfunktion, weil sie Anlaß gewesen sei zur Umschichtung der Spielpläne, sagte auch mit Recht, Shakespeare habe niemals Karikaturen geschrieben, als er die Welt des Hofes beschrieb. Die Einbringung des Zeitzitats blieb hinter dem Umfang der ursprünglichen dichterischen Intention so weit zurück, daß diese zur Karikatur schrumpfte. Auch dieser Weg war auf die Dauer prinzipiell nicht gangbar; er versah den Klassiker nur mit dem Reizstoff des Augenblicks. Hätte Jeßner solches nicht selber begriffen, er hätte sich danach nicht so den Einflüssen Brechts ausgesetzt.

Was brachte dagegen das Verfahren Brechts? Brechts zuerst in der Marlowe-Bearbeitung »Leben Eduards des Zweiten von England« versuchtes Prinzip der Aktualisierung historischer Stoffe ging nicht mehr aus auf Vereinfachung, auf Vergrößerung und Übersteigerung der Mittel, auf Hineinreißen der Zuschauer in den Spielablauf, sondern auf Auskühlung des Stückes, versachlichte Darstellung, Entfernung und Problematisierung des Stoffs. Jeßners Inszenierungen nach dem »Hamlet«, also Hauptmanns »Florian Geyer« und »Die Weber«, suchten schon diesen Weg. Sie verzichteten auf laute Steigerungen, auf aktuelle politische Signalisierungen. Intensität wurde gesucht, der charakteristische Punkt ausgestellt. Walter Francks Florian Geyer war ein Antiheld, ein gedungener bäuerischer Bruder. Größe wurde nicht mehr an Pathos gebunden, sondern an Kraft, Entschluß, Ausdruck von Risiko. Formal: an Distanz. In den »Webern« wurde die große Plünderungsszene still und leise gehalten. Eine Frau riß in Dreißigers Zimmer leise schluchzend die goldene Tischdecke des Unternehmers in Stücke. Das Bild interpretierte, was im ganzen geschah: ein Angriff auf Eigentum, wenn auch ein hilfloser. Jeßner verweigerte alles revolutionäre Pathos (das Karl-Heinz Martin 1920 noch im Großen Schauspielhaus in seiner Weber-Inszenierung hervorgetrieben hatte). Situation und Zustand wurden gezeigt mit präziser Sachlichkeit. Aber nicht naturalistisch. Jeßner machte auch die Tischtuchszene noch »thematisch«. Er spürte, daß er das plakative Arbeiten aufgeben mußte, daß die Entwicklung zur Darlegung der Handlung zum epischen Bild drängte. Aber ins epische Bild setzte er immer noch das Symbol. 1928 sagte Jeßner, seine Arbeit erklärend: »Worauf es ankam, war die Versachlichung dessen, was als Programm sich durchgesetzt hatte. Wenn eine Revolution ins Stadium der Evolution gekommen ist, wird die These immer in die Synthese übergeleitet« (»Die Szene«, 1928).

Jeßners »Ödipus«-Inszenierung (1929) zog das Resümee: den Abschied von der dynamisch-expressiven Regie (die er 1928 noch einmal an einem expressionistischen Stück, an Kaisers »Gas« gezeigt hatte) und die Ausarbeitung der berichtenden Regie. »Ödipus« und »Ödipus auf Kolonnos« waren in einen Abend zusammengezogen, weil nur so der ›Lebensbogen‹, der ›Schicksalsdurchlauf‹ (für Jeßner ein neuer Gesichtspunkt) sichtbar wurde. Er machte Ergänzungen und Eingriffe, übersetzte schildernde Botenberichte in plastische Handlung, reduzierte das mythische Vokabular, hatte epische Ruhe; er suchte zu vereinfachen. »Nebeneinandersetzen von Vorgängen«, »Erschütterung durch Stille« (Ihering). Die Inszenierung war weit entfernt von jenen ekstatischen Chor- und Massenauftritten, mit denen Reinhardt 1914 im Großen Schauspielhaus das Klassiker-Problem zu lösen versuchte. Jeßners »Ödipus« nimmt »Stellung zu Inhalt und Form« (Ihering). Vor dem vergitterten Palasthof auf der Straße sprachen König und Königin von ihren Geheimnissen. Ein Freudentanz brach aus, als Ödipus und Jokaste von der Ermordung des Polybius (Ödipus' Vater) erfuhren. Felix Hollaender beschrieb die Inszenierung: »Sie mutet an wie ein sachlicher Zeitungsbericht über einen sensationellen Prozeß.« Brecht nannte

Jeßners »Ödipus« die »letzte Etappe der Entwicklung«. Sie bestätigte ihm, daß die große Form episch sein und daß das »Erlebnis aus dem philosophischen Bezirk« kommen müsse.

Jeßner führte den Versuch mit Shakespeares »König Johann« weiter (3. Mai 1929). Es war seine letzte bedeutende Inszenierung. Sie wurde vor einfachster Dekoration gespielt. Ein Sprecher erläuterte mit einem Zeigestock auf Landkarten und genealogischen Tafeln das Geschehen. Die Szenen waren nicht mehr aufgeputscht. »Er verlagerte das Werk vom Empfindungschaos nach geordneter Erkenntnis, von turbulenten Abenteurerschlachten nach politischen Zweckkämpfen hin. Jeßner wendet sich also nicht an das Miterleben der Zuschauer, sondern an ihren Erkenntniswillen« (Ihering). Jeßner probierte die neue Form nicht allein. Er beauftragte Erich Engel mit der Inszenierung des »Coriolan«. Kortner – langsam von Jeßner zu Brecht gewechselt –, der den Ödipus spielte, gab auch den Coriolan. »Ein Darsteller, der fast nur von Coriolan berichtet.« Damit war Jeßner, der aggressiv als Entrümpler und Neuformer der Klassiker begann, ein erprobender Regisseur auch für die zweite und dritte Phase der Klassiker-Diskussion geworden.

Brecht hat von Jeßners Theater so viele Anregungen genommen, wie von dem Max Reinhardts. Wenn Brecht vom »Erlebnis aus dem philosophischen Bezirk« sprach, so war das aus Jeßners Theater abgeleitet. Wie Jeßner die Personen auf dem Theater an die ihnen zugeordneten Ideen band und sie damit dem individuellen Für-Sich-Sein entzog, so suchte Brecht bald in ihnen die überindividuellen gesellschaftlichen Bindungen. Jeßner führte eine Entwicklung bis zu dem Punkt, an dem Brecht sie für sich übernahm. Jeßners Klassiker-Inszenierungen wurden so Dokumentationen für eine Diskussion, die das ganze Jahrhundert durchzieht. Jeßner seinerseits erhielt für seine späteren Inszenierungen von Brecht einen neuen epischen Duktus.

Der Partner: Jürgen Fehling

Was Jeßners Intendanz und Regie in diesem Zusammenhang bedeutet, ist ohne den Hinweis darauf nicht vollständig, daß an seinem Theater auch der andere, nicht-brechtsche Weg zur Klassiker-Erneuerung erprobt wurde. Jeßners Haus war und wurde immer deutlicher das Haus Jürgen Fehlings. Fehling, der als

Komödienregisseur, als Gegenfigur gegen Jeßners Ernst und Rhythmik begann, der Brechts »Leben Eduards« im Staatstheater 1924 ganz gegen Brechts Intention inszeniert hat, baute von der Mitte der zwanziger Jahre an eine andere Seite von Jeßners Klassiker-Theater aus. Je mehr Jeßner sich verschliß, um so stärker wurde Fehling; zu voller Geltung kam er erst, als Jeßner abgetreten war. Jeßners Handschrift in Fehlings ins Große drängenden, harten, unnachgiebigen, auf gedanklicher Schärfe und eigenwillig-monumentalen Ausdruck der Schauspieler beruhenden – auch Mythisches wieder suchenden – Inszenierungen ist nicht zu verkennen. Fehling brauchte den kalten, großen Raum, in dem er dem Wort seine dominierende Wirkung geben und es in körperliche Spannungen der Schauspieler umsetzen konnte. Fehlings »Don Carlos« (Hamburg 1935) wirkte so herausfordernd, so expressiv in Form und Sprache, daß diese Inszenierung – auf Fehlingsche Art – noch aus Jeßners Energie gespeist scheint: ein einziger sinnbildhafter Spielraum, prägnante Choreographie der Figuren, überscharfer körperlicher Ausdruck der Darsteller: das vermerken die Kritiken (s. Friedrich Karl Kobbe in »Hamburger Nachrichten«, 1. März 1935). Als Fehling im Berliner Staatstheater 1937 »Richard III.« inszenierte, grinste und hinkte aus seiner Maske Joseph Goebbels. »Als die Mörder des Clarence im Kerker ihre Mäntel abwarfen und mit Koppel und Schulterriemen dastanden wie die Totschläger der SA, stockte den Zuschauern der Herzschlag« (K. H. Ruppel). Fehlings Inszenierung war in Strenge, Dramaturgie und Herausforderung wie in der politischen Anspielung ein Gebilde aus dem politischen Geist des Jeßnerschen Staatstheaters. Er vermittelte viel davon an den neuen Intendanten des Staatstheaters, Gustaf Gründgens. Es war zu spüren, als dieser 1935 den »Egmont« als den Mord an der Freiheit inszenierte. Im Staatstheater war man seit Jeßner gewohnt, politische Fabeln alter Stücke doppelt zu lesen.

Jeßners Abgang

Das heißt: von Jeßner blieb mehr, als die schwach gewordene Erinnerung an ihn lange wahrhaben wollte. Die Erinnerung verwischte sich, weil Jeßners Leistung schon zu ihrer eigenen Zeit zerstört wurde. Jeßner war eingespannt in die sich verstärkenden politischen Spannungen der Republik. Er verzehrte sich in der Abwehr der Angriffe, in Nachgeben und Gegenhalten gegen die konservativen und antisemitischen Kräfte, die früh auf eine Ablösung Jeßners hindrängten. In der Zensur-Debatte 1929 führte er das Wort so entschieden wie im Protest gegen Piscators Entlassung aus der Volksbühne im Herrenhaus. »Auch wir werden noch einmal zu... einer Revolte in der Republik aufstehen, denn Zensur kann nicht sein. Zensur darf nicht sein« (»Die Szene, 1929). Anfang 1930 demissionierte er unversehens, nachdem auch Kritiker wie Herbert Ihering sich plötzlich gegen ihn wandten (»Für den Intendanten Jeßner gibt es keine Aufgaben mehr.«). Ihering nannte nun Jeßners Theater – unter Brechts Einfluß – vergreist und lahmend. Nach den Kritiken auf das Boxerstück »Harte Bandagen«, für das Jeßner einspringend die Regie übernommen hatte, trat er Anfang 1930, ermüdet vom Konflikt, zurück.

Es kann nicht nur der politische Konflikt um seine Person ihn dazu veranlaßt haben. Auch Jeßner sah zu diesem Zeitpunkt, daß das Theater sich in Richtungen entwickelte, die er nicht mehr dominieren konnte. Die Führung, auf die er Anspruch erhob, war ihm, wie einst Reinhardt, aus der Hand geglitten. Brechts »Dreigroschenoper« (1928) war ein Fanal wie Wolfs »Cyankali« (1929) oder Rehfisch/Herzogs »Affäre Dreyfus«. Das Theater, das Jeßner vor der offenen Parteilichkeit bewahrt hatte, in Sorge, die Kunst-Grenze zu verletzen, trieb dort, wo es sich gesellschaftlich engagierte, jetzt in die direkte Aktion, in Parteilichkeit. Wenn Ihering jetzt gegen Jeßner opponierte, so aus dem Grund, den er in dem Namen selbst mitlieferte: Ihering wollte das Staatstheater wieder als Sammelplatz der neuen Kräfte, wie Jeßner es einst geführt hatte, aber diese Kräfte waren 1929/30 die, die aus Piscators politischem Theater hervorgegangen waren und das linke Theater in Berlin am Schiffbauerdamm um die Gruppe junger Schauspieler prägten.

Zur gleichen Zeit aber wurde auch aus Max Reinhardts Erbe von Heinz Hilpert die Gegenposition wieder formuliert. Am 15. März 1931 hielt Heinz Hilpert in Reinhardts Deutschem Theater in Berlin eine Rede, die als Gegenprogramm gegen Jeßner zu verstehen war: »Wir wollen versuchen, im Dienst des Dichters die Welt mit seinen Augen zu sehen und wir wollen die Welt zwingen, den Dichter so zu sehen, wie er ist, und nicht so, wie man ihn nach dahin oder dorthin deuten könnte. Wir wollen das Werk und nicht seine Ausdeutung. Und wollen das Kunstwerk. Wie der Regisseur der Aktualität des Ewigmenschlichen dienend, die Dichtung von der Aktualität des Tages fernhalten sollte, so sollte er auch den schauspielerischen Menschen dienend, diesen von Typisierung und Spezialisierung fernhalten.« Hilpert sagte weiter: »Es scheint so, als ob sich die vielleicht notwendige Durchgangsperiode des autokratischen Regisseurs endgültig ihrem Ende zuneigt.«

Der alte Konflikt zwischen dem Deutschen Theater und dem Staatstheater formulierte sich da ex post noch einmal, und als im November 1931 Kortner und Hilpert sich in Auseinandersetzungen um Shakespeares »Antonius und Kleopatra« auf den Proben im Deutschen Theater entzweiten, war das ein anderer Reflex der Unvereinbarkeit. Am Ende des Jahres hielt Jeßner im »Berliner Börsen-Courier« seinen Rückblick. Er rechnete mit sich ab: »Es war vielleicht eine Sünde, wenn wir aus Rücksicht auf äußere Schwierigkeiten (Finanzsorgen und Angriffe) vor der Zeit unser Darstellungsprinzip abschwächten, jedenfalls in technischer Hinsicht. Aber jede Zeit fordert eine Kunst, die ihr durchaus gerecht wird. Die mehr epischen Bestandteile des Dramas verlangten wieder nach Kulisse.«

Die Selbstbezichtigung ist auch Entschuldigung. Jeßner warf sich vor, daß er sein Prinzip nicht konsequenter ausgearbeitet hatte, daß er sowohl vor der Kritik wie vor den politischen Pressionen zurückwich. Wahrscheinlich geschah das aus einem Grund, den er selbst nicht kannte: das Prinzip seiner Regie war deswegen erschöpft, weil es – einmal konsequent formuliert – auch schon die Grenzen der in ihm enthaltenen Erkenntnismöglichkeiten formuliert hatte. Jeßners Verfahren blieb, Bernhard Reich hat es richtig gesehen, im Grund im Erkenntnisbereich Wedekinds, im Bereich des Formelhaft-Komprimierten. Er kämpfte damit gegen die Despotie (»Tell«, »Richard«, »Fiesco«, »Wallenstein«, »Don Carlos«,) wie gegen den Bourgeois (»Marquis von Keith«, »Überteufel«, »Ein Volksfeind«). Zehn Jahre lang gehörte er, trotz der Angriffe auf ihn, trotz der Ermüdungen, zu den Führenden, als Regisseur wie als Statthalter der neuen Entwicklungen.

Jeßner hatte begriffen, daß der Regisseur, der führen will, die Intendanz braucht, um das Instrumentarium zur Verwirklichung des Programms in der Hand zu haben, und daß, wenn er es hat, er es auch offenhalten muß als Gehäuse für andere Führende (Fehling, Engel).

Als Jeßner die Intendanz aufgab, hörte er freilich nicht auf, in Berlin zu inszenieren. Seine Uraufführung von Reinhard Goerings »Südpolexpedition des Kapitän Scott« war unmittelbar geprägt von seiner »Ödipus«-Inszenierung. Danach führte er Regie für Feuchtwangers »Wird Hill amnestiert?«, Strindbergs »Gustav Adolf«, Kornfelds »Jud Süß«, Schillers »Jungfrau von Orleans«, Lessings »Emilia Galotti«, Shaws »Haus Herzenstod«, Harlans »Das Nürnbergische Ei«, Schillers »Wallenstein« und Shakespeares »Othello« (beide zum zweitenmal 1931/1932), Schillers »Räuber«, Hauptmanns »Gabriel Schillings Flucht« und – schon nach Hitlers Machtübernahme – Billingers »Rosse« (1. März 1933). Das war seine letzte Regie. Aber mit keiner dieser Inszenierungen griff er mehr in die Entwicklung ein, keine war mehr politisch so insistent, daß sie innerhalb des nun radikal politisierten Theaters von Bedeutung wurde. Man spürte in seinen Klassiker-Inszenierungen eher einen Zug zur Selbstdarstellung und Imitation (»Othello«, »Egmont«). Jeßner – abgetreten von der Führung des Staatstheaters – begleitete nur noch die allgemeine Entwicklung: er begann, sich selbst – variierend – zu wiederholen.

Was bleibt als Erinnerung

Es gehört zu Jeßners persönlicher Tragödie, daß dies im Exil sein Los wurde. Er klammerte sich an den »Wilhelm Tell«, mit dem er angetreten war, wie an den Inbegriff einer Sendung: er inszenierte den »Tell« noch einmal als ›Freiheitsschrei‹ im hebräischen Nationaltheater der Habima in Tel Aviv (1934), danach den »Kaufmann von Venedig«. Die Aufführungen zogen auch in Palästina Jeßner in einen Streit der Meinungen, in dem sich der Plan, ihn für dauernd als Regisseur der Habima zu gewinnen, zerschlug. Und als die deutschen Emigranten 1939 in Los Angeles ein Emigranten-Theater eröffnen wollten, um sich hier in der Nähe Hollywoods darzustellen, wurde wieder Jeßner – der Mythos der Republik – mit der Regie für die erste Aufführung beauftragt. Er wählte wieder: »Wilhelm Tell«. Die Bühne war ein Brettergerüst, gestuft, nach links und rechts ansteigende Treppenpodeste, in der Apfelschußszene: eine ferne Erinnerung, aber kein Erfolg mehr, trotz Ernst Deutsch und Alexander Granach.

Ludwig Marcuse rief diesem amerikanischen »Tell« nach: »Ein von Geßler besiegter Mann spielte mit von Geßler besiegten Schauspielern vor einem von Geßler besiegten Emigranten-Publikum...« (in »Mein 20. Jahrhundert«). »Tell« war zur Pose, zum Zitat einer Zeit geworden, die längst vergangen war. Aber Jeßner blieb für die Emigranten ein Symbol der freien Vergangenheit.

Am 6. März 1943 gaben Deutsch, Granach, Kortner, seine Frau Johanna Hofer, Feuchtwanger, Helene Weigel, Bruno Franck und andere Jeßner zu seinem 65. Geburtstag im Wilshire Ebell Theatre in New York einen Ehrenabend. Im Programmtext hieß es: »Die Schauspieler, die einst Jeßners Fahne gefolgt sind, werden in Bühnenszenen die Höhepunkte seiner Regieleistung zu erinnern versuchen.«

Jeßner: das war jetzt endgültige Erinnerung. Während Max Reinhardt sich mit einem (nach drei Jahren scheiternden) »workshop for stage, screen and radio« und Inszenierungen in den Vereinigten Staaten zu etablieren versuchte, Piscator mit seinem »Dramatic Workshop« in New York, anders als Reinhardt, an die Beeinflussung der amerikanischen Szene ging, verstummte Jeßner. Er war der deutscheste von allem, kaum anpassungsfähig.

Nach der deutschen Niederlage wollte die amerikanische Besatzungsmacht ihn zur Reorganisation des deutschen Theaters nach Deutschland zurückschicken. Der Auftrag knüpfte an seine einstige Bedeutung an. Dem siebenundsechzigjährigen fehlte die Kraft. Er starb im Dezember 1945 in Los Angeles.

Blieb von ihm nichts an Erinnerung? Jeßner hat die Revolution im Theater dieses Jahrhunderts energisch mit eingeleitet. Er hat es reingefegt von den Unterhaltungsspielereien, Impressionismen, den Nationalismen, den historischen und patriotischen Stücken, er hat ihm den neuen Stil des dramaturgischen, auf ein Thema gerichteten Inszenierens gegeben, den verantwortungsvollen Spielplan auferlegt, den Typus des Interpretationsregisseurs begründet und den politischen Schauspieler geschaffen (Jeßner: »Kortner war der erste«). Jeßners Wirkung ging ein in das Theater Piscators (der, außer der politischen Intention, zum Beispiel auch Jeßners Versuche mit der Gliederung des Bühnenbodens weiterführte), in das Theater Brechts und Fehlings. Freilich auch in das straffe, dynamische Theater Hanns Johsts, der in den zwanziger Jahren die Mitreiß-Regie des nationalsozialistischen Stückes begründete und sie 1933, als er in Jeßners ehemaligem Staatstheater als Dramaturg saß, ebendort vorführte. Das sind zwar einander konträre Ausprägungen: der Ursprung ist der gleiche. Von Jeßner hatten alle gelernt, Stücke als Ideen zu sehen.

Als das deutsche Theater nach 1945 Anschluß an seine Vergangenheit suchte – an die offenen Arbeitsprozesse der zwanziger Jahre –, trat Jeßners Position aus der Erinnerung wieder hervor. Mit Fehlings neuen Arbeiten, in Kortners zergliedernder Textanalyse und unerbittlicher Wortregie. Sicher steckt auch in den instrumentalen Inszenierungen Gustav Rudolf Sellners in Darmstadt und den abstrakt-formalisierenden Heinrich Kochs in Hamburg und Frankfurt, die die dynamische und geistig geprägte Bewegungs- und Positionsregie im abstrahierten Raum aufnahmen, Erbe von Jeßner. Sellners »Wilhelm Tell«, die dynamische Inszenierung eines Aufstandes (1956, Darmstadt) ist ohne den Jeßner-Bezug schwer denkbar. Als Oscar Fritz Schuh in den fünfziger Jahren mit seinen großen Inszenierungen (Strindberg, O'Neill) sein »geistiges Theater« auswies, hat er an Jeßners Theater erinnert, an dem der junge Schuh gerühmt hatte, daß hier »der Raum, das Licht und die Farbe als Operationsbasis des Seelischen in das Stück« mit einbezogen worden seien. Gründgens letzte Inszenierung, der »Hamlet«, enthielt mit den großen Farbflächen als Tableaus von Seelenfarben im Hintergrund noch eine Erinnerung an Jeßners Bühne.

Die großen Schauspieler des Jeßner-Theaters: Kortner, Walter Franck, der in Jeßners Schule geprägte Bernhard Minetti, die Jeßners Typus des politischen (nicht: des politisierten) Schauspielers verkörperten, Helene Weigel, Gerda Müller, Rudolf Forster standen nach 1945 noch zur Verfügung. Sie waren nun die modernsten Schauspieler. Es hängt mit Jeßners Schule zusammen, daß Kortner, Franck, Minetti die besten Darsteller für Rollen Samuel Becketts wurden. Abstraktion verband sich hier mit Vergeistigung des Themas und Reduktion des Körperlichen auf das Zeichenhafte. Der Körper wiederum: allein, erschüttert von expressiven Stößen, ins Fremde hineinragend: man sah hier und von der Mitte des Jahrhunderts her, was Jeßner abgeschlagen hatte an psychologischem Zierat, bis man den Menschen so gehäutet, so hüllenlos ausstellen konnte, daß das Wesentliche aus ihm heraustrat, das Innere die äußere Gestalt prägte und das Erlebnis »aus dem philosophischen Bezirk« hervortrat.

Das Zeitstück

Drama und Dramaturgie der Demokratie

Das Zeitstück der zwanziger Jahre muß, obwohl es derzeit kaum Beachtung findet, ein nicht unbedeutendes Kapitel in der Geschichte des Theaters und der Literatur ausgemacht haben, denn Erinnerung und Legende der zwanziger Jahre verbinden sich mit ihm. Was war das »Zeitstück« und warum war es einmal etwas so Erregendes, daß sich die Auseinandersetzung mit ihm bis in die Leitartikel der Zeitungen vordrängte?

Den Gang der Zeit beschreibend, die erst zögernde, dann vehemente Ausbildung dieser dramatischen Gattung, rufen wir einige Titel in die Aufmerksamkeit zurück.

1923: »Hinkemann« von Toller. 1924: »Fahnen« von Alfons Paquet. 1926: »Krankheit der Jugend« von Ferdinand Bruckner, »Razzia« von H. J. Rehfisch, »Sturmflut« von Paquet. 1927: »Hoppla, wir leben« von Toller, »Gewitter über Gottland« von Ehm Welk, »Kolonne Hund« von Friedrich Wolf, »Der Frauenarzt« von H. J. Rehfisch. 1928: »U-Boot S4« von Günther Weisenborn, »Verbrecher« von Bruckner, »Konjunktur« von Leo Lania, »Revolte im Erziehungshaus« von Peter Martin Lampel, »Sladek oder die Schwarze Armee« von Ödön von Horváth. 1929: »Giftgas über Berlin« und »Pennäler« von Lampel, »Cyankali« von Friedrich Wolf, »Affäre Dreyfus« von Rehfisch/Herzog, »Die Unüberwindlichen« von Karl Kraus, »Feuer aus den Kesseln« von Toller, »Trojaner« von Corrinth, »Sacco und Vancetti« von Erich Mühsam, »Die Nacht vor dem Beil« von Wolfenstein, »§ 218« von Carl Credé, »Der Kaufmann von Berlin« von Walter Mehring.

1930: »Brest-Litowsk« von Rehfisch, »Die Matrosen von Cattaro« von Wolf, »Des Kaisers Kulis« von Theodor Plivier, »Wunder um Verdun« von Chlumberg, »Sektion Rahnstetten« von Corrinth, »Die heilige Familie« von Hermann Kesten, »Mörder an uns« von Schaeferdieck.

1931: »Stempelbrüder« von Duschinski, »Kampf um Kitsch« von R. A. Stemmle, »Italienische Nacht« von Horváth, »Tai Yang erwacht« und »Die Jungens von Mons« von Wolf, »Die Mausefalle« und »Da liegt der Hund begraben« von Gustav von

Wangenheim, »Vaterland« von Lampel.

1932: »Die Mutter« von Gorki/Brecht, »Kasimir und Karoline« von Horváth, »Alarm im Arbeitslager« von Lampel, »Wer ist der Dümmste?« von Wangenheim.

Und auf der anderen, konservativen und völkischen Seite: »Aufbruch in Kärnten« (1928), »Douaumont« (1929) und »Panamaskandal« (1930) von Eberhard Wolfgang Möller, »Die endlose Straße« (1930) von Hintze/Graff, »Bork« von Gerhard Menzel (1931), »Schlageter« (1933) von Hanns Johst. – Wenn wir sehen, daß die Autoren, die sich zwischen 1960 und 1966 dem politischen Zeitstück wieder zuwandten, nur gut ein Dutzend Stücke vorlegten, dann sprechen die über hundert Stücke zwischen 1923 und 1933 von einer ungestümen Produktivität.

Wer den Begriff »Zeitstück« geprägt hat, aus welchem Anlaß, ist noch unbekannt. »Zeitstück« meint das Schauspiel, das sich unmittelbar mit den Problemen der Gegenwart, der nahesten Zeit, beschäftigt. Zwar hat das Theater immer einen Zusammenhang mit der Zeit, in der es stattfindet, aber nicht immer versucht sich die brennende gesellschaftliche Aktualität auf ihm in Stükken auszudrücken. Theater kann die Probleme der Zeit auch verschleiern, überholte Interessen bestimmter Gesellschaftsschichten vertreten. Es gibt Zeiten lässiger Verbindungen, aber auch plötzlicher Erhitzungen. Im Theater des Vormärz, sogar um 1850, als die neue Zensur schon eingriff, stand Theater im engen polemischen Kontakt mit der Zeit. Auch sie hatte ihr »Zeitstück«. Der Begriff meint: hier wird verhandelt, was noch nicht historisch geworden ist und keine Ausflucht in Phantasie, Spiel, Schein oder in eine poetisch hergestellte Ewigkeit erlaubt. Die Szene im Zeitstück ist: jetzt. Vorhänge werden weggezogen (die Schleier der Vertuschung). Das Zeitstück ist selbst herausgefordert von der Zeit. Seine Gebärde ist aufklärerisch, aufsässig oder revolutionär, die Intention pädagogisch, die Absicht heißt: Erkennt Euch, Eure Umwelt, und entscheidet Euch. Das Zeitstück nimmt keine Rücksicht auf die Gefühle und die Ruhebedürfnisse der Zeitgenossen. Wo es aggressiv zu sein scheint, rührt das her aus seiner Herausforderung. Der Autor des Zeitstücks verzichtet auf die Objektivität des »Dramas«, er will eingreifen in seine Zeit und deren Realität. Sein Prinzip ist: Realität. Der Autor des Zeitstücks verzichtet auf den »Kunstanspruch«; ihm genügt Wahrheit und Aktualität.

Das Zeitstück ist der Versuch, die Gegenwart und deren Probleme so nah, so deutlich wie möglich zu packen. So war es, als der junge Gerhart Hauptmann 1890 mit dem Stück über den Säufer-Kollaps unter den reich gewordenen Bauern, mit »Vor Sonnenaufgang« auf der Bühne des Deutschen Theaters in Berlin erschien. Und bald danach zogen seine »Weber« – nach der von Zolas Romanen abgeleiteten Methode des Naturalismus – die bunte Dekoration weg und zeigten das Elend der schlesischen Weber, so nah, als wäre es die Wirklichkeit selbst.

Das war ein neuer Anfang des Zeittheaters. Nicht der erste, wie wir noch sehen werden, aber der für uns folgenreichste. Inszenierungen der »Weber« und Anspielungen auf sie ziehen sich denn auch wie ein Leitfaden durch die lange Phase des Zeittheaters. Hauptmann meinte auch im »Florian Geyer« die eigene Zeit, als er das Drama aus den Bauernkriegen um den Satz »Der deutschen Zwietracht mitten ins Herz« gruppierte; jenen Bauernkrieg, den Karl Marx die markanteste Tatsache der deutschen Geschichte genannt hat. Friedrich Wolf nahm von ihr im »Armen Konrad« seinen Ausgang ins Zeittheater.

Ob ein Stück in die Zeit gesprochen und ein Zeitstück ist, darüber entscheidet nicht immer das zeitgenössische Kostüm. Ehm Welks ›historisches‹ Drama »Gewitter über Gottland«, das von den Vitalienbrüdern und dem Störtebeker-Aufstand handelt, trägt als Zeitnotiz »Nicht nur um 1400«. Die Verbindung der historischen mit der gegenwärtigen Zeit belegt Welks Satz: »Der Autor kam 1923 in ein aufgewühltes Deutschland zurück und fand sich eines Abends in einer Berliner Volksversammlung dem Störtebeker und seinen Vitalianern gegenüber: Männern, die forderten, es müsse nun endlich Gerechtigkeit ins irdische Leben gebracht werden, und sei es mit allen Mitteln.« Der Satz des Rebellen Asmus Ahlrichs: »Der Haß der Welt steht gegen die rote Brüderschaft, mit Lügen, Zwiesäten und Gewalt! Immer hat den furchtbarsten aller Kriege zu führen, wer die Sache der Armeen verficht«, dieser Satz aus Welks Stück ist ein Satz von 1925. Der ihn sprach, war eine Gestalt aus dem mittelalterlichen Konflikt. Er trug auf der Bühne in Piscators Inszenierung die Maske Lenins. – Mit Zolas großer Anklagerede gegen das bourgeois-antisemitische Komplott der »Affäre Dreyfus« meinten die Autoren die Weimarer Republik. Herzog hat wörtlich angemerkt: »Die Analogien zwischen der ungefestigten französischen Republik von damals und der deutschen Republik von heute sind ebenso auffallend wie nicht erstaunlich.« Noch Eberhard Wolfgang Möller zielte mit seiner negativen Darstellung des französischen Parlamentarismus im »Panamaskandal« (1929) auf das Chaos im Weimarer Parlament.

Auch das historische Stück wird als Zeitstück geschrieben. Der Zeitautor denkt auch in den alten Bildern seine Gegenwart. Das bilderbogenhafte Geschichtsdrama des 19. Jahrhunderts wird zu diesem Zweck nicht nur mit aktuellen Ideen durchsetzt; es ändert auch seine Gestalt, wird durchsichtig, entschieden, polemisch, es argumentiert mit den Argumenten des Augenblicks; die aktuellen Parteikämpfe drängen sich durch die »historischen« Szenen hindurch, und die Leute, die da anscheinend in abgelebten Zeiten die Faust recken und ihre Maximen ausrufen, sind Zeitgenossen. Geschichte erhält den Ausdruck der gegenwärtigen Zeit.

Das Theater gerät immer dann in die Fänge der Zeit, wenn Umwälzungen in der Gesellschaft beginnen, neue soziale Gruppierungen sich durchsetzen wollen. Es wird Vorläufer und Anzeiger einer Revolte. Wir sind in Deutschland daran gewöhnt, Tradition immer zu sehen als Erhaltung der Güter aus opulenter Zeit. Es gibt aber auch in diesem Land, das immer alles neu machen muß, eine Tradition der Revolte. Sie wird leicht verdrängt, weil sie vom Verlangen nach Tradition schnell wieder aus dem Bewußtsein verdrängt wird. Im Zeittheater wird etwas von dieser revolutionären Tradition spürbar. Oft ist es ihr einziger, auch später noch faßbarer Ausdruck. So ist es seit Lessing, dessen verhaltene, mit der Zeitnähe und dem Bezug auf die eigene Gesellschaft argumentierende Revolte gegen fremde und falsche Thematik auf der Bühne wir in diesem Zusammenhang nicht unterschätzen wollen. Daß Hauptmanns »Weber« – sicher kein revolutionäres Stück, wenngleich es eine Revolte behandelt – in der zweiten, opulenten Phase der Gründerzeit als ein Stück des Aufbegehrens erlebt wurde, mag andeuten, für welch untergründiges Verlangen sie ein Ersatz waren. Diese soziale und aufklärende Dokumentation war doch ein Stück Vorrevolution. Ein Grollen aus dem vierten Stand.

Erst wenn man solchen Zusammenhang sieht, wundert es nicht mehr, daß das Zeitstück so eng mit der Revolution von 1918 zusammenhängt. Langsam melden sich seit 1912 die Probleme; die Schwierigkeiten der jungen Generation, ihr Anspruch, die Welt nach ihren Vorstellungen zu gestalten, drängen ins Drama. Die Genesis des Aufstandes liegt vor Augen: 1917, noch mitten im Krieg, etwa ein Jahr nach der großen Schlacht auf dem Meer, sterben auf der Bühne des Deutschen Theaters in Reinhard Goerings »Seeschlacht« Schauspieler noch einmal den Tod der Soldaten von Skagerrak. Und die letzten Worte des fünften Matrosen am Ende des Stückes waren: »Ich habe gut geschossen. Wie? Ich hätte auch gut gemeutert! Wie? Aber schießen lag uns wohl näher...« Wenige Monate später beginnen die Meutereien in der Wirklichkeit. Die Munitionsarbeiterstreiks von 1918 in München, die in Tollers »Masse Mensch« und Erich Mühsams Schauspiel »Judas« eingehen, die Kieler Revolte von 1918 und danach der Spartakusaufstand, der durch Brechts »Trommeln in der Nacht« wetterleuchtet – das erste Mal, daß Nachkriegswirklichkeit ins Schauspiel eindringt. In Tollers »Wandlung« ruft der junge, verwandelt aus dem Krieg zurückkommende Freiwillige von einst, ähnlich wie die Matrosen 1918 in Kiel: »Schreite durch unser freies Land. Revolution, Revolution.«

Noch war das alles gehemmte Gebärde. Brechts Soldat Kragler lief aus dem Aufstand doch lieber zurück ins Bett seiner Anna, und Toller meinte mit dem Wort »Revolution« – trotz seiner Verstrickung in die politische Praxis der Münchner Räterepublik – mehr die Revolution des Geistes, jene Hoffnung auf die »Erneuerung« der Gesellschaft durch die Erneuerung des Menschen, die ihn zu einem Wortführer der Expressionisten machte. Tollers Revolution ist eine der Güte und der Menschenliebe. »Oh, wenn ihr Erfüllte wäret im Geist!« Toller sieht nur Verirrte, die bekehrbar sind, nie Feinde. – Immerhin, hier wird die Diskussion aufgenommen, die das ganze Jahrzehnt beschäftigen wird: Was ist der Weg? Verändern wir die schlimm gewordene Welt durch Liebe oder mit Hilfe der Gewalt?

Mit dieser Frage sind wir am Ursprung des Zeitstücks. Der Wille eine andere Welt zu schaffen, zeigt sich als Antrieb, der aus den Erlebnissen des Zeitchaos zwischen 1914 und 1918 hervorgeht.

Das Gewissen formuliert sich, die alten gesellschaftlichen Formen und Lebensinhalte werden von vielen befragt und verweigert. Die 1918 zu sprechen und zu schreiben beginnen, sind Heimkehrer aus dem ersten Weltkrieg: Ernst Toller, Erich Mühsam, Bertolt Brecht, Erwin Piscator, Friedrich Wolf. Es sind Getroffene, Suchende, Ernüchterte. »Wir alle kamen aus den Schützengräben, viele von uns hatten auf seiten der Arbeiter, auch auf den Straßen gekämpft. Die Welt mußte umgeboren werden. Gewiß! Aber das Wie, der taktische, konkrete Weg war uns im Grunde ebenso unklar, wie während des Krieges der Weg zum Frieden...« Wolfs Worte stehen für ähnliche Äußerungen der anderen. Der Krieg ist der Katalysator des Denkens gewesen. Er begleitet denn auch die Geschichte des deutschen Zeitstücks durch das ganze Jahrzehnt, glüht immer wieder als traumatische Erinnerung auf (in Bronnens »Katalaunische Schlacht«, Menzels »Toboggan«, Hintze/Graffs »Die endlose Straße«). In Erwin Piscators Versuchen, das politische Theater zu schaffen, ist er immer wieder gegenwärtig als der Ausgangsstoff: Filmzitate spielen ihn ein. Er ist Piscators Anreger und Gegner in der Suche nach der Ordnung einer anderen Welt. Um 1928 spricht Piscator sogar von einem Zyklus von sieben Dramen, die sich mit dem Schritt vom Krieg zur Revolution, mit dem Erwachen des Bewußtseins beschäftigen.

Das Zeittheater entsteht aus dem gesellschaftlichen Kampf, mit dem die Republik ins Leben tritt, und spiegelt ihn auch in all seinen Wandlungen. Es ist seine literarische Ausdrucksform. Kampf wogegen, Kampf wofür?

Allenthalben treffen wir in den neuen Stücken auf die Parteigänger der alten, 1918 abgeschafften Monarchie, obwohl die Gesellschaft sich damals eine demokratische Verfassung gab. Der Hausvater in Peter Martin Lampels »Revolte im Erziehungshaus«, der noch Prügel verhängt, hat Feldwebelbart und -gesinnung. In Corrinths »Trojanern« repräsentiert der Studienrat die in die Schulen übergewechselten Äh-Äh-Leutnants von ehedem. In Horváths »Italienischer Nacht« steht im Zentrum der Bühne, tief in der Republik, weiterhin das Denkmal des Kaisers, und alle Männer, die sich in dem Stück, auf diesem deutschen Schauplatz bewegen – unpolitische Bürger, Sozialdemokraten, Reichsbanner und KP-Leute – haben noch immer die alte autoritäre Gesinnung. Die Stammtisch-Honoratioren der Kleinstadt haben einen

Refrain auf alle Fälle, die das Zeitstück aufgreift: »In der Monarchie wäre das nicht passiert.« Egoistische Gewinnsucht vernichtet in Friedrich Wolfs »Kolonne Hund« die Siedlungsversuche von Arbeitslosen und Invaliden in syndikalistischer Form auf dem Barkenhof bei Worpswede. (Das Stück ist ein Report aus der Wirklichkeit.) In Bruckners »Verbrecher« ist der Gerichtsvorsitzende eine Vorform des späteren nationalsozialistischen Staatsanwalts und Volksgerichtshofspräsidenten. Bruckner brauchte 1933 in der Emigration nur einige Sätze in seinem Text zu verschärfen und die Figur prägte sich abermals entsprechend der Zeit – so richtig war sie der Zeit abgesehen. Dann fährt der Staatsanwalt den Zeugen an »Wir reden hier deutsche Fraktur«.

»Deutsche Fraktur«, damit ist der autoritäre Zug gemeint, der Institutionen und Köpfe in der Republik noch immer beherrscht (ohne den Hitler auch nicht seinen »Weg der Legalität« hätte gehen können). Das Zeitstück will den Verächtern und den falschen Vertretern der Demokratie und den Verweigerern eines menschenwürdigen Rechts auf den Leib. Es wird den Admiral Scheer vorführen, wie er, Cognac trinkend, Todesurteile unterschreibt (»Feuer aus den Kesseln«). Es wird Figuren der Republik selbst auf die Bühne zitieren, von Scheidemann bis zum General von Seeckt, und Karl Kraus wird diese direkte Form des Schauspiels, das Zeitstück, benutzen, um in den »Unüberwindlichen« den Wiener Erpresser Bekessy anzuprangern. Als was? Als dramatische Figur?

Der Verzicht auf Neutralität

Die Autoren der naturalistisch-realistischen Dramen verwandten noch alle Aufmerksamkeit darauf, Individualität und Charakter ihrer Personen deutlich zu machen. Aber sie enthielten sich des Urteils über sie. Gerhart Hauptmann zum Beispiel kennzeichnete deutlich den Kapitalisten Dreißiger in den »Webern« – aber er verurteilte ihn nicht. Das Zeitstück gibt diese Neutralität auf, die aus dem klassischen Drama herrührt und noch immer die Theorie aufrechterhielt, das Drama konstituiere sich aus dem Konflikt zweiter subjektiv berechtigter, objektiv unberechtigter Positionen. Der Dramatiker alten Typs war distanziert, der Zeitstückschreiber ist engagiert. Die Perspektive des sozialen und weltanschaulichen Kampfes, aus dem das Zeitstück selbst hervorgeht, wird einseitig die seines Autors. Sie beherrscht das

Stück. Schon in Gorkis vorrevolutionären Stücken begann das Prinzip Parteilichkeit sich ins Drama einzuschleichen. Jetzt wird es als Urteil und Verurteilung bestimmter gesellschaftlicher Mißstände oder Verhaltensweisen akzeptiert. Schwarz und Weiß zehren die Farben des alten Dramas auf.

Das Prinzip ist früh und entschieden sichtbar. Noch nicht in den Komödien Sternheims, obwohl sie so exakte Beschreibungen der spät-wilhelminischen Gesellschaft sind. Wohl aber in den Stükken des proletarischen Theaters, die Piscator 1920 in Berlin zeigt. Die alten gesellschaftlichen Kräfte werden negativ überzeichnet, die »zukunftsbezogenen« proletarischen gekräftigt und verschönert. Im Zeitstück (s. Wolfs »Matrosen von Cattaro«) wird diese Grunddisposition ganz deutlich. Der »schöne« Offizier wird moralisch häßlich, der meuternde Proletarier moralisch schön. In Tollers Revolutionsstück »Feuer aus den Kesseln« singen die Matrosen: »Wir kämpfen nicht fürs Vaterland / Wir kämpfen nicht für Gott / Wir kämpfen für das reiche Pack / Der Arme geht kapott.« Reich und arm werden moralische Kategorien.

Der angesagte Kampf erklärt sich selbst als historischer Prozeß. Über die Wandlung, die der Frontkämpfer Piscator an sich selbst erlebt hat, schreibt er später: »Hintergründe wurden plötzlich hell. Jenes Undefinierbare, das bis dahin ›Schicksal‹ geschienen, nahm greifbare Forman an, sein Beginn und Ursprung wurde unheroisch, nüchtern, klar. Man erkannte das Verbrechen, und mit dieser Erkenntnis kam zugleich die ungeheure Wut auf, der Spielball anonymer Kräfte gewesen zu sein. Die Opposition gegen eine Kultur, die sich von einer solchen ›Ordnung‹ der Politik und Wirtschaft hatte knechten lassen.«

Das Zeitstück drückt den Willen aus, nicht mehr länger dieser »Spielball anonymer Kräfte« zu sein. Es sucht die Hintergründe, die Mächte zu benennen, sie sichtbar zu machen und ihrer Anonymität, ihres Mythos und ihrer einschüchternden Kraft zu berauben. Walter Mehring zeigt sie als Wirtschaftsmächte im »Kaufmann von Berlin«, Rehfisch/Herzog als politische in der »Affäre Dreyfus«. Wolf stellt die alte Militärkaste in den »Matrosen von Cattaro« als eine historisch überholte bloß. In Lampels »Revolte im Erziehungshaus« sieht man, wie die alten Verantwortlichen – Pfarrer wie Hausvater – die neue Situation der Jugend nicht mehr begreifen, weil sie die alten gesellschaftlichen Normen, die ›Wächterfunktionen‹ zu eigenen Wertvorstellungen verinnerlicht haben. Wie die nichtproletarischen Personen in »Cyankali« fühlen sie sich als Wahrer der Ordnung, was soviel heißt, wie: als Wahrer einer doch zu verändernden Welt. Die neue künftige soziale Ordnung, die das Zeitstück meint, hat zur Voraussetzung eine neue Vernunft, neue Ansichten über die Bedürfnisse des Menschen, ein menschenfreundlicheres Recht und eine andere Vorstellung von der Erziehung des Menschen und seiner Freiheit; neue Vorstellungen von der Bedingtheit der Konventionen. – Das dramaturgische Prinzip des Zeitstücks ergibt sich also aus der Notwendigkeit, den Zustand zu beschreiben, zu informieren und aufzuklären, zu enthüllen und das Interesse der Zuschauer für das Zukünftige zu aktivieren. Indem das Zeitstück Gegenwärtiges vorträgt, meint es die Zukunft.

Zukunft und Gegenwart

Zukunft, das ist das Wort, das seit dem Aufbruch der expressionistischen Dichter über allen zeitnahen Stücken des Jahrzehnts steht und von 1930 ab sogar über solchen, die sich – entsprechend der politischen Polarisierung in der Republik – frontal sozialistisch oder völkisch gegenüberstehen. Zu diesem Hauptwort des Jahrzehnts gesellt sich freilich bald die Skepsis, da man doch feststellen muß, welche Probleme und Schwierigkeiten der derzeitige gesellschaftliche Augenblick enthält. Indem die Autoren, die die neue Gesellschaft suchen, sich an der Polemik gegen die alte gewinnen, entdecken sie die eigenen Nöte, die spezifischen Tragödien der Zeit. Die Beispiele sind beliebig zu greifen. Formal am sinnfälligsten sind sie in den beiden Stücken, die den früh sozialreformerisch denkenden Ferdinand Bruckner berühmt machten: »Krankheit und Jugend« und »Verbrecher«. Bruckner betrachtete Gruppen von Menschen aus seiner Gegenwart. Seine Bühne zeigt aufgeschnittene Häuser, die Vorderwände sind abgenommen, man sieht die Zimmer, das Zusammenleben und damit das Geflecht von Schicksalen. Man sieht Armut und Verwirrung, Schieberei, Erpressung, Kindesunterschiebung, nimmt teil an homosexueller Liebe, an Zärtlichkeiten, die wie Tröstungen in den Einsamkeiten sind, an Abtreibung, Ehebruch, Angst und Habgier, an vagabundierender Sexualität. Ein Menschenpanorama, arme Kreaturen und kalte Nutznießer, die nach dem Satz leben: »Man muß es so einrichten, daß man den Krieg trotzdem gewonnen hat.«

Die Einblicke reichen tief: die Autoren kennen keine Schonung des Zuschauers. Erziehungs- und sexuelle Probleme: Geschwisterliebe, erzwungene wie freiwillige Homosexualität, die Kriminalisierung der Gefühle; in Lampels »Revolte«, in Bruckners und Klaus Manns Stücken sind sie geschildert. Was Wedekind in »Frühlings Erwachen« einmal angerührt hatte, jetzt, mit dem Ende der wilhelminischen Staatsordnung, deren offizielle Moral längst nur noch durch die Sorge um die »Reputation« geschützt war, stellt sich eine neue Sexualmoral zur Debatte. Das ganze Feld der Triebe, der Leidenschaften, der greifbaren Befriedigungen wird eröffnet. Die sexuellen sind zugleich soziale Probleme. Das freiheitliche Prinzip der neuen demokratischen Gesellschaft verlangt, daß alles zur Sprache kommt. Das Verfahren kann sich nur rechtfertigen, indem es sich an das Wirkliche hält. Die Ermittlung und Darstellung der Wahrheit wird die Rechtfertigung des Zeitstückes. So konnte Bruckner in seinen Stücken jene Jugend vorzeigen, die den Staat tragen soll und mit sich selbst nicht fertig wird.

Selten ist eine Gesellschaft genauer und vielschichtiger abgebildet worden als im Zeitstück der zwanziger Jahre, nicht nur, was ihre Zustände, sondern auch ihre Entwicklung, ihre Veränderungen, wechselnden Themen und neuen Beanspruchungen betrifft. Die Reihe der Zeitstücke spiegelt den gesellschaftlichen Prozeß.

Der Typus des Zeitstücks wurde zum erstenmal sichtbar, als Ernst Toller 1923 in der beginnenden Prosperität nach dem Ende der Inflation den Kriegskrüppel Hinkemann auf die Bühne brachte. Hinkemann, das war der arbeitslos gewordene Frontkämpfer, der an seiner Verwundung litt. Noch hatte er starke Züge der expressionistischen Leidensfiguren, des »ecce homo«. So war er auch ausgestellt. Aber der entscheidende Schritt aus dem expressionistischen ins Zeitstück war der Gewinn an Realität, an drastischer Begründung. Diesem Mann waren die Geschlechtsteile weggeschossen, er hatte eine Verwundung, »über die man nicht spricht«. Toller sprach über sie. Er zeigte, daß der Mann in dieser Nachkriegsgesellschaft sein Geld damit verdienen muß, daß er auf dem Jahrmarkt lebenden Ratten die Köpfe abbeißt, daß er gezwungen ist, den Ekel zur Sensation zu machen. Toller fragte damit zugleich, was die einst so patriotische Gesellschaft ihren »Helden« von einst zumute, die kaputt seien? Das Stück machte Skandal, man nannte es »unappetitlich«, Geschmack reagierte auf eine herausfordernde Wahrheit, die kein Verstecken mehr zuließ.

Tollers Hinkemann war also die Konkretisierung jener Krüppel, die 1919 in Tollers expressionistischer »Wandlung« noch Chiffren für die zerstörenden Wirkungen der alten Welt und die Begründung für die Erneuerung der Welt in einer neuen »Gemeinschaft« waren. Was daraus geworden war, zeigte Toller in Hinkemanns Alptraum. Was Toller, Landauer und Rubiner 1919 noch idealistisch mit »Gemeinschaft« beschworen hatten, das war nun in der als unverantwortlich und zynisch dargestellten Gesellschaft von 1923 nur noch eine Schutzmarke für Stiefelwichse, mit der ein Straßenhändler sein Geschäft machte. So deutet das erste Zeitstück an, daß – da der idealistische expressionistische Impuls wirkungslos verpufft war – in der nicht erneuerten Welt um 1923 nach neuen Methoden der Wirkung gesucht werden muß. Darum hat das Zeitstück schon an seinem Anfang Szenen, die George Grosz erfunden haben könnte.

So wurde Hinkemanns Selbstgericht auch ein Gericht für das Publikum von 1923:

»Ich bin lächerlich geworden durch meine Schuld. Als ich mich hätte wehren sollen, damals, als die Mine entzündet wurde von den großen Verbrechern der Welt, die Staatsmänner und Generäle genannt werden, habe ich es nicht getan. Ich bin lächerlich wie diese Zeit. Diese Zeit hat keine Seele. Ich habe kein Geschlecht. Ist da ein Unterschied?«

Von solchem Bild über die szenischen Analysen Bruckners oder Tollers Betrachtung der politischen Szene von 1927 in »Hoppla, wir leben« bis zum Eindringen der Wirtschaftskrise, Arbeitslosennot in Duschinskis »Stempelbrüder« oder Minnichs »Schlafstelle« folgt das Zeitstück den politischen und sozialen Vorgängen der Zeit – und manchmal scheint der mit der Beschreibung der Not wieder zutagetretende Naturalismus formal eine Erinnerung daran zu sein, wie wenig sich in sozialer Hinsicht seit den Tagen der Weber-Not geändert hat.

Erziehung und Justiz

An zwei Institutionen, die ganze Ordnungssysteme verkörpern, klammerte das Zeitstück sich fest: an der Erziehung und der Justiz. Beide prägen ein Volk. Beide wurden von der Monarchie zur

Disziplinierung benutzt. Es war logisch, daß mit einer veränderten Vorstellung über den Lebensablauf die Kritik auf die Veränderung jener drängte. Darum stehen Militärkaste und Kirche nicht nur in Lampels »Revolte im Erziehungshaus« unter Anklage. Wir treffen auf Erzieher, die die sexuelle Not der proletarischen Jugend mit dem Wort »Schweinerei« abtun, die jüdische Schüler vor der Klasse diffamieren. Sie vertreten ein System, gegen das die freiere Jugend demonstriert »aus Wissen oder Ahnen politischer, meinetwegen auch sozialer Umschichtung, aus Gegenwartsgefühl, richtiger aus Zukunftsgefühl«, wie damals Kurt Pinthus schrieb.

Auch Antisemitismus wird im Zeitstück nach 1925 vorgewiesen als Nebenmotiv. In Paul Kornfelds »Jud Süß« gab es 1931 eine Szene, in der das Volk einen Freudentanz aufführt mit den Worten: »Der Jud ist tot, der Jud ist tot«. Sie sollte die wüsten nazistischen Kampagnen gegen die Juden, die damals durch die NS-Presse und die Flugblätter liefen, treffen und das Publikum nachdenklich machen. (Das Zeitstück der 60er Jahre ist ganz von den Folgen dieses Antisemitismus bestimmt.)

Der für den Staat gefährlichste Angriff, den die Autoren der Zeitstücke vortrugen, war der gegen die Justiz. Nicht nur das bürgerliche Recht war für diese nach Freiheit drängende, neuen sozialen Wandlungen unterworfene Gesellschaft überall zu eng. Der Begriff von Strafe wandelte sich, die Rechtsprechenden selber gerieten in das Zwielicht des Verdachtes, sie sprächen noch immer Recht nach dem alten Klassenprinzip. Die Einsicht der Psychologen, daß die soziale Herkunft und Zugehörigkeit zu einer bestimmten Klasse die Gedanken und Urteile bestimmt, setzte sich in grundsätzliches Mißtrauen um, das sich an der Wirklichkeit bestätigen konnte. Was Bruckner im Gerichtsakt in den »Verbrechern« vorführte, zeigt, wie tief das Mißtrauen in diese Justiz geworden war, die nicht nur in Deutschland durch einige große Prozesse, sondern auch durch Fehlurteile in die Diskussion geriet. Die Diskussion über das Recht, das das größte Unrecht bewirkt, gipfelte bald in den Stücken, die die Abschaffung der Todesstrafe verlangten; von Erich Mühsams »Sacco und Vancetti«, dem wohl eklatantesten Fall eines Fehlurteils der Justiz bis zu Wolfensteins »Nacht vor dem Beil«, das die Zuschauer mit den Ängsten und Leiden eines Mannes erschreckte, der am Morgen hingerichtet wird.

Bruckner zeigte in den »Verbrechern« die Willkürlichkeit des Urteils, indem er einen unschuldigen Strizzi zum Tode verurteilen und die Mörderin frei ausgehen ließ. Bruckner wollte ein dynamisches Recht, das sich den gewandelten Vorstellungen von Moral anpaßt. Im Verlangen nach neuem Recht sah er den Erneuerungswillen des Volkes. Er führte vor, daß die Paragraphen selber die Verbrecher sind, weil sie sich ungerecht zur Wirklichkeit verhalten. Er definierte den dauernden Widerspruch von Gesetz und Leben am Schluß der »Verbrecher«: »Vor dem Gesetz sind wir alle gleich. Deswegen handelt das Gericht, als ob es im Belieben des einzelnen läge, sich einzufügen. Aber die Störungen der Ordnung können nicht aufhören, solange nicht auch vor dem Leben alle gleich sind, und das heißt, solange eine Natur so veranlagt sein kann, daß sie gegen Paragraphen verstoßen muß, und solange die gesellschaftlichen Zustände die Wege ins Verbrechen so leicht gangbar machen.«

Hunger und Not brechen die Gesetze. Brechts Satz, daß erst das Fressen, dann die Moral komme, ist nicht nur die Umkehr der Expressionisten-Maxime; dieser Kenn-Satz einer ganzen Epoche zieht das Resumée aus dem immer bedrängenderen Widerspruch von Moral, Gesetznorm und Realität und behauptet den Vorrang der ›Verhältnisse‹ im Denken. Sollen zum Beispiel Frauen, die wegen nicht verschuldeter Armut keine Kinder mehr aufziehen können, diese doch zur Welt bringen, nur weil ein Paragraph es so vorsieht? Weil er die möglichen Helfer fesselt? Der Arzt, den das Mädchen Hete in Wolfs »Cyankali« um Beendigung der Schwangerschaft bittet, ist im entscheidenden Moment ein so Gefesselter. »Soll ich ein Verbrechen begehen, kann ich den Paragraphen ändern?« Der Paragraph erlaubt dem Arzt, die Hilfe zu verweigern; er macht das Opfer.

Wolfs Demonstrationsfigur für diese Ungerechtigkeit des Rechts (das Frauen aus den besseren Ständen leicht umgehen können), ist ein Mädchen aus einer redlichen Arbeiterfamilie; es wird umgetrieben von der Scham der Mutter über die »gefallene Tochter«, von der Not daheim; Hete ist ein Mädchen, das nichts über seinen Körper weiß, sich obskuren Helfern und mißglükkender Selbsthilfe ausliefern muß und im Verenden eindringlich herausschreit: »Hilft uns denn niemand?« Der kardinale Satz, der sich aus dem Stück heraus an alle richtet und eine öffentliche Frage wird, heißt: »Ein Gesetz, das in jedem Jahr 800000 Mütter zu Verbrechern macht, das Gesetz ist kein Gesetz mehr.« Der Autor spricht durch den Mund seiner Figuren. Aber wer ändert das Gesetz?

Als Piscator 1930 Credés »§ 218« inszenierte, kleidete er die Handlung aus dem Berliner Wedding-Milieu in eine Rahmenhandlung ein, die das Publikum ins Stück verstrickte. Am Ende der Diskussion im Parkett wurde die Folgerung gezogen und dem Publikum als Auftrag übergeben. Piscators Schluß hieß:

DER AMTSGERICHTSRAT Sie wissen doch ganz genau, daß die Lehmann die Abtreibung vorgenommen hat.

DER MEDIZINALRAT *(aus dem Parkett):* Aber sind Sie denn wahnsinnig geworden, Sie, ein richterlicher Beamter, fallen der Gerechtigkeit in den Arm? Sie haben doch genausogut gesehen wie ich, daß der Dr. Hansen zum mindesten eine Abtreibung vorhatte. Ich bestehe auf seiner Verhaftung, da die Gefahr der Verdunkelung des Tatbestandes vorliegt.

DER AMTSGERICHTSRAT Ich kann nicht mehr, ich kann nicht mehr! Hier verlangt man, ich soll das Gesetz durchführen, dort schreit man, ich soll das Gesetz durchbrechen. Was soll ich tun? *(Inzwischen sind alle Schauspieler an die Rampe getreten und hinter ihnen hat sich der weiße Zwischenvorhang geschlossen.)*

NOLTE Lassen Sie die Lehmann loofen!

DIE KNOBLOCH Jeben Se Dr. Hansen raus!

DER MEDIZINALRAT *(läuft aus dem Parkett zur Bühne die rechte Treppe hinauf):* Nein! Ich fordere, daß Dr. Hansen in Haft bleibt; ich fordere, daß die Lehmann sofort verhaftet wird; ich fordere, daß alle, die sich gegen das Gesetz vergangen haben, strenge bestraft werden.

DIE KNOBLOCH Da können Sie die nächsten zehn Jahre weiter nichts wie Zuchthäuser bauen!

DR. HANSEN Richtig! Entweder wir oder das Gesetz. Nach dem Gesetz sind wir alle schuldig!

DIE KNOBLOCH Alle, auch die uns hier zukieken.

DR. HANSEN Meine Schuld besteht allerdings darin, daß ich mich nicht gegen das Gesetz vergangen habe; ich hätte mich nicht durch Angst vor Strafe abhalten lassen dürfen, dieser armen Frau zu helfen.

DER AMTSGERICHTSRAT *(ist aus dem Parkett auf die linke Treppe zur Bühne getreten):* Das Publikum muß entscheiden. Uns Richtern sind die Hände gebunden, solange dieses Gesetz besteht. Aber glauben Sie mir: Niemand würde es herzlicher begrüßen, als wir Richter, wenn es fiele. Von allen Seiten, aus allen Kreisen der Gesellschaft müssen sich Stimmen erheben gegen dieses Gesetz. Wir selber sind schuld durch unsere Gedankenlosigkeit, durch unsere Gleichgültigkeit, daß heute noch ein Gesetz besteht, an dem jährlich Tausende von Frauen verbluten. Weg mit dem Gesetz!

DR. HANSEN Aber nicht nur mit dem Gesetz!

DIE KNOBLOCH Weg mit den Elendsbaracken!

LIESE Weg mit dem Hunger!

NOLTE Weg mit der Arbeitslosigkeit!

DR. HANSEN Auf diesem Boden ist der Paragraph gewachsen.

ALLE Schaffen Sie eine gesunde Welt, und niemand braucht ihn mehr. *(Licht aus. Die Schauspieler treten hinter den weißen Vorhang auf die Bühne zurück. – Licht im Zuschauerraum.)*

ENDE

Dieser Schluß ist eines der stärksten Beispiele für den Versuch, mit Hilfe des Zeitstücks eingreifend die Realität zu ändern. Forderung und – Überforderung des Theaters trat da in Erscheinung.

Die Überwindung der Tragödie

Was Friedrich Wolf, Carl Credé, Hans José Rehfisch (im »Frauenarzt«) vortrugen, war ein soziales Problem geworden und ein klassenkämpferisches dazu; das Proletariat verfügte weder über die nötige Aufklärung noch über die Mittel zur Geburtenbeschränkung; jedes Kind wurde für sich selbst und die Eltern in der seit 1929 wachsenden Not in der beginnenden Weltwirtschaftskrise ein soziales Problem. Seit damals ist die Rede von der sozialen Indikation. Vor allem Wolf stellte das Thema mit ernüchternder und schockierender Offenheit aus.

Das Liebesschicksal der Hete in »Cyankali« enthält zwar noch tragische Züge, die auch dieses Zeitstück in eine lange Reihe von Dramen über Liebeskatastrophen eingliedern. Aber Wolfs

Schauspiel unterscheidet sich in einem wesentlichen Punkt zum Beispiel von dem vergleichbaren Schicksal der Frau in Hauptmanns »Rose Bernd«. Hauptmann hatte die Kindsnot der Rose Bernd ganz zum Anlaß einer sozialen Tragödie genommen. Man erlebte ein Menschenschicksal. Nach Ende dieses Schauspiels ging man dumpf und belastet aus dem Theater. Wolf, Credé und Piscator endeten nicht ohne die entschiedene und herausfordernde Frage an das Publikum, an die Gesellschaft: Wer hilft, diese Tragödie zu überwinden? Auf welche Not Credés und Wolfs Stücke trafen, zeigt ihr starkes Echo und die sich an sie anschließende breite Diskussion. (Vergleichbar damit ist in den 60er Jahren nur das Echo auf Hochhuths »Stellvertreter«.)

An einem Stück wie »Cyankali« wird heute noch klar, wie lang die Entwicklungsreihe des deutschen Zeitstücks eigentlich ist. Als Heinrich Leopold Wagner 1776 »Die Kindsmörderin« schrieb, führte er schon die verwirrte Frau in Kindsnot vor, die sich nicht weiterhelfen kann, die auf das Unverständnis der Umwelt stößt und sich davor scheut. Es war der gleiche Versuch, Einsicht in ein soziales Problem zu geben und die Revision des Rechts zu betreiben, um die fast automatische Verurteilung der – in ihrem Zustand unzurechnungsfähigen – Frau zum Tod zu überwinden. Daß das gleiche Thema in Hebbels »Maria Magdalene« 1842 und Hauptmanns »Rose Bernd« 1903 zwar weitergeführt, aber die Anklage, das Drängen auf Revision der gesellschaftlichen Voraussetzungen in die Tragödie, also in die Formen mitleidender Teilnahme abgebogen wurde oder werden mußte, das charakterisiert sowohl die Normen jener Gesellschaften wie deren Zusammenhang mit der dramatischen Form. Die realistische Tragödie erscheint – von hier aus – im 19. Jahrhundert als eine Form der Zuflucht, um unter dem Zwang von Kontrolle, Zensur und der zum Gesetz objektivierten verinnerlichten Bürgermoral das Thema der Schicksalhaftigkeit von Schwangerschaft überhaupt vorbringen zu können. Darum auch die Explosion im Drama in dem Augenblick, als die Demokratie den Angriff auf die gesellschaftlichen Bedingungen solcher Tragödien erlaubt, und den Autor instand setzt, ihre Normen zur Debatte zu stellen.

In der Entwicklungsreihe des »Hofmeisters« von Reinhold Michael Lenz (1773) über Büchners »Woyzeck« (1835) bis zu Tollers »Hinkemann« (1923) haben wir einen Parallelfall. Auch hier eine Reihe der sozial Deklassierten und Denunzierten, die bis an den Rand ihrer Kräfte im Dienst anderer stehen. Erst im »Hinkemann« wird die direkte Anklage gegen die Gesellschaft frei.

Die neue Humanität, die das Zeitstück durchsetzen will, heißt Gerechtigkeit, Achtung vor dem Menschen und seinem Lebensrecht. In Herzog/Rehfischs »Affäre Dreyfus« war die Anklage gegen eine übermächtige Militärkaste verbunden mit der Anklage gegen die Mißachtung des Lebensrechts eines Menschen. Sein Schauspiel »Panamaskandal« ließ Herzog 1931 mit den Worten Clemenceaus enden: »Das Höchstmögliche, was wir erreichen können, ist weiterkämpfend vielleicht den Alltag derer ein wenig zu erhellen, die im Ringen um ihre Existenz zusammenzubrechen drohen und deren Hunger nach Recht keine Befriedigung mehr findet. Macht und Gerechtigkeit müssen eins werden, damit die Macht Gerechtigkeit und die Gerechtigkeit Macht werde.« Herzog, der als Stückschreiber in der Weimarer Republik die Position des in die Selbstbestimmung aufbrechenden Bürgertums von 1789 verteidigte, bekundete ausdrücklich, seine Absicht sei, politisch zu wirken.

Die Autoren des Zeitstücks arbeiten also an der Abschaffung der Tragödien. Sie verklären das Sterben nicht mehr mit den Augen des tragisch-empfindenden Poeten, mit der Lust des Philosophen am ›Selbstwerden in der Vernichtung‹; sie wollten den Tod des Protagonisten nicht mehr als einen heroischen oder sentimentalen Gegenstand bürgerlich-genüßlicher Bewunderung, die im tragischen Untergang das wahre Bild des Menschen in Erscheinung treten sah. Der widernatürliche Tod ist ihnen kein Gegenstand mehr für ein erhebendes Schauspiel, sondern nur noch ein Objekt des Zorns. Das Zeitstück verweigert der Tragödie dadurch ihr künftiges Recht, daß es auf Abschaffung der Bedingungen drängt, die zu Tragödien führen. Die erhofften Veränderungen im sozialen Feld werden dann, das ist impliziert, auch die poetischen Formen verändern. Das Zeitstück ist selbst der erste Schritt dazu. Es ist der Widerspruch gegen die tragische Weltsicht. »Hinkemann« oder »Cyankali« zeigen, wie die alten tragischen Vorfälle vom Zorn und Veränderungswillen der Autoren überrannt werden. »Der Dichter«, sagt Friedrich Wolf, »der nicht die tragischen Konflikte des Heute und der Straße sieht, der von ihnen nicht gepackt und hingerissen wird, er hat kein Blut in den Adern.« Er sagt es in dem Aufsatz »Kunst ist Waffe« (1927), der das Zeitstück als in Dienst gestellte Kunst, als Waffe im gesellschaftlichen Konflikt definiert.

So hineingerissen ins Heute fühlt sich der Zeitstückeschreiber als Publizist. Er sucht, spürt auf und veröffentlicht – mit Hilfe der Bühne. Seine ›dramatisch‹ gegebenen Hinweise sollen Diskussion erzwingen. So schreibt Weisenborn sein Stück »U-Boot S4« unmittelbar nachdem ein amerikanisches U-Boot mit seiner Besatzung mitten im Frieden gesunken ist. Als über das Arbeitslosengesetz debattiert wird, erscheinen auf der Bühne Duschinskis »Stempelbrüder«. Die Wirkung ist um so größer, je unbekannter und schwerwiegender die veröffentlichten Sachverhalte sind. Die Zeitungen berichten über Revolten in Erziehungshäusern. Lampels Schauspiel »Revolte im Erziehungshaus« erklärt, wie sie zustandekommen, indem er die Situation in den Heimen für alle sichtbar macht. Nach der Uraufführung dieses Stücks schrieb Bernhard Diebold in der Frankfurter Zeitung: »Die Kunst ist klein, die Tatsachen sprechen groß. Man sollte es im Reichstag zeigen«; das heißt, vor denen, die auch Konsequenzen ziehen können. Das Stück hat denn auch Reformen in der Zwangserziehung veranlaßt. Lampels »Revolte« und Wolfs »Cyankali« sind die wirkungsstärksten Zeitstücke der zwanziger Jahre. Sie bezeichnen den gewonnenen Abstand zum aktivistisch-expressionistischen Stück am deutlichsten. Hier gibt es keinen einzelnen mehr, der sich »wandeln« soll, hier ist jeder aufgerufen, die Verhältnisse zu ändern.

Die neuen Mächte

Die Autoren, die sich um 1920 daran machten, ihre Welt abzubilden, sahen sich einer Fülle neuer Stoffe ausgeliefert. Zu diesen neuen Stoffen gehörte das Giftgas, das in der zweiten Hälfte der zwanziger Jahre soviel Angst auslöste (Gaskrieg), wie später die Atombombe. Dazu gehörte das Öl, das als neue Wirtschaftsmacht Einfluß auf die Politik nahm. Wie diese imperialistischen, aber anonymen Mächte darstellen? Mit der alten Aktform des Charakterdramas ging es nicht. Mit Leo Lanias Öl-Schauspiel »Konjunktur« hatte Erwin Piscator eine beispielhafte Not. Im Programmheft zur Aufführung schrieb Lania: »Wir wollen nicht Episoden aus der Zeit sehen, sondern diese selbst, und wir wollen sie ganz klar verstehen, sie immer wieder in ihren ganzen Zusammenhängen erkennen. Doch einer solchen Ausbreitung und Verarbeitung politischer Stoffe steht das heutige Theater hilflos und ahnungslos gegenüber.« Friedrich Wolf notierte, ein historisches Drama zu entwerfen, sei ein Kinderspiel heute gegen einen Dramenentwurf »aus unseren Tagen«.

Das Zeitstück, das heute schnell hingeschrieben erscheint, war erst eine zu entwickelnde dramatisch-publizistische Gattung, also eine schwere Aufgabe. Als Wolf an »Cyankali« ging, stand er vor der Frage, ob er den Stoff (Abtreibung) überhaupt auf die Bühne bringen könne. »Dies Stück ist eine ungeheure Verantwortung und Probe.« »Das rasend Schwierige ist tatsächlich die Sprache.« Die Sprache mußte nicht nur die sozialen Schichtungen wiedergeben, sie mußte auch einfach aufzunehmen sein. Das Zeitstück wurde für die große Masse, nicht für Intellektuelle, Bildungsbürger und Theatergourmets geschrieben. Wir wissen von Brecht, daß er Jahre gebraucht hat, um die sozialen Spielregeln der großen Warenmärkte erkennen und sie dann in der »Heiligen Johanna der Schlachthöfe« (1931) einigermaßen begreifbar machen zu können.

Dieses Suchen nach aktuellen Stoffen und der ihnen gemäßen Dramaturgie und aktiver Form gibt auch dem Zeitstück den Charakter des künstlerischen Experiments. Gewiß ist das Zeitstück von der Zeit selbst überholbar, kurzlebig und bald wieder funktionsunfähig. Aber allein die Herstellung der Gattung, die es erlaubt, Aktuelles schnell auf der Bühne aufzugreifen und in die Diskussion einzubringen, ist eine künstlerische Leistung. Den Autoren des Zeitstücks war freilich soziale Wahrhaftigkeit, Wirkung, immer wichtiger als der Kunstaspekt, als Kunstfertigkeit. Je wahrer, um so besser: das galt als die »Kunst« des Zeitstücks. Wilhelm Herzog hat deutlich gesagt, daß er, »um politisch wirken zu können«, gerne gegen »die heiligen Grundsätze aller l'art pour l'art-Anhänger« verstoße. Piscator hat ›der Kunst‹ immer wieder den Krieg erklärt; sie verschleiere, was konkret diskutiert, erkannt und in der gesellschaftlichen Realität geändert werden müsse. Kunst: das hieß – entaktualisierte Darstellung, Formreiz, symbolisches Dichten, ›Ewigkeitszug‹. – Im Zeitstück dominiert die Sache, Zweck, Absicht, Nutzwert und Hinweis auf Änderung. Betrachten wurde in kritisches Erkennen weitergeführt, das sich am Dargestellten bis zu Entscheidungen aktivieren sollte. Die

Bühne sollte nicht mehr Symbolfeld des Lebens sein, sondern Tribüne fürs Gericht. Friedrich Wolf sagte es 1927 knapp: »Schluß mit dem Gerede von der Ewigkeit der Kunstwerke« und »Die Bühne wird zum Zeitgericht und Zeitgewissen«; und Piscator: »Wir verbannten das Wort ›Kunst‹ radikal aus unserem Programm. Unsere Stücke waren Aufrufe, mit denen wir in das aktuelle Geschehen eingreifen, Politik machen wollten.« – Die Verwirklichung dieses Satzes führte freilich zu tiefen Spaltungen im Publikum, das die Kunst nicht gegen Aktualität eintauschen wollte (am deutlichsten im Zerreißprozeß der Berliner Volksbühne von 1926 ab).

Die Frage nach dem Kunstwert

Die schnelle Vergänglichkeit ist immer ein Hauptargument gegen alle Versuche gewesen, dem Zeitstück einen Kunstwert zuzuerkennen. Brecht hat für sich die schnelle Vergänglichkeit des Zeitstückes dadurch zu überwinden versucht, daß er den Gegenwartsstoff mit den Entwicklungen für eine neue Dramaturgie und Spielweise verband, die im Aktuellen auch das Grundsätzliche hervorhob.

Horváth machte Ähnliches: er hob das Aktuelle (»Italienische Nacht«) durch Analyse über die bloße Aktualität hinaus ins umfassende soziale, zeithistorische Tableau und bettete es ein in seine dramaturgischen Versuche, zu einer neuen Art des »kritischen Volksstücks« zu kommen.

So schnell manche Autoren des Zeittheaters auch den bürgerlichen Begriff von Kunst – als Form der Überhöhung und Harmonisierung der Realität – aufzugeben bereit und sogar gezwungen waren, so sehr sahen sie sich doch selbst auch dem Problem künstlerischer Gestaltung ausgesetzt. Heinrich Fischer, der Mitarbeiter von Brecht und Horváth, sagte dann auch 1929 in einem Rundfunkvortrag über das Zeittheater: »Probleme der Zeit, sie können so brennend sein, daß wir sie täglich hundertmal am eigenen Leib spüren, sind für die Kunst, und also auch für die Theaterkunst, wie eh und je erst dann vorhanden, wenn sie das Auge des Dichters angesehen hat. Echtes Zeittheater ist also nach meinem Gefühl ein Theater, das die Revolutionierung der Gehirne vom künstlerischen Experiment her versucht, falsches Zeittheater ein Theater, das diese Revolutionierung der Gehirne nur mit politischer Gesinnung oder gar ohne diese versucht.«

Innerhalb der künstlerischen Diskussion um die Formen des Zeitstücks wurden diese Formen selber als Wirkungsmittel begriffen. Grundsätzlich wurde die richtige Wiedergabe der gesellschaftlichen Verhältnisse verbunden mit dem Hinweis auf die künftige Gestalt der Gesellschaft (wie vage dieser auch immer blieb). So hat das Zeitstück schließlich eigene Qualitätsmerkmale für seine ästhetische Beurteilung hervorgebracht. Es sind andere als die für das Kunstdrama. Sie heißen: aktueller Sachverhalt, klare Definition und kontrollierbare Wahrhaftigkeit der Figuren und Situationen, Perspektive in der Darstellung, Entschiedenheit in Zugriff und Formulierung, Gerechtigkeit als Ziel, allgemeine Verständlichkeit, Informations- und Durchschlagskraft, emanzipatorische Intention.

Was das heißt, ist an einem schlechten Zeitstück am leichtesten zu erklären. In den »Trojanern« von Corrinth stellt sich eine Schulklasse vor ihren vom Lehrer diffamierten jüdischen Mitschüler. Sie rebelliert. Der Stoff ist auf der Höhe der Zeit. Aber was tut der Autor? Er verläßt den konkreten Konflikt und weicht aus in Literatur. Die Klasse zieht aus Protest in den Wald. Man fühlt sich mit Schillers Räubern in den böhmischen Wäldern, es gibt Verrat, und am Ende bringt sich der Anführer der Rebellion um, um ›der Gerechtigkeit‹ Genüge zu tun. Aus dem Zeitstück wird so ein Stück ›Theater‹. Der Autor definiert weder die Jugend noch den aktuellen Konflikt, sondern benützt beide für einen Theatereffekt. Der konsequente Zeitstückautor hätte den Konflikt in der Schule weitergeführt; er hätte gezeigt, wie das System den Denunzianten deckt oder daß die Klasse im Konflikt mit der Lehrerschaft aus Schwäche oder Interesse doch den spontanen Beistand aufgibt. Der Autor hätte dafür die Gründe zu untersuchen gehabt.

Viele Zeitstücke sind deswegen flüchtig gearbeitet, weil sie schnell zusammengeschrieben wurden, weil die zum Teil freien Spielgruppen schnell nach ihnen verlangten, weil die Lebensdauer der Themen kurz war, weil sie ›zur Stunde‹ da sein mußten; aber auch, weil die Talente fehlten. – Trotzdem gibt es zum Zeitstück ästhetische Überlegungen. Von Friedrich Wolf stammt auch der Satz: »Es ist noch lange kein Arbeiterstück, wenn in ihm ›Es lebe die Weltrevolution!‹ gerufen und die Internationale gesungen wird. Auch ein Arbeiterstück – gerade das – muß gekonnt sein! Hierzu gehört, solange es eine Wortkunst gibt – man verzeihe den harten Ausdruck – der Dichter.« Der Satz überrascht von einem Autor, der gerade der ›Kunst‹ den Kampf angesagt hatte. Spätestens 1926 war klar, daß allein mit aktivistischen Spielweisen, mit den Proletkultformen, immer nur das eigene Engagement bestätigt, aber keine Realität aufgearbeitet und – ›ergreifend‹ – ausgestellt werden konnte. Dafür mußten eigene Formen entwickelt werden.

Der realistische Stil des Zeitstücks, der »Zeitstückrealismus«, ist also sowohl durch seinen Stoff wie die Aufnahmefähigkeit derer bestimmt, die in dieser Realität angesprochen werden sollen. Durch viele Zeitstücke scheint noch immer das alte Ibsen-Schema, das Akte-Drama – auch der Impuls, ›Gerichtstag‹ zu halten – durch; nur: im Zeitstück ist das Schema appellativ geöffnet.

Aber das »Prinzip Realismus« zeigte sich bald als höchst variabel. Die besten Autoren des Zeittheaters begnügten sich gerade nicht mit der Übernahme des realistischen Akte-Stücks für ihre Gegenwartsthematik. Der neue Stoff wurde ihnen sofort ein Formproblem und die Form mußte wiederum für die Herstellung der direkten Wirkung (action directe) tauglich gemacht werden. Darum enthält auch das Zeittheater die imponierendste experimentelle Dramaturgie dieses Jahrhunderts. – Die Autoren gingen ganz verschiedene Wege. Friedrich Wolf brachte individuell ausgearbeitete Figuren so mit den gesellschaftlichen Gegebenheiten zusammen, daß im Miterleiden des Falles die Kritik an den Zuständen, die den ›Fall‹ bewirkten, möglich wurde (das Mädchen Hete in »Cyankali«, der Matrose Rasch in »Matrosen von Cattaro«). Bruckner führte in simultanen Spielformen, im engen Nebeneinander, ganze Schicksalsgeflechte von Menschengruppen vor, ihre Abhängigkeiten und Einwirkungen aufeinander. Von Wangenheim montierte mit großer Lust am Theaterspiel szenische und literarische Zitate in aktuelle Stoffe, reicherte diese so mit bekanntem ästhetischem Material an, daß er auch den Bürger zum Betrachten seiner proletarischen Spiele verführen konnte (»Die Mausefalle«). – Andere, denen weder das Gegenwartsabbild noch die Inszenierung des menschlichen Elends reichte, die die Existenzbedingungen über sie aufklärend, auch durchschaubar machen wollten, um Erkenntnis und Reflexion durch die Form des Spiels selbst in Gang zu setzen, sahen sich schwierigen dramaturgischen und inszenatorischen Problemen gegenüber; denn für die Darstellung des Zusammenhangs zwischen den Bedingungen der individuellen Existenz und dem Kräfte- und Interessengeflecht in der Gesellschaft, das jene prägt, gab es kein dramaturgisches Modell. So wurde das Theater also durch viele neue Überlegungen in die Veränderung seiner Spielformen gerissen, und in eine Diskussion, die, obwohl auf Kunst verzichtet war, doch künstlerischer Natur war.

Erwin Piscator war wohl der erste, der das Darstellungs-Problem begriff und die Aufgabe sah, neue dramaturgische und szenische Darstellungsformen zu entwickeln. Sein Verfahren, von Stück zu Stück weiter ausgebildet, hieß: Einbettung eines Einzelschicksals in seinen Zeitzusammenhang. Sichtbarmachen dieses Zusammenhanges durch Einbringen des Zeitdokuments (Foto, Film, Statistik), Kommentierung des Gezeigten durch Sprecher, eingeblendete Texte, schließlich sogar durch Inanspruchnahme der Bühnenmaschinerie für soziale Definitionen (Stockwerk-=Klassenbühne). So einig sich Piscator im Prinzip mit Brecht war (beide arbeiteten eine Zeitlang zusammen in der ersten Piscatorbühne in Berlin), die Methode des Durchschaubarmachens und Erklärens führte sie noch getrennte Wege. Beide entwickelten zwar ein Theater des Zeigens und Erklärens (Aufklärens), aber Piscator verzichtete zum Beispiel nicht auf die unmittelbar mitreißende Wirkung. Er appellierte zwar an den Verstand, aber er mobilisierte als Triebkraft die Emotion. Seit dem Heimkehrer aus dem Krieg Lenins Proklamation die Augen dafür geöffnet hatte, daß das so gern zitierte, auch im Drama heimisch gehaltene »Schicksal« nicht etwas Verhängtes, sondern selbst Gestaltbares sei, wurde er der Propagandist der Einsichts- und Willenskraft, der sozialen Veränderung, um zu einer freieren, gerechteren Gesellschaft zu kommen. Er setzt diese damals mit der kommunistischen gleich. So wird sein Theater des aufklärenden Zeigens auch eines des Mobilisierens und Eingreifens. Er bildet sein ›dokumentarisches‹ Prinzip in den beiden großen Revuen zu den KPD-Parteitagen und -Wahlkämpfen in Berlin aus (»Revue Roter Rummel« und »Trotz alledem«). Das heißt: in demselben Maße, wie hier Zeitstoff theatralisch erfasst und geordnet wird, wird auch schon das propagandistische Element greifbar, das das Zeittheater, je älter es in den zwanziger Jahren wird, immer stärker prägen wird. In seiner Inszenierung von Ehm Welks »Gewitter über Gottland« wird Piscator mittels eines Filmstreifens den langen Marsch der Revolutionäre aus dem Mittelalter bis in diesen Theaterabend dadurch zeigen, daß er den Revolutionär Asmus aus dem Stück im Näherkommen sich verwandeln läßt: über Thomas Münzer und Robespierre bis zu Lenin. Piscators Zeittheater wird geprägt von dem Willen, der immer wieder unterdrückten Revolution in Deutschland zum Sieg zu verhelfen.

Orientierung und Parteilichkeit

Das Zeittheater und das Zeitstück hat viele spontane Ursprünge. Der utopische Sozialismus der Dramatiker aus dem Kreis Gustav Landauers (Kaiser, Toller, Mühsam) hat daran soviel Anteil wie die Freudsche Revolution in der Anthropologie (Bruckner) oder das in der Jugendbewegung (Lampel) sichtbar gewordene Verlangen nach freiheitlicherer Erziehung und neuer Kameradschaftlichkeit. Aber entscheidend geprägt wird es doch durch die Berührung der gegenwartsoffenen Schriftsteller mit der marxistisch-leninistischen Theorie und Praxis. Die Bedeutung von Marx, ja der KPD für die Ausbildung des Zeit- und Zielbewußtseins, wie der Dramaturgie ist für Piscator und für Brecht belegt. Wir können nun auch Friedrich Wolfs vorhin zitierten Satz komplettieren: »Uns fehlte« schreibt Wolf, »jedes marxistische Fundament; uns allen fehlte damals (Anfang der zwanziger Jahre, Anm.) die leninistische Partei, die führte. Wir dichteten nach dem Gefühl. Auch wir arbeiteten ›spontan‹ (wie die Expressionisten, Anm.). Im Kampf gegen Kaiser, Krieg und Militarismus hatten wir nach dem ›Bruder Mensch‹ jetzt den Genossen Arbeiter entdeckt.« Das heißt nichts anderes, als daß man nun erst, nach der Begegnung mit Marx politisch konkret wird, sich mit einer sozialen Gruppe assoziiert, deren Interessen wahrzunehmen von der kommunistischen Partei beansprucht wird.

Was Wolf da formuliert, gilt auch für Brecht, Wangenheim – aber nicht für alle Schreiber des Zeitstückes. Rehfisch, Wilhelm Herzog, Peter Martin Lampel halten sehr verschiedene liberale Positionen. Und doch beschreibt Wolf sehr genau, was sich im zeitkritischen Theater vollzieht: der idealistische, auf Güte erpichte Kämpfer Ernst Toller (der 1924 mit dem »Entfesselten

Wotan« den heraufkommenden Hitler schon so erschreckend deutlich in einer Satire beschreibt) wird als Typus abgelöst durch den sachlicheren, kalkulierenden, direkt »kämpfenden«, auch in den Dienst einer Partei tretenden Autor. In Brechts Kommentar zur »Mutter« wird es gegen den Typus Toller heißen: »Güte bedeutet heute, wo die nackte Notwehr riesiger Massen zum Endkampf um die Kommandohöhe wird, die Vernichtung derer, die Güte unmöglich machen.« Das Zeittheater hat zwischen November 1928 und November 1929 seine deutlichste Ausprägung auf dem Theater (Register der Ur- und Erstaufführungen seit November 28: »U-Boot S 4«, »Verbrecher«, »Revolte im Erziehungshaus«, »Pioniere in Ingolstadt«, »Die Unüberwindlichen«, »Cyankali«, »Kaufmann von Berlin«, »Brülle China«, »Die Affäre Dreyfus«). Kurz danach verschärfen sich die politischen Auseinandersetzungen in der Republik so, daß unter dem zunehmenden Druck der Wirtschaftskrise, der politischen Polarisierung der Autor zu immer deutlicherer Stellungnahme gezwungen wird. Da sie im Ansatz des engagierten Zeittheaters schon vorhanden war, wird die Konsequenz leicht: Zeitstück und Zeittheater unterstellen sich der Parteilichkeit. Diese ist immer weniger liberal, deckt sich immer mehr mit den Gesichtspunkten der extremen Parteien: KPD und NSDAP. Das liberale Zeitstück wird nach 1930 überdeckt vom engagierten Parteistück.

Piscators Bedeutung für die Ausbildung des Zeittheaters und des für es geschriebenen Zeitstücks, aber auch des parteilich-politischen Theaters ist schwer zu überschätzen. Wolf, Weisenborn, Rudolf Leonhard werden durch Piscator-Inszenierungen entscheidend geprägt. Im November 1929 heißt es in der konservativen Berliner Zeitung »Germania«: »Seit Piscator das politische Theater proklamierte, ist es wie eine Krankheit hereingebrochen.« Er ist der Wärter an der Schleuse.

Seit sich in Piscators erster Inszenierung in der Berliner Volksbühne, in Paquets »Fahnen« 1924 zum erstenmal rote Fahnen entfaltet hatten, werden sie zum Requisit dieser revolutionären Spielart des kämpferischen Zeittheaters. Lenin und Trotzki werfen ihre Schatten, drängen sich als Masken und Figur in die Inszenierungen (Piscator: »Räuber«, 1926; »Rasputin«, 1927). Kampflieder von der Straße werden ins Zeitstück aufgenommen: »Brüder zur Sonne, zur Freiheit« und die »Internationale« sind pathetische Zitate von draußen. Selbst in Lampels »Revolte im

Erziehungshaus« wird sie auf der Mundharmonika zitiert. Manche Premiere schließt mit ihr. Je mehr das Zeitstück sich nach dem Prinzip der Parteilichkeit richtet, um so mehr entspricht es Wolfs Maxime von der Kunst als Waffe im ideologischen Kampf.

Wolfs wirksamste Zeit beginnt 1929 mit »Cyankali«, aber schon mit den »Matrosen von Cattaro« wird die Parteilichkeit zum alleinigen Prinzip, das seine nächsten Stücke »Tai Yang erwacht«, »Die Jungens von Mons« und »Bauer Baetz« konstituiert. Auch Brecht kommt 1932 mit seiner Bearbeitung von Gorkis »Mutter« in diesen Strom, und die Mittel seines inzwischen ausgearbeiteten epischen Theaters erweisen ihre Verwendbarkeit auch für die Agitation im politischen Kampf. Brecht beschreibt den Weg einer Mutter, die sich der Arbeiterklasse zuwendet und endlich das hohe Lied des Kommunismus singt, jenes bis heute berühmte Lied vom »Einfachen, das schwer zu machen ist«. Der Maulwurfscharakter der Mutter wird gerühmt. Ein Musterstück über eine politisch motivierte »Wandlung«, das Gegenstück zu jenem Tollerschen Stück »Die Wandlung«, das am Beginn des Zeittheaters steht. Dort war spontaner Aufbruch, hier wird klassenbewußte Methode demonstriert. Zwischen beiden Stücken spannt sich die Geschichte des Zeitstücks. Dort: der idealistische Aufruf an alle, hier: Arbeiten einer Gruppe im Untergrund. Auch Wolfs »Tai Yang erwacht« zeigt die neue Methode.

Erinnerung an die Revolution

Es ist in der Geschichte des Zeitstücks zu registrieren und darüber nachzudenken, daß und warum die Revolution von 1918 gegen Ende der zwanziger Jahre immer mehr zum Thema wirkungskräftiger Zeitstücke wird. Wolfs »Matrosen von Cattaro«, Pliviers »Des Kaisers Kulis«, Tollers »Feuer aus den Kesseln« nehmen das Thema 1930 direkt auf, und Wolf komplettiert es 1931 mit dem Stück über die gleichzeitige Revolution in China »Tai Yang erwacht«. Der sensationelle Erfolg von Tretjakovs »Brülle China« bestätigt die Tendenz. Weder der 10. Jahrestag der deutschen Revolution noch die kaum noch vorstellbaren, starken Nachwirkungen des sowjetrussischen Revolutionsfilms »Panzerkreuzer Potjemkin«, auch nicht nur das wachsende Interesse an den Vorgängen in China geben dafür hinreichende

Gründe. Es muß in der deutschen Gesellschaft selbst eine Disposition dafür vorgelegen haben.

Das Zeitstück ist deswegen eine so aufschlußreiche literarische Produktion, weil seine enge Verbindung zu den Problemen seiner Gegenwart sich unter anderem auch dadurch bestätigt, daß es die Stärke und Schwäche der Republik und ihrer Gesellschaft selber so genau widerspiegelt. Was war geschehen? Im Herbst 1927 eröffnete Erwin Piscator in Berlin sein Theater am Nollendorfplatz mit einem Stück Ernst Tollers: »Hoppla, wir leben«. Die »Prawda« in Moskau nannte die Eröffnung ein »Kapitel aus dem öffentlichen Theaterkampf in Deutschland«. Was Toller in »Hoppla, wir leben« beschrieb, war seine eigene Enttäuschung. Jahre hatte er, der Mitkämpfer in der Münchner Räterepublik, auf der Festung gesessen. Als er jetzt wieder in die Welt zurückkam, erkannte er sie nicht wieder. Es ging ihm wie dem Helden seines Stücks: Toller traf 1925 auf eine vergessene Revolution. Den Mitkämpfer von einst traf er wieder als einen weichen, lavierenden Minister. Toller versuchte, einen Aufriß der Gesellschaft von 1927 zu geben, von der äußersten Linken bis hin zu den Völkischen, die sich längst wieder gesammelt hatten. Das war die Situation. So schickt sich Tollers Held, der alte Spartakus-Mann Karl Thomas, an, seine Enttäuschung zu demonstrieren. Aber in dem Augenblick, in dem er den in die bürgerliche Mitte übergelaufenen und zum Kompromißler gewordenen, zum Minister avancierten Genossen von einst als Verräter niederschießen will, kommt ihm ein Mörder von den Völkischen zuvor. Der Mann in der Regierung wird zur Zielscheibe von rechts und links. Das ist ein treffendes Bild. Aber nicht der völkische Mörder wird gefaßt, sondern der Einzelgänger Thomas. Er erhängt sich im Gefängnis, und seine Alternative ist die: »Es gibt nur eins: sich aufhängen oder die Welt verändern.« Sich aufhängen: das war das Ende des von der Wirklichkeit enttäuschten Seelenrevolutionärs, den wir auch einen expressionistischen nennen können. Die Welt verändern: das war der Weg der sich immer fester formierenden Partei. Fast kann man aus dem Thema von der verspielten Revolution schon die Melodie aus Peter Weiss' »Marat« heraushören, der 35 Jahre später geschrieben wird, in dem sich das Volk ja immer wieder fragt: »Marat, was ist aus unserer Revolution geworden?«

Toller steht mit seinen Fragen nach der abhanden gekommenen Revolution nicht allein. In den »Stempelbrüdern«, dem Arbeitslosenstück von 1930 fragt der Sohn seinen Vater: »Was hast du damals, als Revolution war, unternommen. Was ist daraus geworden?«, und als der Kritiker Arthur Eloesser über die »Trojaner«, das Stück jener zitierten Schülerrevolte, zu referieren hatte, sagte er: »Also, wenn du das für möglich hältst, haben wir doch eine Revolution gehabt, vor zehn Jahren.« Die Skepsis, ob die Revolution überhaupt stattgefunden hat, war nach der Mitte des Jahrzehnts für die fortschrittlichen Geister nicht mehr zu unterdrücken. Es fällt auf, daß das Zeitstück nach langem Vorbereiten zu eben diesem Zeitpunkt in seine aktivste Phase tritt. Je deutlicher die ›Rückwärtserei‹ in der Republik wird (um mit Kerr zu sprechen), um so stärker prägt es sich aus. Am Ende – als die völkischen und deutschnationalen Kräfte immer stärker werden – scheint es, als werde auch das Zeittheater eingespannt, um die Revolution noch zu retten.

Lange Zeit nimmt das Bürgertum an diesem aktuellen Zeittheater begeistert teil. Kerr schrieb noch 1927, gerade wegen der ›Rückwärtserei‹ der Republik: »Propaganda ist heute wichtiger als Kunst.« Die wichtigen Aufführungen des Zeittheaters, also die Premieren bei Piscator und die bei der Gruppe junger Schauspieler am Theater am Schiffbauerdamm, wurden Stunden der heftigsten Auseinandersetzung. In ihnen erfüllte sich der Sinn des Zeitstücks: die Isolierung des Theaters von der Gegenwart zu durchbrechen, neuen Kontakt zur Aktualität herzustellen und Energie für die Neuordnung der Gesellschaft zu wecken. Aber wir können darüber heute – aus unserer Rückschau – auch nicht vergessen, wie das Zeitstück, das die Probleme der Zeit bewußt machen wollte, auch die Zeit selber wieder verwirrt hat: Gerade weil es zunehmend schwieriger wurde zu definieren, wie diese Ordnung aussehen sollte. Der Kritiker Willy Pastor bekam von der Entwicklung selbst recht für seinen Satz, den er 1927 nach der Premiere von »Hoppla, wir leben« niederschrieb. »Einig war das Volk nur in der Andacht zur Kunst. Jetzt wird es auch da gespalten. Die Premieren sind die verlängerten Auseinandersetzungen in der Öffentlichkeit.«

Wir haben beschrieben, wie das Zeitstück sich mit der Revolution herauszubilden beginnt, wie es von dem gesellschaftsbezogenen, kritischen Impetus Mitte der zwanziger Jahre geformt und vorangetrieben wird, wie es sich bei Piscator zuerst mit der noch diffusen proletarischen, dann mit der kommunistischen Agitation verbindet. Wie seine zupackende Kraft sich auf bürgerliche Dramatiker, die zum Teil aus der Jugendbewegung kamen wie Peter Martin Lampel, überträgt und das Zeitstück selbst (Brecht ausgenommen), zu der charakteristischen literarischen Form wird, die die Republik hervorbringt. Das Zeitstück entspricht in seinem Ursprung der liberalen Idee der Republik: alles sagen, vortragen und diskutierend durchkämpfen zu können.

Verspielte Positionen

Die Idee des Zeitstücks setzt freilich voraus, daß die Gesellschaft in sich liberal bleibt. Wir sahen, daß das Zeitstück, in den politischen Kampf gezogen, immer mehr von der Parteilichkeit extremer Machtgruppen ergriffen wird. Das gilt auch für die politische Rechte. Das Zeitstück ist vor allem von linksliberalen Autoren entwickelt und geprägt worden – aber nicht nur von ihnen. Wenn man Tollers Funktion für die Entwicklung des linken Zeitstücks analysiert, kann man nicht übersehen, daß er – auf der völkischen Seite – ein Gegenüber in Hanns Johst hat. Auch Johst kam wie Toller aus dem ekstatischen Expressionismus und erkannte früh, daß Drama und Theater in politische Entscheidungsprozesse eingreifen können. Auch bei Johst gibt es die Übergangsform aus dem Expressionismus (»Der Einsame«) in die Zeitaktualität. In »Der König« (1920) ist das Konzept einer neuen Führerfigur noch metaphorisch verschlüsselt, aber Hitler spürt in diesem Stück schon deren Gegenwartsnähe, eine Konzeption auf sich hin. In Johsts Lutherdrama »Propheten« (1922) und »Thomas Paine« (1927) ist das historische Material dann nur noch Vorwand für die Formulierung neuer Leitfiguren, neuer national geprägter Gefühlswelten, des gläubigen Menschen (Luther: »Deutschland stürmt sich seinen Himmel!!! Schlagt zu... brecht ein...«) und Gesang und Marschtritt sagen in den Stücken an, daß Kolonnen sich auf den Weg ins neue Reich machen. Johsts »Propheten« entsprechen auf der völkischen Seite der Position, die Welk/Piscator auf der linken mit der mittelalterlichen Revolutionshistorie in »Gewitter über Gottland« einnehmen. Als Friedrich Wolf an »Tai Yang erwacht« schreibt und darin Klabunds zarte Hai Tang aus dem »Kreidekreis« zur Revolutionärin Tai Yang macht, arbeitet Johst an dem Stück, das den nationalen

Helden in der eigenen Gegenwart gestaltet: an »Schlageter«. Beides sind Stücke für die Vorbereitung einer Revolution, aber beide meinen 1931 eine andere: Wolf die der Kommunisten, Johst die der Nationalsozialisten.

Das Zeitstück, das die »Rechte« ausbildet, erscheint wie eine Spiegelverkehrung des linken. Wilhelm Herzogs »Panamaskandal« und Eberhard Wolfgang Möllers »Panamaskandal« (1931) sind das deutlichste Beispiel, Chlumbergs »Wunder vor Verdun« und Möllers »Douaumont« ein anderes. Auch das rechte Zeitstück ist appellativ, verlangt Gemeinsinn, aber seine Wert- und Zielvorstellungen sind andere: Vaterlandsgesinnung, Aufmerksamkeit auf den Volkstumskampf im Grenzland; es wütet gegen den Parlamentarismus und das Vielparteiensystem, es beschreibt auch gesellschaftliche Gruppierungen in der Republik (»Douaumont«) und zeigt auf seine Weise Parteilichkeit. Lebte das ›linke‹ Zeitstück noch immer von einem aufklärerischen Impuls, hier war der der Gegenaufklärung am Werk.

Horváth sieht dieses – auch auf dem Theater sich ausdrückende Spannungsfeld – mit großer Distanz. Dem sich parteilich bindenden Zeitstück, dem politischen Stück, setzt er seine neue Form des beobachtenden und analysierenden Zeitstücks gegenüber. »Italienische Nacht« (1931) zeigt eben dieses Tableau mit großer Scharfsicht. Horváths Nomenklatur ist vieldeutig: er sagt zu seiner Spielart des Zeitstücks »Volksstück«, weil er es aus dem direkten Engagement der Gruppen herausnimmt und als Analyse der Zeit und des Volkes zu dieser Zeit versteht. Er – ein später Liberaler – rückt näher an Bruckner als an Friedrich Wolf.

Man sieht an diesen konträren Stücken, daß die gemeinsame Erlebnisbasis von 1928/1929 für das Zeitstück um 1931 zerfallen ist. Es ist ein Symptom, daß Piscator seine Arbeit (nach »Tai Yang erwacht«) aufgibt, nach Moskau geht, Wolfs neue, politische Kampfstücke (»Die Jungens von Mons« über die NS-Wehrbünde und »Bauer Baetz«) nur noch in parteieigenen Spieltrupps vorgetragen werden. Von Wangenheim versucht mit seinem einfallsreichen, heiteren, fast genialisch komponierten Stück »Die Mausefalle« (und deren Nachfolgern) noch einmal eine Entkrampfung des politischen Zeittheaters, ohne das parteiliche KP-Engagement aufzugeben; er versucht noch einmal, in das bürgerliche Theatergehäuse vorzudringen. Je extremer die Positionen der Autoren, um so klarer sind sie. In der Mitte ist die große Verwirrung. Das Antikriegsstück, das sich in Deutschland mit Sheriffs »Die andere Seite« durchsetzte, verliert langsam seine pazifistische, in Chlumbergs »Wunder vor Verdun« (1931) freilich noch einmal auflodernde Energie. Der große Erfolg von Hintze/Graffs Soldatenstück »Die endlose Straße« (1930) ist nur erklärbar aus der wiedererwachenden Erinnerung und dem neuen Interesse für den heroischen Männerkampf und, wie es bald heißt, die volkhafte Tat. Die stumme Opferbereitschaft, mit der am Ende dieses Stücks die Überlebenden der zusammengeschossenen Kompanie wieder in den Schützengraben ziehen, weckte kaum noch Fragen, eher Bewunderung, bei manchen schon wieder Angst.

Die Mitte – die das Zentrum demokratischen Denkens hätte sein müssen – wird diffus: in Corrinths Schülerstück »Trojaner« ist zu lesen, wie sich die Verteidiger der Sitte und des Anstandes gegen die nationalistischen Gegner plötzlich selbst eines fast schon völkischen Vokabulars bedienen. Und wo steht Peter Martin Lampel, der mit der »Revolte im Erziehungshaus« so links begann, daß das Stück als kommunistische Propaganda diffamiert werden konnte, mit seinen Stücken »Vaterland« und »Alarm im Arbeitslager«, mit denen er für den Bestand der bündischen Jugend werben und »neues Beteiligtwerden entzünden will«? 1932 heißt sein Ziel: »Diese Gemeinschaft muß verteidigt werden.« Dafür setzt er das Drama ein. »Alarm im Arbeitslager« ist ein Stück über den in der Arbeitslosennot gegründeten Freiwilligen Arbeitsdienst, eine Idee, die der NS-Staat 1933 übernimmt. Und Lampels Stück schließt formal und verbal, als sprächen die Bündischen hier schon die Sprache des NS-Stücks:

MOND *(langt nach Michler):* Habt doch Mitleid mit mir. Ich bin doch ruiniert.

MICHLER *(wendet sich ab):* Mit Trümmern können wir uns nicht belasten.

FÖRSTER *(schon an der Tür, dreht wieder um):* Jedenfalls, eh' ich's vergesse, Herr Michler: selbstverständlich setzt Sie die Forstverwaltung mit Ihrer ganzen Kolonne geschlossen sofort neu ein.

STUDENT Mit allen?

FÖRSTER *(freundlich):* Ausnahmslos – und eine Unternehmerfirma wollen wir nicht dazwischenlassen – auf Wiedersehen! *(Ab)*

DIE JUNGEN *(drängen auf ihn los):* Kamerad Michler, wir bleiben.

PAUL *(stürmisch):* Und du auch!

MICHLER *(in ihrer Mitte):* Nur unter einer Bedingung.

DIE JUNGEN ...Natürlich, klar – du führst!

MICHLER ...daß wir Vorbilder werden, Kameraden, – Vortrupps für den Gesamteinsatz des ganzen Volkes!

PAUL *(sehr einfach, läßt dabei die Stimme fallen, knapp und klar):* ...und die Arbeit – für Deutschland.

(Licht aus)

Vorhang

Wie standen die Fronten? Als Piscator 1929 Walter Mehrings »Kaufmann von Berlin« auf die Bühne brachte, wurde er schon von den Juden beschimpft, aber auch von den Antisemiten und den Philosemiten. Unterstützte er mit dem jiddischen Stück um einen Ostjuden namens Kaftan nicht vor allem die Nationalsozialisten, die mit ihrem antijüdischen Geplärr damals begannen? Und wie instinktlos war Paul Kornfeld, als er, mitten im neuen Vorstoß der Nationalsozialisten, seinen »Jud Süß« auf die Bühne brachte und auch damit dem Antisemitismus noch Futter gab?

Als am 20. April 1933 auf der Bühne des Berliner Staatstheaters, vor Hitlers Augen, Hanns Johsts Zeitstück »Schlageter« uraufgeführt und sein Held mit dem Ruf »Deutschland! Erwache!« starb, war das erste, das Hauptkapitel in der Geschichte des deutschen Zeitstücks beendet. In einer offenen Gesellschaft war selbst »Schlageter« noch ein Diskussionsstück, in der geschlossenen wie der NS-Gesellschaft, wurde das für diese optierende Zeitstück sofort zum Kultstück.

Der Entwurf des Zeitstücks war: ein Diskussionsinstrument für eine freie, antagonistisch lebende Gesellschaft zu sein. Er wurde verspielt. Nicht nur, weil das Zeitstück zur Mode wurde und das Interesse erschöpfte, sondern weil zu wenig Autoren es genau und in Verantwortung für die Republik formulierten und kalkulierten. Es geriet zu schnell in die Aktionsinteressen der extremen Parteien. Das brachte auch die Ernüchterung und die Wendung der Kritiker, die das Zeitstück protegierten, gegen es. Anfang Januar 1931 schrieb Alfred Kerr, der 1927 noch notiert hatte »Wir brauchen Propagandastücke heut« im »Berliner Tageblatt«: »Arbeitet, bitte, statt Dramen zu schreiben und – zu spielen, in Organisationen...« Der Zerfall des aktuellen demokratischen Theaters ist damit beschrieben. 1933 wird er offensichtlich. Der eine Strang des Zeitstücks mündet direkt ins nationalsozialistische Reich, der andere in die antifaschistische Emigration.

Auf der Bühne des Hitler-Staates erscheinen nun: Johsts »Schlageter«, Zerklauens »Jugend von Langemarck«, Euringers »Deutsche Passion«, Menzels »Bork«; – und im Exil von Bruckner »Die Rassen«, von Friedrich Wolf »Professor Mamlock« und von Brecht »Furcht und Elend des Dritten Reiches«. Aber dieses deutsche Zeitstück stirbt im Exil bald ab, weil es dem historischen Boden entzogen ist, der Gesellschaft, auf die es sich bezieht und die es zur Resonanz braucht. Das gehört zu den Voraussetzungen des Zeitstückes: da es so radikal auf »Kunstwert« verzichtete, mußte es um so mehr auf dem Situations- und Gesellschaftswert bestehen. Im Exil hatte es die ihm gemäße Gesellschaft verloren. Innerhalb NS-Deutschlands wurde das Zeitstück zwar nicht abgewürgt, aber steril gemacht oder mutierte ganz in die Interessen des Parteistaates. Im Zweiten Weltkrieg regenerierte es sich kurz als »Soldatenstück«. (Herbert Reinecker: »Das Dorf bei Odessa«).

Mit einigem Recht kann man sagen, das Zeitstück wurde durch Hitlers Machtübernahme 1933 in die Wirklichkeit verlegt. Der Reichstagsbrand wird und bleibt das klassische Zeitstück bis heute. Warum? Weil er das Ende der Demokratie, das Ende des Rechtsstaates bezeichnete, den großen Wendepunkt innerhalb einer Gesellschaft, die in die Freiheit aufgebrochen war. Ein schreckliches Ereignis, das seinen eigenen Gerichtsprozeß hervorbrachte und ihn zum Wirklichkeitstheater werden ließ. Stimmt es nicht, was Friedrich Wolf 1936 schrieb? »Es ist stiller geworden unter den Dramatikern des Hakenkreuzes. Dabei gibt es in Deutschland die großartigste und furchtbarste Thematik: der 30. Juni 1934, der Gestapokeller, die Helden der Berliner, Hamburger, Wuppertaler Prozesse, die Konzentrationslagerhelden, gar nicht zu reden vom Reichstagsbrand, dem Dimitroffprozeß und den Judenpogromen ...« Es sind das Sätze, die von 1936 hinüberreichen in das Zeitstück unserer Tage. Sie bezeichnen doch eine Kontinuität in der Geschichte dieser Gattung. Eines der ersten Zeitstücke, die sich seit 1945 mit dieser Situation beschäftigen, war Hedda Zinners Bericht von diesem Reichstagsbrandprozeß: »Der Teufelskreis«, eines der letzten »Die Ermittlung« von Peter Weiss.

Späte Rechenschaft

Es ist wohl einsichtig geworden, daß auch das Zeitstück, das aufkam, um die Demokratie in freier Diskussion zu stützen, ihre progressiven, auf sozialen Ausgleich und Gerechtigkeit drängenden Kräfte anzuregen, auch an der Auflösung der Republik beteiligt war. Was immer in dem sich publizistisch gerierenden Zeitalter vom kritischen Zeitstück als »untragbar« vorgebracht wurde, es wurde auch dem Staat angerechnet und die Folgerung war: der Staat, in dem so etwas passierte wie Fememord, Eisenbahnkatastrophen und Arbeitslosigkeit, konnte nicht gut sein. Hatte die Republik ein Fundament in ihren Bürgern?

Wir haben gesehen, wie Not, Unrecht, Pression von außen (eines der letzten Stücke Bronnens hieß »Reparationen«) auf dieser Gesellschaft lasteten, wie die Jugend, die 1918 aus dem Krieg zurückkehrend, gegen die Vaterwelt aufstand und zum Vatermord rief, keine eigene Lebensform fand. Bruckners »Krankheit der Jugend« und »Verbrecher« waren ein Menetekel. In dem ersten deutschen Zeitstück, das 1933 im Exil aufgeführt wurde, in Bruckners »Rassen«, wurden Weg und Versagen dieser Jugend vor der wirklichen politischen Aufgabe deutlich vom Autor analysiert. Die ersten Szenen dieses Stückes handeln vom Unvermögen der Weimarer Demokratie, diese Jugend zu binden. Der junge, zu den Völkischen, das ist zu den Nationalsozialisten übergegangene Tessow spricht da mit dem jungen Karlanner, der unter seinem Einfluß am Anfang des Stückes seine Verlobte, eine Jüdin, verrät:

TESSOW »Wir hatten keine Väter... Meiner ist zurückgekommen, er war Ingenieur, er wurde Fotografengehilfe, dann stand er in einer Fabrik am Schraubstock, dann wurde er arbeitslos. Ein Demokrat frißt jede Schande, es lebe die Freiheit und dann nahm er sich das Leben... Demokraten können überhaupt keine Väter sein! Was haben sie uns alles zu fressen gegeben...

KARLANNER Ein paar Vokabeln und nichts dahinter.

TESSOW Individualismus, Freiheit, pazifistische Menschheitssüchtelei.

KARLANNER Aber niemals den Inhalt dazu. Unsere Demokraten haben sich eingebildet, daß die Worte genügen. Und wir sind ihnen hereingefallen.

Das scheint eine ziemlich genaue Beschreibung der Gespräche im »nationalen Aufbruch« von 1933 zu sein. Aber vor seiner Verhaftung am Schluß zieht dieser Karlanner doch eine andere Bilanz: »Vielleicht haben wir uns selbst um die Ecke gebracht... Wir waren eine schwache und hilflose Demokratie. Wir hätten eine starke aus ihr machen sollen. Das war die große Aufgabe der Jugend. Wir haben sie versäumt.«

Wahrhaftig, es gibt kaum ein Stück aus jener Zeit – außer denen Wilhelm Herzogs und den nur am Rande ins Zeitstück gehörenden Bemühungen Fritz von Unruhs (»Phaea« und »Zero«) und Georg Kaisers (»Lederköpfe«) –, das sich für die Stärkung der Demokratie einsetzt. Aber es gibt viele Zeitstücke, die sie mit den Mitteln der Kritik, die die Demokratie erst ermöglichte, attakierten. Warum? In Horváths »Italienischer Nacht« stecken viele Antworten. Die Republik war für zu viele nur ein Gehäuse ihrer Interessen, eine Form, sich auszubreiten, sich darzustellen, sie auszunutzen.

Von hier aus ist zu verstehen, warum nach dem Zweiten Weltkrieg, als die zweite Demokratie in Deutschland eingeführt wurde, das Zeitstück so lange für eine vergangene, nicht mehr brauchbare Gattung gehalten wurde. Die kurze Regeneration des Zeitstücks nach Kriegsschluß mit Zuckmayers »Des Teufels General«, mit Friedrich Wolfs »Professor Mamlock« (1934 zum erstenmal in Zürich in deutscher Sprache gespielt), mit Weisenborns »Die Illegalen« knüpfte da wieder an, wo 1933 der Bruch geschehen war, beim antifaschistischen Stück. Aber die Regeneration war kaum mehr als das Hereinbringen der im Exil entstandenen Zeitstücke, die man nach 1933 in Deutschland nicht mehr hatte sehen können. Nur einmal hat die Generation der Heimkehrer aus dem zweiten Krieg ihre Fragen und ihre Situation in der Katastrophe ausdrücken und ihr heulendes Elend in ihre Zeit hineinrufen können: in Wolfgang Borcherts »Draußen vor der Tür.«

Freilich, in den sechziger Jahren gab es Bemühungen, das Zeitstück neu zu begründen. Die Skepsis gegen die Gattung löste sich in dem Maße auf, wie das Theater wieder in eine andere, kritische Funktion einrückte.[1] Aber das Zeitstück hat sich nur an einem einzigen Sachverhalt, an der Verdrängung der politischen Verbrechen des Hitlerreichs, im Bewußtsein erneuert. Obwohl der Rückkehrer Piscator, der wiederum an dem Vorgang beteiligt war, zu den von Hochhuth, Kipphardt und Peter Weiss vorgelegten Stücken sagte, das seien jene, die er sich in den zwanziger Jahren gewünscht habe, zeigt der Vergleich dieser Stücke mit der Produktion des Zeitstücks der zwanziger Jahre die Beschränkung der neuen im Thema wie im Stoff. Die neueren Autoren ergreifen Stoffe, konstruieren ihnen eine Fabel (Walser »Der schwarze Schwan«, Hochhuth »Der Stellvertreter«, »Soldaten«) aber sie vermögen eines nicht, was die besten Zeitstücke der Weimarer Republik noch konnten: die Fabel zu verbinden mit einem menschlichen Schicksal, das Allgemeine in dem Leiden der Menschen sichtbar zu machen.

Vom naturalistischen Stück her gesehen schien die Ausdruckskraft des Menschen im Zeitstück der zwanziger Jahre schon erheblich reduziert; man empfand das als Einbuße. Vom Zeitstück der sechziger Jahre her gesehen, ist selbst dieses reduzierte Maß noch eine besondere Qualität. Die Schauspieler der zwanziger Jahre haben sie durch ihre Fähigkeiten, das Kreatürliche sichtbar zu machen, komplettiert. Heinrich George (ein großer Zeitstückspieler) oder Hilde Körber halten heute die Erinnerung an die Stücke noch fest, und durch Darsteller wie Fritz Genschow, Carl Trepte, Ernst Busch bekamen die politischen Rollen persönliche Identität.

Ist das Zeitstück vergangen mit seiner Zeit? Die Autoren des Zeitstücks erhoben – außer Brecht – keinen Anspruch auf Dauer. Gleichwohl stellt sich die Frage, ob der Stückevorrat noch zu aktivieren ist und wie. Für einige Stoffe gibt es noch aktuelle Kontakte (etwa über den § 218), wenn auch die sozialen Verhältnisse andere geworden sind. Es ist die Frage: ist die Regeneration nur möglich im Zusammenhang mit der neuen Aktualisierung der

[1] s. dazu den Aufsatz: Das dokumentarische Drama und die deutsche Gesellschaft, S. 119ff.

Themen, oder haben nicht einige der Stücke auch so viel gesellschaftliche Kontur ihrer Zeit, daß deren Wiederherstellung auf der Bühne Einblick in die früheren Beziehungen und Schwierigkeiten der Generationen gibt? Anders gesagt: ist das Zeitstück durch seine Historisierung wiederzugewinnen? Bruckners Stücke haben anscheinend diese Fähigkeit. Piscator machte mit den »Verbrechern« im Exil den ersten Versuch, sie als Erklärung für Hitlers Machtergreifung zu inszenieren. Auch Bruckner erklärte nach dem Krieg »Krankheit der Jugend«, »Verbrecher« und »Die Rassen« als »historische Stücke«. Je genauer das Zeitstück war, um so stärker zeigt sich heute seine historische Substanz. Auch Horváths – damals unterschätzte – Stücke überraschen um 1970 durch die exakte Analyse der Gesellschaft von 1930.

Allein die historische Gestalt wird nicht genügen. Man wird das Zeitstück wieder aus den menschlichen Schicksalen fassen müssen, aus der Perspektive der Opfer, der Demütigungen, der Verstrickungen, der Denaturierung, der leidenden Kreatur. Der Ausdruck der leidenden Kreatur, die nicht zu ihrer Freiheit kommt, gehörte einmal wesentlich mit zur Inszenierung und zum Erfolg des Zeitstücks. Im richtig kalkulierten Zeitstück verdichtete sich im Darstellen der menschlichen Bedrängnis das Thema. Die These wurde über das Wecken von Mitgefühl transportiert. Das war nicht nur ein Trick, sondern hängt ursächlich zusammen mit dem Typus Zeitstück. Tollers »Hinkemann« enthielt schon dieses Programm. Wille zur Veränderung kann sich aus dem Leidensdruck eher begründen als aus politischer Theorie.

Der letzte Aspekt: Das Zeitstück ist wohl das politische Drama der Demokratie. Aber das politische Drama der Dichtungsgeschichte ist nicht das Zeitstück. Das politische Drama dieser Art hat ›geschichtliche Dimension‹. Es argumentiert mit Geschichte, um die dramatische Struktur des Lebens zu zeigen, und zum ›Sinnbild‹ vom Dasein als Kampf zu kommen. »Fiesco«, »Don Carlos«, »Wallenstein«, oder – um die großen, von Schiller entworfenen Vorbilder zu verlassen – Kolbenheyers »Gregor und Heinrich«, Brechts »Galileo Galilei« sind die Beispiele. Im politischen Drama dieser Art ist auch der Gegner als objektive Macht in seinem geschichtlichen Recht anerkannt. Das Zeitstück schätzt den Feind nicht, denn es muß ihn überwinden, um den Konflikt zu beseitigen und eine bessere Zukunft für alle zu gewinnen. Utopisch gesagt: eine Zukunft, in der Zeitstücke durch andere offenere Spielformen ersetzt werden können.

Das dokumentarische Drama und die deutsche Gesellschaft

Der erste Protest

Das neueste, 1960 im Mannheimer Theater-Wettbewerb erkorene und sogar prämiierte deutsche Drama »Gesellschaft im Herbst« spielte in einem französischen Schloß und begann so:

DUBOIS Sehr schön, sehr schön. Das ist alles ungemein interessant, nicht wahr, Monsieur Costeneau?

COSTENEAU Ja.

SATINE Diese Halle im Mittelrisallit, auf einem mächtigen Unterbau aus dem dreizehnten Jahrhundert, wurde 1410 mit einem Gewölbe versehen – gotisch... und seitdem nachweislich nicht renoviert...

Der Autor, der damit seine theatralische Laufbahn begann, Tankred Dorst, ging in den Spuren von Giraudoux: das heißt, er ging fern von der deutschen Wirklichkeit. Das letzte Drama von 1965 führt uns mitten in einen politischen Prozeß, der acht Wochen vor der Uraufführung zu Ende ging. In die »Ermittlung« unserer Vergangenheit. – Fünf Jahre, und wir sprechen wieder so prononciert von einem deutschen Drama, als hätte es vor 1960 keine dramatischen Autoren gegeben! Aber wo ist Hubalek, wo Ahlsen, was zählt gegenwärtig noch von Asmodi, von Hey, von Oelschlegel und Hirche, sogar von Waldmann und Sylvanus? Fünf Jahre, das ist auf dem Theater eine Generation. Wenn vom neuen deutschen Drama die Rede ist, so steht jetzt das gute Dutzend Schauspiele von Autoren zur Debatte, die erst seit 1961 auf die Bühne gekommen sind und die heute ihre Premieren auch in London, in Oslo, in New York, in Warschau wie in Tel Aviv haben, und das wieder nicht nur deswegen, weil der Suhrkamp Verlag die beste aller Werbeabteilungen besitzt. Ich brauche die Namen nur zu zitieren, um Ihnen bewußt zu machen, wie gegenwärtig sie Ihnen sind. Hochhuth, Kipphardt, Walser, Peter Weiss, Hans Günter Michelsen und nach vielen Anläufen auch endlich der *Dramatiker* Günter Grass. Der Gegenstand, der ihm den Eintritt in die Gruppe der neuen Dramatiker ermöglichte, heißt Bert Brecht. Brechts Name macht darauf aufmerksam, daß der große Stückeschreiber und Dramaturg vom Schiffbauerdamm doch und noch immer hinter allem steht, was sich im deutschen Drama seit 1961 ereignet hat. Im Rückblick nimmt es sich aus, als habe Brecht erst einige Jahre tot sein, als habe das Regime, dem er zuneigte, erst die Mauer bauen müssen, um ihm in den vielen Diskussionen, die sie auslöste, endgültig seine Bedeutung zu sichern. Seitdem gibt es keinen Kampf mehr um Brecht. Sicher nicht deswegen, weil die politische Virulenz in seinen Stücken erloschen ist. Etwas anderes hat sich vollzogen.

Widerspruch gegen Brecht

Betrachten wir den Kalender des neuen deutschen Dramas (unter diebischer Einrechnung der beiden Schweizer): 1961: Frisch »Andorra«, Dürrenmatt »Die Physiker« und das Debüt Walsers mit »Der Abstecher«; 1962: Walser »Eiche und Angora«; 1963: Hochhuth »Der Stellvertreter«, Michelsen »Stienz«, Walser »Überlebensgroß Herr Krott«; 1964: Kipphardt »In der Sache J. R. Oppenheimer«, Weiss »Marat«, Walser »Der schwarze Schwan«; 1965: Michelsen »Helm«, Kipphardt »Joel Brandt«, Weiss »Die Ermittlung«. Je weiter man in diesem Kalender vorankommt, um so mehr machen die Stücke den Eindruck, als hätte es Brecht nie gegeben. Keine Distanz, keine Verfremdung mehr in den Fabeln, ja der verehrte Brecht tritt bei Grass endlich selber als das auf, was er geworden ist: als ein Gegenstand der Kritik. Grass zeigt Brecht am Tag des Aufstands der Arbeiter in der Zone. Es ist der 17. Juni 1953. Brecht probiert seine Bearbeitung des Shakespeareschen »Coriolan«, das heißt: er probiert gerade das Stück, mit dem er endgültig und demonstrativ den überkommenen Helden als überflüssig erklären will, weil das Volk in Rom selber die entscheidende Rolle in die Hand genommen hat. Da drängen von draußen die aufständischen Ostberliner Arbeiter herein, und Grass zeigt, wie wenig der Mann, der die plebejische Perspektive in die Kunst dieses Jahrhunderts eingeführt hat, bereit ist, diesen Aufstand zu akzeptieren und *für* die Arbeiter *gegen* die Funktionäre Stellung zu nehmen. Er weicht aus, zeigt sich als der Zwiegesichtige, »Coriolan« wird abgesetzt, Roms Kulissen ins Arsenal, heißt es bei Grass. Es ist das mehr als die persönliche Aggression eines Autors gegen einen anderen. Hier wird ausgespielt, daß die Brechtsche These von der Veränderbarkeit der Welt weder von der Person gedeckt ist, die sie verkündet, noch von der Freiheit des Theaters selber. Die plötzlichen gesellschaftlichen Umstände desavouieren das ästhetische Unternehmen. Am Ende des Stücks sagt der Funktionär Kosanke zu Brecht: »Und auch Du bist zu ersetzen«, und Brecht schreibt seine Ergebenheitsadresse an das Regime. Das heißt: Es bleibt alles beim alten.

Mit der »Coriolan«-Inszenierung wird in Grassens Stück, wenn auch nicht in Ostberlin, das Thema von der Veränderung aufgegeben. Das heißt: das Thema, das fast ein Jahrzehnt lang heftig diskutiert wurde, wird bei Grass als Fiktion, als literarische Attitüde liquidiert. Brecht hatte diese Diskussion selber begonnen, als er 1955 auf eine Frage Friedrich Dürrenmatts, wie die heutige Welt noch abbildbar sei, geantwortet hatte: »Die heutige Welt ist den heutigen Menschen nur beschreibbar, wenn sie als eine veränderbare beschrieben wird«. Ich brauche Ihnen nicht im einzelnen darzustellen, daß Brecht sich von der Mitte der zwanziger Jahre ab von seinen stückeschreibenden Kollegen dadurch entfernte, daß er fragte: ›Wie muß ich meine Stoffe darstellen, damit ich den Zuschauer dazu bringe, sich über sie *kritische* Gedanken zu machen?‹ Er schuf sich ein System von szenischen Mitteln, das den Zuschauer vom gezeigten Vorgang distanzierte; er machte bestimmte Sachverhalte dadurch *kritisierbar,* daß er sie in ein fremdes Milieu versetzte. Am deutlichsten und auf unsere nationale, unsere nationalsozialistische Geschichte angewandt, im »Arturo Ui«, dessen aufhaltsamen Aufstieg er dadurch demonstrierte, daß er die politische Karriere Hitlers in einen Gemüsetrust und unter Gangster verlegte und sie damit interpretierte. Als er im »Galileo Galilei« den Physiker als den führenden Typus der kommenden Gesellschaft des wissenschaftlichen Zeitalters darzustellen versuchte, ließ er ihn darauf vertrauen, daß sich wissenschaftliche Wahrheit trotz aller Widerstände in der Gesellschaft durchsetzen werde. Galilei war noch als der Typ eines neuen Helden konzipiert. Aber der erste Widerspruch, der sich gegen Brecht in einem Theaterstück erhob, traf gerade diese Hoffnung Brechts, gerade den wissenschaftlichen Typus, den er als den der neuen Aufklärung konstituiert hatte. Dürrenmatt setzte in seinen »Physikern« bewußt eine anti-Brechtsche Situation. Er zeigte, wie das neue Wissen sich verstecken muß, um sich vor seiner Realisierung zu hüten. Dürrenmatts Physiker Möbius, der sich in ein Irrenhaus geflüchtet hatte, sagte: »Es gibt für einen Physiker nur noch die Kapitulation vor der Wirklichkeit. Sie ist uns nicht gewachsen. Sie geht an uns zugrunde. Wir müssen unser Wissen zurücknehmen, und ich habe es zurückgenommen.« Die neue Alternative heißt: »Entweder bleiben wir im Irrenhaus oder die Welt wird eines. Entweder löschen wir uns im Gedächtnis der Menschen aus oder die Menschheit erlischt.« Es war ein zweckloser Entschluß. Wir wissen, daß die Komödie damit endet, daß die Leiterin der Irrenanstalt sich in den Besitz der Formeln gebracht hat, die geheimgehalten, die verschwiegen werden sollen.

Wissen, das in der Welt ist, ist nicht geheimzuhalten, es ist auch vor dem Mißbrauch nicht zu bewahren. Indem Dürrenmatt den Zufall, der die schlimmstmögliche Wendung in einen vorherberechneten Ablauf bringt, dramaturgisch neu ins Recht setzte, widersprach er noch einmal der Position Brechts. In Prosa gefaßt, hatte er den Widerspruch 1959 schon bei der Schiller-Rede formuliert: »Der alte Glaubenssatz der Revolutionäre, daß der Mensch die Welt verändern könne und müsse, ist für den einzelnen unrealisierbar geworden, außer Kurs gesetzt, der Satz ist nur noch für die Menge brauchbar, als Schlagwort, als politisches Dynamit.« – Dürrenmatt blieb damit nicht allein, obwohl es lange Zeit so schien. Im Herbst 1964 wurde Dürrenmatts Widerspruch noch deutlicher und eindrucksvoller aufgenommen, als Max Frisch in seiner Rede in der Paulskirche konstatierte, daß der schriftstellerische Erfolg leichter zu haben sei als die bescheidenste Veränderung der Welt. Und Martin Walser führte wenig später Frischs Hinweis, Brecht besitze nunmehr die »durchschlagende Wirkungslosigkeit eines Klassikers«, in seiner Rede auf dem Essener Germanistentag weiter, indem er feststellte: »Brecht gehört zur Vergangenheit. Nicht zum alten Eisen, sondern zum alten Gold.«

Ich habe damit nur wiederholt, was in den letzten beiden Jahren die Grundlage für alle Diskussionen um das neue Drama geworden ist. Denn *so* hat sich bei unseren wichtigsten Dramatikern der Widerspruch verstärkt gegen die maßgebendste Dramaturgie unserer neuen Dramengeschichte. Wenn Kipphardt in seinem Szenarium »In der Sache J. R. Oppenheimer« – das das erfolgreichste aller neuen deutschen Schauspiele geworden ist – eine Art dokumentarisches Begleitstück zu Brechts »Galilei« zu schreiben versucht hat, so erklärt sich der Erfolg daher, daß wir alle die Hoffnung wider unser besseres Wissen nicht aufgeben wollen, es möchten Männer in der Welt sein, die nicht alles mitmachen, was ihnen zugemutet wird, und daß ihre Weigerung Erfolg hat. Aber die Weigerung Oppenheimers, an der Superbombe mitzuwirken, was hat sie bewirkt? Gibt es die Superbombe nicht?

Was Kipphardt als halbe Tragödie der westlichen Welt geschrieben hat, von dem hat Oppenheimer selber gesagt, es sei eine Farce gewesen. Eine Farce auch in dem Sinn, daß mit Oppenheimers Weigerung nichts bewirkt und nichts bewiesen wurde – nur die Wahrheit des Dürrenmattschen Satzes, den er als 18. These zu seinen »Physikern« notierte: »Jeder Versuch eines einzelnen, für sich zu lösen, was alle angeht, muß scheitern.« Auch Physiker taugen nicht mehr zu Helden, auch wenn Kipphardt Oppenheimer noch – ein selten gewordenes Exemplar – als einen solchen ausstellt. Auch darum ist Kipphardts Szenarium so merkwürdig leicht aus den Betrachtungen darüber, was das neue deutsche Drama denn sei, auszugliedern. Leicht – und doch nicht leicht. Denn in der Gruppe der neuen deutschen Dramatiker stellt Kipphardt noch am deutlichsten dar, welch unübersehbarer Bezugspunkt Brecht doch für die neue dramatische Produktion ist: Vom »Hund des Generals« bis zum »Joel Brandt« greift Kipphardt – etwa für die Figur Eichmanns – z. B. auch noch auf den distanzierenden Versgebrauch Brechts zurück. In »Joel Brandt« wie in Walsers »Eiche und Angora« sind Figuren vom Stamm des Brechtschen »Schwejk«, ja sogar die Anlage der drei Akte von »Eiche und Angora« verrät noch den Zeigecharakter eines von Brecht entwickelten Szenariums. Der Anfangsmonolog in Walsers »Überlebensgroß Herr Krott« ist eine Parodie auf den Anfangschoral aus Brechts »Baal«. Die beharrliche Verweigerung, jeder Verzicht auf Veränderung in diesem »Überlebensgroß Herr Krott« ist nach den »Physikern« der zweite Fall einer radikalen Antithese zu Brecht. Wieviel Peter Weiss in dem »Marat« vom Ansager bis zu den Songs und den Pantomimen aus dem Arsenal Brechts entnommen hat, brauche ich nicht darzutun. Wir brauchen uns nicht bei Ionescos letztem Schauspiel »Hunger und Durst« aufzuhalten, das eine ganze parodistische Szene auf Brecht enthält, die Gehirnwäsche eines Mannes namens Brechtoll, um zu zeigen, wie stark bei der Neubildung des Dramas Brecht – und sei es als Gegner – eine Rolle spielt. Selbst in der

Bremer »Hamlet«-Inszenierung Kurt Hübners finden sich die Spuren dieser Auseinandersetzung. Horatio ist dort in der Maske Brecht so nahegebracht, daß man meint, Brecht sei hier verurteilt, das Scheitern seines Freundes Hamlet zu beobachten, der sich doch aufgerufen fühlt, die Welt wieder einzurenken.

Warum beschäftigen wir uns hier so ausführlich mit Brecht, wenn sich das neue deutsche Drama doch so von ihm absetzt? Weil das Entstehen eines neuen deutschen Dramas nicht zum wenigsten damit zusammenhängt, daß durch Brecht im Nachkriegsdeutschland eine dramaturgische Position überhaupt erst wiedergeschaffen war, mit der die jüngeren Autoren sich auseinandersetzen konnten. Bei ihm fanden sie das, was Brecht selber in den Stücken seiner Zeitgenossen in den zwanziger Jahren fand: die Chance zum Widerspruch. Der Schriftsteller nimmt ja die Welt nicht nur durch seine eigenen Beobachtungen wahr, sondern auch vor allem – da er ja in einem literarischen Dialog steht – durch den Widerspruch zu Abbildungsversuchen seiner Kollegen. Die Rückkehr Brechts 1949 und die Darstellung der Brechtschen Dramaturgie zwischen 1950 und 1961 in den großen Aufführungen wie in seinen Schriften war also die Grundlegung überhaupt für das neue Entstehen des deutschen Dramas, auch in dem Sinne, daß sich zunächst allein über ihn die unterbrochene Kontinuität dramaturgischen Denkens in Deutschland wieder herstellen ließ.

Beginn der Wende

Freilich war das nicht die einzige Bedingung für das Entstehen eines neuen deutschen Dramas. Die Rückkehr Brechts wurde ja mit Stücken vollzogen, die die Situation unserer Nachkriegsgesellschaft weder abbildeten noch auf sie anspielten. Der »Gute Mensch von Sezuan«, »Der kaukasische Kreidekreis«: Walser hat ironisch von dem Märchencharakter der Brechtschen Stücke gesprochen. War die Nachkriegsgesellschaft im Drama damals überhaupt darstellbar? Es war eine offene Gesellschaft – eine Bevölkerung, besser gesagt –, ohne Staat, mit einer ungewissen Zukunft, offen allen Eingriffen, allem Fremden – dadurch zwar bereit, aus der nationalen Abkapselung herauszufinden (auf dem Theater hieß das: Aufnahme der ausländischen Stücke – Wilder, Eliot, Fry, O'Neill, Priestley – und Akzeptieren des Verwandten, am liebsten Giraudoux, Anouilh und Sartre). Diese Bevölkerung war aber auch einbezogen in die ideologische Spaltung der Welt, von der wir spätestens beim Bau der Mauer erfuhren, daß sie auf lange Zeit unrevidierbar wurde. Der vorhin zitierte Kalender des neuen Dramas macht klar, wie sehr das Entstehen des neuen Dramas mit der Verwandlung der Gesellschaft in Westdeutschland nach 1960 zusammenhängt. Diese Gesellschaft war bis dahin abgelenkt von sich, vom Reflektieren auf sich selbst; abgelenkt durch den Wiederaufbau der Wirtschaft und den Genuß des Wohlstandes, in dem die zurückgewonnene Freiheit, wie materialisiert auch immer, erlebt wurde. Aussetzen der nationalen Identität, Erschöpfung des Wiederaufbaus, Sicherung des Wohlstands und die endgültige Scheidewand in der binnendeutschen Politik mit dem Bau der Mauer in Berlin, das Erlebnis der Ausgeliefertheit an die große Politik: aus der offenen wurde um das Jahr 1960/61 plötzlich eine geschlossene Gesellschaft, nein, keine geschlossene, eine sich abgeschlossen fühlende, in ihrer wirtschaftlichen Produktivität aber unerhört freie Gesellschaft, die nun ihre unterdrückten Probleme entdeckte und für sich aufzuarbeiten begann. Das Dutzend neuer Stücke, das seit 1960 entstanden ist, spiegelt diesen Vorgang sehr deutlich wider.

Die Schauplätze dieser neuen Dramen verraten plötzlich merkwürdige Vorlieben für geschlossene Situationen. War das Sanatorium für Geisteskranke für Dürrenmatts »Physiker« noch ein listiges Versteck, so ging Walsers Alois Grübel am Ende von »Eiche und Angora« schon ins Irrenhaus – als einer Stelle der Zuflucht, weil er mit der Gesellschaft nicht mehr ins Reine kam. Rudi Goothein im »Schwarzen Schwan« wird in eine ebensolche Anstalt eingeliefert. Ein introvertierter junger Mann, der mit der neuen Gesellschaft und ihrer Moral (Unmoral) nicht mehr fertig wird. Im »Marat« von Peter Weiss ist ein fast geschichtsphilosophischer Disput in die Irrenanstalt von Charenton verlagert, der Disput, der repräsentativ ist für die beiden konträren Ideologien, die heute die Machtpolitik der Großmächte rechtfertigen helfen: der extreme Individualismus, vertreten durch den Marquis de Sade, der extreme Sozialismus, vertreten durch den Revolutionär Marat. Es sind die Antithesen, die Geschichte gemacht haben: der Autor – selbst schwankend zwischen de Sade und Marat – läßt sie ausprobieren, um am Ende zu bekennen, er stehe noch immer vor einer offenen Frage, welche die gültigere, für heute akzeptablere sei. Die Frage ist offen, soweit es die Antithesen angeht. Die Situation ist nicht mehr offen, denn immer wieder bricht das irrwirre Volk aufklärungsfeindlich in die Szene ein, lachend, klagend, fragend, verlangend, um am Ende dem großen Napoleon nachzulaufen. Ein Exzeß an Lärm, Bewegung; dann wendet sich der aus dem Chaos auftauchende starke Mann, der Erfüller aller Wünsche, Napoleon, um, und man sieht in das Gesicht des Todes. Ein Libretto der Ratlosigkeit, der Verzweiflung, der Weg- sogar der Ausweglosigkeit, des sich Im-Kreise-Drehens, im Grunde das Eingeständnis vom Ende der Hoffnungen auf Aufklärung und Vernunft. Obwohl es der Autor heute so nicht wahrhaben will und sich in ein politisches Engagement geflüchtet hat. Die geschlossene Gesellschaft als Ausdruck der Situation von 1962/63. Kontrolleure umstehen die Szene.

Woher die Wirkung des Stückes? Nur von seinen Chancen für einfallsreiche Regisseure? Weil es so brauchbar ist für ein modisches, aber für den Masochismus dieser Jahre wieder typisches Theater der Grausamkeit?, oder gar, weil es gut ist? Oder weil es eine geheime Angst mit literarischer Prätention genießbar macht?

Was ist denn geschehen, daß hier Zorn, Wut und Ratlosigkeit so ausgebrochen sind? Daß die Frage nach der Zukunft, nach der Veränderung der Welt hier zwar noch formuliert, aber gar nicht mehr gestellt wird? Könnte nicht auch Walsers Alois Grübel aus »Eiche und Angora« unter den Irren von Charenton sein? Veranstaltet nicht auch Walsers Rudi Goothein im »Schwarzen Schwan« merkwürdige Spiele eines politisch verstehbaren und ganz ergebnislosen Zorns in seiner Anstalt?

Wer die Inhalte des neuen deutschen Dramas betrachtet, kann sehr genau ablesen, daß dieses Drama fast ausschließlich von den gesellschaftlichen Verkehrungen und Komplizierungen hervorgebracht worden ist, die sich um 1960 bemerkbar zu machen begannen und Denken und Diskussionen bis in diese Tage beherrschen. Die Geschichte des neuen englischen Dramas von Osborn bis Orton zeigt sehr deutlich, daß es die dortigen aufsässigen, um sich schlagenden Stücke nicht gäbe ohne die Festigkeit des Establishments, ohne die Festigkeit einer gesellschaftlichen Form, die als Stagnation empfunden wird. Um 1960 trat auch in Westdeutschland eine ähnliche Situation ein. Sie erinnern sich, die Wahlen wurden von der CDU unter dem Stichwort »Sicherheit«

gewonnen, alle hatten sich in die wirtschaftliche Prosperität so eingefügt, daß die moralischen aus der Vergangenheit noch heranstehenden Probleme ausrangiert schienen. Das war ja das unterdrückte Problem: die neue Gesellschaft mußte sich in Deutschland nach 1945 bilden aus denen, die Hitler unterstützt hatten, aus Schuldigen, Mitläufern und den Verfolgten, aus denen, die ihre große Zeit nicht vergessen konnten, die ganz in der Vergangenheit weiterlebten, und denen, die eine neue Form zu gründen versuchten. Es gab Impulse, die versickerten, Hoffnungen, die starben. Depressionen, die sich in goldene Wolken auflösten. Gespenster, die wieder Fleisch wurden. Eben diese Veränderungen und Verschiebungen im Bewußtsein hat Walser in »Eiche und Angora« (mit dem Recht des Kritikers auf Überzeichnung) dargestellt.

Der erste Akt: 1945: Letzter Volkssturmwiderstand auf dem Eichkopf. Der entlassene KZler Alois Grübel wird der unfreiwillige Held der Stunde, er hängt die weißen Angorafelle seiner Kaninchen zum Trocknen in die Fenster. Sie werden zu Zeichen der Kapitulation; der schärfste der SS-Männer – nun plötzlich zivilistisch denkend – nimmt dann den im KZ kastrierten Alois als Sopran in seinen Gesangverein. Die politischen Klassifizierungen sind wie weggewischt. 2. Akt: 1950: Der ehemalige Kreisleiter ist Bürgermeister und eröffnet auf dem Eichkopf ein kleines Restaurant mit Mahntafel »Wer seine Heimat verteidigt, zerstört sie«. Da spricht der Pazifismus um 1950. Mitten in der Feier redet der immer verspätete Alois aber von Führer und Kreisleiter. Es ist unerträglich. Man steckt ihn in eine Heilanstalt. 3. Akt: 1960: Sängerfest auf dem Eichkopf. Alois, als harmlos aus der Anstalt entlassen, wird gehindert, mitzusingen. Sein Sopran erinnert an das KZ. Da tötet er aus Zorn seine Kaninchen, hängt die Felle an die Gesangvereinsfahnen, was die Sängergesellschaft, in der die alten ›Führernaturen‹ wieder dirigieren, an ›damals‹ erinnert. Wieder zieht er ins Irrenhaus. Er ist ausgestoßen, weil er sich nicht angepaßt hat: Walser parodiert den Weg einer Gesellschaft, die das ›Gewesene‹ nicht mehr wahrhaben will. Denn in Alois zeigt sich die Vergangenheit.

Wir müssen den Beginn der Beschreibung der Nachkriegsgesellschaft auf dem Theater zusammensehen mit den übrigen Äußerungen zum selben Thema, das sich sehr bald darstellte als das Thema einer großen ›Verdrängung‹: Die Flucht aus der Geschichte, die die fünfziger Jahre kennzeichnet, geht abrupt zu Ende. Die KZ-Prozesse beginnen, ein neuer politisch-moralischer Rigorismus regt sich unter der jüngeren Generation, vor allem den Studenten, es entsteht eine politisch-wissenschaftliche Literatur. Die Bevölkerung in Westdeutschland, deren Gesicht das einer neuen Arbeiter- und Industrie-Gesellschaft geworden ist, wird wieder eingeholt von der mit dem Wiederaufbau Deutschlands nach 1948 schnell aus dem Gehirn gerückten Vergangenheit. Der vierzigjährige Hans Günther Michelsen schreibt in seinem Einakter »Stienz« 1962 das Spukbild dieser Gefangenschaft: Er setzt einen Major auf die Bühne, in der letzten Ruine der neu aufgebauten Stadt, einen Offizier, der sich mit Schreiben rechtfertigen will und nichts zustande bringt. Eine verpuppte Figur, abgeschlossen von der Außenwelt, eine Lemure. Der Autor selber erscheint als einer, der an diese Vergangenheit gefesselt ist. Das Milieu seiner Stücke: Keller, Kneipen, gestürzte Menschen, auf der Suche nach etwas Glück, überrascht von Erinnerung, ohne das Vergangene klar zu deuten zu können, ohne – wie in »Lappschieß« – erkennen zu können, wer man denn wirklich noch ist. Unklare Identität: resultierend aus Michelsens Grunderlebnis: Die Gefangenschaft der Gegenwart in der Vergangenheit. Seine letzte und gültigste Formulierung ist »Helm« und das ist: wieder die Welt der Offiziere, der ›Überlebenden‹ aus Hitlers Krieg, aber jetzt inzwischen ›Angepaßten‹. Plötzlich hat der alte Oberst Kenkmann den Regimentskoch Helm, den er einst wegen Wehrkraftzersetzung denunzierte, in der Nähe entdeckt. Er und vier andere ›Kameraden‹ von damals haben einen Saufabend mit ihm gemacht. Die fünf stehen nun auf der Szene, arrivierte Männer, angepaßt dem bürgerlichen Erfolgsmodell dieser Jahre, unkenntlich, was ihre eigene Geschichte betrifft, wartend auf Helm. Aber der verkrüppelte Helm hat sich abgesondert, sitzt irgendwo in den Bäumen, und in dem Unbehagen des Wartens regen sich in den Wartenden alte unterdrückte Schuldgefühle gegen Helm. *Es kehrt die Vergangenheit zurück.* Die Schüsse, die aus dem

Wald kommen, jedesmal, wenn einer der Kameraden die Szene verlassen hat, sind wie ein Urteil über das, was an Schuld ins Bewußtsein zurückgekommen ist. Die Maske der neuen Reputation, die zu Anfang des Spiels so vorzüglich saß, zerbröckelt, und es kommt zum Vorschein, was man war: die andere Existenz.

Die Genauigkeit, mit der das kurze Stück kalkuliert ist, macht es so treffsicher. Daß es so knapp sein kann, daß es eigentlich nur Stichworte braucht, Worte wie ›Schuld‹ oder ›Kameraden‹, das zeigt, wie sehr der Autor mit einem Publikum rechnen kann, dessen Lebensproblem eigentlich diese doppelte Existenz – leben mit der Schuld unterm Anschein der Schuldlosigkeit – geworden ist. Stichworte, nicht nur um sich mit dem Publikum zu verständigen, sondern um auch die Angst auszulösen, die sich mit der Verdrängung verbunden hat. Die Monologe des Gewissens werden – fast sind wir bei Beckett – von außen, von Schüssen in Gang gesetzt. Es ist ›unser‹ Stück. – Wirklich: Brecht ist hier nirgends mehr wahrzunehmen. Die Gewissens- und Schuldproblematik, für die jeder einzelne wieder herbeizitiert werden muß, war mit seiner Methode auch nicht zu erfassen. Sie äußert sich hier als fast manischer Zwang.

So sind die Titel mancher dieser neuen Stücke austauschbar geworden. »Zeit der Schuldlosen« nennt Siegfried Lenz sein Stück. Hätte Michelsen nicht »Helm« auch mit dem Wort »Gedächtnisse« überschreiben können? »Gedächtnisse« wollte Walser das Stück nennen, das heute »Der schwarze Schwan« heißt, und könnte das nicht wieder ein Titel für »Die Ermittlung« und »Ermittlung« wieder einer für »Helm« sein oder den »Schwarzen Schwan«? Auch da wird die Vergangenheit zurückgerufen. Auch da getarnte Figuren, Menschen mit der zweiten Existenz: Mörder wieder als schuldlose Biedermänner. Der Leiter des Sanatoriums, Dr. Liberé, der ehedem Leibnitz hieß, hat für sich eine neue Biographie erfunden und büßt im stillen; Professor Goothein hat einige Jahre Zuchthaus abgesessen und fühlt sich nun befreit und ledig von Schuld. Als sein Sohn Rudi einen Brief findet, der darauf hinweist, daß der Vater einst an den Verschickungen ins KZ beteiligt war, gerät der Sohn, also noch die folgende Generation, wieder in stellvertretende Schuldgefühle, in Introversionen, die den Jungen in Liberés Anstalt bringen und ihn dort, in seiner Sucht nach Wahrheit, das Spiel von Hamlet wiederholen lassen. Er versucht den Vater mit Hilfe eines richtenden Spiels zu überführen. Er verlangt die Aufdeckung des Schweigens, das wie Lüge ist, und das Abnehmen der Masken, um zur Wahrheit zu kommen. Es ist besser, man weiß wieviel Gesichter ein Mensch hat, als daß man sich täuscht. Die Erinnyen sind nicht nur für Rudi Goothein zurückgekommen. Der Vater sagt vom Sohn, er päppele sie, aber wer rief sie wirklich zurück? In Rudi Goothein stellt die nachgerückte Generation der Dramatiker die Frage an die ältere: was war, was ist euer Gesicht unter der Maske von Wohlstand und Wohlverhalten? Wahrheit wird hier verlangt. Nur *sie* löst den Schuldkomplex, der sich nicht nur in Walsers Stück als Neurose äußert.

Zusammengefaßt heißt das: der politische Prozeß, der in unserer Gesellschaft vor einigen Jahren in Gang gekommen ist, ist dem neuen deutschen Drama zum Thema geworden. Das Verfahren hat tiefe moralische Antriebe, und nur wenn man sieht, daß Drama und Diskussion zusammengehen, versteht man auch die enge Verbindung, die mit dem neuen deutschen Drama Theater und Politik wieder eingegangen sind. Politik im Sinn einer Überprüfung der stabilisierten Gesellschaftsordnung und ihrer moralischen Grundlage.

Dramaturgie des Dokuments

In einer Gesellschaft, die so große Erfolge darin gehabt hat, das Vergangene zu vergessen oder wegzudrücken, überlegt sich natürlich ein Autor, wie er sein allzu mobiles Publikum zwingt, sich wieder zu stellen und zu hören. Er überlegt sich, wie er Belege beibringt, die eines auf keinen Fall mehr zulassen: Ausflüchte vor dem Stoff, Belege, die die Ausreden im Keim ersticken, das Gezeigte sei erdichtet, also unwirklich, pure Poesie.

Das dokumentarische Theater ist eine Erfindung dieser Situation. Kein Ausweichen mehr! Was du siehst, ist belegt. – Von Hochhuths »Stellvertreter« über Kipphardts »Joel Brandt« bis zu Peter Weiss' »Ermittlung« und den »Verschwörern« von Wolfgang Graetz gehören die Hinweise und das Anfügen der Dokumente zur Rechtfertigung der neuen Stücke. Noch der belastende Brief, den Rudi Goothein in Walsers »Schwarzem Schwan« findet, ist bei der Frankfurter Staatsanwaltschaft wörtlich belegt. Seit dem »Stellvertreter« geben die Figuren der Bühne ihre erfundenen Namen auf. Die Zeitgenossen kehren zurück: Pius XII.

und Gerstein, Eichmann und Joel Brandt, Oppenheimer, Boger und Kaduk, Stauffenberg und der General Fromm, und auch für Brecht ist der Titel »Chef« im Stück von Günter Grass keine Tarnung mehr, sondern nur der Hinweis auf die Rolle, die er für alle Literaten dieses Jahrhunderts spielt.

So wurde aus der Not der Situation, eine Gesellschaft durch ihre eigenen Taten zu stellen, das Dokumentarstück zum neuen – oder doch zu einem sehr wesentlichen Teil des neuen deutschen Dramas. War es – ist es so neu? Vielleicht ist es aufschlußreich, daß ausgerechnet Erwin Piscator, der in der Mitte der zwanziger Jahre in Berlin das dokumentarische Drama zuerst entwickelt hat, 1961, also fast genau mit dem Entstehen dieses neuen Dramas, nach Berlin zurückging und an der Volksbühne abermals sein Wortführer wurde. Vierzig Jahre später! – Was Piscator in dieser Entwicklung für eine Rolle spielt, hat Kipphardt jüngst bei der Trauerfeier für Piscator mit den Worten bestätigt: »Wir alle kommen von deinem Theater.« Mit dem dokumentarischen Drama (das etwas anderes ist als das auf Verfremdung bestehende epische Drama Brechts) vollzieht sich endlich die Wiederanknüpfung auch an die zweite wirkende Kraft aus der großen Zeit des deutschen Theaters. Piscator tritt wieder neben Brecht.

Beim seligen Piscator: das heutige dokumentarische Stück ist weder in seinen szenischen Mitteln reicher noch ist seine dichterische Kraft sehr viel größer als damals – aber etwas sehr Wesentliches hat sich in ihm verändert. Das dokumentarische Drama (Drama, war es das überhaupt, war es nicht vielmehr eine Revue?) der zwanziger Jahre traktierte eine alte bürgerliche Gesellschaft, die die moralisch-sozialen Probleme ihrer Gegenwart und die Vision einer neuen sozialistisch bestimmten Zukunft nicht annehmen wollte. Der rote Piscator zog damals mit seinen authentischen Texten, mit Film, Statistik und Protokoll auf die Bühne, um »Trotz alledem« den Sieg der Revolution zu verkünden, die neue Gesellschaft herbeizuzwingen gegen die Kräfte der Vergangenheit. Toller belegte die Praxis der Zeit in »Feuer aus den Kesseln« zum ersten Mal dokumentarisch aus den Akten eines Prozesses. Das heutige dokumentarische Stück traktiert die ihre Vergangenheit vergessende Gesellschaft mit dem Stoff, der von ihr vergessen worden war. Erinnerung wird zum Kampfmittel.

Gemeinsamkeiten zwischen dem alten und dem neuen dokumentarischen Stück gibt es noch. Sie bestehen in der antifaschistischen Grundhaltung. Aber wieviel sich soziologisch zwischen damals und heute verändert hat, zeigt noch die letzte dokumentarische Inszenierung Piscators – die von Kirsts Stück über den 20. Juli 1944: »Aufstand der Offiziere«. Darin bezeugte er Vertretern einer sozialen Gruppe seine Hochachtung, für die er früher nur das aggressive Wort »Militärkaste« gehabt hat. Rekapitulation also, aber als Vorsorge: Das erklärt jene über Erwarten stark gewordene *Regeneration des Stoffs* – die Martin Walser vor längerer Zeit schon angekündigt hat. Es ist eine Regeneration, die die angestammte Freiheit des Dichters fast ganz beseitigt hat: die Freiheit, historische Gegenstände in poetische zu verwandeln. – Die künstlerische Freiheit beschränkt sich nun auf Auswahl, Konzentration, Strukturierung und Arrangement des Stoffs. Wir kommen – Sie spüren es – damit zu Peter Weiss.

Nein – noch nicht. Wir wollen einen Augenblick noch auf den farbigeren Carl Zuckmayer verwenden, der einem seiner letzten Stücke einen Untertitel gegeben hat, der die paradoxe Situation des neuen politischen Dramas, das Ineinandergeschiebe der Zeiten richtig beschreibt: Er heißt »Ein historisches Drama aus der Gegenwart«. – Zuckmayer hat in »Des Teufels General« und »Gesang im Feuerofen« als einer der ersten nach 1945 neben Weisenborn und Friedrich Wolf den politischen Stoff, und das heißt bis heute: unsere Vergangenheit, auf die Bühne zurückgebracht. Aber er nimmt an der gegenwärtigen Diskussion nicht teil. Erinnern wir uns daran, daß einst die Figur des Saboteurs Oderbruch heftige Polemiken auch gegen ihren Erfinder ausgelöst hat. Heute ist Oderbruch kein Gegenstand des Zorns und der Verachtung mehr. So lebt das politische Theater in und mit der Zeit und wird von ihr überholt. Zuckmayer hat die neu sich bildende Nachkriegs- und Wohlstandsgesellschaft noch einmal abzubilden versucht. In »Die Uhr schlägt eins« (1961) mußte er aber erfahren, daß man unsere Wirklichkeit nicht mehr erreicht, wenn man ihre Symptome summiert, wenn man ihre Verdrängungen und Kompensationen im Familienstück abbilden will. – Die Entdeckung der Autoren des dokumentarischen Dramas ist die, daß die Wirklichkeit selber die ungeheuerlichsten Stoffe produziert und daß die Gesellschaft mit dieser ihrer eigensten Produktion wieder vertraut gemacht – anders gesagt: konfrontiert werden muß. »Das beste Theater ist noch immer die Wirklichkeit«, pflegte Piscator zu sagen.

Darum sind die dokumentarischen Stücke nicht mehr in sich dramatisch. Sie verzichten bewußt auf ›Dramatisierung‹. Der äußerste Standpunkt ist der, daß der Stoff sich selbst trägt. Der Stoff: das sind die unterdrückten Sachverhalte. Das Drama nistet sich nun ein im Akt der Konfrontation mit einer Gesellschaft, die bestimmte, eben die vorgezeigten, Fakten nicht wahrhaben will. Das ist der Wurzelgrund seiner Aggression, aber auch die Gewähr für seine Zukunft, für seine soziale Bedeutung. Das Stoff-Feld ist groß. »Rosa Luxemburg«, wer weiß, wer und was sie war? Wir werden es wissen, wenn Walter Jens' kommendes Stück über sie genügend Durchschlagskraft aufbringt.

Also: *die Regeneration des Stoffs:* Man kann gegen die szenische Darbietung z. B. des Stoffs, der im Auschwitz-Prozeß wieder ins Bewußtsein gehoben wurde, viele Einwände vorbringen. Viele sind vorgebracht. Vor allem der, daß Faktenwahrheit nicht identisch sei mit Kunstwahrheit. Natürlich nicht, welcher Tor will das denn behaupten? Aber ist allein mit dem Wort »Kunst« nicht selbst schon eine falsche Beziehung an das dokumentarische Drama angelegt?

Das dokumentarische Drama ist schon in seinen Anfängen bewußt gegen die Kunst-Bühne der fünfziger Jahre entworfen worden, gegen ihre künstlichen Dramatisierungen und ihren simulierbaren Ewigkeits-Zug. – Piscator, auf den man immer mehr wird zurückkommen müssen, wenn wir am Theater nicht nur ästhetisch, sondern auch soziologisch zu denken beginnen – Piscator kam aus der Anti-Kunstbewegung von DADA, aus der aggressiven, unübersetzten Wirklichkeits-Objektwelt eines Duchamp und John Heartfield. Seine Bühne wollte die Collage des Alltagsmaterials, die bewegte Collage. Er zitierte aus der Wirklichkeit. Das dokumentarische Drama ist von seinem Ursprung her ein einziges, konsequentes Zitieren, also eine mittelbare Form. Aus keinen dichterischen Visionen geboren, sondern aus der Einsicht in eine Funktion.

Sie heißt Beeinflussung, Korrektur der Wirklichkeit: die Ewigkeitsneigung des Kunstdramas ist ausgetauscht gegen eine Situationsfunktion. Der Augenblickswert gibt diesem Drama einen transitorischen Charakter. Das dokumentarische Drama hat die Tendenz, sich selbst überflüssig zu machen. – Darüber erschrickt nur der, der sich nicht klarmacht, daß neunzig von hundert neuen

Stücken auf dem Theater immer Eintags-Verbrauchsware gewesen sind. Nur: im dokumentarischen Drama wird bewußt *nicht* auf lange Haltbarkeit geschielt.

Man wird also einem Versuch wie der Weiss'schen »Ermittlung« nur gerecht werden, wenn man ihn von der Funktion einer Bühne her betrachtet, die in den großen Aufklärungsprozeß der Verdrängung eingeschaltet und dadurch mit einem Stoff belastet worden ist, für den es in der Geschichte nichts Vergleichbares gibt. Die Autoren sind sich der Vorläufigkeit und der künstlerischen Begrenztheit ihrer Entwürfe am meisten bewußt.

Die Moral des Menschen

Rolf Hochhuth, der doch auf der Bühne mit seiner Klage gegen den Papst das Thema als erster wütend und explosiv herausgeschleudert hat und so die Frage stellte, *warum denn* selbst die höchste moralische Instanz in der Welt nicht entscheidend eingegriffen habe – eingreifen konnte –, Hochhuth hat die Schwierigkeiten der Behandlung des Themas »Menschenvernichtung« im Vorwort zum Auschwitzakt seines Schauspiels als erster formuliert. Er schreibt: »Den folgenreichsten Ereignissen und Entdekkungen unserer Zeit ist gemeinsam, daß sie die menschliche Vorstellungskraft überfordern. Keine Phantasie reicht aus, um Auschwitz oder die Vernichtung Dresdens oder Hiroshimas oder Erkundungsflüge ins Weltall... vor Augen zu führen. Der Mensch kann nicht mehr erfassen, was er fertigbringt... Hält man sich soweit wie möglich an die historische Überlieferung, so sind Sprache, Bild und Geschehen auf der Bühne schon durchaus surrealistisch. Denn selbst die Tatsache, daß wir Auschwitz heute besichtigen können wie das Kolosseum, kann uns kaum davon überzeugen, daß vor siebzehn Jahren in unserer realen Welt diese riesige Fabrikanlage mit geregeltem Bahnverkehr eigens errichtet wurde, um durch normale Menschen, die jetzt etwa als Briefträger, Amtsrichter, Jugendpfleger, Handelsvertreter, Pensionäre, Staatssekretäre oder Gynäkologen ihr Brot verdienen, andere Menschen zu töten«. Das heißt: Zurückgekehrt in die Normalität bietet sich das Wirkliche von damals nur als die Schwierigkeit an, es überhaupt zu verstehen, für wahr zu halten, geschweige es als Wirkliches noch auf der Bühne begreifbar zu machen. Es bietet sich an als, sagen wir es nur: das Unmögliche.

Die nun fast ein ganzes Jahr geführte Diskussion, ob Auschwitz auf der Bühne darstellbar sei, hat sich mehr durch die aufregende Formulierung ihres Themas als durch ihren Sinn am Leben gehalten. – Mit dem Hinweis auf das Mißlingen des Auschwitz-Aktes im »Stellvertreter« ist der Autor Hochhuth seinen schadenfrohen Kritikern selber zuvorgekommen. Es war also auch Redlichkeit der Sache gegenüber, wenn Weiss, erregt und angepackt von dem ungeheuren Stoff des Prozesses gegen Mulka und andere, nichts weiter für den Gebrauch der in die Funktionen der Erinnerung eingesetzten Bühne zu formulieren versucht hat, als das, was noch zu ermitteln war. In diesem Sinne: all das ist noch unter uns.

Ist, so kann man aber mit einigem Recht fragen, dieses plötzliche Aufschwellen der Erinnerungsstücke (die die Überdrüssigen schon »Bewältigungsdramatik« nennen) nicht selbst Ausdruck der Neurose, die Walsers Rudi Goothein im »Schwarzen Schwan« darstellt? Direkt gefragt: Ist es nicht schon »Bewältigungszwang«, wenn Kipphardt das frappierende Geschäft der SS mit Joel Brandt in einem Schauspiel darstellt, jenes Geschäft, durch das die SS gegen 10000 winterfeste Lastwagen eine Million ungarische Juden freigeben wollte, um auf diese Weise auch mit Allierten in Kontakte zu kommen; Bewältigungszwang, weil doch der Fall Joel Brandt keineswegs typisch für das Regime war, das angeklagt werden soll, sondern nur seine Arabeske – Bewältigungszwang, weil das Lastwagengeschäft ja gar nicht die Mißachtung von Menschenleben ausdrückt, denn diese wurden gemeinhin ja für viel weniger wert gehalten als 10000 Lastwagen. Ist es nicht Bewältigungszwang, wenn Kipphardt diesem Stück, in dem Eichmann eine so brillante Rolle spielen darf, nun ein eigenes Eichmann-Stück hinterherschicken will? Gewiß: Eichmann, der von den meisten von uns schon fast vergessen war, ist durch seine Entdeckung und den Prozeß in Israel eine Schlüsselfigur in der Auseinandersetzung mit unserer Vergangenheit geworden – man könnte ja fast sagen, seht, so arbeitet selbst der israelische Geheimdienst dem neuen deutschen Drama in die Hand.

So mißlich es vielleicht auch ist, dies alles hier noch einmal ausgebreitet zu bekommen, wir sprechen halt über das neue deutsche Drama, das diesem Sachverhalt ausgesetzt ist. So sollten wir doch auch einen Augenblick auf die Gestalt Eichmanns verwenden, um zu sehen, auf welche persönlichen und privaten Probleme ein Stückeschreiber hier stößt. »Der Mensch«, sagt Kipphardt, »ist so gut oder schlecht, wie er gebraucht wird«. Gegen diesen Satz läßt sich nach unseren Erfahrungen nicht viel einwenden. Goethe hat seine Richtigkeit z. B. schon in der Gestalt des Weislingen – ja, was sage ich – in seinem »prädokumentarischen« Götz bestätigt. Als Beispiel dieser Erfahrung erscheint Eichmann in Kipphardts Schauspiel »Joel Brandt«: wortgewandt, mit einer zynischen Eleganz. Man spürt, er könnte geradesogut etwas anderes tun als dies schlimme Geschäft. Ein Funktionierer, ein bürokratischer Pflichtmensch; als ein ›Ausführender‹ scheint er durchaus ersetzbar. Er versteht sich als nationaler Idealist, das heißt, er funktioniert ganz nach dem moralischen System, das durch Hitler zum ›Recht‹ gemacht worden ist. Die subjektive Echtheit des Glaubens, recht zu handeln, wird man ihm nicht absprechen; sie ist das Charakteristikum aller durch ein System Verführten, was ja nichts anderes heißt, als daß der Verführte in ein anderes System von Wertbestimmungen eingeführt worden ist. Subjektiver Rechtsglaube, objektives Recht: sie spüren, in diesem Problem zappelt eine individuelle Tragödie. Sie ist in einem der neuen Stücke schon sichtbar geworden, zwar nicht an Eichmann, aber doch an einem untergeordneten Dienstgrad, am Unterscharführer Stark in der »Ermittlung« von Peter Weiss. Die Zeugen haben gegen den Erschießer von Auschwitz, gegen Stark ausgesagt. Der Richter fragt:

»Angeklagter Stark,
Während Ihrer Studien zur Reifeprüfung
kam Ihnen da niemals ein Zweifel
an Ihren Handlungen«

St. »Herr Vorsitzender
Ich möchte das einmal erklären
Jedes dritte Wort schon in unserer Schulzeit
handelte doch von denen
die an allem Schuld waren
und die ausgemerzt werden mußten
Es wurde uns eingehämmert
daß dies nur zum besten
des eignen Volkes sei
In den Führerschulen lernten wir vor allem

alles stillschweigend entgegenzunehmen
Wenn einer noch etwas fragte
Dann wurde gesagt
Was getan wird, geschieht nach dem Gesetz
Da hilft es nichts
daß heute die Gesetze anders sind
Man sagte uns
Ihr habt zu lernen
Ihr habt die Schulung nötiger als Brot
Herr Vorsitzender
Uns wurde das Denken abgenommen
Das taten andere für uns...«

So redet der bewußt und raffiniert unverantwortlich gemachte, der von Skrupeln entleerte Mensch (man spürt plötzlich, daß Skrupel etwas wunderbar Menschliches sind). Ist der systematisch zu seinen Verbrechen hin erzogene Mensch haftbar zu machen? Vor dem kalten, auf Grund seiner Erziehungsgeschichte so infantil gebliebenen Stark (ich denke an die Darstellung in der Piscatorschen Inszenierung) konnte man erschrecken und sich bereit finden, ihn zu entschuldigen. Aber wäre man dazu auch bereit, wenn Eichmann dasselbe vorbrächte? Sicher nicht, und das hängt nicht nur mit unserem unausrottbaren Aberglauben zusammen, daß Intelligenz und Urteilskraft mit der Dienststellung wachsen und Eichmann also besser gewußt haben müßte, was er tat, als der Unterscharführer Stark. Stiege ein Dramatiker in die Figur dieses Vernichters ein, würde er sicher eine Reihe verständlicher Motivationen finden, die vorzubringen wären, um aus dem Fall Eichmann auch den ›Fall‹ eines zum Besseren hin angelegten Menschen zu machen. Aber wird Kipphardt das tun, tun können?[1]

Ich frage das nicht nur, weil Kipphardt – sich auf ›Dokumentation‹ zurückziehend – auch bei Oppenheimer und Joel Brandt, wo es am ehesten möglich gewesen wäre, keine Einblicke in die Figuren gegeben hat – er läßt seinen Menschen und Themen lieber ihren Lauf –, es ist die Frage, ob unser Versuch, uns zu unserer Vergangenheit wieder in ein reflektierendes Verhältnis zu bringen, schon so weit fortgeschritten ist, daß der Versuch, Eichmann zu erklären, zu verstehen, nicht wie seine Entschuldigung aus-

[1] Kipphardts angekündigtes Eichmann-Stück ist nie veröffentlicht worden.

sieht? Die Tragödie zappelt, sagte ich, Sie zappelt sich tot, weil die Gesellschaft ihre Prämissen nicht annehmen kann.

Gerade daran, daß jeder Ansatz, Eichmann zu erklären, zu verstehen, nicht nur als persönliche Entschuldigung, sondern als Entschuldigung der Verbrechen überhaupt aufgefaßt und verwendet werden könnte, daran mögen Sie ersehen, daß die hier zur Rede stehenden Themen, daß das neuere deutsche Drama ein Teil des geistigen Kampfes ist, der in der Bundesrepublik in den letzten vier Jahren ausgefochten wird. Daran liegt es aber auch, daß der Abstand der Autoren zu diesen Stoffen so gering ist, zu gering – um ihn künstlerisch fassen zu können, denn künstlerisches Gestalten (es ist eine Binsenweisheit) setzt Abstand, Entrückung, – Befreiung vom Sachverhalt selbst voraus. – Aber unsere Gesellschaft ist alles mehr als frei. Noch sind wir – wieviele Prozesse laufen noch? – dabei, Schuld und Unschuld zu scheiden (wenn auch sehr spät). Bezeichnend ist ja, daß eine Äußerung wie die des Zeugen 3 in der »Ermittlung« noch weit über unsere jetzige Haltung zu den Vorgängen – über unseren derzeitigen Horizont hinausgeht. Da sagt der Zeuge 3: »Auch wir Häftlinge, vom Prominenten bis hinab zum Sterbenden, gehörten dem System an. Der Unterschied zwischen uns und dem Lagerpersonal war geringer als unsere Verschiedenheit von denen, die draußen waren.« – Opfer also allesamt: »Und wären sie nicht zum Häftling ernannt worden, hätten sie auch einen Bewacher abgeben können«, sagt er wenig später. Wenn wir einen Augenblick eintreten in die Ahnungen, die hier vorgetragen werden – es sind die eines Schweden, die Weiss übernommen hat –, so könnten wir fragen, ob die Millionen Soldaten, die auf den Schlachtfeldern (wie sagten wir doch so beziehungsvoll in unseren Schützenlöchern) »verheizt« worden sind – ob sie nicht auch solche zum Opfer bestimmte Menschen waren, wenn sie auch nicht das Bewußtsein beengender Gefangenschaft hatten. Waren sie freier? – Ich stelle die Frage und nehme sie gleich wieder zurück: denn ich will nur spürbar machen, wie eng der Kreis unserer Betrachtungen noch ist, wie schnell Sachverhalte, die einmal zu objektiver Betrachtung reif werden können, in den uns so nahen Auseinandersetzungen noch als Versuche einer unerlaubten Entschuldigung wirken. Die perspektivische Enge des neuen politisch sich gebenden Dramas hängt damit zusammen. Es ist die Enge der Kämpfenden, die sich ihre Gegner gesucht haben.

Die Austauschbarkeit der Figuren, der Rollen und Schicksale ist ein Aspekt, der sich bei der Betrachtung der Stücke immer mehr aufdrängt. Statt Charaktere: Schicksale und Namen, und Namen, um an einzelnen Gestalten Typisches sichtbar zu machen. Wir sagen »Die Physiker« – aber auch »Die Eichmanns« und »Die Anne Franks«. Wo sind die singulären Helden? Die Einzelnen? Menschen, die sich gegen Untätigkeit stellen wie Hochhuths Pater Riccardo? Die Diskussion um den Helden als zentrale Figur der Bühne hat sich anscheinend erledigt. Das Drama selber hat ihn, scheint's, aufgegeben, wie einen verlorenen oder vermißten Sohn. Denn wo, so ist die Frage, kann heute noch einer das tun, was einen Helden konstituiert, nämlich: durch seine Tat verbindlich zu entscheiden? Wir sahen: selbst Oppenheimers Absage änderte nichts an den Fakten. Die Helden vom 20. Juli? Der Graf Stauffenberg in dem Schauspiel »Die Verschwörer« von Wolfgang Graetz ist fast noch identisch mit der angestammten Rolle des Helden, aber der Raum um ihn herum ist wie mit Watte vollgestopft. Er befiehlt, telefoniert, setzt in Gang: aber die Apparatur, die man für einen Aufstand in die Hand bekommen muß, ist zu groß, um sie zu beherrschen; das Geschehen läuft ihm davon und wendet sich gegen ihn und alle Verschwörer. Es ist keine Tragödie, nur ein Untergang, ein Entgleiten von Positionen, von Zeit und Kraft. Ist die propagandistische Absetzung des Helden Coriolan durch das Volk in Brechts »Coriolan«-Bearbeitung auch deswegen so unwahr, weil es den Helden vielleicht gar nicht mehr gibt, weil er nicht mehr möglich ist? Hatte nicht selbst die höchste Instanz, der Papst, in Hochhuths Stück die Helden-Rolle verweigern müssen und so den Autor des »Stellvertreters« gezwungen, in Riccardo einen stellvertretenden Helden zu erfinden. Mit einer großen Gebärde zu Schiller hin? Wie formuliert doch Hochhuth? Das Theater soll den heutigen Menschen darstellen und damit ankämpfen »gegen die bis zum Gähnen wiederholten Redensarten vom ›Untergang des Individuums‹«. Diese These sei selber inhuman. »Ein Drama, das den Menschen als Individuum achtet, braucht über diese Achtung hinaus kein weiteres Engagement.« In diesem Sinne ist sein erfundener, sein bewußt besetzter Held Riccardo ein engagierter wie der Marquis Posa. Hat Hochhuth nicht recht? Braucht das Drama nicht den

Helden, gerade weil er draußen kaum noch zu finden ist?

Ich fürchte, die gesellschaftliche Fragwürdigkeit des dramatischen Helden ist so neu nicht, wie unsere gegenwärtigen Diskussionsredner vorzugeben lieben, sondern sie ist so alt wie das europäische Drama selbst. Der Wechsel der Helden aus dem Epos ins Drama vor vierhundert Jahren ist ein so nachdenkenswerter Vorgang, daß man gute Beweise dafür an die Hand bekommt, der Held sei immer nur eine bewußt gesetzte propagandistische Figur gewesen, für den Zentralstaat Ludwigs XIV. sowohl wie für den Weimarer Hof und die Biedermeiergesellschaft. Warum wie Posa nicht Riccardo? Gesetzt als Figur des Soll-Seins, nicht des So-ist-es. Hochhuth weiß selber, daß der Einsatz wenig erfolgreich ist und wie der Held von heute stirbt:

»Wie eine Schnecke unterm Autoreifen – sterben
wie halt ein Held von heute stirbt, namenlos
und ausgelöscht von Mächten, die er nicht einmal kennt,
geschweige denn bekämpfen könnte. Also sinnlos.«

So sagt im »Stellvertreter« der Doktor von Auschwitz. ›Sinnlos.‹ Vom Erfolg her gesehen.

Helden waren immer Beispiele für das Publikum, für wen sonst? Wegen seiner Wunschvorstellungen von sich selbst tritt es immer schnell in die leuchtenden Rollen der Helden ein. Jeder Posa und jeder Karl Moor bestätigt es. »Oppenheimer« wurde nicht ohne Grund das am meisten gespielte Stück, wenn er auch ein Held war aus der Ersatzmannschaft. Was also hat sich mit der Theaterfähigkeit des Helden verändert, den wir außer bei Hochhuth nirgends mehr im deutschen neuen Drama entdecken?

Wir rühren hier abermals an das Wahrheitsproblem. Der polemische Satz Martin Walsers: »Die Erfindung von etwas Wünschenswertem täuscht eine Möglichkeit vor, die es nicht gab«, ist sicher auf Hochhuths Riccardo zu beziehen. Was sich in dem Verlangen nach dokumentarisch belegbarer Wahrheit im neuen Zeitstück bemerkbar machte, steht auch hinter einem solchen Satz: Nichts als die Wahrheit, und das heißt: nichts anderes mehr, als das Möglich-Gewesene und zur Zeit noch Mögliche. Keine Poesie! Nichts zieht heute mehr Mißtrauen auf sich als schönfärbende Poesie. Darum keine fingierten Helden. – Wir werden ihm zustimmen. Nicht weil wir für einen Carlos oder Posa nichts übrig hätten, sondern weil der Held als Mitreißer durch die Figuren desavouiert ist, die uns mitgerissen haben, das heißt: die die in uns allen angelegte Fähigkeit zum Idealismus benutzten für ihre wüsten Zwecke. – Das Vertrauen ist zerbrochen. Darum wollen wir das Positive – das Soll-Sein – nicht mehr begreifen aus seinen fiktiven, mitreißenden Beispielen, sondern lieber durch unsere Reflektion auf und über unsere negativen Erfahrungen. So hat das Drama die Zeichen einer vorsichtig gewordenen Nation.

Martin Walser: Anpassung und Freiheit

Walser redet, wenn er so auf Wahrheit pocht, natürlich nicht für das dokumentarische Drama (obwohl es auch für dieses gilt). Soweit versteht er sich als Dichter und nicht als Monteur von Zeitstücken, das heißt als ein Schriftsteller, der unterdrückte Stoffe nicht nur ausstellen will (wie Kipphardt), sondern Wirklichkeit auch durchsichtig machen will. Denn unsere Umwelt, so sagt Walser, zeige in ihrem Äußeren nicht mehr die Probleme, die hinter ihr stehen. Er hat recht. Also erfindet er eine Welt, die abspiegelt, was im Hintergrund zu vermuten ist. Auch Walser spricht von einem neuen Realismus, von einer Abbildungsmethode, die mit der Verfahrensweise des alten Dramas deswegen nichts mehr zu tun habe, weil »die Antinomien nicht mehr auf der Straße liegen«, weil – ich zitiere – »die gesellschaftlichen Brutalitäten auf eine Weise verfeinert sind, daß das Drama bei deren Abbildung zugrunde gehen muß«. Als Walser 1962 über das ›erwartete Theater‹ sprach, verlangte er vom neuen Drama, daß es sich der gesellschaftlichen Wirklichkeit wieder annähern solle. Er verlangte genau den Stoff, den es heute behandelt. »Ein deutscher Autor hat heute ausschließlich mit Figuren zu handeln, die die Zeit von 33 bis 45 entweder verschweigen oder zum Ausdruck bringen, die die deutsche Ost-West-Lage verschweigen oder zum Ausdruck bringen. Jeder Satz eines deutschen Autors, der von dieser geschichtlichen Wirklichkeit schweigt, verschweigt etwas.« 1964 hatte er sich, als der »Schwarze Schwan« geschrieben war, diesen Satz zur dramaturgischen Theorie verlängert. Da nämlich fuhr er fort: »Ich glaube, jede realistische Darstellung des Dritten Reiches muß bis in unsere Zeit hineinreichen, sie muß die Charaktere den historischen Provokationen von damals aussetzen, zeigen, wie diese Charaktere damals handelten und wie sie heute handeln.« Walser ist da ganz nahe an Überlegungen Hochhuths, oder besser gesagt, Hochhuth kommt in seinen Kommentaren, die den »Stellvertreter« weit übergreifen, schon in die Nähe Walserscher Überlegungen (wenn er sie vielleicht auch nie ähnlich verwerten wird, weil er den Thesen- und Reizstoff braucht, um produktiv zu werden). Da nämlich, wo er auf die absurden Züge des neuen Realismus hinweist. Hochhuth nämlich erzählt das Beispiel von einem Staatsanwalt, der in der Hitlerzeit elf Menschen töten ließ und 1950 als Oberregierungsrat Rentenanträge für die Opfer des Faschismus bearbeitet. Hochhuths Oberregierungsrat ist fast ein Musterfall für die Kardinalfrage der Walserschen Dramaturgie: »Wie kann Herr Soundso, ehemals vielfacher Mörder, jetzt lammfromm in seiner Familie und Gemeinde dahinleben?« Wie ist dieser Wandel möglich für ein ganzes Volk? Walser entwickelt von diesen Beobachtungen aus eine Dramaturgie der Anpassung. Auch in der »Ermittlung« von Peter Weiss (wird sie inszeniert, wie Piscator es getan hat) deutet sich der Sachverhalt, der die meisten der jungen Dramatiker beschäftigt, an:

Auf der Anklagebank saßen auf Drehstühlen in Maßanzügen, hinter Sonnenbrillen verschanzt, anscheinend ehrenwerte Männer, die von den Aussagen der Zeugen nur schwer erreicht wurden. Sie hatten sich in der Gesellschaft wieder eingerichtet. Was sie einmal waren, war weder an ihrem Wesen noch an ihrem Verhalten abzulesen. Walser folgert richtig aus seinen Beobachtungen, daß unsere gesellschaftliche Freiheit größer sei als unsere Willensfreiheit. Er spricht etwas mißverständlich (weil seine Worte immer noch positive Wertungen mitschleppen, die Walser nicht meint) vom »Reichtum unseres Charakters«. Was er meint, ist die Vielzahl der im Menschen vorhandenen Möglichkeiten, sich jeweils auf das einzustellen, was die Gesellschaft gerade verlangt. Das heißt, auf Provokationen durch Anpassung zu reagieren. »Was er (der Mensch) für Entscheidung hält«, so formuliert Walser lakonisch, »ist ein euphemistischer Name dafür, daß ihm etwas Mögliches abverlangt wird.«

Damit kommt auch Walser fast in die Nähe von Samuel Beckett, der in seinem »Spiel«, in dem Scheinwerfer nach den Menschen greifen und sie zum Reden bringen, ja schon ein erschreckendes Muster seiner Auffassung abgebildet hat, daß uns all unsere Aktivität nur von außen abverlangt werde. Aber Walser distanziert sich auch von Beckett, wenn er feststellt, daß dieser die »Gewalt dessen, was außer uns ist, übertreibt«. So absolut ist die Umwelt noch nicht, daß sie stumm erscheinen darf. So endgültig isoliert ist auch der Mensch noch nicht. – Freilich: Bei Beckett wird die Vision durch Parodie gemildert, aber Walser will dem Individuum doch mehr Spielraum lassen, als Beckett ihm noch zugesteht. Die Freiheit bei Beckett zeigt sich nur in der Dialektik von gefesseltem Leib und unbekümmerter Fröhlichkeit des Mundwerks. Die Bilanz von Walsers Beobachtungen lautet so: Wir sind »Gefangene, denen alles zur Freiheit wird, und wir können nichts anfangen damit«. Warum nicht?

Die exakte Analyse hat Walser immer noch zu geben, wie er als Dramatiker ja auch eher ein Beobachter, ein Nachgebender und kaum ein Aggressor ist. Aber aus seinen Beobachtungen zieht er wenigstens eigenständige dramaturgische Konsequenz. Von seiner Theorie her versteht man, warum sich in Walsers Dichtung nichts ereignet, was an dramatische Handlung erinnert: nichts Heldisches, keine sozialen Konflikte, keine Erwartung. »Überlebensgroß Herr Krott« besteht gerade aus dem Ausbleiben jeder ›Handlung‹. Nur Rudi Goothein im »Schwarzen Schwan« versucht eine in Gang zu bringen, aber er hat keinen Erfolg. Die Wirklichkeit ist zu zäh zur Veränderung. Erfolg haben ist also auch nicht das Ziel seiner Fabel. Auch Veränderung nicht, sondern dies: »die unauffällig gewordenen Spannungen auffällig machen, die nach innen gekrochene Tragödie ins Sichtbare lokken«. Im »Schwarzen Schwan« heißt diese Jugendtragödie: die politische Vergangenheit der Väter zurückerleben, obwohl man als junger Mensch in seine eigene Zukunft hineinleben müßte; und im »Krott« heißt die Tragödie: daß man nicht will, was man wollen müßte. Walser überantwortet alle Wirkung also nicht der Handlung, sondern der Fabel. Die Fabel muß so erfunden werden, daß sie die Wirklichkeit hinter der realen Situation preisgibt. »Sie muß aktiv werden wie ein Magnet.«

Warum zitiere ich die dramaturgischen Überlegungen Walsers? Einmal, um zu zeigen, daß in den letzten vier Jahren auch wieder der lange ausgebliebene, von Brecht sich freimachende Dialog über dramaturgische Probleme begonnen hat, zweitens um zu zeigen, daß das dokumentarische Drama das moderne Zeittheater nicht allein repräsentiert, und drittens um Walsers durchaus neuartige Stücke von ihrem gedanklichen Entwurf her begreiflich zu machen. Denn: das deutsche Theater hat wohl die »dokumentarischen«, aber nicht die Walserschen Dramen aufgenommen, wenigstens nicht so, wie es den Bemühungen Walsers um die Formulierung eines wirklich neuen deutschen Dramas entspräche. Und warum nicht? Weil seine Fabeln zwar sinnfällig sind, weil ihnen aber die überzeugende Schlüssigkeit und die innere Aktivität fehlt, die sie auch zu einem szenischen Ereignis machen. Innere Aktivität: das ist wohlgemerkt nicht die Aktivität von Figuren, sondern das spürbare, atemberaubende Hervorkriechen der anderen Wirklichkeit. Diese Aktivität ist bisher nur in eine einzige Fabel eingegangen, nämlich in Dürrenmatts »Besuch der alten Dame«. Darin ist alles, was Walser vom neuen Drama will. Mit seinen Worten zu sprechen: die Darstellung der Tatsache, daß unsere gesellschaftliche Freiheit größer ist als unsere Willensfreiheit; dort sind die moralischen Probleme, die sich mit der Lokkung des Wohlstandes verbinden, die Beziehungen von Gier und Geld, von Moral und Situierung, dort ist die Wechselbarkeit sozialer Gruppierungen, das große Sich-Anpassen. Walsers Fabeln fehlt es nicht an Richtigkeit der Überlegung, an Symbolisierung der gemeinten Situation, sondern am zwingenden szenischen Ablauf. Liegt das nur am Talent oder auch an dem ständigen Pessimismus, der wohl in Ironie, aber nicht in herausfordernde Satire umschlägt?

Aber mit Walsers Versuchen kommt das neue deutsche Drama doch zum erstenmal zu einer selbständigen Gestalt. Ich meine zu einer Gestalt, die nicht wie bei Kipphardt, wie in der »Ermittlung« Nachzeichnung und Ausstellung vorgefundener Abläufe ist, sondern wieder (oder noch immer) modellhaften Charakter hat. Frischs ›Andorra‹, Dürrenmatts ›Güllen‹ sind solche Modelle möglicher menschlicher Beziehungen. Walsers ›Eichkopf‹ (im Drama »Eiche und Angora«) war der erste Schritt dazu, in »Überlebensgroß Herr Krott« tat er den zweiten.

Die Szene in »Überlebensgroß Herr Krott« ist eine große Terrasse eines Hotels im »menschenfeindlichen Hochgebirge«. Sie ist ausgestattet mit allem technischen Komfort der Zeit, übernormal dimensioniert. Der Milliardär Krott haust dort mit seinen beiden Frauen, ein alter Mann, dem selbst das Widersinnigste in Erfolg umschlägt, was er veranlaßt; der sich Bergsteiger engagiert, um sich mit ihrem Absturz zu unterhalten, ein unsterbliches Monstrum, Symbolfigur für die kapitalistische Welt, die sterben will und nicht sterben kann, weil sie keine Feinde hat. Krott sucht nach Feinden, aber selbst der aufsässige Gewerkschaftler, der gegen ihn aufzubrechen scheint, unterwirft sich am Ende. Der Status quo bleibt erhalten, um den der Kellner Ludwig sich so energisch bemüht. Das alte, revolutionäre Motiv von Herr und Knecht hat sich hier parodistisch verkehrt. »Auf Teppichen geht der Kellner, wo der Kellner ist, da zieht es nicht. Da explodiert keine Bombe. Oben ist immer da, wo der Kellner ist.« So sagt der Kellner zu seinem Sohn. Der Knecht hält das System am Leben, damit er sich nicht zu verändern braucht. Und das heißt sozialkritisch ausgedrückt: die Herren sind im Grunde weiter als ihre Bedienten. Das ist eine harte und böse Parodie nicht nur auf Hegels Beispiel von Herr und Knecht, sondern auf die Situation, auf die politische Verhaltensmaxime des CDU-Staates von 1960, »Keine Experimente«, auf den Leerlauf (freilich auch mit leeren, nur albernen Szenen darin). Die Fabel stellt uns eine Welt dar, die sich nicht verändern kann und will. Stimmt es nicht dazu, daß in wenigen Tagen ein junger Dramatiker aus Bayern, Martin Sperr, mit einigen »Jagdszenen aus Niederbayern« auf dem Theater debütieren will, in denen mit hartem, ironischem Realismus beschrieben wird, wie eine niederbayerische Dorfgemeinschaft einen jungen Mann, den jungen homosexuellen Abram, so lange verfolgt, bis er zum Mörder wird, bis sie sich Kopfgeld verdient hat und er wieder ausgestoßen ist. Vermauerung, Ausweisung: auch Thomas Valentins Dramatisierung seines Schulromans »Die Unberatenen«, der vor wenigen Wochen in Bremen uraufgeführt worden ist, fand zu diesem Ende: Ausstoßung eines provozierenden Schülers: Geschlossene Gesellschaft hier wie dort.

Das Bild von uns

Wir finden uns abgebildet als eine Gesellschaft ohne Zukunft. So stellt das neue Drama uns dar. Seine Geste will noch immer Aufklärung. Aber die Gesellschaft erscheint nicht mehr als eine veränderbare. Der gemeinsame Gestus aller Zeitstücke heißt: Trommeln auf alle Gewissen. Die aufklärerische Geste ist verdunkelt, ist verdunkelt vom Unmut, nicht loszukommen von dem Vergangenen. Die Gebrochenheit dieser Haltung findet sich noch wieder im Verhältnis des Autor Grass zu seinem »Chef«

Brecht. Der Impetus, das Stück gegen Brecht zu schreiben, versandet in der Erkenntnis, ihn doch nicht endgültig richten zu können. Er bedeutet ihm doch zu viel. – Immerhin: langsam und schwer ist ein Prozeß der Reflexion auf unsere Situation in Gang gekommen. Das Drama wird vielleicht doch mehr von ihm profitieren, als im Augenblick schon zu belegen ist.

Das Übergewicht der »Bewältigungsdramatik« zeigt uns ja deutlich, in welcher gesellschaftlichen Situation der Ausgangspunkt für die Erneuerung des deutschen Dramas lag. Natürlich ist das, was in diesen neuen deutschen Stücken sich darstellt, nicht nur ein deutsches Problem. Sartres »Eingeschlossene von Altona«, Millers »Der Fall« und »Zwischenfall in Vichy«, Gattis »Zweite Existenz des Lagers Tatenberg« verweisen darauf, daß das, was in Deutschland durch Hitler ausgelöst worden ist, auch weithin die Welt beschäftigt, und zwar als deren eigenes Problem. All diese Dramen sind Symptome der anhaltenden Unruhe, sie sind als Symptome sogar interessanter denn als dichterische Leistungen.

Wie ausschließlich das deutsche Drama zur Zeit noch an diese Symptome der Aufarbeitung des Vergangenen fixiert ist, sieht man, wenn man sich fragt, womit sich deutsche Dramatiker sonst beschäftigen. Das andere politische Hauptproblem, das das Gefühl von Stagnation und Abgeschlossenheit in unserer Gesellschaft mitbestimmt, die deutsche Teilung, ist von keinem ernsthaften Dramatiker angefaßt. Ja, alle Versuche, es auf die Bühne zu bringen, endeten in Ironie oder in Klage: Hubaleks Komödie um einen »ost-westlichen Diwan«, Meichsners »Besuch aus der Zone«, Schübels »Wo liegt Jena?« und Reineckers »Nachtzug«. – Das westdeutsche Drama unterscheidet sich in diesem Punkt nicht von dem in der DDR. Es ist auch der einzige Punkt einer Berührung, denn die andere gesellschaftliche Situation dort hat einen ganz anderen Typus von Schauspiel hervorgebracht. Der in die offizielle Ideologie eingebaute antifaschistische Kampf hat das antifaschistische Dokumentarstück unserer Prägung als Figur des Widerspruchs dort überflüssig gemacht (es wird jetzt von hier importiert), und da die *Sorgen* der Autoren *mit der Macht* dort vom Theater ferngehalten werden können, bleibt vor allem das auf die befohlene Zukunft ausgerichtete Stück. Sie engt das Drama so ein wie bei uns die Rückbindung an die Vergangenheit. Kurz: unsere Autoren scheinen eingeschränkt zu sein. Ihre Scheu zum Beispiel vor einem dokumentarischen Drama über die deutsche Teilung entspricht ganz dem Verhalten der Gesellschaft zu diesem Thema. Man beläßt es bei den Reden der Politiker.

Natürlich sind die Autoren zusätzlich beschwert von der Last, eine Fabel zu entwickeln, die das Schicksal des Volkes durch die Spaltung des Landes überzeugend faßt. Daß es mit den Mitteln des herkömmlichen Familienstücks auch hier nicht mehr geht (obwohl es versucht wird), wird einsichtig, wenn man daran denkt, daß im Familienstück alle Zerspaltung und Zerstörung der Familie dem anonymen »Unglück« zugeschrieben worden ist. »Das Unglück«, für welchen bösen Gott wäre das heute noch ein akzeptabler Ersatz? Doch nur für eine vertrackte Kleinbürgerpsychologie. – Wie also müßte die Fabel aussehen, die das Thema »Deutsche Teilung« auf dem Theater darstellbar macht? Ich stelle die Frage, um Sie sich in die ratlose Situation des Autors einfühlen zu lassen und um spürbar zu machen, wie schnell Bruder Otto und Schwester Lucie von drüben, und das heißt, wie schnell sich immer wieder die Familie als Modell für die Teilung des Landes anbietet. Ihre Schmerzen sind aber nur Symptome eines Sachverhalts, sie verdecken die Ursachen, auf denen wir bestehen. Vielleicht ändert sich die Einstellung zu diesem Sachverhalt schon in der nächsten Zeit. Neue gesellschaftliche Entwicklungen werden mit dem Zerbröckeln des Status quo in Gang kommen. Ob Konrad Wünsche, der an einem »unkonventionellen« Stück über die deutsche Teilung arbeitet, schon von ihnen bestimmt wird, werden wir später sehen.[1]

Vorerst haben wir von der noch immer vorherrschenden, sich erst langsam lösenden, thematischen Eingeschränktheit der Autoren zu sprechen. Wenn man den Rang des neueren deutschen Dramas ermitteln will, darf man sich nicht täuschen lassen von dem Welterfolg von Kipphardts »Oppenheimer«, des »Stellvertreter«, des »Marat« oder der »Ermittlung«. Diese Welterfolge erklären sich durch die Stoffe und die allgemeine Bekanntheit der Figuren, die hier auftraten. Denn Theaterstücke kutschieren sich durch die Welt auch auf den Wegen, die die Zeitungen ihnen ebnen, indem sie Personen und Vorfälle bekanntmachen. Wir müssen beachten, daß gerade die Autoren, die die deutsche Situation am schärfsten betrachten, also Martin Walser und Michelsen, an eben diesem Welterfolg nicht teilnehmen oder doch nur im

[1] Das Stück wurde nie aufgeführt.

Nachtrab. Sie hängen in der deutschen Introversion, und das heißt: der deutschen Provinz.

Was können die Schauspieler?

Prüfen wir unser Ergebnis von einer anderen Seite her: Wir haben gesehen, der Horizont dieses neuen deutschen Dramas ist nicht groß. Übertreibend gesagt: er reicht bis zum nächsten Archiv mit NS-Akten. Aus dem dort zutage geförderten Stoff haben sich zwar drei oder vier akzeptable Bilder unserer gesellschaftlichen Probleme entwickelt, aber was geben diese dem Schauspieler, dem Regisseur, der Bühne an Spielmöglichkeiten?

Wir haben gesagt: der vom deutschen Drama bevorzugte Stoff verträgt keine virtuose Spielanlage. Er duldet keine Faxen. Eine der umfangreichsten Rollen in den hier behandelten Stücken ist zugleich die am meisten konstruierte: die des Rudi Goothein im »Schwarzen Schwan«. Ein guter Schauspieler kann hier nicht nur einen jungen Mann in seinen psychischen Zwängen darstellen, sondern etwa im Gespräch mit Irmchen auch seine frische Jungenhaftigkeit aufleuchten lassen, wenn auch nur, um so anzudeuten, welch zukunftreiches Leben hier durch die Vergangenheit des Vaters zerstört wird. Das Volumen des Alois Grübel, seine schauspielerische Entfaltungsmöglichkeit, ist schon eingeschränkter. Ein verdickter Schwejk. Michelsen liefert in seinen Offiziersstücken Kurzporträts oder (wir haben das aus der Frankfurter Aufführung noch vor Augen) unerhörte Verkrampfungen. Und die Rollen Kipphardts? Da gehe ich lieber gleich zu Weiss und weiß doch auch bei der »Ermittlung«, wie beim »Marat«, nur auf momentane Chancen hinzuweisen. Das heißt: es gibt hier keine Rollen (wie noch bei Zuckmayers »Des Teufels General«, wie bei Frisch und Dürrenmatt), in denen ein Schauspieler einatmen kann und auch noch ausatmen, wenn Sie das Bild verstehen.

Das szenisch Interessanteste vom Arrangement her findet sich merkwürdigerweise in Stücken, die wir nun eine gute Stunde lang gar nicht berührt haben. Warum nicht? Weil ich nicht glauben kann, daß sich an Stücken wie Hirches »Söhne des Herrn Proteus«, Tankred Dorsts »Die Mohrin« oder an Waldmanns romantisierendem »Atlantis« (vergoldet euch den trüben Tag) das deutsche Drama erneuern kann. Das sind Fluchtstücke ins x-beliebige, und die szenischen Einfälle, die sie enthalten und über die gerade Tankred Dorst verfügt, wirken nie über das Stück hinaus. Soll ich also Ionesco herrufen mit seinem großen biographischen Unternehmen Behringer, der nun schon seit dem »Mörder ohne Bezahlung« über »Die Nashörner«, dem »Fußgänger der Luft«, »Der König stirbt« bis zu »Hunger und Durst« uns die große Menschenpassion dieses Jahrhunderts darstellt: ein scheuer, schüchterner, halbverschreckter, liebenswerter Mann, von keinen anderen Charaktereigenschaften geprägt als einem leichten Schritt, suchenden Augen, Gespür für die Angst und scheuer Neugier auf das, was es an realen und metaphysischen Abenteuern gibt. Soll ich die phantastischen Figuren Jean Genets herbeirufen, die sich mit zwanghaften Spielen von den »Zofen« über das Bordell der Ersatzwünsche (im »Balkon«) bis zu den »Negern« ihre Traumfreiheit in der Gefangenschaft verschaffen? Wir haben keine so groß entworfenen Szene wie die in den »Negern«, in denen die Weißen in den Urwald eindringen und die Bühne aus Menschen den Wald und seine Unheimlichkeit imaginieren muß. Audiberts Späße, Becketts Visionen einer Endzeit, die so extrem sind, daß das Extreme daran in Humor umschlägt und uns so unserer relativen Lebendigkeit versichert? Albees Exzeß in »Virginia Woolf«, der nur scheinbar die Geschichte einer Ehe vorführt und doch ein Exorzismus aller unwahren Vorstellungen geworden ist, die sich in uns im Laufe eines Lebens aufspeichern?

Ich will nicht nach draußen greifen, in das Theater der fremdländischen Autoren, deren Erlebnisse weiter sind, deren Herkunft zum Teil ihre buntere Phantasie bedingt, und die vor allem entbunden sind von der Last einer Vergangenheit, die sich uns nicht mehr anders darstellt denn als Schuld – entbunden aber auch von der Zwangsvorstellung, die Bühne sei zuallererst eine moralische Anstalt und dann ein Schauhaus für die Sinne. Die besten Arbeiten auf dem Welttheater sind heute unerhört kühn im Entwurf wie in ihren Anforderungen an die Schauspieler. Das Maß dessen, was verlangt wird, darf ich an dem uns nächstverwandten Schauspiel erklären, das von seinen szenischen Mitteln her eines der wichtigsten unter den nach dem Kriege geschriebenen Stücke geworden ist: »Die Physiker« von Dürrenmatt.

Nehmen wir den Darsteller, der die Rolle des russischen Agenten spielt. Dieser Agent, ein Physiker, hat sich in der Anstalt, in der er den Atomforscher Möbius belauert, die Maske Einsteins zugelegt. Er tritt also auf als einer, der sich angeblich selber verloren hat. Daß er die Maske Einsteins trägt, sagt auch, daß er verrückt ist, daß er *sich* nicht mehr kennt, daß er *sich* als einen anderen empfindet. Wahnsinn muß in den Augen sein. Aber er hat sich auch die Maske Einsteins bewußt zugelegt (als Tarnung seiner wahren Gestalt). So hat er das Publikum auch auf den unverstörten Menschen unter der Maske hinzuweisen, auf das, was er wirklich ist. Da er aber die Maske Einsteins trägt und Einstein in der Geschichte der Physik eine wichtige Rolle spielt, hat er auch Einstein als eine Gestalt unserer Historie sichtbar zu machen, deren Wirkung ja bis in die Thematik des Stückes hineinreicht. Denn Dürrenmatt meint nicht nur die Physiker, die auf der Bühne stehen, er meint auch die, auf die er in den Masken anspielen läßt. Dürrenmatt begnügt sich aber nicht mit diesen Anspielungen. Er zeigt auch, was aus den Physikern wird. Er demonstriert, daß der Entschluß des Atomforschers Möbius und der Agenten, sich für immer in historische Physikermasken zurückzuziehen, nichts nützt. Wenn die Anstaltsleiterin von Zahnd am Schluß darüber triumphiert, daß sie die schlimme Formel doch ausspioniert hat, werden die Verkleidungen überflüssig. Damit verändern sich die Rollen noch einmal. Der Darsteller, der sich Einsteins Maske zugelegt hat, hat nun darzustellen, daß er als Agent gescheitert ist, aber auch wie überflüssig Einstein als Forscher wurde (und damit als Mensch), er hat die Schrumpfung dieses Mannes zum Partikelchen in dem Prozeß der drohenden Selbstvernichtung der Welt darzustellen. Er hat den Schreck mitzuspielen, der Einstein befiel, als er sah, was aus den Entdeckungen der Physik wurde. Obwohl der Darsteller eben noch der russische Geheimagent war, hat er jetzt Einsteins Verkümmerung als Person, das Wirken der Zeit an ihm sichtbar zu machen.

Gewiß: was ich da schildere, ist vielleicht eine extreme Anforderung, aber der Fall zeigt doch das Volumen des modernen Dramas: das dauernde Austauschen des Gemeinten, die Vielschichtigkeit des zu Erspielenden. Ich stelle es nur dar, damit Sie den Maßstab erkennen, an dem man das neue deutsche Drama auch messen darf; denn jedes Mehr an Freiheit in der Spielanlage, jedes Mehr an Anspielung und Beziehung auf andere Sachverhalte im Drama bedeutet auch ein Mehr an Welt und eine Erlösung von den zwanghaften Beziehungen, die das deutsche »dokumentarische« Drama doch einengen.

Da wir die Grenzen des »dokumentarischen« Dramas verlassen haben und verlassen mußten, können wir nun mit Recht fragen, haben wir denn in dem »Marat« des Peter Weiss nicht ein solches formal weitausholendes Stück? Ist dort nicht Geschichte mit Stoßrichtung in die Gegenwart, ist dort nicht das große Kämpfen zwischen Revolution und Restauration, Ausbruch und Eindämmung gesellschaftlich begründeter Ideen und abseitigem Individualismus? Ist dort nicht der Dialog von Programm, Vitalismus und Ästhetizismus, ist dort nicht philosophischer Disput, Song, Pantomime, Erotik, Fanatismus und Mord? Alles, alles ist da, und wir fragen nun noch einmal: warum dieser sensationelle Erfolg? Weil das Zentrum des Stückes die Stagnation widerspiegelt, die wir in jenen Jahren alle verspürten: die Aufhebung der ideologischen Positionen gegeneinander und das Bild der Gefangenschaft. Aber es ist mehr als nur ein Schreckbild. Es ist auch höchst unterhaltsam, weil die Not hier zur Tugend gemacht ist. Das leblose Zentrum ist mit Einfällen behängt, mit Bewegung nach allen Seiten, daß die Lust wiederkommt. Stagnation, Unsicherheit, die sich als szenischer Betrieb äußert. Ein Geniestreich? – Je länger wir Umgang haben mit dem Stück, desto erschreckender ist, wofür es alles benutzbar ist. Es ist zu inszenieren zahm und zornig, neutral und engagiert, epikuräisch und sozialistisch, als Jux und als Parabel, auf Ratlosigkeit hin und auf Doktrin, auf Witz und auf Warnung; ein Beliebigkeitslibretto?! Verweist diese Vielfältigkeit seiner Verwendung nicht darauf, daß es im Zentrum des Stückes ja keine Entschiedenheit mehr gibt? Nur die Kontrolle von außen, durch den Direktor der Anstalt?

Weiss hat mit diesem Stück ohne Zweifel seinen »Fluchtpunkt« verlassen und philosophisch-politisch zu denken begonnen. »Marat« ist das Stück seines Schwindligwerdens beim Hinaustreten in die öffentlichen Angelegenheiten. Als er jüngst seine »zehn Arbeitspunkte eines Autors in der geteilten Welt« niederschrieb, begab er sich auf den Weg von de Sade weg zu Marat. Kommt er von dort zurück, wenn er sieht, daß Marat nicht mehr so lebendig ist, wie er vermutet? Hat Weiss unter dem Eindruck des Auschwitzstoffes die Wendung nachgeholt, die Brecht 40 Jahre zuvor vollzog, als er sah, was Hitlers Kolonnen in den Straßen trieben? Wir müssen abwarten, wie sein Weg sich in den nächsten Stücken und nicht nur in seinen Erklärungen spiegelt. Denn wie gut ist Weiss als Dramatiker? Sehen wir einmal ab von der stupenden Bewegungsmechanik des »Marat«, so entdecken wir ein ausgehöhltes Zentrum. Hier die Bindungslosigkeit des Sadisten de Sade und dort die revolutionäre Ideologie des geschundenen Marat. Und wir schauen auf die »Ermittlung« zurück und entdecken dort? Ein ausgehöhltes Zentrum: hier den Sadismus der Angeklagten, dort die humanen, geschundenen Zeugen. Getrennte Positionen. Hier wie dort. Kalt gegeneinander. Scheindialoge. Den Dramatiker Weiss werden wir erst haben, wenn er die Zone zwischen den Fronten belebt. Im »Marat« hat ihn das Ungewöhnliche, das ungewöhnlich bewegte Szenarium und in der »Ermittlung« der Stoff in die Geschichte des neuen, des *schmächtigen* deutschen Dramas getragen.

Waren wir zu streng mit diesem Drama? Mit seinen Autoren? Vielleicht. Aber bedenken wir dies: Daß es dieses Drama überhaupt wieder gibt, ist vielleicht das hoffnungsvollste Zeichen dafür, daß die Kontakte zwischen Autor, Gesellschaft und Theater wieder zu funktionieren beginnen. Mehr als die Lyrik, mehr als der Roman hängt das Drama davon ab, daß sich in der Gesellschaft selbst eine dramatische, wieder fruchtbare, das heißt diskutierbare Situation ergibt. Wir haben die erste Phase dieses neuen, schöpferischen Kontaktes beschrieben, dessen eine Ausdrucksform das dokumentarische Drama geworden ist. Das schlägt doch zu Buch. Denn vor fünf Jahren hätten wir über dieses Thema noch nicht sprechen können.

Politisches Theater, 1. Phase: Von der Parabel zum Zeitstoff
Friedrich Dürrenmatt: Die Physiker – Uraufführung am Zürcher Schauspielhaus 20. Februar 1962. Foto aus der Düsseldorfer Aufführung vom 18. 5. 1963, Regie: Karl Heinz Stroux. Von links: Werner Dahms (Möbius), Karl Maria Schley (Ernesti/Einstein), Elisabeth Flickenschildt (Frl. Dr. Zahnd) und Otto Rouvel (Beutler/Newton). Bühnenbild: Teo Otto. Foto: Rabanus

Martin Walser: Eiche und Angora – Uraufführung Schiller-Theater Berlin 23. September 1962. Regie: Helmut Käutner, Bühnenbild: H. W. Lenneweit. Vorne Mitte: Horst Bollmann als Alois Grübel. Foto: Heinz Köster

Rolf Hochhuth: Der Stellvertreter – Uraufführung in der Freien Volksbühne Berlin (im Theater am Kurfürstendamm) 20. Februar 1963. Regie: Erwin Piscator. Günther Tabor (Pater Riccardo), Siegfried Wischnewski (Gerstein, SS-Obersturmführer), Ernst Ronnecker. Foto: Story Press

Zeit der Experimente: Neue Spielformen
Peter Handke: Publikumsbeschimpfung – Uraufführung am Theater am Turm, Frankfurt (Experimenta 1) 8. Juni 1966. Regie: Claus Peymann. Von links: Ulrich Haas, Michael Gruner, Rüdiger Vogler, Claus Dieter Reents.
Foto: Günter Englert

Bazon Brock: Theater der Position – Uraufführung Frankfurter Kammerspiel (Experimenta 1) Juni 1966. Inszenierung Bazon Brock. Foto: Inge Werth

Shakespeare: Maß für Maß – (Bearbeitung: Martin Sperr, Peter Zadek, Burkhard Mauer) – Uraufführung im Theater am Goetheplatz, Bremen 19. September 1967. Regie: Peter Zadek, Bühnenbild: Wilfried Minks. Foto: Laskus

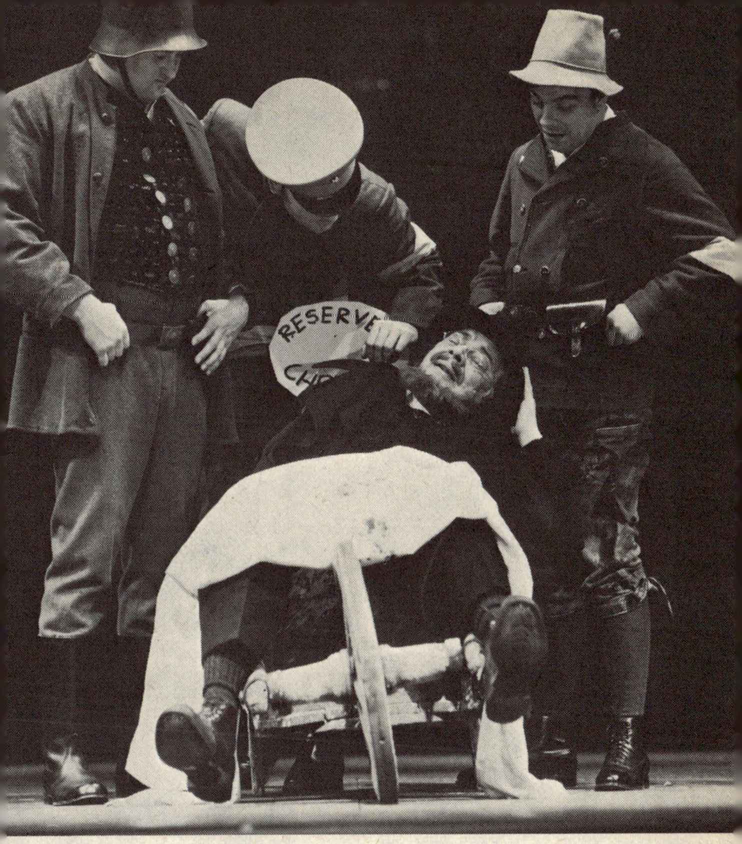

Politisches Theater, 2. Phase: Berichte aus der unterdrückten Geschichte
Tankred Dorst: Toller – Uraufführung im Württembergischen Staatstheater, Schauspiel, 9. November 1968. Regie: Peter Palitzsch, Bühnenbild: Wilfried Minks. Mitte: Hans Mahnke (Landauer), daneben Werner Schwuchow, Jürgen Kloth, Alexander Herzog (Weißgardisten). Foto: Werner Schloske

Peter Weiss: Trotzki im Exil – Uraufführung im Düsseldorfer Schauspielhaus 20. Januar 1970. Regie: Harry Buckwitz, Bühnenbild: Gunilla Palmstierna-Weiss. Richard Münch (Trotzki), Kurt Beck (Lenin) Foto: Lore Bermbach

Dieter Forte: Martin Luther & Thomas Münzer oder Die Einführung der Buchhaltung – Uraufführung im Basler Theater 4. Dezember 1970. Regie: Kosta Spaic, Bühnenbild: Hans Georg Schäfer. Links: G. Kunath (Luther) Mitte: H. D. Jendreyko (Münzer).
Foto: Peter Stöckli

Peter Weiss: Hölderlin – Uraufführung im Württembergischen Staatstheater, Schauspiel, Stuttgart 18. September 1971. Regie: Peter Palitzsch, Bühnenbild: Karl Kneidl. Peter Roggisch (Hölderlin), links: Gerd Seid (Schiller), rechts: Traugott Buhre (Goethe). Foto: Madeline Winkler-Betzendahl

Sozialkritischer Realismus
Franz Xaver Kroetz: Heimarbeit – Uraufführung im Werkraumtheater der Münchner Kammerspiele 3. April 1971. Regie: Horst Siede. Walter Schmiedinger (Willi).
Foto: Barbara Klemm

Von der Kritik in die neue Bildlichkeit
Johann Wolfgang Goethe: Torquato Tasso – Theater am Goetheplatz, Bremen 30. März 1969. Regie: Peter Stein, Bühnenbild: Wilfried Minks. Von links: Wolfgang Schwarz (Herzog Alfons), Jutta Lampe (Leonore von Este), Bruno Ganz (Tasso).
Foto: Günter Vierow

Henrik Ibsen: Peer Gynt (bearb. v. Peter Stein und Botho Strauß) – Schaubühne am Halleschen Ufer Berlin 14. und 15. Mai 1971. Regie: Peter Stein, Bühnenbild: Karl Ernst Herrmann. Szene aus dem 2. Teil (Auf den Spuren der Vergangenheit: Die Sphinx von Gizeh). Foto: Abisag Tüllmann

Friedrich Schiller: Maria Stuart – Theater am Goetheplatz, Bremen 7. März 1972. Regie: Wilfried Minks, Bühnenbild: Wilfried Minks. Margit Carstensen (Elisabeth, im Hintergrund), Ute Uellner (Maria, vorne). Foto: Andreas Buttmann

Ödön von Horváth: Geschichten aus dem Wiener Wald – Schaubühne am Halleschen Ufer, Berlin 18. August 1972. Regie: Klaus Michael Grüber, Bühnenbild: Ernst Herrmann. Von links: Elfriede Irall (Großmutter), Katharina Tüschen (Mutter), Michael König (Alfred). Foto: Ilse Buhs

Thomas Bernhard: Der Ignorant und der Wahnsinnige – Deutsches Schauspielhaus Hamburg 5. Februar 1973. Regie: Claus Peymann, Bühnenbild: Karl Ernst Herrmann, Kostüme: Moidele Bickel. Von links: Angela Schmid (Königin der Nacht), Margret Homeyer (Frau Vargo), Bruno Ganz (Doktor), Ulrich Wildgruber (Vater).
Foto: Rosemarie Clausen

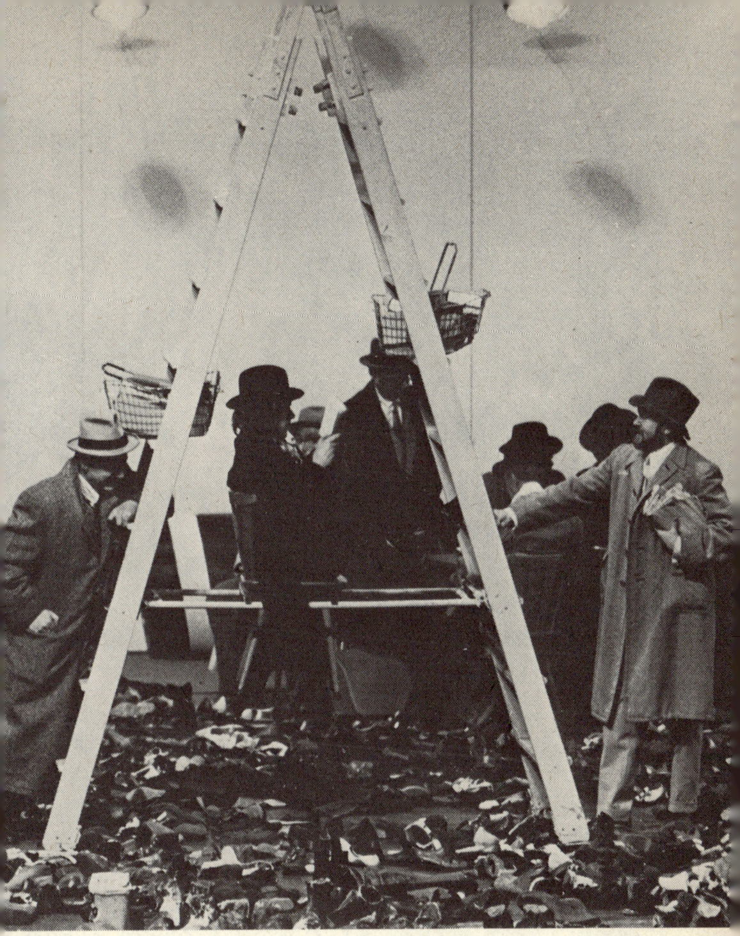

Bertolt Brecht: Im Dickicht der Städte – Schauspiel Frankfurt 23. März 1973. Regie: Klaus Michael Grüber, Bühnenbild und Kostüme: Eduardo Arroyo. Szene in der Leihbibliothek. Links an der Leiter: Traugott Buhre (Shlink), Ulrich Hass (Garga), rechts: Ernst Jacobi (Skinny). Foto: Günter Englert

Peter Handke: Die Unvernünftigen sterben aus – Schaubühne am Halleschen Ufer, Berlin 6. Juni 1974. Regie: Peter Stein, Bühnenbild: Karl Ernst Herrmann. Von links: Otto Sander (Harald von Wullnow), Rüdiger Hacker (Koerber-Kent), Bruno Ganz (Quitt). Foto: Helga Kneidl

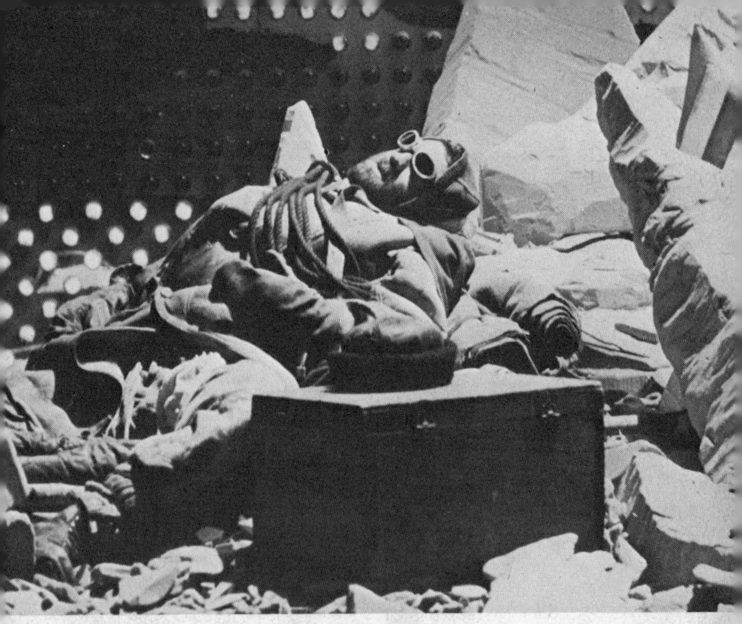

Friedrich Hölderlin: Empedokles – Schaubühne am Halleschen Ufer, Berlin 14. Dezember 1975. Regie: Klaus Michael Grüber, Bühnenbild: Antonio Recalcati. Bruno Ganz (Empedokles). Eingangsszene. Foto: Helga Kneidl

Botho Strauß: Bekannte Gesichter, gemischte Gefühle – Uraufführung im Württembergischen Staatstheater Stuttgart, Schauspiel 2. September 1975. Regie: Niels Peter Rudolph, Bühnenbild: Karl Ernst Herrmann. Susanne Barth (Doris), Manfred Zapatka (Günther), Wolfgang Höper (Stefan, im Hintergrund).

Foto: Hannes Kilian

Heinrich von Kleist: Das Käthchen von Heilbronn – Württembergisches Staatstheater, Stuttgart 14. November 1975. Regie: Claus Peymann, Bühnenbild: Achim Freyer. Lore Brunner (Käthchen), Martin Lüttge (Graf Wetter vom Strahl).
Foto: Madeline Winkler-Betzendahl

Anarchischer Realismus
Wolfgang Bauer: Gespenster – Uraufführung im Werkraumtheater der Münchner Kammerspiele 5. Juni 1974. Regie: Bernd Fischerauer, Bühnenbild: Christian Schieckel. Von links: Branko Samarovski (Fred), Gabriela Dossi (Fritzi), Johanna Mertinz (Christa), Karl Maldek (Robert), Kerstin de Ahna (Magda).
Foto: Oda Sternberg

William Shakespeare: Othello – Deutsches Schauspielhaus Hamburg 7. Mai 1976. Regie: Peter Zadek, Bühnenbild: Götz Löpelmann. Eva Mattes (Desdemona), Ulrich Wildgruber (Othello). Foto: Roswitha Hecke

Die Gegenposition
Molière: Ein Menschenfeind – Deutsches Schauspielhaus Hamburg 9. März 1975. Regie: Rudolf Noelte, Bühnenbild: Jürgen Rose. Von links, sitzend: Kurt Zips (Acaste), Johanna Liebeneiner (Célimène), Alexander Welbat (Clitandre), Angela Schmid (Eliante), Werner Kreindl, Will Quadflieg (Alceste).
Foto: Rosemarie Clausen

Rede über die zehn Taten des Erwin Piscator

Herstellung und Wiederherstellung einer Funktion

Daß wir hier in Berlin, das Piscator seine ›geistige Heimatstadt‹ nannte, einen Piscator-Kongreß eröffnen, macht vermuten, bei Erwin Piscator handle es sich um einen historischen Gegenstand. Dafür gibt es Hinweise. Wenn man über Piscator spricht, kommt man nicht aus ohne jene zwölf Jahre von 1919-1931, in denen er hier seine rotgesichtigen, schaum- und schweißtreibenden Inszenierungen machte und sich als der hartnäckigste Kulturrevolutionär verstehen durfte. Als Erwin Piscator, fliehend vor den McCarthy-Vernehmungen in New York, wo er das Exil mit dem Aufbau seines wirksamen Dramatic Workshop verbracht hatte, 1951 nach Deutschland zurückkam, erfuhr er selbst, daß er zum historischen Objekt geworden war. Fremd – obwohl daheim, bestaunt, dann miternährt. Das Merkwürdige aber ist: Der fremd gewordene Piscator kam uns von Jahr zu Jahr wieder näher. Als er 1961 in Berlin die Volksbühne – ›seine‹ Volksbühne – übernahm, verwandelte er sich aus einem historischen Objekt wieder in ein handelndes Subjekt, das seine Gegenwart und das heißt: seine Funktion wiederfand, jene Funktion, die uns den Namen ›Piscator‹ zum Begriff gemacht hat. Er machte wieder Gegenwartstheater vermittels dessen, was eine Frucht seiner früheren Arbeit war. Dazu drei Namen: Hochhuth, Kipphardt und Peter Weiss. Ich rufe zum Beleg solcher Nachwirkung einen Satz Piscators in Erinnerung: »Stücke, wie sie mir seinerzeit als Ideal vorschwebten, werden erst heute von Hochhuth, Kipphardt oder Weiss geschrieben« – »Stellvertreter«, »Oppenheimer«, »Ermittlung«: Was in den fünfziger Jahren – unter dem Einfluß von Giraudoux, Anouilh, Eliot, Fry und O'Neill – niemand mehr erwartete, daß das poetisierte Theater noch einmal zum Zeittheater, noch einmal politisches Theater werden könne, wurde unter Piscators Antrieb wieder wirklich, obwohl Piscator sich abermals, wie um 1929, nur als vorgeschobener Realisator dessen verstehen konnte, was aus der Gesellschaft, aus der Gegenwart (der Zeit) an Stoff plötzlich dem Theater selbst zugeschoben wurde. Wir haben diesen seltsamen Schub, dieses Sichtbarwerden eines Zusammenhangs von Zeitproblemen und Theater, der Piscators

Arbeit und Aufstieg in der Weimarer Republik begründete, noch einmal miterlebt, nun an einer anderen und doch ähnlichen Aufgabe, nämlich der Öffnung der Nachkriegsgesellschaft für ihre moralischen Probleme, die sie ganz verdrängte. Wurden die eben erwähnten Stücke von Hochhuth bis Weiss auch an anderen Bühnen gespielt, nur bei Piscator standen sie im Zusammenhang und im entsprechenden Kommentar. Wenn heute die politische Fundierung szenischer Arbeit wieder landläufig ist, so ist das die Folge dieser seiner *zehnten Tat.*

[10]

Mit dieser politischen Fundierung beginne ich die Sichtung seiner Theaterarbeit, gleich darauf verweisend, daß diese etwas qualitativ anderes ist, als die Summe seiner Inszenierungen. Das gilt auch für seine Arbeit nach 1960 – »Alles flieht in den Stil, aus Feigheit, sich mit den neuen Inhalten auseinanderzusetzen.« Die Notiz stammt von 1961. Sie benennt, wenn sie auch die Namen Sellner, Koch, Schalla nicht nennt, doch jene damals eindrucksvolle, eine ganze Phase der Nachkriegszeit prägende Spielart von Theater, gegen die er antrat und die er überwinden wollte, wie er in den zwanziger Jahren Max Reinhardt überwinden wollte. *Durchsetzen* freilich mußte er sich um 1960 gegen etwas anderes – gegen die unaufhebbar gewordene Geltung des alten Freunds Brecht. Schon als Piscator 1951 zurückkehrte, notierte er: »Brecht hat alles abgegrast; wie läßt sich Ähnlichkeit vermeiden?« – Als Piscator neu begann, war Brechts Arbeit für das epische Theater durch die ersten großen Inszenierungen in Ost-Berlin ausformuliert; sie war sichtbar geworden als ein in sich schlüssiges System von kritischer Darstellung und Vermittlung. Der Begriff ›episches Theater‹ war so sehr mit Brechts Namen identisch geworden, daß Brechts eigene frühe Huldigung: »Piscator, der große Baumeister des epischen Theaters«, stieß man überhaupt auf sie, Wunder nahm. Piscator mußte erst mühevoll wieder daran erinnern, daß in seiner Arbeit ein ähnliches, aber anders zu praktizierendes Arbeitsmodell enthalten war.

Das heißt, er mußte immer neu anfangend das tun, was Brecht schon gelungen war. Darum Piscators Verlangen nach einem eigenen Theater. Was Brecht, was Piscator in dem Jahrzehnt zwischen 1950 und 1965 nacheinander taten, war – von heute her gesehen – dies: vermittels ihrer neuen Selbstdarstellung versuchten sie, den schroffen Bruch in der Geschichte des deutschen Theaters und Dramas um 1933 wieder zu überwinden, der mit beider Austreibung benannt werden kann. Im Grunde ist unsere ganze Theaterarbeit nach dem Kriege, soviel Anschluß an die dramatische Produktion der übrigen Welt sie auch gebracht hat, so viele Regisseure sich dabei auch hervorgetan haben, doch nichts anderes gewesen als die Suche *danach*, ob nicht jene so viel erinnerten zwanziger Jahre wirklich tragfähige Arbeitsgrundlagen oder sagen wir Modelle für künftige Theaterarbeit entwickelt hätten. Rufen wir uns in Erinnerung, wie vielen Stücken der deutschen Stückproduktion nach 1945 der Vorwurf »das ist ein Hörspiel« zu machen war, was doch so viel heißt, daß damals, nach der Katastrophe, als Leitdramaturgie für das Theater nur die des Hörspiels vorhanden war.

Zwei Dramaturgien wurden jetzt also wieder sichtbar, die Brechts und die Piscators. Wir sind eben dabei zu prüfen, ob in jenen zusammenstürzenden Jahren vor 1933 neben diesen beiden Entwürfen nicht noch ein dritter gültiger zustande gekommen ist; – mit Namen gesagt, ob nicht auch in der kleinen Fasson, in der realistischen Methodik Ödön von Horváths ein neues und gültiges und das heißt weiterwirkendes kritisches Arbeitsverfahren steckt, das die Erfassung gesellschaftlicher Vorgänge möglich macht, vermittels der Sprach- und Gebärdenanalyse derer, die diese Gesellschaft ausmachen.

Wir haben unser Thema von hinten aufgezäumt. Von der zehnten Tat her fragen wir nach den neun verbleibenden Taten des Erwin Piscator.

[1]

Wir müssen ausgehen von der Situation, in die er gestellt war. Der Soldat Piscator hatte, vor Ypern auf dem Schlachtfeld nach seinem Beruf gefragt, geantwortet: Schauspieler. Indem er sich das Wort aussprechen hörte, spürte er die Kluft zwischen der realen Vernichtungssituation und jener Art von schönem Schein, den herzustellen er in der Schule des Münchner Hofschauspielers Possart sich eingeübt hatte. Wenn Piscator später notierte »Der Krieg war mein Lehrmeister«, so sagt das, *was* er mit *was* vertauschte. Die Kunsttradition, für die Possart ein Symbol ist, mit der Wirklichkeit. Der junge Piscator begriff, daß künstlerische Arbeit sinnlos sei, wenn sie nicht mit den dringenden Problemen der Gegenwart in Verbindung zu bringen war. Sein Affekt gegen die alte bürgerliche Kunst wird der, daß diese die neuen, aus der Zeit und der Gesellschaft herandringenden Probleme nicht begreift und daß die weitere Praktizierung jener Kunst über das Erkennen der neuen Aufgaben hinwegtäuscht. *Dar*um geht Piscator zu DADA, um diese »Kunst« mit zu zerschlagen; bis in seine letzten Inszenierungen der zwanziger Jahre geht darum ein Zerstörungsimpuls (er wird von Zertrümmerungsaktionen reden – ähnlich wie Brecht).

Die neuc Aufgabenstellung für den Schauspieler, der sich in einen Regisseur verwandelt, leitet der junge Piscator ab aus der Frage, die der Krieg aufwarf: Was muß man tun, um einen neuen Krieg zu vermeiden? Arbeiten gegen den Krieg, arbeiten gegen die, die ihn trotz widriger Erfahrungen noch verklären (das waren auch in der Republik nicht wenige) oder wieder vorbereiten können. Diese, das Denken und das Leben revolutionierende Frage führt den jungen Piscator in die Revolution, über Spartakus in den Kommunismus. Er brauchte eine Treibkraft, die ihn motivierte, und ein Publikum, das ihn hörte. Entzündet von Lenins Ruf »An Alle« (den er später in einige Inszenierungen einfügt) stützt er sich auf die als unverbraucht angesehene Schicht: das durch die Katastrophe nicht kompromittierte Proletariat. Er entwirft sein Proletarisches Theater und gibt sich doch gleich mit dem ersten Wort mehr als Enthusiast denn als systematischer Revolutionär zu erkennen; er sagt: »Die Seele der Revolution sei unser revolutionäres *Gefühl*«, dies zu entzünden sei Zweck des proletarischen Theaters. Er redet im selben Text auch von »unserer Klasse«, obwohl er (wie Brecht) ein Intellektueller und beileibe kein Proletarier ist. Das heißt alles in allem: Er will Theater nicht mehr benutzen zur Herstellung von schönen bildhaften Handlungen, sondern zur gesellschaftlichen Aktion.

Piscator steht mit solchen Folgerungen nicht allein, auch die Expressionisten rufen nach Erneuerung und Revolution, aber Piscator will keine Gemeinsamkeit mit diesen. Er hört ihre pure Deklamation; er kritisiert, daß sie den entscheidendsten Vorgang der Kriegskatastrophe nicht begriffen: daß das wortreiche, das gestenreiche ICH und sein Leiden kein Bezugspunkt mehr für künstlerische Arbeit sein kann, wo das Problem die Massenvernichtung oder die Massenzukunft ist. (Wie weit Piscator voraus ist, zeigt sich an seinen Zeitgenossen. Hartung, Karl Heinz Martin, selbst Jeßner: die Regisseure des damaligen Protests fallen zurück in die Arbeit für den Guckkasten, Friedrich Wolf, selbst Johannes R. Becher schreiben noch expressionistisch, auch Brecht in »Baal« und »Dickicht«.) Piscator, den Sinn seiner szenischen Arbeit neu bestimmend, tut *die erste Tat:* Er bestimmt Theaterarbeit als Arbeit für die Gesellschaft, als gesellschaftliche Arbeit.

[2]

Es ist in unserer auf das Theater bezogenen grundsätzlichen Betrachtung nicht von Belang, an welchen Überforderungen, zum Beispiel der Tragfähigkeit des Proletariats, oder an welchen Widersprüchen, zum Beispiel von Zielsetzung und ökonomischer Situation, Piscator am Proletarischen Theater oder später an der Volksbühne, am Nollendorfplatz oder im Wallner-Theater scheitert; wir sehen auf das, was trotzdem zustande kam. Festzuhalten also ist: Piscator entzieht das Theater von Anfang an konsequent der bis dahin üblichen künstlerischen, wie er sagt »bürgerlichen« Praxis: in summa – der Festlichkeit, dem Kunst-Erlebnis, der Lebens-Metaphorik, der Verklärung, dem vom Inhalt unabhängigen Wohlgefallen des Zuschauers, der Psychologie wie der Herausstellung des Individuums, dem Starschauspieler, dem Dichter und der Literatur; er verweigert dem Zuschauer, sich in Figuren einzuleben, sich zu identifizieren, kurz all das, was das Theater zum seinerseits integrierten Instrument der Integration in die Vorkriegsgesellschaft gemacht hat und ihm oft einen Kultcharakter gab, der aus der Versöhnungsaufgabe der Kunst mit den Widersprüchen der Welt sich ableitete. Zwar gab es auch im wilhelminischen Theater die »kritischen Stöße«, die solche Versöhnung verweigerten: der frühe Hauptmann, Wedekind oder Sternheim; aber sowohl die Form ihres in sich – nämlich in drei oder fünf Akten geschlossenen und verschlossenen – Stücks wie die Rolle dieser Autoren als Dichter hatten das Theater doch – war der erste Schock erst vorbei – wieder zu einem Instrument der Unterordnung unter den Autor gemacht. »Die Weber« von Hauptmann: das Theater reproduzierte schließlich doch wieder Literatur. Aus seiner neuen Sinngebung von Theater leitete Piscator eine andere Funktion für Theater ab. Aus einer Realisationsanstalt für Dichtung und Dichter entwickelte er ein aktuelles Medium. Da seine Aufgabenstellung hieß: Mitarbeit an der künftigen Gestalt der in allen ihren Wertsetzungen erschütterten Gesellschaft, heißt das auch: – *Zweitens:* Piscator betreibt als erster systematisch den Funktionswandel des Theaters.

[3]

Solche neue Bestimmung implizierte eine Umgestaltung des gesamten Theaters. Ausgehend von der Erfahrung, daß – ich zitiere – »Leichenwälle die Grenzen Deutschlands im Osten und Westen bestimmen«, wurde gefragt, wie mit den Mitteln des Theaters die anscheinend zwangsläufige Abfolge von Kriegen zu beeinträchtigen sei. Die neue politisch-gesellschaftliche Funktionsbestimmung für Theater schlug also um in ein weltanschauliches und in ein ästhetisches Problem; zu diesem war auf Anhieb nur soviel zu sagen, daß das rein appellative Verfahren der Expressionisten – ihr Ruf nach dem Neuen Menschen – zur Lösung dieser Aufgabe nicht hinreichte.

Piscators szenische Arbeit geht aus von jenem politischen Impuls, der mit dem Entstehen der Demokratie ursächlich verbunden ist. Er setzt an an der Überprüfung des überlieferten Wertsystems, vor allem am Schicksalsbegriff (den das alte Drama so ausdauernd zu poetischen Bildern formuliert hatte); wer den Krieg nicht als Verhängnis, sondern als selbst angerichtete Katastrophe begriff, kam zu dem neuen Gesichtspunkt, daß Katastrophen solcher Art abwendbar seien, wenn man die davon Betroffenen durch Aufklärung mündig mache. Piscators Satz: »Das Joch sitzt auf dem Nacken derer, die sich nur bewußt zu machen brauchen, daß sie insgesamt den Staat ausmachen« enthält diese Erkenntnis. Sie wird die zu vermittelnde Wahrheit und der Antrieb zur weiteren Emanzipation.

Die geglaubte Abhängigkeit von anonymen Mächten wurde aufgehoben zugunsten einer real nachweisbaren: Der Blick des Zuschauers wurde auf die neuen schicksalsbestimmenden, aber real definierbaren Kräfte gelenkt. »Unsere Schicksalsmächte heißen Politik und Wirtschaft und als Resultate beider die Gesellschaft, das Soziale.« Das war konkret. Die Aufklärung über diese Abhängigkeiten, die Darstellung der sich damit verbindenden sozialen Probleme und Kämpfe führte unmittelbar in die eigene Gegenwart, das heißt: Die Darstellung dieser Gegenwart mit allen ihren widerstrebenden Kräften und mitsamt ihren Emanzipationsproblemen wurde Inhalt des neuen Theaters. Da es sich als ein aufklärerisches verstand, mußte es sich schon früh als ein pädagogisches definieren. Piscator sprach bald von Erziehung und Belehrung als einer Aufgabe dieses Theaters. Dabei fällt auf, daß er sich, trotz des publizistischen Antriebs, abermals idealistisch, den »höchsten Menschheitszielen« verdingt. Aber deren Bestimmung geschieht nicht mehr durch die diffus gewordenen vielzitierten und wenig bekannten »ewigen Werte«, sondern gibt sich konkret als Überwindung aller klassenabhängigen Wertungen: als Gleichheit, als Gerechtigkeit, als Freiheit, als Menschlichkeit und auch konkret als Besitz der Produktionsmittel.

1927 wird die Aufgabe so formuliert: »Überwindung dieser Welt des Hasses, des Hungers und der Zerstörung, und Aufbau einer neuen Welt der Gemeinschaft und sinnvollen Ordnung.« *Piscators dritte Tat* ist die Bestimmung des neuen Inhalts von Theater.

[4]

Solche Inhaltsbestimmung stellte dieses Theater vor das nächste, das ästhetische Problem; wo gibt es das Stück, das diese neue Bestimmung zum Ausdruck bringt? Wie muß dieses Stück sein – wie muß sich das Theater darauf einrichten, es zu vermitteln? Muß das Theater vielleicht die Bedingung für die neue Methodik mit schaffen, das Raster einer neuen Dramaturgie? Das war neues, unbebautes Land. Das Theater hatte den Gegenwartsstoff noch gar nicht im Griff. Der äußerste Vorstoß hieß: Sternheim. Sternheim stellte einzelne, wenngleich typische Vertreter der Bourgeoisie in seinen Stücken aus. Piscator aber fühlte sich ausgesetzt dem Druck der neuen Stoffe. Was aber waren die neuen Stoffe? Die neuen Stoffe waren die großen sozialen Phänomene, die sich mit der Konzentration auf eine einzelne Figur nicht mehr darstellen ließen. Also: Die Oktober-Revolution selbst, die die Geschichte der Welt veränderte; die Wirtschaftsmächte und Kräfte, wie das Petroleum, die Inflation, die Arbeitslosigkeit, die Todesstrafe, die klassengebundene Justiz überhaupt, der Paragraph

218, oder die Wiederaufrüstung. Stoffe von großer Ausdehnung, die Massenschicksale enthielten. Einige dieser Stoffe hat Piscator in Inszenierungen wie »Rasputin«, »Konjunktur«, »Der Kaufmann von Berlin«, »Paragraph 218« darzustellen versucht. Brecht notierte damals: Diese Stoffe sind von der Politik her in Sicht gekommen. Indem Piscator seinem Theater den Auftrag gab, sich auf die Darstellung dieser grundsätzlich anders strukturierten, weil nicht mehr auf eine Einzelperson zu beziehenden Stoffe einzurichten und diese – wenn nötig – selbst zu entwickeln, verwandelte – *viertens* – Piscator das bis dahin literarische Texte reproduzierende Theater in einen *Produzenten,* der seine Produkte selbst experimentell zu entwickeln hatte.

[5]

Die Entwicklung dieses Produkts führte zu einer neuen Form von szenischer Veranstaltung. Im Kern hatte sie noch eine dramatische Auseinandersetzung zwischen Personen; diese aber wurde eingebettet in den gesellschaftlichen und geschichtlichen Gesamtzusammenhang, in dem sie stattfand. Die Subjektbezogenheit des alten Dramas löste sich auf. Piscator bot ein ausgreifendes Panorama der Zeit. Da Piscator fast nur Stücke alter Bauart, alter Dramaturgie fand, baute er diese um, und zwar so, daß er die Aspekte und Dimensionen des Falls soziologisch und historisch erweiterte, die Hintergründe der Handlung hervorhob, nicht nur die Kerne zeigte, sondern auch ihre Opfer und die gesellschaftlichen Antagonismen deutlich werden ließ. Zwar greift er auch auf historische Stoffe zurück (wie in »Gewitter über Gottland«, das Störtebekers Aufstand behandelte), aber der historische Aspekt des alten Geschichtsdramas, das die Geschichte von der Gegenwart absperrte, (von der Ranke sagte: jede Epoche ist unmittelbar zu Gott), wurde aufgehoben; Geschichte wurde so politisch gezeigt wie die Gegenwart, sie wurde auf die Kräfte hin abgesucht, die bis in die sozialen Auseinandersetzungen dieser Gegenwart reichen... Geschichte wurde in Wirtschafts- und Sozialgeschichte verwandelt. So wurde bei Piscator Historie zum Dokument für Gegenwärtiges.

Piscator (wie Brecht) benutzten die Soziologie zur Umkrempelung des Dramas. Piscator führt das Dokument ein in den Spielablauf. Damit hebt er nicht nur die durchgehende Handlung auf, das Dokument bringt eine neue Qualität in das Stück. Das Dokument macht Geschichte zur Gegenwart, es durchschlägt die Zeit und die Masken, es ist Beweisstück für Zerstörung, für Untergang, für Entwicklungslinien, für Tatsachen vieler Art. Brecht spricht damals vom Film-Dokument im Drama – als »dem Gewissen des Stückes«. Denn das vorgezeigte Dokument erlaubt keine Verdrängung mehr. Das ist der Grund, warum Piscator z. B. immer wieder Weltkriegsaufnahmen – vernichtete Menschen, zerstörte Welt – in seine Inszenierungen projiziert. Er verweist so auf den Ausgangspunkt aller vorgezeigten Probleme. Die Vielzahl der eingeblendeten Dokumente zerlegt das Stück in nebeneinander geordnete, nicht mehr übereinander gesteigerte Szenen. Das Stück erhält die Form der Revue, also eine parataktische Ordnung. Es kommt ins Erzählen. Das »Drama« wird episch. Je weiter Piscator entwickelt, was er beginnt, um so mehr schafft er einen ganzen Apparat von Kommentaren zum Spielvorgang. Die Kommentare werden über technische Mittel, also über Projektion von Fotos und Filmen in die Aufführung eingefügt. Damit ist auch der Wortzusammenhang des alten Dramas zerstört; der anhaltende Wechsel von der zweiten in die dritte Dimension, die Reproduktionsvorgänge von Dokumenten zerstören noch mehr, nämlich auch die Aura des alten Menschenkunstwerks. Das Schauspiel erscheint nun als etwas Zusammengesetztes, Gemachtes (so sehr es durch Dynamik auch gebunden ist), sein Hauptwert ist kein dichterischer mehr, kein Kunst-Wert, sondern der *Zeitwert.* Das Theaterstück ist produziert als akutelle Abbildung für den Augenblick, auf den es trifft, mit wenig Reichweite in die Zukunft. – Eine eigene szenische Großform entsteht, die Bernhard Diebold »Das Piscator-Drama« genannt hat. Im Grunde ist es eine Organisationsform für die neuen zeit-, wirtschafts- und sozialgeschichtlichen Stoffe, methodisch gesagt, eine soziologisch bestimmte Dramaturgie. Sichtbar gemacht in »Rasputin« (1927), der großen Inszenierung um den Ausbruch des Weltkriegs, in »Hoppla wir leben« (1927), im »Schwejk« (1928) und im »Kaufmann von Berlin« (1929).

Da Organisationsformen zugleich Formen der Wahrnehmung sind, ist im Laufe seiner Arbeit immer mehr zu verarbeitender Stoff für Piscator sichtbar geworden. Die Entwicklung dieser spezifischen Organisationsform von neuen szenischen Stoffen ist *die fünfte Tat* des Erwin Piscator.

[6]

Bertolt Brecht, so notiert beider Freund Bernhard Reich, habe Piscator für den bedeutendsten Dramatiker Deutschlands (nach sich selbst) gehalten – obwohl Piscator nie eigene Dramen schrieb. Piscator brachte, nach der Anarchie im Drama des Expressionismus, wieder die erste Grundlage ins dramatische Schaffen. Er hat, Brecht bestätigt es, eine ganze Generation von Dramatikern organisiert. Er hat *sechstens* also die Gattung des Zeitstücks geprägt und ausgebildet, soweit sich dieses auch nachher seiner Form, nicht seinem Inhalt nach wieder von ihm entfernte.

[7]

Die Entwicklung dieses Piscator-Dramas ist ein zehn Jahre dauernder Prozeß gewesen; er reicht vom Proletarischen Theater bis zur Inszenierung des »Kaufmanns von Berlin« am Nollendorfplatz; er vollzog sich auf der ersten Stufe im proletarischen Laientheater und wurde, dessen Spontaneitäten benutzend, im Berufstheater fortgesetzt. Es war ein systematisches szenisches Experiment, das Schritt für Schritt die Darstellungsmittel entwikkelte, die für das Projekt des panoramahaften Aktions- und Aufklärungstheaters benötigt wurden. Es waren das vor allem Erfindungen zur Raumgestaltung und der Bild- und Signalgebung. Zur Bestimmung von Piscators Arbeit sagen wir gewöhnlich: er hat Lichtbild und Film und das laufende Band auf der Bühne eingeführt. Damit ist fast nichts gesagt. Die Ausbildung des technischen Apparats enthält zum Beispiel die Projektion von Bild und Film auf einfache, doppelte und vierfache Projektionswände, das simultane Abspielen von Filmen, die Aufhebung der Dekoration und die Einführung eines großen Spielgerüsts mit mehreren Ebenen, dessen sozial bestimmende Einfügung in den Spielablauf, die Erfindung des Gazeschleiers als durchsichtige Projektionsfläche vor der Bühne (ein Charakteristikum wie der halbhohe Vorhang für Brecht), die Projektion von Bildern, Szenen, Sätzen, Wort- und Bilddokumenten gegen die Inhalte der Szene, das Darüber-Kopieren von Einwürfen, die den Dargestellten von einer anderen Seite zeigten als er sich selbst zeigte, das Heraustreiben von Diskrepanzen. Dies als Beispiel (aus dem »Rasputin«): Als die

Vertreter von Krupp, Creuzot und Armstrong ihre idealistischen Bekenntnisse abgaben zum Durchstehen des Krieges »Es geht um die Rettung des deutschen Wesens«, oder »Es geht um die Freiheit, die Rettung der Demokratie« – spielten Filme deren rauchende Rüstungsfabriken in die Szene; Menschheits-Rhetorik und Kapital-Interesse traten gegeneinander, oder: der Zar schreibt von der Front, unter seinen Soldaten fühle er sich gesund, aber der Film kommentierte den Satz mit den im Sturmangriff fallenden Soldaten.

Das waren Mittel zur dialektischen Öffnung des Stücks, Mittel zur Aufhebung der einfachen Perspektive vermittels der Dramatisierung des technischen Materials und der Komplizierung der szenischen Argumentation. Allein die Differenzierung der Funktionen des Films in »Rasputin«, als Vermittler von Information, als Dramatisierungsmittel und als Kommentar, der bis in die Satire zu treiben war, kann andeuten, daß Piscators Theater nicht ans Ende der Erfindung gekommen war, als es aufhören mußte, weil die finanziell aufwendige Entwicklungsarbeit mit den ökonomischen Bedingungen der Bühne kollidierte. Wir erinnern uns an den jubelnden Ausruf des George Grosz, daß auf Piscators neuer Bühne ein Künstler ein ganzes graphisches Werk veröffentlichen könne (wie er in Piscators »Schwejk«). Ein Katalog dieser Arbeit würde Piscator als den phantasiereichsten Theatermacher ausweisen können, den Deutschland nach Max Reinhardt hatte. Aber Reinhardt war der Differenzierer am Endpunkt einer Entwicklung, Piscator am Anfang der Folgenden.

Piscator kam zum bewegten Bühnenbild, zum belebten, zum rhythmisierten und assoziativen Raum. Er hob die starre Bühne auf; das Dramatisierungsproblem zum Beispiel des Schwejk-Romans, an dem Brecht teilnahm, löste sich erst, als Piscator das laufende Band installierte, mit dem das Prinzip des Romans, das dauernde Unterwegssein, das Überleben-Müssen sich übersetzen ließ. Die epischen Darbietungsprinzipien: Prolog, Kapitelüberschriften, Einwürfe, Herausstellungen, die Einfügung von Songs, das Verschleifen von Szenen, das Beziehungsspiel auf der Simultan-Szene, das Aussteigen aus der Rolle, das Mitspiel des Publikums, das gehört zu den Entwicklungsarbeiten der Piscatorbühne. Aber vor allem auch dies: das Heraustreten von Schauspielern aus dem Film brachte den Tausch der zweiten und dritten Dimension; das Einkopieren von Szenen, die schon die

Folge dessen vorführen, was gerade erst auf der Bühne gespielt wird: das wurde der Weg in die vierte Dimension des Stücks, in die Dimension der Zeit.

Es war eine dialektische Arbeit: die technischen Erfindungen wurden gemacht, um den Stoff darzustellen und zu vermitteln; der Stoff selbst zwang seinerseits zu neuen Erfindungen. Was erarbeitet wurde, ist im einzelnen nur aus der genauen Rekonstruktion der Inszenierungen zu erkennen. Piscators technische Erfindungen versuchten, faßt man alles zusammen, vor allem die Ausdehnung des Raums und die Überwindung der Beschränkung der Zeit, um so Zusammenhänge sichtbar, Abläufe klarzumachen und die Dynamik der Welt bloßzulegen. Piscator scheute sich nicht, in seiner Gegenwartsszenerie noch lebende historische Figuren nachzubilden, um einzutreten in das unmittelbare Gefühl, in das konkrete politische Denken seines Zuschauers. Daß solche Ausdehnung der Dimension und Funktionalisierung aller Mittel den Schauspieler nicht unberührt lassen konnte, ist wohl zu begreifen. Die Piscatorbühne erlaubte keine Selbstdarstellungen, keine psychologischen Soli. Der Piscatorschauspieler war weniger gebunden an die Rolle als an die Sache, die insgesamt zum Ausdruck gebracht werden sollte. Der Gebrauch der technischen Mittel raubte auch ihm, als Person, wie dem Stück, die Aura des Künstlers. Piscator-Schauspieler wie Heinrich George, Leonard Steckel oder Tilla Durieux sind – das mag unsere These stützen – nicht mit den Piscator-Rollen, sondern nur mit den alten Schauspielerrollen Gegenstand fast kultischer Aufmerksamkeit geworden.

Das Piscator-System entwickelte eine eigene Zwangsläufigkeit, aber auch eine eigene Logik. Diese Ausbildung des technischen Apparats als eines eigenen dramaturgisch motivierten Spielsystems zählen wir als *die siebte Tat* des Erwin Piscator und beziehen darin ein, daß Piscator damit insgesamt den rückständigen Apparat des Theaters anpaßte an die technischen Erfindungen der Zeit.

[8]

Zur Logik des neuen Piscatorsystems gehört auch die Veränderung der Arbeitsorganisation im Theater. Stückentwicklung und technische Entwicklung: das ging nur mit der Einrichtung von

Arbeitsteams, mit der Eingliederung des Autors in die Dramaturgie, mit der dauernden Anpassung des Textes an die Produktion.

Für das Stück über die Inflation »Der Kaufmann von Berlin« wurden schließlich wissenschaftliche Mitarbeiter zur Erarbeitung des wirtschaftlichen Hintergrundmaterials und zur Kontrolle der Produktion eingesetzt. Was sich heute als Produktionsdramaturgie in unseren Theatern einrichtet, war hier umfassender entworfen. Umfassender deswegen, weil auch Entwurf und Einrichtung eines Studios und der Schauspielschule als Komplettierung und Vertiefung dieses Arbeitssystems funktionieren – funktionieren sollten. Diese Veränderung der Arbeitsorganisation nennen wir *die achte Tat* des Erwin Piscator.

[9]

Rückblickend auf das, was wir darlegten, läßt sich erkennen, daß dem Piscator-Experiment *ein Zug in die Theorie* von Theaterarbeit für ein neues Jahrhundert zugrunde liegt. Einige dieser Theoreme wie Sinngebung, Funktions- und Inhaltsbestimmung wurden aus der erfahrenen Realität abgeleitet und zu Ausgangspunkten für die dramaturgischen Überlegungen und die praktischen Experimente. Einiges davon ist in Piscators Buch »Das politische Theater« eingegangen, obwohl das mehr ein Kampfbuch und ein Bericht aus der fortschreitenden Entwicklungsarbeit ist. Wie Piscator das Theater zur Zeit-Reportage machte, so war das Buch Piscators – heute eine historische Hinterlassenschaft – selbst ein Report. Die Theorie ist – das halten wir fest – in Piscators Praxis entwickelt worden. Wie sehr sie vorhanden war, lesen wir – nach Piscator – neu in Brechts Schriften zum Theater. Es fällt auf, daß die Theater-Schriften Brechts, nach den frühen Rezensionen und ersten Notizen aus den Jahren 1920 bis 1925, erst System bekamen, als Brecht in die Dramaturgie Piscators ging. Brecht spricht da, wie Piscator spricht: Z. B. so: »Die neue Produktion, die mehr und mehr das große epische Theater heraufführt, das der soziologischen Situation entspricht... (1927), oder: »das große episch-dokumentarische Theater, das wir erwarten«; immer wieder wird von Dokumenten, von Filmverwendung gesprochen. – Hinter Brechts Notizen zum Bühnenbau steht die Piscatorbühne – Brecht notiert: »Die Theorie muß den ganzen

Marsch enthalten. Die erste Etappe ist ... also: die Erfassung der neuen Stoffe. Die zweite: die Gestaltung der neuen Beziehungen. Grund: Die Kunst folgt der Wirklichkeit. Ein Beispiel: Die Gewinnung und Verwertung des Petroleums ist ein neuer Stoffkomplex, in dem bei genauer Betrachtung ganz neue Beziehungen zwischen Menschen auffallen.« (Die Notiz bezieht sich auf die in Piscators Dramaturgie auch von Brecht mit ausgearbeite Komödie des Öls: »Konjunktur« von Leo Lania.) Was Brecht damals beschreibt, ist die Prozedur Piscators. In der ersten Polemik mit der Frankfurter Schule hält auch Brecht fest, was Piscator immer wieder betonte, daß der Krieg der Ausgangspunkt aller Veränderung war. Beide verständigen sich auch über die Untauglichkeit selbst des Ibsenschen Dramas »schon zur Dramatisierung einer simplen Zeitungsnotiz« (darüber sprach damals Piscator), beide formulieren als das Prinzip des neuen Theaters: »Pädagogik«, und beide kommen bei ihren Überlegungen über neue Darstellungsverfahren zu der Klärung, Tendenz sei nichts anderes als das Hervortreten der Wahrheit, und bei ihren Gesprächen über die Verweigerung der Einfühlung des Zuschauers in die Rollen benutzen sie beide die Vokabel *Ent*fremdung. So sehr Piscator mit Hilfe des Theaters dem Zuschauer Wirklichkeit aufdrängt, es entfremdete sie doch durch den großen technischen Apparat, weil der Apparat Einfühlung verweigert. Als Brecht dann – weitergehend – »*Ver*fremdung« formuliert, hat er sich schon von Piscator getrennt, obwohl seiner ersten Ausarbeitung des Begriffs noch der piscatorische Begriff vom »Historisieren eines Vorgangs« als einer Steigerung ins Politische, Ökonomische, Soziale zugrunde liegt. Was Brecht später von Piscator trennt, ist freilich schon in den frühesten Notizen Brechts angedeutet. Brecht will von früh auf mehr Beobachtung, wie ein Mensch sich verhält, Piscator sagt lieber, was alles auf den Menschen zukommt. Brechts »Krieche in deinen Mann hinein und mache dir's bequem darinnen« war nichts für Piscator.

Brecht will mehr artistische Qualität des Spielvorgangs und schließlich auch des Schauspielers. Aber was Brecht um 1930 am Schiffbauerdamm erprobt und später im Exil definiert, nennt er noch eine »Fortführung der Experimente des Piscator-Theaters«. – Das will hier heißen: Für Brecht hat die Arbeit am Piscator-Theater die theoretische Grundlegung seiner Arbeit gebracht, die Erkenntnis der Prinzipien politischer Theaterarbeit und der Kategorie seiner künftigen Arbeit, die wie die Piscators hieß: Veränderung. Wir nennen diese Herstellung der theoretischen Basis *die 9. Tat* des Erwin Piscator, dabei nicht vergessend, zu welch ungleich systematischerer Ausarbeitung der Theorie Brecht später kam.

Da die gedruckte Theorie die szenische Praxis überdauert, muß man die Theorie, die in Piscators Praxis steckte, sich mühsam wieder hervorholen, muß sich sein System wieder erarbeiten. Das Piscatortheater stellt sich dann dar als ein neuer umfassender Arbeitszusammenhang. Brecht hat ihn nach der Rückkehr 1949 am Schiffbauerdamm noch einmal (mit mehr ökonomischer Ruhe und auf seine Interessen hin) nachgebildet. Er erprobte nun seine Theorie, während Piscator nach seiner Rückkehr überhaupt nach einer neuen Grundlage systematischer Arbeit, einem eigenem Theater suchte. Von Piscator hatte Brecht wohl gelernt: daß man selbst im Besitz des Produktionsmittels Theater sein muß, um seinen Entwurf von Theater zu verwirklichen.

Dies wollen wir – zum Schluß kommend – nun festhalten: Der Vorstoß der szenischen Kunst kam in diesem Jahrhundert nicht von der Literatur her, sondern vom Theater. Was Piscator veränderte, können Sie an einem Satz von Otto Brahm ermessen. Brahm schrieb in seinem Aufsatz über den Naturalismus: »Die neue Literatur ist revolutionär, das Theater ist konservativ.« Piscator konnte folgern: »Die Literatur ist konservativ, das neue Theater revolutionär.« – Als Brechts und Piscators Wege sich nach 1928 trennten, haben beide selbständig gearbeitet. Piscator noch an der Theatralisierung des Zuschauers, an der Verwandlung des Parketts in ein Parlament (in »Paragraph 218«)[1], Brecht gab nach der »Johanna der Schlachthöfe« das piscatorsche Panoramastück vorerst auf und versuchte das reine – apparatlose – Lehrstück. Das zweite System des Lehr- und epischen Theaters löste sich vom ersten.

Wenige Jahre später, im russischen Exil, gibt es in Piscators Arbeit einen Hinweis darauf, in welchen Kategorien er seine und Brechts gemeinsame Arbeit aus den drei Jahren sah. Damals faßte Piscator den Plan, in der Hauptstadt der deutschen Wolgarepublik, in Engels, ein großes deutsches Mustertheater aufzubauen mit allen ins Exil gegangenen Kräften: mit Brecht, mit der Weigel, mit Ernst Busch, Alexander Granach, Carola Neher,

[1] s. S. 95f.

Karl Paryla, Friedrich Wolf und Maxim Vallentin. Damals sprach man von einem ›antifaschistischen Weimar‹ – Der Plan zerschlug sich, aber das Stichwort bleibt. – Wenn Sie einen Augenblick zurückdenken: daß die Theaterleute Goethe und Schiller in ähnlicher Verschlingung von Theorie und Praxis, Stückentwicklung, nämlich die der Tragödie betrieben und den Entwurf eines damals neuen Theaters, des klassischen nämlich, experimentell realisierten und dies mit einer durchaus politischen Funktion, nämlich vermittels des Theaters eine geistige Grundlegung in die deutsche Kleinstaaterei zu bringen, wenn Sie die stilprägenden Auswirkungen dieses Theaterkonzepts auf die Theater von Berlin, von Wien und dann an den deutschen Hoftheatern bedenken, dann verstehen Sie solchen Bezugspunkt; so aggressiv Piscator oder Brecht nach hundert Jahren gegen die verkommene Tradition jenes Weimarismus angingen, es scheint, daß ihre gemeinsame Berliner Entwicklungsarbeit eine ähnliche Jahrhundertdramaturgie geworden ist; so offen diese Dramaturgie im Gegensatz zu dem geschlossenen System von Weimar auch ist, in dem sich eine andere gesellschaftliche Situation spiegelt. Die Öffnung der Stücke für das kritische Eindringen der Zuschauer, die Herstellung eines Zusammenhangs von Theater, Aktualität und Parlament, den Piscator versuchte, war der Versuch einer neuen »aesthetischen Erziehung«, zugleich die Ausbildung einer demokratischen Dramaturgie.

Ich verschlucke das Wort wieder, indem ich es sage. Ich weiß, was – hinweisend auf bestimmte für die KPD agitierende Inszenierungen – dagegen zu sagen ist. Was Piscator zurückließ, ist jedoch ein offenes System, ein Entwicklungssystem. Seine Auswirkungen sind überall greifbar. Nicht nur bei einigen politischen Stückeschreibern unserer Generation. Piscators Arbeit in New York wirkte auf die Ausbildung des Off Broadway; das Living Theatre kommt aus der Schule Piscators, Joan Littlewood ist ohne seine Arbeit nicht zu denken, und Armand Gatti. Als Peter Palitzsch 1968 in Stuttgart Tankred Dorsts »Toller« inszenierte, machte er unbewußt, absichtslos Theater aus Piscators Geist und Phantasie und komplettierte ihn an *der* entscheidenden Stelle, deren Unausgeprägtheit Brecht an Piscator verdroß; über Palitzschs Brecht-Erfahrung kam auch der Schauspieler im ausgreifenden Zeittableau trotz seiner Funktionalisierung plastisch zur Geltung; im kurzen Antritt der Szene spielte er doch in »Toller«

die ganze Biographie der Figur, die er zeigte, mit.

Noch ein Aspekt: er gehört zur schon beschriebenen *zehnten Tat* des Erwin Piscator. In Piscators Theater ist vorprobiert worden, was sich in den aktiven Truppen heute durchsetzt: die Entwicklung einer Produktionsdramaturgie, das Entstehen des Stücks auf der Probe, die Abschaffung des Rollenmonopols, die Demokratisierung der Entscheidungen, der Übergang des geistigen Eigentums in das der Gruppe, die wissenschaftliche Vorbereitung der Inszenierung, das szenische Arbeiten aus dem Willen einer Gruppe.

Fertiges hat Piscator nie gemacht, sein Produkt hieß: Veränderung. Aber auf einem hat er immer bestanden: daß sein System, so ablösbar es auch von seiner Hebamme, der historischen, der kommunistischen Stoßrichtung war, doch nie losgelöst werden konnte und durfte von dem emanzipatorischen, aufklärerischen und politisch in die Gesellschaft wirkenden Inhalt. Wie schnell piscatorisch-technisches Arrangement der Beliebigkeit verfallen kann und sich in ihr verbraucht, sieht man heute am Schicksal der Multi-Media-Produktionen. Als aus Prag vor seinem Tode noch die virtuosen technisierten Licht-Theaterspiele Svobodas kamen, sprach er, obwohl er seine Phantasie darin wiedererkennen konnte, von »Formalismus«. Er wußte, was das hieß: von seiten der KPD der zwanziger Jahre ist es ihm im Verlauf der langen Diskussion, welche Kunst das Proletariat wirklich brauche, oft genug vorgehalten worden.

Mir scheint, die Arbeitsmethode des Piscatortheaters, die dem Theater Selbständigkeit abverlangte, ist noch nicht erschöpft. Nur wenige der großen Stoffkomplexe der Gegenwart sind aufgegriffen. Aus einem Entwurf in seiner Hinterlassenschaft ist zu entnehmen, daß ihm die deutsche Teilung als ein solcher erschien. Menschen nach Osten, Menschen nach Westen: ein Hin und Her. Er verstand sich als einen Mann, der – das Wort hat einen doppelten Sinn – Anstoß gibt. Er war wohl der erste auch, der die Rolle des Zuschauers als eine durch das Aufkommen der elektrischen Medien veränderte erkannte. Mit all dem stellte er sich dar als der größte Erfinder des neueren Theaters in Deutschland. Bernhard Reich sagt: als ein »Künstler neuen Schlages«, als ein Künstler, der die Kunst nicht mehr trennen konnte von den Problemen der Welt, in der sie stattfand. An diesem Punkt beginnt seine Zukunft.

Auflösung der Grenzen: Das Happening

Der zweite Protest

Vorbemerkung:
Noch während der Ausbildung des politischen Theaters gingen auch von den bildenden Künstlern Impulse aus, um die noch dominierende und den Begriff ›Kunst‹ fast allein vertretende abstrakte Malerei durch neue, auf den Menschen und seine Umwelt bezogene Aktionen zu unterlaufen und die Trennung von »Kunst und Leben« aufzuheben. Diese Aktionen wurden nicht mit Pinsel und Kreide auf Leinwand vollzogen, sondern mit menschlichen Körpern, den Gebrauchsgegenständen und dem Sonst-Vorhandenen; sie wurden also durch sich selbst szenisch und theatralisch. Die Grenzen der bildenden Kunst wie die Grenzen des Theaters lösten sich gegeneinander auf. Da diese Auflösung der Gattungen sich auf breiterer Basis vollzog, als das Happening allein ausweist, bildeten sich in der Mitte der 60er Jahre vielfältige gemischte Aktions- und Spielformen, die alle auch Einflüsse des Happenings zeigen oder dieses sogar für szenische Veranstaltungen modifizierten. Das gilt sowohl für bestimmte Produktionen des Living Theatre (»Paradise Now«), wie für deutsche Straßentheater oder Produktionen der »Experimenta« in Frankfurt (Bazon Brock: »Theater der Position«) oder das Musiktheater Mauricio Kagels.

Das Happening erschien einfalls- und variationsreich. Aus kleinen Störaktionen in den Monotonien des Alltags entwickelte es eine eigene poetische Sprech- und Darstellungsart, die in dem großen Ulmer Happening »In Ulm, um Ulm und um Ulm herum« im November 1964 (Veranstalter: Wolf Vostell und das Ulmer Theater unter dem Intendanten Ulrich Brecht, Dramaturgie Claus Bremer) den Charakter eigenständiger künstlerischer Unternehmungen bekam. Die Erwartung war, es könnte sich hier eine phantasiereiche, von der Wirklichkeit ausgehende und auf ihre Zustände zurückweisende assoziative Spielform herausbilden, Anfänge einer Bewußtseinskunst, die durch bestimmte Konfrontationen, Verdeutlichungen, Phänomen-Isolierungen oder -kumulierungen, durch Belastungen, Störungen, Zumutungen den Blick für die im Alltag versteckten Inhumanitäten wie für seine verborgenen Schönheiten wecken könne. Das im folgenden beschriebene Ulmer Happening war die überzeugendste und phantasiereichste Veranstaltung dieser Art; es fand zahlreiche Nachfolger. – Die Geschichte des Happening in Deutschland war dennoch vergleichsweise kurz, (1964 bis 1970), weil es schon 1967 in die Demonstrations- und Aktionsschocks der studentischen Protestbewegung aufgenommen wurde, ohne daß diese freilich die assoziativ-poetische Methodik, die das Ulmer Happening als Entwicklungsmöglichkeit sichtbar machte, ausbauen konnte.

1. Beschreibung des Ulmer Happening

Der Autor, Initiator und Ausführende, Herr Wolf Vostell, geboren 1932, nahm es, nicht nur was die Länge der Veranstaltung betrifft, mit Richard Wagner auf. Sie begann am Samstagmittag, 15 Uhr, im Turnhallentheater der Stadt Ulm und endete nach einer strapaziösen Sightseeingtour (wenn man das so nennen soll) ebendort nachts um halb elf. Das Publikum, soweit es noch übrig war, entstieg müde, erkältet und systematisch ausgehungert den Omnibussen, deren Fahrer einige Male sehr deutlich das Wort »So eine Scheiße« nicht unterdrücken konnten. So elementar dieser Stoßseufzer war: Das Kunstaktionsprogramm des Herrn Vostell (sein Manifest »Was ich will« beginnt mit dem Halbsatz »Keinen Unterschied zwischen Leben und Kunst«) ist so umfassend, daß selbst der herunterreißendste Ausspruch noch als Anreicherung des Happenings gewertet werden darf. Als Happening im Happening (denn jeder Teil eines Happenings ist ein Happening). Mit keinem noch so starken Ausdruck ist eine Veranstaltung mehr zu treffen, die das »décollagieren« (herunterreißen) von Fassaden, Tünchen, Plakaten und anderen Veredelungen selber zum Prinzip ihrer Aktion gemacht hat. Keiner kann da mehr aus der Rolle fallen. Vostells letzter Halbsatz in seinem Manifest lautet: »Décollagismus als Gesamtkunstwerk«.

So begegnet der Autor von Ulm seinem Richard Wagner. Ein Meistersinger vom großen Müll der Welt. – Auf einem Müllabladeplatz sollte das »Happening« enden. Aber Vostells Helfershelfer hatten, infolge übergroßer Verspätung der abenteuerlichen Reisegesellschaft, die dort schon aufgebauten Geräte (u. a. Fernsehapparate) wieder abgebaut. (Wieder ein Happening.) Dafür waren die durchfrorenen Reisenden am Schluß sogar dankbar. So wurde die letzte Station der Kuhstall eines Gutshofs, den man mit der Aufforderung betrat: »Warten bis die Kuh kalbt.« – Die Kuh kalbte nicht; die Natur änderte ihren Zeitplan. Dort aber war es warm, und man merkte als Beobachter die Rührung in den Gesichtern der besessensten Happenisten vor soviel duftender und unverfremdeter Natur. Wieder ein Happening.

Was ist ein Happening?

Als sich also um drei Uhr mittags im Ulmer Theater der Vorhang vor der rohen Bühne hob und der dortige Aktivist in Sachen »neuestes Theater«, der Chefdramaturg Claus Bremer, hinter Selterswasserflaschen seinen Aktionsvortrag begann, wollte er es schier nicht erklären. Er deutete das Happening als die direkte Fortsetzung eines Bandwurms von theatralischen Versuchen, die das Publikum zum Mitspieler machen sollen.[1] Versuche, die vom vorshakespeareschen Fletcher über Tieck bis Pirandello, Pörtner und Claus Bremer reichen. Und bis zu Vostell. Er, Vostell, reichte dem Redner Bremer die Fortsetzungen seiner Rede, behend trotz seines Körpergewichts. Er überfüllte den Tisch gluckernd mit Selterswassergläsern, stellte einige »Situationsskizzen« seiner Einfälle ins Scheinwerferlicht, während der »Kunsttrabant« der Veranstaltung, der Leiter der Galerie F zu Ulm, Kurt Fried, Bremers Manuskript in einem Mixer zermahlte und draußen fünf Omnibusse warteten, in die das fast dreihundertköpfige Völkchen (bebartete Jungmänner und lederbehoste Mädchen, seriöse Ehepaare, Dauerabonnenten und so fort) sich um 15 Uhr zwanzig warf. Gute Stimmung. Aufbruch in einen verfrühten Karneval. Mit städtischer Unterstützung. Polizei wegbahnend vorneweg (so ist Ulm!), alsdann Vostell und Helfershelfer im roten Citroën, dann die fünfbussige Gefolgschaft. Eine Art »Touring«-Unternehmen in die Landschaft »in Ulm, um Ulm und um Ulm herum«. »Keine Flucht aus der Wirklichkeit, sondern in die Wirklichkeit.« »Kunst als Raum, Raum als Umgebung, Umgebung als Ereignis, Ereignis als Kunst, Kunst als Leben, Leben als Kunstwerk... Kunst als Geschehnis, als Happening, am eigenen Leib erfahren lassen.«

Also durchlebte man 24 Stationen, von denen über die Hälfte (überlange Fahrten von Station zu Station) Monotonie produ-

[1] Gedruckt in: »Deutsche Dramaturgie der Sechziger Jahre«. Hrsg.: Helmut Kreuzer. Max Niemeyer-Verlag, Tübingen. dt. 31.

zierten. Zwischen den Stationen: Gehirnbeträufelung mit pervertierten Slogans wie »Trauertage können ebenso wie Feiertage Gelegenheit zum Schenken geben, siehe Anschlagtafel« aus dem Buslautsprecher. Travestie des Werbefunks, dann entlassen in die Begegnungen, in die vorbereiteten »Geschehnisse« in unserer Wirklichkeit, in das Gemisch von Schönheit, Blut, Grauen und Jux. Man staunte über die Hilfsbereitschaft der öffentlichen Ämter, sich unterlaufen zu lassen, über ihre Naivität, mit der die ›Naivität‹ der ›Künstler‹ betrachtet wird, als seien sie Veranstalter volksbildnerischer ›Tage der offenen Tür‹.

Dies waren die ›Ereignisse‹ in Ulm:

Station eins: Flugplatz Leipheim. Offiziere der Bundesluftwaffe brachten die auf Jux getrimmte Karawane aufs Flugfeld. Beim Aussteigen erhielt man ein Zettelchen »Bewundern Sie das Flugzeug«. Drei Düsenjäger präsentierten sich samt Piloten, diese in full dress und Fliegerstolz. Titel der Programmnummer: »Der Flugplatz als Konzertsaal«. Anwerfen der Motoren, wildes Düsenkonzert, daß einem Sprechen und Hören verging, Zuschauer: sich die Ohren zuhaltend, gestikulierend, fliehend: Folgen der Schönheit einer laufenden Kriegsmaschine. Kommentar eines Leutnants: »Ich weiß nicht, was das soll.« (Du ahnungsloser Engel du. Hatte er kein komisches Gefühl nachher?) – Beifall am Schluß, für das furiose Finale der Technik.

Station zwei: Autowaschanlage im Stadtinnern. Herr Vostell fährt mit dem roten Citroën in die orgasmisch gestimmten Wasserstrahlen der Waschmaschine, herausfahrend wird der Wagen mit gelber Farbe überschüttet, fährt gegen aufgehängtes rohes Fleisch, aus dem Blut läuft, zurück in die Waschmaschine, Reinigung, nochmal und nochmal. Man entdeckt plötzlich auf dem Boden die Schönheit der Mischung von Blut und Farbe. Programmtitel: »Die Zuwendung zum Hedonismus durch den Zufall.« Entzücken am Infernalischen. Als das Publikum sich abwendet, stehen zwei sich umschlingende Frauen in der nüchternen Halle, Liebhaberinnen, denen die Dauer des Stehens Aufmerksamkeit zuführt. In der Umarmung beginnen ihre Finger die Blusen der Partner zu zerreißen. Décollage. Ein suggestiver Liebesakt langsamer Zerstörung. Kommentare von »Das ist 'ne Wucht« bis »Na, was soll's denn?«

Station drei: Parkhaus mit Tiefgaragen. Man wird aufgefordert, herumliegende »Tote« in Decken wegzutransportieren und herumstehende Autoreifen mitzunehmen. Man geht die betonierten Auffahrten hoch. Gasmaskengesichter laufen dem Publikum entgegen, oben eine Schar gasmaskentragender, leere Kinderwagen schiebender Frauen, die die Piste herabkommen. Ensorsche Wirkung. Gedacht ist an eine deformierte Prozession im Keller, im denaturierten Raum. Reaktion des Publikums: z. T. übermütiges Reifenspiel, Babyspiel Erwachsene im Kinderwagen. Infantilisierung. Programmtitel: »Das Leben mit den unbegrenzten Zumutbarkeiten.«

Station vier: Freibad in der Dunkelheit. Man bekommt Tüten mit Augenlöchern mit der Bitte, sie aufzusetzen. Um das ausgetrocknete Schwimmbecken steht also eine kukluxklanartige Gesellschaft. Im Becken unter weißen Tüchern träge bewegliche Körper, die Holzspäne und blutigen Saft absondern. Rotes Feuer auf der Wiese. Reaktion des Publikums: Stimmengeheul unter der Maske, Rätselraten, schließlich an einer Ecke Gesang: »Es zittern die morschen Knochen.« Programmtitel: »Das blendendste Weiß unseres Lebens«. Verenden unter dem Superweiß.

Station fünf: Seitenhof des Klosters Wiblingen (gegen 19 Uhr). Innenhof, das Publikum (bis auf sich zum erstenmal absondernde Partien) nimmt wie befohlen Holzscheite und klopft, im Gänsemarsch gehend, an die Wände des Hofes mit Holzscheiten; wüster Lärm in dem ruhigen Hof. Es drängelt sich, als Losnummern für Eßwaren verteilt werden (die nachher nicht ausgelost werden). Programmtitel: »Der chronische Appetit nach Konsumgütern«. An den Fenstern erscheinen alte Leute (Bewohner des Altenheims, das im Kloster untergebracht ist. Bemerkung eines Polizisten: »Das geht zu weit.«).

Station sechs: Nacht, freies Feld (Sturzacker). Man soll Gruppen bilden, sich aus dem Leben erzählen, Hindenburglichter werden verteilt. Stehparty. Man friert. Programmtitel »500 Plätze an der Sonne«. Reaktion des Publikums: Ungehaltenheit. »Was soll das«. Die Veranstaltung geht auf die Nerven. Die Lichter, auf den Acker gestellt, erinnern an: Weihnachten, Illumination für Staatspräsidenten (Lübke in Hersfeld) und im Rückblick – an die Kriegsgräberfürsorge.

Station sieben: Schlachthof der Stadt Ulm (20.30 Uhr). Das durch die nicht erwartete Zeitdauer der Veranstaltung hungrig gewordene Publikum wird im Schlachtsaal vor eine festlich gedeckte Tafel gesetzt, an der Schauspieler zu essen beginnen.

Pommes frites, Salate, gebratene Gans. An den Viehaufzügen aufgehängte Brote werden von jungen Leuten abgerissen und verteilt. Reaktion: Hunger macht gewalttätig. Das Publikum nimmt auch vom Tisch aufgetragenes Essen. Trieb, mit Jux sich entschuldigend. Dann über Förderbänder herbeigerollte, schließlich den Tisch überladende Schokoladen und Schnapsattrappen. Wüstes Durcheinander auf dem Tisch, Reklame durch Lautsprecher. Dann in Seitenteilen mit Moltopren übergossene Figuren (Vostell hin- und hereilend, anrührend, kippend): erstickt und geplatzt vor Fett. Am Schluß: Geschlachtetes Vieh wird durch den Saal gefahren. Beifall. Programmtitel: »Der Autismus in der Werbung und die Einführung der Konfusion mit den Massenmedien«. Reaktion: Jux und Ekel. Ein Schauspiel vom Wohlstand mit seiner Perversion. Die Werbung setzt mit dem Hunger ein.

Station acht: Sauna des Schlachthofs. Heiße, gesüßte Luft. Sprotten werden verteilt, man geht durch enge Gänge. Die Nummer (Erinnerung an die KZ-Saunas, Vergasungsräume) mißlingt. Wirkung: Beliebigkeit, »Was soll das«. Programmtitel: »Die Infragestellung der inneren Behaglichkeit – oder, wo waren Sie heute vor zwanzig Jahren«. Auflösung des »Happenings« –: Die Gesellschaft trennt sich (soweit sie nicht schon flüchtig geworden ist). Ende: Besuch im Viehstall. Programmnummer »Aufhebung der Gleichgültigkeit«. Ergebnis: Rührung, Stimmen: Auf nach Haus. Jetzt reicht's. Heimfahrt, Endstation Theater. Dort kommt anderes Publikum aus der Vorstellung von Pagnols »Der goldene Anker«. (Nicht eingeplante Pointe des Autors) Zweiundzwanzig Uhr dreißig.

Das war ein Happening? Was ist ein Happening? Ich zitiere Vostell, den Erfinder und Veranstalter solcher Reisen »In Ulm, um Ulm, um Ulm herum« in New York, in Wuppertal und in Zukunft sicher auch anderswo: »Decollagistische Vorgänge und Szenen aus unserem täglichen Leben, wobei das Publikum zum Ausführenden wird, nenne ich Décollage-Geschehnisse-Aktionen etc.« Happenings.

Es war das erstemal, daß sich ein deutsches Theater in den Dienst dieser hungrig machenden »Kunst« stellte, die uns aus dem Theater hinauslocken will in die Wirklichkeit, vor der wir uns so gern ins Theater zurückziehen. Um Mitternacht, als wir im Warmen waren, erklärte Vostell (kurz bevor er zum Rundfunkinterview enteilte), die moderne bildende Kunst werde szenisch. Er zeigte sich auf diesem Weg. Er hätte sagen können, sie werde auf eine neue Weise brutal, um die Furchtbarkeit dieser Welt zu entdecken.

Die Veranstaltung, zugleich die größte, die bisher bei uns stattfand, hatte Zuzug sogar von Hamburg her. Sie wird Folgen und noch mehr Nachahmer haben. Sie hatte Partien mit starker Nachwirkung (auch wenn Teile mißlangen und im ganzen der Rhythmus verfehlt wurde). Nicht was dargestellt wurde, ist wichtig, sondern das, was sie anstrebt. Sie sagt aber noch mehr über die im Abbilden hilflos gewordene Kunst.

2. *Betrachtung des Ulmer Happenings*

Als am siebten November der Kölner Wolf Vostell vor dem Ulmer Theater seinen Wagen bestieg, um dreihundert Menschen wie ein neuer »Führer« stundenlang und bis zum Aushungern an allbekannte banale Orte der Stadt und Umgebung von Ulm zu führen, hatte die nun dreijährige Geschichte dieser »Kunst« in Westdeutschland ihren größten Tag.

An diesem Samstag verband sich eine bisher nur von Außenseitern der Künstlerschaft an Privatgalerien, auf öffentlichen Plätzen und in gemieteten Sälen veranstaltete Aggression mit dem subventionierten Stadttheater. Das »Happening«, ein auf spontane Provokation gerichtetes kurzes »Geschehnis«, hatte endlich zu der darstellenden Kunst gefunden, zu der es tendiert, seitdem es systematisch ausgebaut und mit neuen Stoffen angereichert wird. Das »Happening« zeigt so etwas wie Entwicklung. Schon heute gibt es Happening-Fans unter den Zwanzigjährigen, die sich gegen eine solche Monstreveranstaltung wie die Vostells in Ulm wehren und an jene spontanen, individuellen Störaktionen des bürgerlichen Alltags erinnern, wie sie jüngst einer von ihnen in Amsterdam trieb, als er, auf dem Bürgersteig hockend, Selterswasser literweise auf die Straße spuckte, um mit diesem Stumpfsinn die ordnungsbeflissenen Bürgersteigbenutzer aus ihrer gedankenlosen Hast zu reißen.

Das »Happening«, das heute als das mobil gemachte Kind der Pop-Art verstanden wird, hatte das Theatervolk zum erstenmal schockiert, als auf dem großen Dramakongreß der Edinburger Festspiele 1963, just, als es am langweiligsten wurde, plötzlich ein

Mädchen splitterfasernackt auf der Empore durch den Saal wanderte, hinter den Delegierten dann Gerippe, abstruse Objekte, Gipsbüsten erschienen und von oben ein Schotte fröhlich und laut Dudelsack zu pfeifen begann. Ein Kongreß war verstört, »aus den Angeln gehoben.«

Klamauk und Narrheit haben die Happenisten bisher nicht abgelegt. Das Wildeste und Groteskeste ist ihnen recht. Die wüsten Einfälle der Fluxus Festivals in Wiesbaden, Kopenhagen, Paris und Düsseldorf 1962 boten Exzesse an Verrücktheit. Daß der junge Frankfurter Bazon Brock »Gedichte« im Kopfstand vorträgt, erklärt nur, daß Sich-auf-den-Kopf-Stellen in diesen Kreisen ein Prinzip ist. Auf der ersten Veranstaltung dieser Art 1961 in Köln goß sich der Südkoreaner Paik eine Tüte mit Mehl über den Kopf, plumpste in eine Wanne mit Wasser und spielte dann klitschenaß »Das Gebet einer Jungfrau«. Wo immer man an solchen »Veranstaltungen« teilnimmt, trifft man auf junge Männer, die sich in Farbe wälzen, die Bohnen, Sahnetorten, faule Eier und Farbe ins Publikum klatschen. Besucher wurden auf freies Feld transportiert und stehengelassen.

Die Veranstalter der Fluxus-Festivals (die Gruppe hat sich inzwischen aufgelöst) und die Meister der heutigen »Happenings« waren und sind fast identisch. Sie haben ihre Spielorte in New York, in Barcelona, in Skandinavien, in Holland und (dank »Hauptmann« Vostell und seiner Freunde) in Deutschland – eine Internationale der Aufsässigen. Der amerikanische Hochschuldozent Allan Kaprow und Wolf Vostell (heute neben Lebel in Paris die nicht unbefehdeten Meister des Happenings) traten neulich noch gemeinsam mit einem Aktionsvortrag über ihre Kunst in New York auf.

Unter dem vielen, was der Kölner absurde Karnevalist will, proklamiert er »Methodische und unmethodische Happenings«. Des Ulmer langen Tages Reise in die Nacht zeigte eine solche Methode. Man kann sagen: das »methodische« Happening ist die deutsche Spielart der in Amerika zur Welt gekommenen spontanen improvisierten Schock- und Überraschungsaktion. Die Entwicklung des methodischen Happenings ist vielleicht auch eine Konsequenz aus der Einsicht, daß die Narrengeste allein nicht hinreicht, um die Welt zu foppen und zu schockieren und die allgemeine Gleichgültigkeit und Monotonie des Alltags zu durchbrechen, die die Happenisten verrückt macht. »Indolenz«,

»Gleichgültigkeit«, das kehrt in ihren Manifesten immer wieder und verleiht ihnen sogar ihren moralischen Impuls.

Die Happenisten sind jung. Fast alle sind zwischen 1930 und 1940 geboren. Sie haben in ihren frühen Jahren unbewußt noch die Ängste des Krieges aufgenommen. Ihre bewußten Erlebnisse hatten sie im letzten Jahrzehnt, in dem die politische Stagnation, die Erstarrung der Welt in der Teilung Ost-West, zusammenfiel mit dem neuen Boom, mit dem plötzlichen Konsumschub, an dem in seinen vielerlei »Wellen« teilzunehmen zum wichtigsten Lebensziel nicht nur in Deutschland wurde. Dieser Boom wird gesteuert von der hypertroph gewordenen Reklame, die das Paradies als käuflich erklärt, in der ein schönbestrumpftes Damenbein als das Glück der Welt erscheint. Die »himmlisch« gemachte Welt des Dessous, die durch Tausende von Waschmitteln fleckenlos zu haltende Welt, das sportlich attraktive Herrendasein, das auf dem Kunstdruckpapier der Herrenzeitschriften als die beste aller Lebensarten deklariert wird, die Verfälschung des Schönheitsbegriffes durch die Ideologen der Reklame, diese bewußtseinsbildende Industrie, wird von dieser Generation, soweit sie nicht schon selber ›konsumiert‹ ist, als jene Großmacht empfunden, die den Menschen von seinen eigentlichen Daseinsproblemen ablenkt und das schreckliche Gesicht der Welt verklebt.

Amoklauf als Kunst

Pop-Art ist ohne diese als vital empfundene Bedrängnis nicht zu verstehen. Wo diese Bedrängnis sich unreflektiert in Aktionen Luft macht, wird sie zur primitiven Form des »Happenings«. Bilderrahmen, vor Stapel von Konservendosen gehalten, die Ausstellung von Koteletts, Schinken, Lendensteaks und die Deklarierung als ›Kunst‹ ist die Parodie darauf, daß das Verlangen nach Bildern, das wir alle haben, durch das überfüllte »Schaufenster« schon vortrefflich befriedigt wird. Happenisten haben Cola-Flaschen zerschlagen, Musikautomaten zertrümmert und damit ein »Happening« gefüllt. Für manchen mag das eine kriminelle Aktion sein. Der Happenist versteht sie als gezielte Aktion: als magischen Protest im pars pro toto. Der Amoklauf wird zur ›Kunst‹, weil in solchen Aggressionen die Funktion der Kunst nicht mehr in ihrer schönen Kraft (»Veredelung der Welt«) gesehen wird, sondern nur in der, die Widerspruch heißt. Die Negation soll ein Wegzeichen zu anderem werden, das nicht mehr sichtbar zu machen ist, das aber jeder für sich selbst finden soll: Freiheit, Selbstkontrolle, Reserve, kurz: alles das, was Distanz von den Verführungen verschafft, mit deren Hilfe die Warenindustrie zur Bewußtseinsindustrie wird.

Die Triebkraft dieser Veranstaltungen sind Aversionen und Allergien gegen die dominierende Macht der Mechanismen. Sie werden, vor allem in Deutschland, von einer anderen Seite her verstärkt. Diese Dreißigjährigen, deren unbewußte Erlebnisjahre in einer Zeit liegen, in der der Krieg nach Deutschland hineingetragen wurde (1943-45), deren bewußtes Erleben von den Leichenhaufen Hitlers erschreckt, von den Greuelberichten aus den seit acht Jahren laufenden KZ-Prozessen aufgestört wird, werden die Schrecken nicht los. Der Narzissus unter den deutschen Happenisten, Bazon Brock (1936 in Stulpow geboren), ließ sein ›Lebensrad‹ drucken: eine runde Drehscheibe (wie wir sie früher für das Einmaleins hatten), deren Ausschnitt erst den Himmel, dann Stapel von Leichen freigibt. In New York forderte Vostell sein Publikum auf, einen Menschenberg zu bilden, wie in einem Massengrab. Zu Ulm begann er sein ›methodisches Happening‹ auf dem Militärflugplatz und wollte es in der Sauna des Ulmer Schlachthofs beenden. Er versuchte, die große, im Schlachthaussaal veranstaltete Sauf-, Freß-, Reklame- und Wohlstandsorgie mit den vor Fett geplatzten Menschen im Schauer der Erinnerung an die Gaskammern, die als Saunas verkleidet waren, zusammenstürzen zu lassen. Er suchte Wirkung durch die Assoziationskraft der Umgebung, in die er sein Publikum führte.

Humbug? Man kann sich wenigstens klarmachen, daß die Welt, in der der getötete und geschändete Mensch auch die Denaturierung des Überlebenden bestätigt, mit Hilfe von Pinsel und Leinwand, also in den herkömmlichen malerischen Mitteln, kaum noch abbildbar ist. Picasso versuchte, das Bombardement von Guernica im Bild festzuhalten. Max Frisch bestätigte neulich in seiner Rede in der Paulskirche, daß das furchtbare Ereignis hinter dem Kunstwerk des Bildes verschwunden ist. »Guernica begeistert uns für Picasso«. Ein Maler wie Oelze versucht die Alpträume, die unterhalb aller Glanzfolien unseres Lebens wesen, ins Bild zu fassen. Er malt sie mit großer Kunst. Aber er wirkt – romantisch. Bacon malt deformierte Menschen. Aber das erschreckt und fördert das Interesse für – die Ästhetik des Ekels. Für die neuen »Aktivisten« erscheint die Malerei als eine Kunst, die aus der Wirklichkeit zu leicht entrückbar ist. Die Grenzen der Malerei sind sichtbar geworden, als auch auf dem Theater die Frage auftauchte, wie die heutige Welt auf der Szene abgebildet werden könne. Der Verlust der Bildinhalte, die Monochromie war ein Symptom für das Empfinden, daß sich die heutige Wirklichkeit dem Abbilden entzieht. In Ives Klein sehen wir heute eine der unglücklichen Figuren, in denen sich jener Umschlag vollzog, der das Happening mit hervorgebracht hat.

Die fast feindlichen Angriffe Kleins oder Mathieus auf die Leinwand, vor der die Impressionisten fast noch verliebt saßen, vor der Beckmann schon oft feindlich, aber besessen stand, drückten diese Distanzierung von Maler und Leinwand schon als szenische Geste aus. Als Ives Klein nackte Mädchen mit Farbe bestrich und auf seine Leinwände drückte, wurde der Jux, der Klamauk zum Symptom. Das Bild wurde, so bedeutungslos Kleins Versuche auch als Kunstwerke sein mögen, mobil gemacht als Geschehnis. Die historischen Rückblicke, in denen sich die Happening-Fans heute schon üben (jede ›Kunst‹ übt sich auch in der Stilisierung ihrer Geschichte), beginnen da und enden in der vorläufig noch alleinseligmachenden Formulierung Vostells, die Zukunft der bildenden Kunst werde das mobile Bild, das Happening, das in die Wirklichkeit selbst eingreift, sein.

Aber das Happening ist nicht nur aus der Veränderung der Haltung einer jungen Gruppe zum Bild, zum Problem der Abbildbarkeit, hervorgegangen. Es gibt ähnliche Entwicklungen und Veranstaltungen (Cage, Stockhausen) in der Musik oder in den Darstellungen experimenteller Theatergruppen, die alle getrieben sind von dem Satz, der als Fazit erst nach dem Zweiten Weltkrieg gezogen werden konnte: daß die traditionelle Kunst das Leben nicht verändere und kein kritisches Bewußtsein bildet.

Daß die Kunst (und was sich als solche versteht) nun auf die Straße geht, ist die Folge dieser Erkenntnis. »Keine Flucht aus der Wirklichkeit, sondern in die Wirklichkeit«, dieser Satz aus Vostells Manifest findet sich ähnlich in anderen Deklarationen. Er wirkt wie die logische Folgerung aus einer als Beengung empfundenen Situation. Die Wirklichkeit, sagen diese Jungen, ist vielschichtiger, als man sie uns vormacht. So erklärten sie den neuen Fassaden den Krieg: Sie gingen auf die Straße und öffentlichen Plätze, rissen Plakate ab und demonstrierten, daß auch das Zerrissene, Aufgerissene, das zerstörte Plakatlächeln noch zu »schönen« Ergebnissen führt. »Schön« nun nicht mehr als Illusion, sondern als Desillusion verstanden.

Dieser Zorn über die als einförmig, durch Tabus und Konventionen auch als verstockt empfundene Welt, hat die merkwürdigsten Happenings hervorgebracht. Der brave Mann, der im Juni 1963 über die Frankfurter Hauptwache ging und sich gratis eine »Bild-Zeitung« geben ließ, hatte plötzlich ein Blatt in der Hand, in dem alles Persönliche, Charakterisierende durch das Wort »bloom« ersetzt war. Der Herausgeber Bazon Brock hatte die tägliche Einförmigkeit der Information aufgespießt und Bloom, den Helden des James Joyce, für seine Bewußtseinsrevolte okkupiert. Als am 20. Juli 1964 im Saal der Technischen Hochschule in Aachen die »Gedenkfeier für die Widerstandsbewegung« mit Goebbels Sportpalastrede begonnen hatte, wälzten sich alsbald junge Leute in Farbe. Irres Trillerpfeifen mischte sich mit monotoner Lautsprecherreklame »Immer noch schmeckt das Bier«, Margarine bruzzelte im Elektrokocher, der Düsseldorfer Kunstprofessor Beuys fütterte das Klavier mit Bonbons und stillte dessen Durst mit Salzsäure. Als endlich die Versammlung zum Gegenangriff überging: da war nicht nur das bürgerliche Stereotyp »Feierschema« (schwarzer Anzug, gesenkter Kopf, nachempfundene Heldentat) durchbrochen, sondern dem geduldigen Publikum auch »Aktion« entlockt. Es war ein Triumph für die mit Polizeigewalt an weiteren Aktionen verhinderten Veranstalter, daß durch Unsinn eine sinnvolle Handlung provoziert wurde: Aufstand, Widerstand »20. Juli«, die Revolte der Opfer. Aktionen mit dem Ziel, nicht mehr ›Opfer‹ sein zu wollen. Der Ulmer Dramaturg Bremer konnte, auf solche Herausforderungen anspielend, sagen: »Wir machen Dinge kontrollierbar, denen wir früher zum Opfer fallen mußten«. Die Lethargie, mit der das Publikum im Kino zehn von 50 Minuten Reklame erträgt, wird von diesen aufständischen Artisten nicht anders bewertet als die Lethargie, mit der es Hitlers Verordnungen sich zumuten ließ: ›Indolenz‹.

Die »Happenings« (»Geschehnisse«) verstehen sich als ›zufällige‹, als improvisierte Ereignisse in einem monoton gewordenen Alltag, als Unerwartetes in einer von berechenbaren Erwartungen gelenkten Welt. Das Zer- und Abreißen von Plakaten, die décollage, ist eine Urform des Happenings. Das Wort Decollagismus wurde zum Inhaltsbegriff für das neue Spiel. Inzwischen haben die Happenisten ein Arsenal von Mitteln gesammelt, die sich in allen Veranstaltungen wiederfinden. Das Werfen von Gegenständen ins Publikum gehört dazu wie Exhibitionismus und sadistische Stöße. Blut- und Farborgien, Zerstören, Zerreißen, Verdrecken. Selbst die Denaturierung der Lebensmittel, Brot, in das Unrat eingebacken ist, Brötchen, mit Engerlingen belegt, ist – bei Daniel Spoerri – ein Schockmittel dieser Improvisationsspiele. »Decollagismus als Gesamtkunstwerk«, heißt eine Hauptparole.

Zerquetschtes Auto

Formen der Wut und des Zorns: sie werden benutzt als Formen des Zeigens. Bei seinem Wuppertaler Happening ließ Vostell ein Auto von Lokomotiven zerdrücken, um vorzuführen, was jede Autoreklame verschweigt: Daß mit jedem Auto schon der Unfall an uns vorbeifährt. Er demonstrierte zugleich, was uns heute als ›Ereignis‹ begegnet: Unfall, Zerstörung. Er deutete damit auch auf die Perversion von ›Erlebnis‹. Die Ulmer Veranstaltung war (nach der Wuppertaler) der ausgeklügelteste Versuch, mit Mitteln des Happenings die Augen für die ›wirkliche‹ Wirklichkeit (die hinter allen Reklamen) zu öffnen. Die Gasmaskenmütter mit den leeren Kinderwagen in der Tiefgarage: das stellte dar, was man in jedem Parkhaus empfindet: den inhumanen Raum inmitten der Stadt. Die Straße, als Schlachthaus begriffen, veränderte den Blick auf die Straße. Als in Ulm in einer faschistischen Situation (uniformierte Zuschauer verendende Tiere betrachtend) ein Nazilied angestimmt wurde, erschrak selbst der Veranstalter. Er saß mit seinen Zuschauern in der Falle. Verdrängtes trat ins Bewußtsein. Eine künstlich hergestellte Situation gab die unterschwelligen Gefühle zu erkennen.

So wird das Happening in seinen besten Einfällen subversiv. Subversion ist ein Ziel des methodischen Happenings, das ein ›Ereignis‹ nach Art von Sightseeing zu werden verspricht und eine Falle wird (wenn es gelingt), Jux, der im Ernst endet.

Nur im Ernst? Die Mittel, derer sich die Happenisten bedienen, sind ja nicht nur die Formen, mit denen sie ihre Um-Ordnung vollziehen, sondern auch die, über die Un-Ordnung sich einschleicht. Die Lust, Zerstörungen zu erleben (Ersatz für verdrängte Wunschvorstellungen) macht zu leicht auch die SA-Brutalität produktiv, die ihr innewohnt. Die Sänger im Freibad hatten sie schon auf den Lippen.

Gerade deswegen stellt sich die Frage, ob und was an diesen Veranstaltungen zwischen New York und Neu-Ulm Kunst sei. Sie werden doch als Kunstform propagiert. Künstler wollen sich damit eine Rolle in der Gesellschaft verschaffen, die sie angreifen. Der fröhliche Satz »Zur Kunst erklären, was ich als Kunst sehe« ist verständlich. Aber er sagt zunächst nicht mehr als Potemkin, als er Pappdörfer zu Dörfern erklärte. Und Aggressionen bleiben auch da, wo sie Tabus verletzen und bewußt Mißbrauch darstellen (Müll in Brot gebacken), nur Aggressionen mit Symbolcharakter.

Atompilz und rohes Fleisch

Die Frage bleibt nach wie vor, ob die Flucht vor der alten Kunst (die diesen Happenisten nicht mehr zureicht) in die Wirklichkeit, die da vollzogen wird, noch künstlerische »Übersetzung« zuläßt. Vostells Ulmer Versuch konnte sich immerhin darauf berufen, daß er durch Arrangements die Umwelt verfremde und Wirkungen, ›Assoziationen‹ hervorrufe, die zwar die Welt nicht verbessern, aber doch in ein anderes Verhältnis zu ihr bringen. (Daß treffende Assoziationen ausgelöst werden, ist ja das Kriterium für die Beurteilung von Happenings.)

Aus dieser erhofften Wirkung ziehen die Theoretiker des Happenings den Mut, zu sagen, ihre Spiele seien imstande, Ideologien abzuwehren, zum Nachdenken zu bringen. Ihr Trick, die enthüllte Wirklichkeit selbst wieder zur Kunst zu erklären, ist aber ein moralisch gemeinter Schwindel. Er rechtfertigt sich damit, daß das Schöne durch keine Kunst mehr zu gewinnen, sondern in der Wirklichkeit selbst versunken und dort zu finden sei.

Tatsächlich gibt es in dieser Umwelt partielle Entdeckungen solcher Schönheit. Die vom Farbrausch umgebene Autowaschmaschine in Ulm erschien uns als verwandelte Gestalt des verlorenen Begriffs »Hedonismus«. Sie strotzte vor »Lebendigkeit«. Vostell schwärmte für die Schönheit der Düsenjäger und ihres »Konzerts«, das einem zugleich jede Verständigung zerschlug.

Schönheit im Grauen, im Unmenschlichen zu sehen: Der Hinweis auf die Schönheit des Atompilzes ergänzte sich in Ulm, als sich zufällig Blut mit gelber Farbe »auf schöne Weise« vermischte, das Vostell mit seinem Auto aus rohem Fleisch herauspreßte. (Die Vergötterung des Zufalls [der Aleatorik] in der Theorie des Happenings hat da ihren Grund.)

Dieses Wiederentdecken des ›schrecklich Schönen‹ im Alltag (das früher Sache der Maler war) als ›Kunst‹ zu deklarieren, was ist es? Usurpation eines Begriffs oder der Versuch, gewaltsam Liebe zu proklamieren, wo der Ausgangspunkt aller Empfindung Verdruß ist? Wirklichkeit als Kunst: das ist ein Gewaltakt in und für eine Welt, die lieber ›Kunst‹ als sich selber wahrnimmt und nun auf sich selber gelenkt werden soll.

Daß der Aggressor Vostell bei seiner ›Blutmalerei‹ seinen roten Citroën benutzte, einen Wagen, über dessen modischen Konsumwert Roland Barthes einen vortrefflichen Essay veröffentlichte, gehört in die Ambivalenz, mit der Pop-Art seit ihrem Entstehen geschlagen ist. Die Attacke gegen den absoluten ›Warencharakter‹ der Welt wird von diesen Künstlern mit den propagandistischen Mitteln geführt, mit denen die ›Verwarung‹ selbst betrieben wird. Auf die aber auch der Aggressive nicht verzichten kann, weil er gezwungen ist, sich in dieser Welt zu bewegen, die er angreift.

Diese Zwangssituation mag die Allergie der Aggressoren gegen die verklebte und mit Schildern verstellte Welt noch einmal verstärken. Darum haben viele Verrenkungen nur den Erfolg von Kasperle. Die anarchistische Geste ist Ausdruck eines Verlangens nach Freiheit, das seine eigenen Grenzen begreift. ›Kunst‹ mit den Mitteln der Wut. Wir könnten auch ähnliche Entwicklungen an der dramatischen Kunst beschreiben. Die Darstellung der Welt als Irrenhaus im »Marat« von Peter Weiss nach dem Schwinden möglicher weltanschaulicher Positionen: das war ein Testfall. Walsers »Schwarzer Schwan«, dieses Ritual der in die zweite Generation gerutschten politischen Schuld, ein zweiter. Amokläufe und Handlungen in verklebten, endgültigen Situationen. So gesehen, war es kein Zufall, daß sich jetzt ein städtisches (kein Außenseiter-) Theater für die Veranstaltung eines »Happenings« hergab und nicht schon vor zwei Jahren, als der Annäherungsprozeß noch nicht so sichtbar war. Hektische Handlungen, neurotisches Trommeln auf den harten Häuten der

Wirklichkeit: das ist hier wie dort. Das Trommeln soll heißen: denkt nach. In jeder Partitur hat der Trommler nur wenige Sekunden, auch wenn er sich durch seine Manifeste ins Unendliche verlängert. Das größte Happening – das Leben: Konsequenter, scheint's, hat eine Theorie ihre Benutzer noch nie aus den Angeln gehoben.

Die Suche nach der Kunst

Elf Jahre Theaterarbeit in Bremen (1962-1973)

Was ist Kunst?

Suchend nach einem letzten Satz, der über die elf Jahre theatralischer Arbeit in Bremen zu schreiben wäre, finde ich keinen anderen als diesen. Ein Hauptwort, das ins Fragen gerät und sich nur noch durch Fragen hervorbringt. Aber ein Hauptwort immerhin und eins, das den Akzent im Satz behält. Die Mannschaft, die im Sommer 1962 in das Bremer Theater einzog, Kurt Hübner, Peter Zadek, Wilfried Minks, auch die lange Reihe der Dramaturgen (von Hans Peter Doll bis Burkhard Mauer) und endlich die Schauspieler haben ihr Theater aus dem Fragen gemacht, was zu machen sei und wie? Das Bremer Theater, so wie es sich schnell verdeutlichte und von der Mitte des Jahrzehnts schließlich zum Zentrum szenischer Arbeit in Deutschland wurde, ist aus nächtelangem Diskutieren entstanden. Es war spontan, voller Neugier auf das, was man zutage brachte, schweifend, aber auch von einer sich erst allmählich selbst erkennenden Systematik. Ausgehend von der Einsicht, daß man nur machen, was man selbst wollen könne und daß man nur wollen könne, was man für nötig hält, waren sie sich selbst Kontrolle und Antrieb. Kontrolle insofern, als sie fragten: enthält das, was uns als Aufgabe im Stadttheater zugemutet wird, noch unsere Probleme? Antrieb insofern, als sie nur das machten, was ihnen Spaß und was sie neugierig machte. Daß die Bremer Theaterarbeit schnell über die Konventionen des Stadttheaters und auch die Formalismen der Kunst der fünfziger Jahre hinwegkam, hat in solcher persönlichen Spontaneität seinen Grund.

Kurt Hübner, der Sammler

Die Arbeit der Gruppe um Hübner begann, als der klassische Gründgens in Hamburg seine letzten Inszenierungen machte, als der abstrakte Schauspielregisseur Sellner (der die fünfziger Jahre geprägt hatte) zur Oper überwechselte und Brechts Werk durchgesetzt war (nicht ohne Hübners Zutun in Ulm, um den mit dem

Bau der Mauer in Berlin drohenden Brecht-Boykott demonstrativ zu brechen). In Ulm war die Gruppe zusammengekommen. Hübner, Schauspieler und Dramaturg, fand als Intendant in Ulm Wilfried Minks (den niemand kannte), er gewann Peter Zadek, der aus England gekommen war und sich langsam mit der deutschen Sprache auch in deutsche Theaterverhältnisse einlebte. Das war ein Kern. – Zadek zum Beispiel hatte im Gepäck ein irisches Stück: »Die Geisel« von Brendan Behan. Für die damals stagnierende Situation im deutschen Stadttheater war es ein ungewöhnliches Stück; es war frech, ironisch, satirisch, jede Veredelung des Menschen verweigernd, es war bockig und gegen alle bürgerliche Prüderie. Hübner setzte »das Monstrum« durch, Zadeks Regie zeigte den kommenden Regisseur auf der Höhe seines besten Talents: er wollte ein Spiel in offener Form, mit Humor, Realismus und Gesang. Die Frechheit des Inhalts stellte sich nach außen dar als Herausforderung, als eine Attacke, die gleichzeitig Spaß machte, aber auch als eine neue Dynamik auf der Szene selbst.

In Ulm hat Hübner gelernt, mit jungen Kräften Theater zu machen. Er sah, daß das Theater nicht mehr nur von der Regie, sondern aus der Dramaturgie zu entwickeln war. In Ulm trat schon die Frage des Wie vor das Was des Spielens. Hübner weigerte sich, Novitäten-Theater zu machen, wie er auch vom literarischen Theater – kraft seines Temperaments – nichts hielt, das sich als Vermittler der Literatur verstand. »Die Geisel«, aber auch die ersten Versuche mit der Operette, konturierten in Ulm schon vage einen Begriff von Theater, mit dem der Intellekt und das Vergnügen wieder zusammenkamen.

Das wurde eine Basis der Bremer Arbeit; nicht nur, weil in Ulm Erprobtes nach Bremen übertragen und dort verändert und weitergebildet wurde (etwa: »Maß für Maß«), sondern, weil die Mischung von Intellekt und Vergnügen auch dort den Arbeitsstil formte. Die Gruppe sah sich von dem konservativen Ort Bremen herausgefordert. Hübner schätzte an Zadek seinen Impetus und das Übermaß seiner Phantasie (auch wenn sie anarchisch war). Zadek war nicht eingeschüchtert durch das deutsche Klassikertheater; seine Fremdheit gegenüber der Tradition hier war sein Wert. Minks wiederum arbeitete damals noch mit abstrakten Bühnen. Zadek kam aus dem realistischen englischen Theater. Das gab Spannungen und es blieben Spannungen. Aber es war das Talent aller, daß sie einander fruchtbar machen konnten. – Hübner selbst war – und blieb – von allen vielleicht der Konservativste. Aber konservativ war er nur in zweierlei Hinsicht: indem er bei den Gedankenvorstößen seine Mitmacher immer wieder an das Publikum erinnerte und indem er das Bewußtsein für Werkgerechtigkeit und für die Aufgabe wachhielt, daß auf dem Theater menschliche Schicksale darzustellen seien: Schmerz, Leid, Desillusionierung, Freude, Lachen, Bewegtheit oder Zartheit.

Jenes führte ihn aber nicht dazu, den Spielplan vor allem aus den Bedürfnissen des Publikums zu machen und dieses nicht dazu, ein nur realistisches Theater zu verlangen. Hübner war immer auf Seite der Künstler, der Erfinder und der Vorstößler, aber eine seiner Rollen war die des Balance-Halters. Das ging gelegentlich so weit, daß er Regie für Stücke übernahm, die er eigentlich nicht wollte (und die er keinem anderen zumutete), daß er einsprang, wenn eine Produktion stockte (so kam seine »Don-Gil«-Inszenierung zustande). Hübner, der immer wie ein Naturbursche daherkam, kräftig, aber auch mürrisch, mit starker Stimme, war also auch immer ein Hausvater. Er hatte noch etwas vom alten Prinzipal und als solcher trat er auch immer wieder als Schauspieler in sein Ensemble zurück. Er besetzte sich mit kleineren Rollen. War er verquält und unzufrieden, regenerierte er sich doch immer an dem, was gelang und was neu war. Seine Kriterien waren einfach und kühn; seine Hauptvokabeln sind: »toll«, »aufregend« und auf der anderen Seite »schwachsinnig«. Das heißt: er war entschieden; die Vokabeln sagten, wie. Auf wen er seinen Einfluß ausüben konnte, der benutzte bald seine Vokabeln.

Man muß von Hübners Person ausgehen, um zu verstehen, warum das Bremer Theater überhaupt zu einem Zentrum künstlerischer Arbeit werden konnte. Was es wurde, mußte dem Ort und der Situation abgetrotzt werden. Die Geschichte des Bremer städtischen Theaters bis 1962 war weder lang noch erheblich. Das heißt: wer in Bremen begann, konnte sich weder von einem forcierten Ortsgeist noch von einer starken künstlerischen Tradition tragen lassen. Das Theaterhaus selbst war akustisch schlecht, die Bühne ungeschickt proportioniert, der Zuschauerraum rosa versüßlicht; der Etat war gering, das (überalterte) Publikum nur eingewöhnt in Klassiker- und Boulevard-Konvention. Für den Gesamtzusammenhang war Bremen ein fast bedeutungsloses Stadttheater. Hübner konnte das neue Theater in Bremen nur begründen, indem er sein bestes Talent ausnutzte, nämlich die Talente anderer zu erahnen, zu sammeln, zu koordinieren und ihnen Entfaltungsmöglichkeiten einzuräumen. Er wiederholte, was sich in solcher Deutlichkeit nur einmal in der neueren deutschen Theatergeschichte vollzogen hatte: an Jeßners Staatstheater in Berlin; auch Jeßners Haus wurde ein Zentrum, weil er nicht Stars, sondern suchende, sich formende und bald führende Talente sammelte. Da – wie Jeßner – Hübner sich nie als der erste Regisseur des Hauses behaupten wollte, hatte er bessere, dynamischere Regisseure in den elf Jahren, als er selbst war (obwohl Hübner mit »Hamlet«, mit »Macbeth«, mit »Peer Gynt« in die Reihe der ersten Bremer Produktionen gehört). Da alle auf der Suche nach einer neuen, nicht vordefinierten Form von Theater waren (einem Theater, das nicht leugnete, Theater zu sein, und das Spaß machte), mußte Raum zum Probieren und Experimentieren gegeben werden. Bremen wurde im Laufe der Jahre fast die einzige Bühne, auf der im großen Volumen nicht experimentiert, sondern neugierig auf Zukunft hin gearbeitet wurde. Das heißt: hier wurde Riskantes nicht in ein Studio gesteckt, sondern mit dem vollen Risiko der Haupt-Arbeit betrieben, und der persönliche Entfaltungsraum gesichert. Das gilt für Peter Zadek (»Ich bin damals in 17 Richtungen gleichzeitig losgerast«), auch für Wilfried Minks, der vom Bühnenbildner zum ersten Regisseur wurde, auch für Regisseure wie Peter Stein, für Hans Hollmann, für Rainer Werner Fassbinder, für Klaus Michael Grüber. Sie konnten hier nicht nur ihre Visionen der Stücke inszenieren, die Visionen entstanden hier erst inmitten dieser freien, auf Erfindung angelegten Arbeit. Gerade weil es im Theater kein geschlossenes Konzept, sondern nur die offene, fragende Arbeitsprogrammierung gab, wie man eine neue Sprache des Theaters finden könne, aktivierte diese Arbeit. Sie enthielt ihre eigenen Spannungen und bekam ihre charakteristischen Krisen.

Wenn man auf die Personen sieht, die an ihr teilnehmen oder in ihr sogar erst aufwuchsen, erkennt man die Schlüsselposition dieser Arbeit für das Theater der siebziger Jahre. Außer Peter Zadek, außer Peter Stein (dem hier zum erstenmal Klassikerinszenierungen, »Kabale und Liebe« und »Tasso«, gegeben wurden), außer R. W. Faßbinder (den Hübner aus dem Münchner Underground, dem Anti-Theater heraufholte), außer Wilfried Minks und Klaus Michael Grüber (für den Bremen die erste Position in Westdeutschland war), hat Hans Hollmann sich hier (mit der »Trilogie der schönen Ferienzeit«) als Regisseur durchgesetzt wie Hans Neuenfels (mit Handkes »Kaspar«). Für Michael Hampe, Kai Braak, vor allem für Alfred Kirchner, Rolf Becker, auch für Joachim Preen, Hartmut Gehrke, Johannes Schaaf und Charles Lang war Bremen die Schule der Regie.

Aus Minks Bild-Werkstatt kamen K. E. Hermann (heute Schaubühne), Klaus Geelhaar, Jürgen Rose und Erich Wonder. Edith Clever, Jutta Lampe, Margit Carstensen, Hannelore Hoger, Ute Uellner, Bruno Ganz, Hans Peter Hallwachs, Vadim Glowna, Hubert Kronlachner, Michael König, Helmut Erfurth, Werner Rehm, Fritz Schediwy, Rolf Becker: das sind heute führende Schauspieler aus den elf Jahren Bremer Arbeit.

Entdeckungen, Spiegelungen, Spannungen

Einen Teil der Geschichte von Hübner kann man auch deswegen als Geschichte von Personen beschreiben, weil inmitten dieser Konzentration von Qualität ein gegenseitiges Sich-Entdecken, ein Lernen möglich war und weil subjektive Erfahrungen von anderen ausgenutzt und objektiviert werden konnten. Beispiele: Edith Clever, die vorher in Inszenierungen immer unbedeutend blieb, wurde von Hans Hollmann in der »Trilogie« plötzlich neu gesehen. Ihre zarten Valeurs, ihre Fähigkeiten, übertragene Damen unnachahmlich zu spielen, glucksige Figuren mit Humor zu zeichnen, wurden später von Minks und Peter Stein im »Tasso« zu der schwierigen Kunst, eine Figur aus lauter Brechungen aufzubauen, weitergeführt. Hübner, vor allem aber Faßbinder, konnten Margit Carstensens spezifisches Talent zu hohen Exaltationen, zum Herstellen und Verschleifen von Brüchen wie zum analytischen Spiel entwickeln. Hübner hat Bruno Ganz (als Hamlet, als Macbeth) zum führenden Schauspieler seiner Truppe gemacht; Peter Stein, der Ganz mit der Rolle des Tasso an sich zog, erkannte und befreite Jutta Lampes hohe seelische Empfindsamkeit. Solche Entdeckungen wirkten auf die Regisseure und deren Entwicklung zurück. – Ohne solche Vorbereitung zum Beispiel im gebrochenen Spiel hätte Peter Stein den »Tasso« (die wirkungsreichste Bremer Produktion) nicht inszenieren können. »Tasso« selber ist schwer denkbar ohne Zadeks Inszenierung von »Maß für Maß« und Minks Inszenierung der »Komödie der Irrungen«; in beiden wurde ein Spielverfahren vorbereitet, in dem sich der gestische Ausdruck des Schauspielers gegen den Inhalt kehrt, ihn enthüllt und auf seinen Wert hin interpretiert. – Wirkungen der Bremer Arbeit gingen zum Beispiel auch aus Hübners »Peer-Gynt«-Inszenierung ein in jene, die Peter Stein (zum Teil mit den gleichen Schauspielern) an der Berliner Schaubühne machte. Darum konnten wir am Anfang von der sich erst in der Arbeit selber langsam erkennenden Systematik sprechen. Einmal Entdecktes, wie z. B. das spezifische Talent der Clever, wurde weitergetrieben, um es ganz auszubilden. Ähnlich war es mit dem szenischen Material.

Wie Spannungen zwischen Personen die Arbeit produktiv machten, zeigte schon das Verhältnis von Zadek und Minks. Es wiederholte sich von 1968 ab im Verhältnis von Faßbinder und Minks. Da Minks' Raum- und Farbphantasie die Räume sehr dominieren ließ, wurde das Verhältnis zwischen dem Bild und den Personen immer ein Problem. Faßbinder interessierten die Menschen und die Schauspieler. Minks' Räume verlangten entweder die totale Integration (der Schauspieler als lebendes Requisit wie in Minks' »Maria Stuart«) oder die Gegenwehr. Regisseure, die am Schauspieler als dem Zentrum künstlerischer Arbeit festhielten, kamen damit immer wieder zu schönen Balancen zwischen den starken Bildern und den menschlichen Körpern: Stein im »Tasso«, Hübner im »Hamlet«, in »Macbeth« und im »Nathan«, Zadek in »Frühlings Erwachen«.

Im ganzen war die Arbeit in Bremen von Anfang an frei von politischen Theoremen. Daß Hübner sich in Bremen für Zadek als Oberspielleiter und nicht für den bei Brecht großgewordenen, marxistisch denkenden Peter Palitzsch entschied, war eine Vorentscheidung, die das Bremer Theater über elf Jahre hin prägte. Palitzsch, der gleichwohl bei Hübner inszenierte (bis er in Stuttgart Schauspieldirektor wurde), dachte in Kategorien der gesellschaftlichen Veränderung. Der Mensch war ihm durch Denken und Lernen veränderbar. Für Zadek war der Mensch unveränderbar, für ihn verhält er sich so, wie er angelegt ist; seine Natur ist nicht läuterbar. (Darum Zadeks Vorliebe für Behans »Geisel«) – Zadeks Bild vom Menschen war zwar einseitig, entsprach aber seinen Erfahrungen. (Sie blieben so während seiner Bremer Zeit). – Noch an seiner letzten Inszenierung, mit der er sowohl in der Entwicklung seiner Gedanken, seiner Aversionen gegen bestehende Normen, wie in der Schauspielerführung an jene äußerste Grenze kam, hinter der eine ganz andere Sprache des Theaters sichtbar wurde, in »Maß für Maß«, war das abzulesen. Hübner erschien als Zadeks Gegenpart. Hübner hielt den Menschen für beeinflußbar, auch läuterbar. Als Hübner »Macbeth« inszenierte, zeigte er, daß Macbeth erst zum Mörder gemacht wird; für Zadek wäre Macbeth von vornherein ein Mörder gewesen. Das gemeinsame in beider Auffassung war, daß Hübner und Zadek doch immer die Schicksale, die Lebensrollen und die Verstrickungen als darstellerische Aufgabe sahen. Das heißt: sie benutzten Theater für Darstellung von Naturen, von außerordentlichen Lebensaspekten. Sie benutzten es aber nicht zur Darstellung politischer Fragen.

Der Zusammenstoß: Tasso

Das ist um so charakteristischer, als mit Beginn der Bremer Theaterarbeit im übrigen deutschen Theater eine starke Politisierung begann. Zunächst (von 1961 ab) mit den politischen Stücken von Kipphardt, Hochhuth, Walser und Peter Weiss[1], dann unter dem Einfluß der Studentenbewegung (von 1967 ab).[2] Die Stücke dieser politischen Bewegung brachten zwar neue aktuelle Stoffe, revolutionierten aber weder die szenischen Mittel noch stellten sie das System des Theaters in Frage. Die Studentenbewegung wirkte nicht durch Stücke (da war sie unschöpferisch), sondern brachte ihre gesellschaftlichen Fragen in die Arbeit ein, Fragen nach dem politischen Sinn von Theaterarbeit und der Funktion jeder Produktion. Da die Theaterarbeit in Bremen nie unter dem Gesichtspunkt der Stück-Novitäten betrieben wurde, blieb das Theater frei von jener ersten politischen Welle, wurde aber von der zweiten erfaßt. Dies geschah durch den Regisseur Peter Stein, der in München (Kammerspiele) mit der Inszenierung der »Vietnam-Diskurs« von Peter Weiss noch die Verbindung geschlagen hatte zwischen der ersten indirekten und der zweiten direkten Phase der Politisierung, in der der Vietnam-Protest eine maßgebliche Rolle spielte.

Stein, der schon »Kabale und Liebe« in Bremen mit aller realistischen Härte inszeniert hatte, probierte in Bremen 1969 Goe-

[1] s. dazu: Das dokumentarische Drama und die deutsche Gesellschaft. S. 119ff.
[2] s. dazu: Von der Politik zur Rolle. S. 233ff.

thes »Tasso«. Er las – unter Einfluß von Yaak Karsunke – den durch konventionelle Spielweisen verschlossenen Text so, daß er hinter der höfischen Konvention die Machtstrukturen und in Tassos Schicksal die Situation des Künstlers in der Hand und unter den Interessen der Mächtigen erkannte. Seine Inszenierung enthielt – trotz des hohen ästhetischen Erscheinungsbildes – eine radikale Kritik am Stück, die sich als Kritik an den Praktiken des Hofes vertiefte. Sie wurde geprägt von der Allergie gegen jede Machtäußerung, die in jenen Jahren das zentrale Thema wurde – Stein führte nun als politische Kritik fort, wo Zadek in »Maß für Maß« (1968) die Praktiken des Herzogs noch von der menschlichen Moral aus kritisiert und ihn als Person (nicht als Verkörperung eines Systems) denunziert hatte. Auch Stein verwandte jetzt das Umkehrverfahren des gestischen Zeigens. Er zeigte überdeutlich, was Tasso wirklich war; der arme Hund, der Tölpel, der bejammernswerte, der um seine Leistung betrogene arme Poet, der am Schluß von Antonio wie ein Schiffbrüchiger um Hilfe gestikulierend fortgetragen wird. Es gab gestische Zitate aus Zadeks »Maß für Maß«.

Steins »Tasso«-Inszenierung, die zunächst ganz konventionell als Auftragsarbeit eines Regisseurs begonnen hatte, zog im Verlauf ihrer Ausarbeitung auch die meisten Schauspieler (Ganz, Clever, Lampe, Rehm) in die kritische Reflexion über das im Stück verarbeitete Verhältnis von Machtstruktur und künstlerischer Existenz. Der Inhalt des Produzierten wirkte auf das Ensemble zurück, zumal, da der Diskussionsstoff das Gezeigte weit überschritt und das aufsässig-rebellisch-emanzipatorische Fragen ins Stück hinein von der damaligen Situation in der Gesellschaft stimuliert wurde. Als in der Pause der »Tasso«-Aufführung das Ensemble mit den Zuschauern diskutieren und formulieren wollte, was das Publikum vom Theater erwarte, formulierte sich nicht nur das von der eigenen Stückanalyse irritierte Selbstbewußtsein der Truppe, die erkannt hatte, daß Tassos Situation am Hof ihre eigene Situation im bürgerlichen Stadttheaterbetrieb darstelle. Es formulierten sich auch Zweifel an der Vertretbarkeit der Arbeit, weil die außerordentliche ›Genußfähigkeit‹ der Inszenierung, die von ihrem hohen ästhetischen Reiz herrührte, das System des Stadttheaters, das auf die Befriedigung der Zuschauerbedürfnisse eingerichtet ist, nicht so aufhebe, wie der kritische Ansatz der Tasso-Interpretation und der erwachte politische Veränderungswille der Ausführenden es erwartete.

Mit der Tasso-Produktion, die durch die jahrelange Vorarbeit in Bremen überhaupt erst möglich wurde, kam eben diese Bremer Arbeit selbst in eine Krise. Eine Entscheidungssituation stellte sich plötzlich her. Peter Stein machte sie – so scheint es von heute her gesehen – deswegen virulent, weil er die lange angelegte kritische Tendenz dieser Arbeit, die in der Veränderung des szenischen Materials bestand, dadurch verstärkte und mutierte, daß er ihrem ästhetischen einen direkten gesellschaftskritischen und politischen Impuls hinzufügte und das Bemühen um Erhellung des Stücks in Selbsterkenntnis verwandelte.

Das war deswegen möglich, weil die Arbeit in Bremen, auch ohne daß sie sich direkt politisch engagierte, schon große, in den Bremer Theaterskandalen immer wieder sichtbar gewordene gesellschaftliche Sprengkraft enthielt. Die Diskussion in der Pause der Tasso-Premiere zeigte als Divergenz einen Kunst-Anspruch und – andererseits – einen politischen Anspruch, der auf direkte Wirkung aus war. Beide verbanden sich hier zwar noch, jedoch nicht mehr auf Dauer. Schon während der Arbeit am »Tasso« wurde eine kollektive Inszenierung der »Frauenvolksversammlung« von Aristophanes von der Tasso-Gruppe versucht, die zum Verzicht auf jeden Kunstanspruch führte. Ihr Ergebnis war nicht mehr ein konsumierbares szenisches Produkt, sondern nur eine Lesung des Textes und damit verbunden die Veröffentlichung der schwierigen Verständigungs-, Einigungs- und Gestaltungsprobleme in kritischer kollektiver Arbeit.

Innerhalb des Bremer Gehäuses erschien dieses Unternehmen »Frauenvolksversammlung« als Desaster: es gab kein konsumierbares (verkaufbares) Produkt mehr, sondern nur den Ausweis und Nachweis von Selbstbeschäftigung (Beschäftigung mit sich als Klärungsprozeß, wie man Theater machen soll). Das war die Krisis selbst. Es gibt kein Theater ohne Produkt. Aber: was sollte das Produkt in Zukunft sein? Was die Arbeitssituation, in der es zustande kommt? Das waren die Fragen.

So wurden die beiden konträren Veranstaltungen: das ›Reizprodukt‹ »Tasso« und das ›Nicht-Produkt‹ »Frauenvolksversammlung« (komplementäre Ereignisse) real der Beginn des Auszugs des Tasso-Ensembles aus dem Bremer Theater. Der in der Tasso-Arbeit politisierte Teil des Ensembles mit Bruno Ganz, Edith Clever, Jutta Lampe, Michael König, Werner Rehm trennte sich, löste sich ab; er setzte sich zunächst für eine Spielzeit in Zürich fest[1] und bildete dann unter Führung von Peter Stein den Stamm für die (zweite) Gründung der Berliner Schaubühne. Der Bremer »Tasso« – auf Gastspielen in vielen Städten gezeigt – wurde immer sichtbarer das sich von Bremen ablösende Übergangsprodukt der neuen Gruppe. (Er wurde auch nach Berlin übernommen.) Aber auch in der neuen, kollektiv arbeitenden Gruppe an der Schaubühne war ein Kunstanspruch zu behaupten. Er unterschied sich bald von dem in Bremen entwickelten.

Es gehört zum lebendigen Prozeß der Bremer Arbeit, daß deren Entwicklung auch immer ihre Krisen und Ablösungen hervorbrachte. Dem Auszug der Tasso-Gruppe ging voran der Abschied Peter Zadeks (1967, nach »Maß für Maß«). Auch dieser Abschied war vielfältig motiviert und die Analyse dieser Motive führt sowohl in die Voraussetzungen der Tasso-Explosion wie in die Konstellation im Innern des Theaters.

Zadek, der Störer

Peter Zadek hatte die erste Phase der Bremer Theaterarbeit (1962–1967) am entschiedensten geprägt. Er war von den Traditionen des deutschen Theaters unbelastet, war ein Realist, aber aggressiv, voller Invektiven und Vorurteile, also auch dynamisch und unkonventionell. Phantastik und Rebellion, Überschreitung der bürgerlichen Gefühls- und Bildwelt: seit er in London die Uraufführung von Genets »Balkon« inszeniert hatte, wurde das sein Zeichen. Zadek brachte die jungen oppositionellen englisch-irischen Stücke mit, Stücke von Brendan Behan (»Die Geisel«) und von John Osborne (»Luther«, »Ein Patriot für mich«). Er dachte weder in geschlossenen szenischen Formen noch in dramatischer Architektur. Er hatte nicht – wie Hübner – Interesse am Errichten von dramatischen ›Bögen‹, sein Stil war nicht der ›Aufbau‹ einer dramatischen Handlung, sondern deren Zerlegen, Öffnen, Sprengen von geschlossenen Formen; Zadek hatte eine Vorliebe für die Brechungen von Pathos durch Ironie und triviale Späße. Er ließ Disparates aufeinanderplatzen, ließ Passagen fallen, daß sie wie Dilettantentheater erschienen, um gleich darauf einen hohen, durch Formung erreichten ›Kunstgenuß‹ dagegenzusetzen. In diesen Wechselbädern steckten scharf gesehene realistische

[1] s. dazu: Das Publikum und die Angst. S. 206ff.

Details. Er inszenierte Stücke – Stück für Stück, und indem er sie an sich zog, machte er sie zu seinem persönlichen Stoff. Er zeigte sich dauernd als Erfinder und Anreißer, er facettierte. Alte Gefühle und Motive setzte er so gegen neues szenisches Trivial-Material (Reden über einen Klapperstorch gegen das Getöse des Staubsaugers), daß Wort und Verrichtung auseinanderflogen. Seine Inszenierungen machten immer den Eindruck des Inkompletten, nicht zu Ende gebrachten. Es war sein Stil, eine neue Form zu suchen, die keinen ›Inhalt‹ mehr vermittelte, der als ›Wert‹ mit nach Hause zu nehmen war. Keiner hat direkter die Restauration der Kirchen-Gesinnung im Theater (die mit der Klassikerweihe für Brecht in den sechziger Jahren wieder einsetzte) angegriffen und zerstört als Zadek. Der ›Auspackerstil‹, dessen man ihn zieh, war tatsächlich auf Auspacken neuen szenischen Materials angelegt, mit dem weder Belehrung noch Ehrfurcht noch Gefühlskult herzustellen war. Zadek zerstörte das alles, um ein unterhaltsames Theater zu gewinnen, bei dem das Wie mindestens so viel zählte wie das Was, und bei dem die Unterhaltsamkeit selbst ein Teil der Abbau-Dramaturgie war. Er war immer theatralisch. Der Bezugspunkt all seiner Inszenierungen war im Grunde das Entertainment, direkt: das Musical, das die Egalisierung und Trivialisierung des Materials am deutlichsten vorwies.

Zadeks »Music man« – mit dem am Bremer Theater der Versuch der Einführung des Musicals ins deutsche Theater energisch begann – lebte von dem, was er am meisten schätzte: von Witz, Grazie, Schnelligkeit, Lockerheit, Gelenkigkeit. Es war seine Form von Optimismus. Seine Inszenierungen rüttelten jeden auf Konvention bedachten Zuschauer auf. In der Inszenierung von Shakespeares Heinrich V. als »Held Henry« wurde der Heldentypus dadurch raffiniert verweigert, daß er durch entsprechende Porträtmontagen in ein ironisierendes Assoziationsfeld von »Großen Männern« bis zu Adenauer und dem Fußballstar Uwe Seeler gestellt wurde. Schillers »Räuber« widersprachen jeder Erwartung, weil sie gegen Roy Lichtensteins riesig vergrößerte Comic-Strips kopiert wurden. Die rücksichtslose Frechheit solcher Assoziationskopien ließ keinerlei Identifikation mit den Hauptfiguren mehr zu. Reagierte ein großer Teil des Publikums auch durch Verstörung, so war dies der Zweck innerhalb des Versuchs, eine neue Form von Theater zu suchen, in dem Anregung, Lockerung, Erfindung und Spaß die Hauptkategorien sein sollten.

Die verweigerte Bedienung der Publikumserwartung führte innerhalb des Stadttheatersystems zu vielen Skandalen und schließlich dazu, daß Zadek die Oberspielleitung abgeben mußte; seine Arbeit brachte aber gerade das zustande, was Schauspieler wie Bruno Ganz die »Revolutionierung des Materials« nannten. Die Veränderung der Gefühls- und Sehgewohnheiten, die Verweigerung der Illustration und der Steigerung der Handlung durch Bilder, die Einführung von Großphotos als gefrorene Bewegung (»Frühlings Erwachen«), die Eindimensionalisierung, die Auskühlung, die jede Innerlichkeit unmöglich machte: das waren Vorbereitungen auf jenen Umkrempelungsakt, der mit »Maß für Maß« sichtbar wurde. In »Maß für Maß« wurde alle Theater-Verkleidung, alles Historische weggefräst. Eine Gruppe von Schauspielern spielte das Stück für sich und zeigte, was es an Zumutungen an unsere Moral enthielt. Der Herzog erschien gegen Ende als das, was er ist: als Kupplerin. Was getan wurde von den Personen des Stücks, wurde von der Truppe beim Namen genannt. Die auf den Bruder angesetzte Schwester machte ihre Zärtlichkeit zu einer Strangulation. Zadeks Realismus hatte die Umkehrform erreicht, er kehrte heraus, was hinter Shakespeares ›schönem Spiel‹ lag, er verurteilte dieses ›Spielen mit der Todesangst‹, indem er es bloßstellte. Zadeks Moral protestierte gegen das Stück, das die bis zur Todesangst getriebenen Zumutungen an die Menschen unter dem Vorwand, Menschen zu belehren, idealistisch zu rechtfertigen scheint. Zadek formulierte da szenisch zum ersten Mal, was man ›szenische Körpersprache‹ nennt. Die Körper reden, provokant in ihrer Qual, bis ins Obszöne gegen den Text. Es war das Äußerste, was Zadek erreichte, formal der konträrste Punkt zur »Geisel«, das andere Ende seiner Spannweite (die von 1972 ab die Basis für seine Arbeit in Bochum wurde). Zadek war mit solchem, alle bisherige ästhetische Praxis überspringendem Spiel an die Grenze gekommen, hinter der die Politik begann. Den fälligen Schritt in die politische Gesellschaftskritik ging er nicht. Er verweigerte jede Doktrin. Sein nächster Schritt war der aus der Bremer Inszenierung des Schülerstücks »Die Unberatenen« abgeleitete Film »Ich bin ein Elephant, Madame«. Die Inszenierung auf dem Theater (1965) zeigte, wie nah die Arbeit immer an der Politisierung war. Die

Kritik an der Schule, die bald in die Protestbewegung von 1968 einmündete, war hier schon formuliert. (Zadek formulierte auch da seine eigenen Verletzungen.) Aber als er den Film drehte, war der Aufstand der Schüler auf den Straßen schon öffentlich. Der Film zeigte, was Zadek nicht mitmachte: den Gruppenaufstand. Er filmte ihn – als ritualisierten Tanz auf dem Marktplatz von Bremen, als authentisches Muster. Seine Identifikationsfigur war und bleibt Rull, der Einzelgänger. Mit dem Film ging Zadek aus dem Bremer Theater hinaus.

Die Träume des Wilfried Minks

Er ging nicht nur, weil er ästhetisch in eine Zone experimenteller Sprach- und Zeichensetzung gekommen war, in der vorerst kaum weiterzugehen war. Im Theater selbst war mit zunehmender Bedeutung von Wilfried Minks eine Kunstdiskussion angeregt, die neben Zadeks Öffnungs- und Zerlegungsinszenierungen auf eine eigene Ausdrucksmöglichkeit drängte. Minks hatte Zadeks und Hübners Inszenierungen ausgestattet und die Bühne zunächst elektizistisch bebildert, mit großem Ornament, Riesenfiguren, mit einem Neobarock, das in der zweiten Phase dann gegen die flacheren Bildmittel der Pop-Kunst ausgetauscht wurde – die Minks am sichersten von allen Bühnenbildnern szenisch übersetzte. Jenes Verfahren war so wenig illusionistisch wie dieses, auch nicht illustrativ, sondern sowohl in der Überproportionierung und Über-Dimensionierung wie im technischen Arrangement immer eine Herausforderung an die Augen der Zuschauer und die Körper der Schauspieler. Minks räumte schließlich die Bühnen (für »Hamlet« 1965, für »Maß für Maß« 1967) ganz leer, ließ nur Neon-Lichtrahmen und überbelichtete die Szene, als wolle er Körper im Licht ausstellen. Innerhalb der Minksschen Entwicklung, die immer identischer mit der des Bremer Theaters wurde, war jeder dieser Räume von neuen Gesichtspunkten aktivierend konstruiert. Immer waren es Kunstträume von eigenem Bildwert. Als Minks Roy Lichtensteins Comics für die Szene der »Räuber« montierte, versuchte er damit, die Naturformen, die in den Räubern so unabdingbar vorhanden scheinen, aufzuheben und Schillers Kolosse als große theatralische Chimären, als Kunstprodukte der Phantasie darzustellen. Er arbeitete an der Verkünstlichung des Theaters und dies um so mehr, je mehr dieses allenthalben in den neuen politischen Aktivismus geriet und allen Kunstcharakter aufgab. Auch Minks beschrieb deutlich die Bremer Abgrenzung gegen diesen Aktivismus, als er 1966 im Jahr der Vietnam-Proteste seine Revue »Gewidmet: Friedrich dem Großen« inszenierte.

In der Revue hatte die Bremer Theaterarbeit, wenigstens die von Zadek und Minks, einen großen Programmpunkt. Revue: das war zerlegtes Material, zu- und gegeneinander komponiert, also: sprechend, aber auch unterhaltend. In dieser Revue komponierte Minks Material aus der politischen Diskussion des Jahres 1966: aber wieder so, daß es sich gegenseitig interpretierte (und nicht er mit ihm agitierte). Schon hier gelang Minks etwas, was er 1972 in der »Maria Stuart« vollendet vorführte: das evolutionäre Bild, das im Sich-Verändern immer neue Bilder und Assoziationen hervorbringt, bis es am Ende etwas ganz anderes ist als zu Anfang. In der Revue beschrieb Minks die Realität als eine große Melange, in der alle Momente des Zorns, der Erregung und Empörung wieder verschlungen wurden durch andere Eindrücke. Mao Tse-tung (damals ein politisch verklärter Halbgott) erschien als Nummer in der Revue. Er war Teil einer Emanation von Material. Minks zitierte, weil ihm alles in Zitate des Konträren zerfiel. Er inszenierte die Welt aus dem Zuschaueraffekt des Künstlers, dem alles Gesellschaftliche zu einem Material für ein künstlerisches Gebilde wird. Minks hatte noch nicht einmal einen Rull als Identifikationsfigur wie Zadek, sondern nur sein Bildmaterial, das System von Bunt- und Flachkopien.

Hinter Minks' unerschöpflicher Bildphantasie bildete sich die Überzeugung, daß ein Bühnenbild weder eine Handlung zu interpretieren, die Atmosphäre naturalistisch einzufangen oder zum Mitfühlen anzuregen habe. Es habe zunächst nur die Dimensionen des Stückes zu bestimmen und zu gewährleisten, daß ein Stück »als Realität aufgenommen werden kann«. Damit meinte Minks, daß ein Stück auf dem Theater nicht Realität von draußen nachbilde, sondern als eine eigene künstlerische Realität begriffen werden müsse, als ein künstlich geplantes, bewußt geschaffenes, körperliches Produkt, das selbst Erfahrungen freigab. Minks machte von 1966 ab den für die zweite Phase des Bremer Theaters immer wichtiger werdenden unliterarischen Versuch, durch eine entsprechende Visualisierung eines Stückes auf der Bühne etwas über die Realität zu erfahren. So zeigte er in der Revue »Gewidmet Friedrich dem Großen« den Papst, die Hände zum Himmel hebend, und kopierte in diesen Dokumentarfilm einen Film mit B 52 Bombern, die die Stelle besetzten, an der der Blick des Papstes Gott suchte. Für Hübners »Macbeth« baute er einen Kunstraum aus Neonlicht, gab der Lady ein prachtvolles Jugendstilkleid. Als sie die blutigen Hände hob, wirkte das nur einen Augenblick wie eine Erweiterung des Ornaments, und verwies auf den Zusammenhang von Ornament und Verbrechen. Der höchste artifizielle Eindruck und die Signale der schlimmsten Gewalttat interpretierten einander. Schönheit und Verbrechen gehörten nicht zu getrennten Welten, sondern zueinander. So konnte Minks sagen: die Erforschung der künstlichen Welt (d. h. der Ausdrucksmittel des Theaters) führt zur Bereicherung des Natürlichen. Wie stark dieser »Kunstanspruch« im Hause war, erkennt man daraus, daß ein Jahr nach Zadeks »Maß für Maß« Minks selber mit seiner Inszenierung der »Komödie der Irrungen« herauskam, in der nun die Schauspieler auch endlich ganz (da Zadeks Widerstand fehlte) in Kunstfiguren zerlegt waren. Sie zeigten immer neue Posen, schöne Haltungen, und führten das Künstliche an ihrer Darstellung mit einer bald ins Virtuose gesteigerten Technik vor, immer neue Brüche zu spielen; also abzubrechen, neu anzusetzen, Affekte, Attitüden, Schablonen und Effekte zu zitieren. Fragte man, was der Mensch sei, so erschien er hier zwar nur als Kunstfigur, aber die Kunstfigur verwies dadurch, daß sie so gut beobachtet werden konnte, darauf, wie sehr sich menschliches Verhalten aus übernommenen, angelernten, aufoktroyierten Mustern zusammensetzt. Statt auf Handlung, statt auf ein Thema zu achten, achtete man wieder sehr viel mehr auf die Kunstfertigkeit der Schauspieler, die Brillanz der kurzen Anläufe, einer schnellen charakteristischen Geste, die wieder weggeworfen wurde für eine andere. Der Schauspieler war mehr ein Rollenpartikel vorweisender Artist als ein eigenständiger menschlicher Organismus. Wir haben schon dargestellt, wie der »Tasso« aus solcher Kunst-Technik des gebrochenen Spiels wenige Monate später (März 1969) hervorging. Minks war damals auf einer neuen Stufe der Ästhetisierung und Kolorisierung des Bildes. Im »Tasso« führte er den Einheitsraum ein, das Environment mit starker Farbigkeit, die die theatralische Künstlichkeit des Materials (Plexiglaswand, Rasenteppich) noch stärker herausstellte. Im »Tasso« war die Hofgesellschaft als eine künstliche, verkünstelte mit hochästhetisierten, fast fragilen Gebärden und Gängen nachgebildet.

Von hier aus ist die Irritation der Schauspieler der »Tasso«-Aufführung zu verstehen, die die politische Kritik ihrer Produktion an der Ausbeutungssituation des Künstlers im Hofstaat zu der ihren machten und – als die ihre ausgebend – zugleich an der lustvoll-verführerischen Künstlichkeit ihrer Produktion als einer ebenso kommerziell ausbeutbaren litten. Daß sie das Theater verließen, war nur konsequent. Minks verweigerte Politik, so wie Zadek und Hübner selbst. Sie bestanden immer auf einem Theater, das dem Zuschauer gegenüber blieb und sich als Artefakt anbot, das heißt: als Abbild einer Welt, das seine Künstlichkeit nicht verleugnete, die Künstlichkeit aber als hohe Form spielerischer Reflexion begriff.

Die letzte Phase: Kunst und Künstlichkeit

Die erstaunliche Kraft des Bremer Theaters bestand darin, daß es solche Ausgliederungen wie die Zadeks, wie die Steins und der ersten Schauspieler, die er mitnahm, schnell ersetzen konnte und so ersetzte, daß die bis dahin erreichten Ergebnisse nicht aufgehoben wurden. Als die Stein-Gruppe im Juni 1969 ausschied, hatte Hübner schon Rainer W. Faßbinder, dessen seltsam künstlerische Valeurs und Tempi er in Faßbinders »Dreigroschenoper« am Münchner Anti-Theater erspürte, den Auftrag zur Inszenierung von Goldonis »Kaffeehaus« gegeben. Und mit dem »Kaffeehaus« etablierte sich eine neue, intensive Stufe jener Verkünstlichung, in dem auch jetzt der Zeitbegriff (nicht nur Raum, Figur und Gefühl) verkünstlicht wurde. Erst die zeitliche Dehnung in Faßbinders Regie, die auch eine Dehnung der Gänge, der Gesten und Gebärden, der Tonfälle mit sich brachte, hob die Reste der Natur auf. In vielen Produktionen war das Gelungene vermischt mit Resten unaufgelöster Natursubstanz, mit Forcierung und sogar Überhäufung (wie in Peer Rabens Inszenierung »Das brennende Dorf« von Faßbinder). Die Verkünstlichung brachte selbst neue Schwierigkeiten der Rezeption hervor.

Dehnte Faßbinder die Zeit, als solle der Augenblick zum Jahr werden, so ließ Klaus Michael Grüber, als er mit der Inszenierung des »Sturm« an eben jenem Punkt in den Arbeitsprozeß in Bremen eintrat, die Zeit in den einen Augenblick zusammenstürzen, in dem universale Trauer die Seele okkupiert. Im »Sturm« erreichte Minks etwas Außerordentliches: er entwarf als Insel eine Bühne aus Sand, und der Naturstoff erschien selbst als solches Kunstmaterial, daß die Bühne nun ein Ausschnitt erdichteter aber zugleich »echter« Natur war.

Minks war also die treibende Kraft der letzten Phase. Seine Phantasie produzierte nun, da sie ihren Autor selbst in einen Regisseur verwandelte, immer kühnere Bildentwürfe. Minks Inszenierung von Edward Bonds »Early Morning«, vor allem die von Schillers »Maria Stuart« zeigten zwar, daß Minks zu barocker Szenerie zurückkehrte, jetzt diese aber so dynamisierte und intensivierte, daß der Manierismus als das Konglomerat der konträren, aber kalkulierten Einfälle und damit als Arbeitsprinzip sichtbar wurde. Mit Hilfe dieser optischen Signale wurde nun in Bremen etwas betrieben, was für das ganze Theater eine neue Qualität bedeutete; nämlich: die Rückkehr zu einer Bildhaftigkeit, die – nach der optischen Auskältung und Ausräumung der Szene durch die Dominanz der gesellschaftskritischen Inhalte – eine neue Lust für alle Sinne bereithielt. Der von 1971 ab sich verstärkende Zug zu einer neuen Bildsprache geht von hier aus.[1] In »Maria Stuart« sprach das Material: die Simultanszenen von der Küste mit den Palisaden bis zu den Schottischen Bergen, die großen Verkürzungen, die lange Wege enthielten, die verkitschten Beleuchtungen, die verschiedenen Proportionierungen der Königinnen im 3. Akt, noch das Wiesentuch von Fotheringhay. das der Rocksaum der Elisabeth war, begann zu reden. Das war nicht Interpretation, sondern ein Signalisieren von Fakten über die Natur durch die Kunst. Das war das äußerst Mögliche, aber doch die Konsequenz einer Entwicklung. Die Zerlegung der Figuren (etwa der Maria in ihre verschiedenen Erscheinungsweisen von Glamourgirl über die Lady Macbeth bis zur großen katholischen Heiligen), das früh versuchte Prinzip der Facettierung von Rollen und Stücken kam hier ganz zur Erscheinung. Minks kam damit auch an die Grenze seines Verkünstlichungsverfahrens, denn in der Fülle der Bilder versank schon das Schicksalhafte, die Menschentragödie, die zur Debatte stand. Minks fing den Verlust noch auf, indem er dem Material zum erstenmal eine gemeinsame Grundstimmung abgewann, die aus Grübers Bremer Inszenierung herüberreichte: jene universale Trauer, in der Geschichte

[1] s. dazu: Die Erfindung der Bildersprache für das Theater. S. 224ff.

aufhört, weil die Melancholie alles umgreift, auch die Zukunft. Die Ausarbeitung dieses Theaters, das die Möglichkeit des Theaters in dieser Zeit neu definieren wollte, war nur möglich unter Verzicht auf das, was erfahrene »Geschichte«, was »Tradition« war. Zadeks Ausstieg aus der Geschichte in »Held Henry« war der Anfang, Minks »Maria Stuart« das Schlußzeichen.

Der Rückgriff auf das geschichtslose Kunstmaterial der Pop- und Op-Art der sechziger Jahre bestätigte das. Er erlaubte immer mehr freies, auf eigene Erfindung gerichtetes Arbeiten, wenigstens in den charakteristischen Produktionen. Früh, nach zwei Jahren schon, bildete diese Arbeit schon Begriffe aus. 1963 sprach man schon vom »Bremer Modell«, bald vom »Bremer Stil«. Der Begriff bildete sich außerhalb des Theaters; er konnte sich innen deswegen nicht bilden, weil man innen die Unterschiede zwischen dem unermüdlichen, alle Angriffe von außen abfangenden Hübner, zwischen Zadek, Minks und Grüber zu deutlich sah. »›Bremer Stil‹, wir wußten nicht, was das ist«, sagte Hübner. Nach außen hin hat die bildnerische Arbeit von Minks die in der Schauspielerführung, im Verhältnis zu den Personen und Schicksalen unterschiedlichen Inszenierungen der wichtigen Bremer Regisseure gebunden. Bremer Stil war aber mehr als nur die Minkssche Bild-Prägung, nämlich die in allem doch gemeinsame Methode des Fragens, was Theater sei, was es für dieses an Erfindungen gäbe, wie die Wiederherstellung der Phantasie zu erreichen sei.

Im Grunde war die Bremer Theaterarbeit eine Suche nach der neuen Reizung bildnerischer Phantasie, nach einer Teilnahme nicht an Inhalten, sondern an den Prozessen des Erfindens, Entwickelns und Vorführens; es war der Versuch, alle Sinne wieder für das Theater zu aktivieren. Darum der Verzicht auf Literatur, darum der ständige Versuch, das Volumen auszudehnen und das Theater als Ort des lustvollen, frechen, kühnen, erfindungsreichen Spielens zu etablieren. Darum die Neutralisierung der Materialien, und darum der Versuch, auch die Gattungen des Theaters wieder zusammenzufügen. Ausgehend davon, daß im Theater alles Gespielte die einzige Realität sei, die zähle, näherte man sich auch der verrufenen Operette als einer Form des Entertainments. Hübner versuchte, junge Regisseure wie Alfred Kirchner oder Charles Lang sich an diesem eindimensionalen Material entwickeln zu lassen durch den Gebrauch von Ironie,

Distanz und Spiel mit den Klischees. Ähnlich dramaturgische Fragen gab es an die Oper. Von der »Hochzeit der Platäa« bis zu Grübers »Wozzeck«-Inszenierung wurde auch sie den fragenden Eingriffen ausgesetzt. Am weitesten kam das Schauspiel.

Der utopische Zug in dieser Arbeit, ohne den sie nicht zustandegekommen wäre, ging aus von der Frage: was ist Kunst? Was ist an der Kunst das Machbare, und gibt das, was man künstlich macht, gestützt auf die Logik und Konsequenz des Materials, ein so konstruiertes Theater, daß man von den Ergebnissen dieser Arbeit her fähig wird, auf die Wirklichkeit draußen zurückzuschließen? »Beim Analysieren von Spielsituationen werden Möglichkeiten zum Analysieren von realen Situationen gezeigt.« Der Satz des Dramaturgen Burkhard Mauer benennt die Utopie, die konkret gemeint war. Die besten Bremer Produktionen forderten und ermöglichten es jedem, der Theater als Prozeß erlebte, eine starke Aufmerksamkeit auf das Gezeigte. Man war aufgerufen, zu sehen und zu beobachten. Als Hübner, Minks und Mauer begannen, das »Concordia« als neue Spielstätte einzurichten, wurde das Theater selbst ein Beobachtungsraum für die Figuren unten im Zentrum. – Theater: wie im Aquarium. Das war möglich, weil eine höchst bewußte Spielanlage hinter jeder Schaustellung zu spüren war. Man ging hier aus von einer Dramaturgie, die nach der Struktur der Stücke fragte, von der Position und den Vokabeln der Figuren und versuchte, diese ohne Rückgriff auf Psychologie zu verdeutlichen. Das Bremer Theater wurde so das einzige, das eine eigene poetische Sprache entwikkelte. Bremer Stil: das war der Ausdruck dafür. Das Theater bekam hier – wo darstellende und bildende Kunst sich integrierten zu einem eigenen Artefakt, der selber Realitätscharakter annahm – den Produktionscharakter der modernen Kunst. Es war für alle eine Schule des Lernens. Ohne diesen Zug wäre das Bremer Theater in den sechziger Jahren nicht zur einflußreichsten Schule des westdeutschen Theaters geworden. Wer daran teilnahm, wird sich an diesen Arbeitsprozeß, denn nichts anderes war die Ära Hübner, zurückerinnern; schon gibt es von Peter Zadek den Satz: »Es war eine aufregende Zeit des Erfindens, so eine werde ich nie mehr erleben.«

Es war keine esoterische Arbeit; ihr gesellschaftlicher Bezug definierte sich anders, als viele Theater ihn in dieser Zeit definierten, als man überall von Gesellschaftskritik sprach. Hübner sprach einmal davon, daß die künftige Gesellschaft Phantasie, Erfindungsfähigkeit, Intelligenz brauche, um die seelische und körperliche Vitalität der Menschen zu erhalten. Dazu machte er Theater; die elf Jahre zeigten freilich auch, daß die von der Theatertruppe beanspruchte Freiheit vom Publikum wie von der Kommune nicht immer zugestanden wurde. Gerade weil dieses Theater die vorgefundenen Vorstellungen von Kunst überschritt, aufhob oder ersetzte, – und das war für viele ein revolutionärer Akt innerhalb des anerzogenen ästhetischen Empfindens –, hatte es seine Feinde, seine Neider, seine Verächter – bis tief ins System des deutschen Theaters hinein. Es war ein kraftvoller Versuch, die anstehenden Probleme künstlerischen Sprechens zu lösen, von der Peripherie Bremen aus und obwohl die Kräfte nur die eines Stadttheaters waren. Das Stadttheater wurde hier – noch einmal? – auf eine fast für unmöglich gehaltene Weise produktiv gemacht.

Wer das Gedankenexperiment macht und sich fragt, wie das Theater der sechziger Jahre ausgesehen hätte ohne die Bremer Arbeit, hätte neben die letzten Inszenierungen von Gründgens, die großen Individualleistungen Kortners, Noeltes und Hans Bauers, einige Inszenierungen von Peter Palitzsch, Hollmann, Peymann und die Manifestationen der politisierten Bühne nur wenig zu stellen, was die überlieferten Konventionen überschritt. Hier war systematische Arbeit unter dem übergreifenden Aspekt: »Was ist die Kunst«? Die Arbeit in Bremen war auf eine spezifische Weise mit den Problemen der Zeit koordiniert. Sie war gegen ihre Vereinfachung, aber kongruent mit ihrer Intellektualität, gegen ihre Ideologisierung, aber kongruent mit ihrem Willen, neue Gesichtspunkte zu setzen, gegen ihre Phantasielosigkeit, aber kongruent in ihrem Rückgriff auf alte Formen, gegen ihr direktes Sozialengagement, kongruent in ihrer Verantwortung, die Sprache, das Erkennen und das sinnliche Erfahren zu erweitern. – Die Spuren dieser 1972 beendeten Arbeit liefen mit den hier ausgebildeten Regisseuren, Bühnenbildnern und Schauspielern von Bremen aus in viele Ensembles.

Das Publikum und die Angst

Zürich als Beispiel

Vorbemerkung:
Mit der Spielzeit 1969/70 ergab sich am Zürcher Schauspielhaus eine besondere Konstellation, die die Probleme der allgemeinen Krise, die sich auf dem Theater deutlich ausprägte, sichtbar machte. 1969 war mit Peter Löffler ein liberaler Zürcher Bürger Intendant geworden, der als Sekretär der Akademie der Künste in West-Berlin mit der Protestbewegung in Berührung gekommen war. Löffler bot, unterstützt von seinem Dramaturgen Klaus Völker, dem Regisseur Peter Stein und dem mit ihm aus dem Bremer Theater ausgeschiedenen »Tasso«-Ensemble Unterkommen.[1] Peter Stein prägte bald – ausgehend von dem »Tasso«-Gastspiel in Zürich– mit seinen ästhetisch weit über den Horizont der Zeit hinaus getriebenen Inszenierungen »Trauer zu früh« (Edward Bond), »Kikeriki« (Sean O'Casey) und »Changeling« (Middleton) das Haus. Nicht diese Aufführungen wurden allein zum Ärgernis für ein auf Steins kritisch-ästhetischen Stil unvorbereitetes Publikum, sondern auch die um diese herum geordneten Stücke eines bewußt antibürgerlich konzipierten Spielplans. – Der folgende Aufsatz ist in diese Auseinandersetzungen hinein geschrieben. – (Löffler mußte unter den zunehmenden Angriffen die Zürcher Direktion aufgeben, Stein ging mit seiner Truppe, nachdem das Projekt eines Direktoriums im Frankfurter Schauspielhaus gescheitert war, an die Berliner Schaubühne.)

Kunst und Verantwortung

Drei vollzogene und eine abgesagte Premiere haben in Zürich genügt, um einen heftigen Streit in der Stadt darüber zu entfachen, was aus ihrem Theater denn werden solle. Die Proteste häufen sich. Die inzwischen berühmt gewordene Dame, die in der Premiere von Edward Bonds »Trauer zu früh« aufstand und für die über hundert Besucher, die in dieser Vorstellung den Saal verließen, fragte: Wann man denn in Zürich wieder ansprechen-

[1] s. dazu den Bericht über die Bremer Theaterarbeit: Die Suche nach der Kunst. S. 186ff.

des Theater sehe – sie hat längst Hilfe bekommen. Zwei der Freisinnigen Partei zugehörende Männer, die Doktoren Guex und Haun, haben eine Interpellation im Stadtrat eingebracht, in der sie gegen »die dargebotene Geschmacklosigkeit« protestieren und ihre Befürchtungen formulieren, daß »der heutigen Leitung des Schauspiels die Verfolgung einseitiger politischer Ziele wichtiger sei als die Erfüllung der kulturellen Aufgabe«. Beide fragten den Stadtrat, ob nach seiner Ansicht diese Leitung in der Lage und willens sei, »das Theater noch als Kulturinstitut zu führen«, und welche Maßnahmen er zu treffen gedenke, um dort »wieder der künstlerischen Aussage und Verantwortung mehr Gewicht zu verleihen als dem politischen Theater«.

Andere sprechen von »Kulturniedergang« oder dem Versuch, das Schauspielhaus »zum Propagandainstitut der neuen Linken umzufunktionieren«, obwohl dieses Haus seinen Aufstieg zum Nationaltheater der Schweiz einmal damit begann, daß hier linkes antifaschistisches Theater gemacht wurde, in dem Stücke des Emigranten Brecht uraufgeführt wurden, Stücke von kommunistischen Autoren wie Langhoff Beifall fanden und in dem noch in der letzten Spielzeit ein so ›antikapitalistisches Stück‹ wie Brechts »Weißwäscher« von dem DDR-Intendanten Benno Besson ohne Widerspruch in Szene ging.

Der Eklat kommt jetzt – und trifft auf einen Intendanten, der zwar nicht ohne Widerstand innerhalb der Stadt durchgesetzt worden ist, gleichwohl aber selber ein Stück des liberalen und wirtschaftlich potenten Zürcher Bürgertums verkörpert: Peter Löffler. Löffler hat jüngst in einem Vortrag ausgerechnet die Premiere, in der es zum offenen Skandal kam, nämlich die von »Trauer zu früh«, als die erste bezeichnet, die den Anspruch erfülle, Zürich auch weiterhin (gegen das inzwischen künstlerisch sehr aufgerückte Basel) das »Schweizer Nationaltheater« zu nennen. Er konnte das vor allem im Hinblick auf den hohen Kunstwert der Inszenierung von Peter Stein. Der künstlerische Maßstab war hier gesetzt. Aber – das zeigen z. B. die oben zitierten Interpellationen –, als Kunst wurde das Gezeigte nicht mehr klar begriffen. Denn Kunst wird in den Protesten definiert mit »ansprechend«, mit »Kultur« und – was das auch immer bedeutet – »Humanität«.

Die ersten drei Premieren haben diese seit Generationen in das Theaterpublikum eingeübten Erwartungen enttäuscht. Mit dem »Gefesselten Prometheus« des Aischylos (mit dem die Spielzeit eröffnet wurde) wurde ein nicht mehr pluralistisch, sondern thematisch aufgebauter Spielplan begonnen, der bisher die Denaturierung des Menschen durch Menschen und Mächtige vor Augen geführt hat. Die Schreie des Prometheus in seinen Fesseln, eine Folterszene in Bonds Stück: das ist auf dem Theater nichts Neues, aber auf der Zürcher Szene ist es nicht mehr betrachtbar als ein literarisches Motiv in einem Stück der dramatischen Literatur, die als solche ›Kulturgut‹ ist; es ist so gespielt, daß man den Schmerz und die Denaturierung selbst wieder spürt. Man wird etwas ›ausgesetzt‹. – Das Theater sucht eine neue Macht, indem es nach einer neuen, direkteren szenischen Sprache sucht. Was das Zürcher Publikum so erschreckt, das ist nicht Aischylos oder Bond, sondern eben diese Veränderung der szenischen Sprache.

Sie wirkt hier deswegen so abrupt, weil in der Bühne im Pfauen (trotz Dürrenmatt) über die verantwortbare Zeit hinaus im Grunde Wiener Schauspielertheater praktiziert worden ist: der Abglanz von der Burg, das Biedermeierair Nestroys und Raimunds, der Nachhall Max Reinhardts. Der Burgtheaterregisseur Leopold Lindtberg, der der vorletzte Direktor im Zürcher Schauspielhaus war, ist dafür eine Symbolfigur. Noch in den vielen Zuschriften, die in den Zürcher Zeitungen zur »Umfunktionierung« des Schauspielhauses erscheinen, taucht wie ein Zeichen Max Reinhardts Name auf: als Inbegriff für Theaterkultur. Um zu definieren, was das heißt: Der sensible unversehrte Mensch, mitsamt seinen kulturellen Attitüden: Takt, Freundlichkeit, Heiterkeit, atmosphärische Bühne, Schönheit von Positionen, Gängen und Gesprächen, das Theater als Fest und als Ausstiegsmöglichkeit aus dem Alltag; gesellschaftliches Ambiente.

Diese Verkürzung jenes Inbegriffs von Kulturtheater soll hier dazu dienen, um den Erlebnisbruch sichtbarer zu machen, dem Besucher des »Prometheus« oder von »Trauer zu früh« ausgesetzt sind. Dort: durch Masken und Deformationen vergrößerte Menschen als »Lebewesen«, hier: Menschen, bis zur Groteske bar alles dessen, was wir Kultur nennen. Aus den bisher gezeigten

Stücken ist nicht nur das Schöne vom Menschen entfernt (obwohl er auf der Bühne noch immer »schön« kostümiert wird), sondern auch die Humanität. Die Szene wirkt härter, brutaler – aber auch inhumaner? Wer den Mangel an Humanität z. B. bei Bond beklagt, hat vergessen, sie dort zu entdecken, wo sie allein noch lebt: in der Sehnsucht des Autors, der sie in der Welt nicht mehr findet und diese Welt darum mit den inhumanen Praktiken abbildet, die er in ihr erkennt. – Innerhalb der Spielkonzeption des Zürcher Theaters ist der »Gefesselte Prometheus« des Aischylos das antike Pendant zu Edward Bond. Humanität ist da nicht (wie in der Iphigenie) bildhaft vermittelt. Sie wird ex negativo produziert, um sie wieder als nötig angesichts dieser Bilder zu zeigen. Um den Intendanten zu zitieren, könnte man sagen, es sei hier verwirklicht, was er programmatisch erklärte: nämlich, Theater nicht mehr als »cultura« (als Pflege des Besitzes), sondern als »creatio« (als Neuschöpfung) zu verstehen.

Viele Dinge auf dem Theater sind einfach zu planen, aber schwer zu tun. In keiner anderen Kunst ist der Zusammenprall von neuem Kunstausdruck und alten Gewöhnungen im Publikum so heftig wie hier. Das Theater ist noch immer ein ›Treffpunkt‹. Die Multiplikation von Individuen macht das Publikum. In Zürich zeigt sich (wieder einmal, aber heftiger als sonstwo), daß nicht nur das Theater ein Problem für das Publikum, sondern auch das Publikum ein Problem für das Theater ist. Wer künstlerisch produziert, lebt mit der Entwicklung in der Kunst. In Steins Bond-Inszenierung ist dieser Bezug deutlich. Das Publikum aber ist, sofern es selber diese Entwicklung in der Kunst nicht mitmacht (sich vielleicht dagegen sperrt), nur schwer imstande, in der neuen Sprache auch die Kunstqualität zu entdecken (siehe die zitierte Interpellation).

Geburt des neuen Publikums

Was in Steins Inszenierung zu erleben ist, ist also wohl hohe Qualität, aber sie ist nicht mehr direkt (sichtbar) verbunden mit dem ›Humanen‹, mit Identifikationsfiguren usf. Die ›kulturellen‹ Erwartungen, die ein großer Teil des Publikums ins Theater mitbringt, machen das ›Erlebnis‹ solcher Aufführungen dann unmöglich. Wäre jenes Publikum leicht darüber aufzuklären, daß seine ›angeborenen‹ Erwartungen (die es nun enttäuscht sieht) auch nur Folgen einer Programmierung durch Konventionen sind, wäre neue Offenheit leichter zu erreichen. Weil diese Aufklärung so schwer ist, wirkt heute manche Veranstaltung wie die Austreibung des alten Publikums aus dem Theater. Und mancher Theatermann entwickelt wegen der Hartnäckigkeit der ›alten Programmierung‹ sogar heimlich ein Verlangen danach, um endlich an andere Publikumsschichten heranzukommen, die ›freieres‹, das heißt: die künstlerische Sprache selbst mit herstellendes Arbeiten erlauben.

Vom ›Neuen Publikum‹ wird auch in Zürich geredet – und hier wie in Deutschland wird dieser Wunsch ›soziologisch‹ gern damit begründet, daß man sich die hohen Subventionen nicht nur für acht Prozent der Bevölkerung (soviel sind Theatergänger) leisten könne. Sachlich aber steht dahinter der Wunsch nach einem frischen, jüngeren Publikum, das nicht durch die bisherigen Formen von Theater so vorgeprägt ist, daß es seine Erwartungen erfüllt sehen will, weil es nur diese Erfüllung als Dienstleistung an der Kultur und ›Teilhabe‹ an ihr selber begreift.

Wo sie nicht erfüllt werden, schlägt die Enttäuschung angesichts der unbegriffenen Darstellung auf der Bühne um in Angst, eine Kultur werde zerstört, in der man doch noch zu leben meint und für die man sich noch schlägt.

Aus dem Zorn in Zürich (und nicht nur dort) ist solche Angst zu spüren. Sie formuliert sich dann als Verdacht, es werde ›Politik‹ mit Theater gemacht. Das wieder hängt damit zusammen, daß die neue Kunst zwar viel Interesse weckt, aber wenig ›Vertrauen‹ gibt, das den Angsteffekt beseitigt. Sie macht schwindlig. – Spielplanmacher haben das einzukalkulieren.

Das ist, so scheint es, in Zürich nicht geschehen. Denn der Spielplan ist zwar konsequent, aber er erscheint (zumal durch den Ausfall von Goethes »Mitschuldigen«, die Löffler nach dem Absetzen der Premiere nun selbst neu inszeniert) auch bedingungslos. Der Zwang, engeren Anschluß an das moderne Theater suchen zu müssen, hat fast unversehens den Aggressionscharakter gegen das angestammte Publikum verstärkt. Das zwischen »Prometheus« und »Trauer zu früh« eingeschobene Stück von Grumberg »Morgen – ein Fenster zur Straße«, das eine Familie zeigt, die vom Fenster aus lustvoll die Niederschießung eines Aufstands beobachtet, ist deswegen in den Spielplan gebracht worden, weil es die Erwartung auf eine Boulevardkomödie dadurch enttäuscht, daß es Inhumanität vorführt. Aber das Stück wird seinem Thema und die Regie diesem nicht gerecht. Das enttäuscht. Das schwächt die Position des ganzen Versuchs. Mit den kommenden Premieren von Canettis »Hochzeit« und anschließend O'Caseys »Kikeriki« wird der »thematische« Spielplan in derselben Richtung hin weiter überzogen. Die Direktion produziert so ihren eigenen Konflikt.

Literatur als Aktion

Die Schwierigkeiten in Zürich ergeben sich also auch aus dem Unterschätzen der ›Lokalisation‹. In Zürich erlebt man in diesen Wochen deutlich die Beziehung von Spielplan und Gesellschaft. Zur Zeit laufen dort die Prozesse wegen der Globuskrawalle (ein lokaler, vor allem von Lehrlingen getragener Aufstand um ein Haus für die Jugend). Sie haben die Stadt erschüttert. Man spürt als Reaktion überall Verhärtung. Sie trifft auch das Theater, das sich zudem mit einer forschen, aber ungeschickten Publizistik zusätzlich Schwierigkeiten macht. Es interpretiert im Programmheft (z. B. zu »Prometheus«) seine andere Position, seine andere Sicht (Gegensicht) z. B. mit dem geläufigen ›linken‹ Gegenvokabular. So bekommt die Angst vor der neuen Sprache, den enttabuisierten direkten Ausdrucksmitteln der Kunst abermals Grund, ›politisch‹ zurückzuschlagen.

Es ist das nicht nur ein Problem von Zürich. Aber hier ist es klar. Die Direktion Löffler (und dazu gehört vor allem der Dramaturg Klaus Völker) sind dabei, das zu begreifen. Trotzdem hat Löffler recht, wenn er sich verteidigt und nicht bereit ist, aufzugeben. Von Krisen wie dieser ist kaum eine Stadt verschont, die ›wirksames‹ modernes Theater will. Der Verwaltungsrat wird Löffler unterstützen; er hat den Spielplan genehmigt. Als ein ›literarischer Entwurf‹ (Aischylos, Bond, Canetti, O'Casey, Goethe) scheint er von vornherein in Ordnung. Da das neue Theater sich aber nicht mehr versteht als Stätte nachempfundener Reproduktion von Literatur, nimmt sich »Literatur« plötzlich aus als ›Aktion‹ – obwohl sie nur anders vermittelt wird. – Deswegen ist Zürich des Nachdenkens wert.

Was ändert sich am Theater?

Probleme des Theaters im Jahr 1972

Die letzten zehn Jahre haben das Theater in ständiger Veränderung gezeigt. Das war für viele ein Grund, es ernster zu nehmen, für viele ein Grund, sich von ihm abzukehren. Die Veränderungsprozesse sind vor zehn Jahren eingeleitet worden mit dem historisch und gesellschaftlich begründbaren Entstehen eines politischen Dramas; sie sind noch nicht beendet. Zu den Hauptfragen, die in diesem Jahrzehnt behandelt worden sind: was das Theater für eine Funktion habe, woher es die Kriterien für seine Arbeit beziehe, sind neue gekommen. Auch neue Gefährdungen. Nach dem Abebben des politisch motivierten Vorstoßes ist eine neue Sichtung der vielschichtigen Schwierigkeiten nötig. Was zeigt die Szene?

1. Der Wechsel der Intendanten

Wer die Situation am Theater Ende 1972 bestimmt, kann real ausgehen von dem Wechsel, der sich im Laufe dieses Jahres in den leitenden Positionen der Bühnen vollzog. Zum Ende der letzten Spielzeit (zum Teil kurz davor) gingen aus ihren Ämtern: die Generalintendanten Barlog (Berlin), Henrichs (München, Residenztheater), Stroux (Düsseldorf), Schalla (Bochum), Schäfer (Stuttgart), Erfurth (Frankfurt), Hering (Darmstadt) und Sellner (Berlin, Deutsche Oper).

Es rückten in diese Positionen Leute ein, die als Intendanten schon Führungsfunktionen hatten, aber auch Kritiker und Regisseure, nämlich: Lietzau (Berlin), Doll (Stuttgart), Palitzsch (Frankfurt, Schauspiel), Nagel (Hamburg, Deutsches Schauspielhaus), Zadek (Bochum), Brecht (Düsseldorf), Löffler (Kassel), Hampe (Mannheim). Geht Kurt Hübner nach zehnjähriger, wirkungsstarker Arbeit nun nach Berlin (Volksbühne), rückt Stolzenberg (Heidelberg) in Bremen nach – als letzter im großen Prozeß.

Unter den neuen Leuten sind Newcomer wie Beelitz (Darmstadt) und Wiederkommer wie Kurt Meisel und Müller in München. Was bedeutet der Abgang der Alten? *Pauschal:* Das Ausscheiden derer, die noch Verbindung zu der Phase des deutschen Theaters hatten, an die nach 1945 wieder angeknüpft werden mußte, also an die zwanziger und ersten dreißiger Jahre. Sie waren nach 1945 die Wiederhersteller des Theaters in der neugebildeten Demokratie. Das wollen wir nicht vergessen.

Mit dem Altern wurden die Erneuerer Traditionalisten.

Den Alten war gemeinsam: die Verweigerung des direkten politischen Engagements, das von der jüngeren Generation von Autoren, Regisseuren und Schauspielern ins Theater getragen wurde.

Den Neuen ist gemeinsam, daß sie *keinen* Anschluß an die zwanziger Jahre mehr haben und alle Erfahrungen neu machen müssen. Als *Hoffnung* verband sich mit der Neubesetzung der Positionen, daß die künstlerische Arbeit wieder näher mit den realen geistigen Problemen der Gegenwart in Verbindung gebracht werde.

Was sind die realen geistigen Probleme? 1. Stofflich: daß die Stückwahl von der Frage bestimmt wird, was sie an Wahrheit und Interesse für die jeweils gegenwärtige Situation enthält. 2. Ästhetisch: daß Wahrheit nicht nur als Wahrheit hinausgeschleudert wird, sondern vermittels eines neuen, im dauernden Prozeß zu erarbeitenden theatralischen Darbietungsinstrumentariums auch durchsichtig wird. (Beispiele: »Nora«, inszeniert von Neuenfels in Frankfurt, »Maria Magdalena«, inszeniert von Heyme in Köln.) Veränderung 1 enthält also mit dem Personen- auch einen Sach- und Methodenwechsel.

2. Neue Verfahren der Wahl

Die Prozedur des Personenwechsels enthielt Änderung 2: nämlich die Veränderung im *Verfahren,* die Führungspositionen neu zu besetzen. Idealiter: die richtigen Leute an die richtigen Stellen zu bringen. Blicken wir zurück: Die Besetzung mancher Intendanzen ist noch in geheimer Entscheidung der zuständigen Behörde vollzogen worden. Beispiel: die Berufung Kurt Meisels ans Münchner Residenztheater. – Die Benutzung eines Gegenverfahrens, nämlich der Mitsprache aller Beteiligten an der Wahl des künftigen Intendanten der Münchner Kammerspiele, brachte eben nur das ein, was im Geheimverfahren schon für das Nachbartheater eingebracht war: den konservativen Intendanten. – Der Ortsgeist funktioniert auf beiden Schienen.

Als zweck- und sachgerechteres Verfahren der Intendantenwahl erwies sich das Einsetzen von Findungskommissionen, die die überforderte Kommunalbehörde über das Mögliche berät.

Die Besetzung der Intendanzen brachte zwei Erfahrungen:
1. Die Landes- und Kommunalbehörden hatten einen nicht hinreichenden Überblick über die Arbeits- und Aufstiegspotenzen im Theater, über das überhaupt verfügbare Reservoir. (Zwischenruf: Nicht alles, was aufsteigen will, ist eine Aufstiegspotenz.) Vielerorts blieben Auswahlkriterien vorurteilsbesetzt.

2. Die Parteien sind nicht abschätzbar als Träger der lokalen Kulturpolitik. Die Zerstörung des gegenwärtigen Bremer Theaters, der Sturz Kurt Hübners ist eine Aktion der SPD wie auch die Schließung des Schauspiels in Oberhausen. – Die Ablehnung Zadeks als Intendant in Kassel geht auf das nämliche Konto. – Die Verweigerung des Düsseldorfer Theaters für Peter Palitzsch verantworten die CDU und ein einflußstarker Freundeskreis so, wie zuvor SPD und CDU gemeinsam Hübners Berufung nach Frankfurt vereitelten, obwohl die CDU in Bremen wiederum Hübner stützte. – Resümee: Man kann nicht davon ausgehen, daß *eine* Parteigruppierung a priori besser zu Sachentscheidungen in den komplizierten Theaterfragen geeignet sei als die andere. Das gilt auch für die Zukunft.

Trotzdem: alles in allem haben wir mit der Besetzung der Positionen Glück gehabt. Die zentralen Kräfte sind in den neuen Positionen. Die Regulierung fand statt trotz der zitierten Schwierigkeiten, weil das Reservoir der potenten Kräfte nach wie vor schmal ist. Selbst der ›verrufene‹ Kurt Hübner hat in Berlin an der Volksbühne noch eine Führungsposition bekommen, die bestätigt, daß man in Berlin auch eine Chance in Hübner sieht. Nebenerfolg: Vielleicht wird durch die Trias Lietzau, Peter Stein (Schaubühne) und Hübner jenes durch Arbeits- und Stilkonkurrenz (nicht: Erfolgskonkurrenz) geprägte Spannungsfeld wiederhergestellt, das die beste Theaterzeit in Berlin immer geprägt hat.

3. Das andere Arbeitsprinzip

Parallel zu Veränderung 2, der Veränderung der Wahlmodi, lief Veränderung 3: die Veränderung der Binnenstruktur der Theater, bekannt unter der Vokabel »Mitbestimmung«. Noch ist das ein anhaltender Prozeß; er wurde ausgelöst durch ein *biologisch* und sozialpsychologisch begründbares Verlangen der jüngeren Kräfte, nicht mehr alleinverantwortlich, sondern in Gruppen und gemeinsam verantwortlich zu arbeiten. Politisch hieß das Abbau der Hierarchie im Theater, praktisch Veränderung im Arbeitsverfahren: Erarbeiten der Entscheidungen durch argumentierendes Gespräch.

Im Praktizieren dieser Verfahren sind die Theater verschieden weit. Abgesehen von der Ausnahme »Schaubühne Berlin«, wird Mitbestimmung legal, also vom Rechtsträger bestätigt, nur im Frankfurter Schauspiel (und im Theater am Turm) praktiziert. Andere Praktiken gibt es in Wuppertal oder Mannheim, wo die Intendanten auf ihr absolutes Bestimmungsrecht verzichteten zugunsten eines Überstimmungsrechts. – Die Skala der Veränderungen reicht (hinab/hinauf?) bis zum neuen Entwurf in Münster, der praktisch nur die zweiten Positionen (die künstlerischen Beiräte) in die Entscheidung der ersten einbezieht.

Die Arbeitsverfahren sind einander ähnlich (auch dort, wo »Mitbestimmung« innerbetrieblich nur eingeübt, nicht legalisiert ist). Das Ziel ist: Vollinformation, Teilnahme an Entscheidungen. Die Methode: Vollversammlungen oder Versammlung der künstlerischen Beiräte oder des Regie-Gremiums, aber öffentlich. Über die Arbeitsergebnisse ist bis jetzt wenig zu sagen. Die *Beweislast*, daß *Mitbestimmung* auch zu *Qualitätssteigerung* führe, liegt noch immer auf den *Ensembles*. (Die führende Rolle der Schaubühne in Berlin ist nicht nur von der Mitbestimmung, sondern auch von den Arbeitsbedingungen in der Produktion und von der Phantasiekraft Peter Steins abzuleiten.)

Gewiß ist: daß die Spannungen in den unter »Mitbestimmung« geführten Häusern größer sind, als nach außen bekannt ist. In Düsseldorf wiederholte sich der bekannte Spaltungsvorgang zwischen altem und neuem Ensemble aus sehr komplexer Motivation (Beispiel: »Die Neuerer setzen unsere Existenz aufs Spiel« im Zusammenhang mit der Inszenierung von Adamovs »Off Limits«). – In Frankfurt ist die Situation bis zum Zerreißen gespannt. Es zeigen sich also Probleme dieses Arbeitsverfahrens: der Zeit- und Kraftverschleiß, der bis zur Erschöpfung gerade der Disponierenden geht; der beklagte Produktionsdruck hält an. Statt Milderung des Leistungsdrucks wird er durch die zeitraubenden Diskussionen verstärkt. Die abzuschaffenden unproduktiven Spannungen stellen sich – auf anderer Ebene – wieder her.

Die radikale Kritik der Arbeit führt zu Verletzungen von Personen, die neues Konfliktpotential werden. Als Hauptproblem erscheinen die Qualifizierung der Diskussion und der Mitsprechenden, die Reduzierung des Zeit- und Kraftverschleißes. Wie können, so stellt sich die Frage, *sachlich richtige* Argumente gegen Mehrheiten aufrechterhalten werden? Nicht jede künstlerisch denkende Person kann die Richtigkeit ihrer Argumente auch in der entscheidenden Diskussion vermitteln. Im Aufrechterhalten der Verantwortlichkeit gegenüber dem Rechtsträger und im gleichzeitigen Akzeptieren von Mehrheitsentscheidungen von unten entstehen *Zerreibungsprozesse* für die Leitenden. Auch das neue System zeigt ihm immanente Systemschäden; die Frage ist, ob und wie sie zu beseitigen sind.

Auf dem Feld der Mitbestimmung ist, selbst unter den künstlerisch Führenden und Gleichaltrigen, die Meinung konträr.

Dazu zwei Zitate:

Peter Palitzsch (Frankfurt): »Wenn das Theater nicht seine Hierarchie aufgibt, wird es nicht zu einer realistischen Abbildung von Wirklichkeit kommen. Ich halte den Regisseur und die Schauspieler einschließlich des Bühnenbildners für auch gleichberechtigte Arbeitspartner.«

Peter Zadek (Bochum): »Wie wir Sachen herstellen, das interessiert keinen Menschen. Es interessiert ihn nur, daß das, was wir herstellen, immer langweiliger wird, scheinbar, und es ist eine Frage von den *Persönlichkeiten*, von den *Phantasien*, von der *Qualität*, von der *Kraft*, von der *Erotik*, von *tausend Dingen*, die so ein Mensch hat. Und *entweder* hat dieser Mensch, wer er auch immer ist, die Möglichkeit, *Leute mitzureißen* und *Leute zu interessieren*, und die *Intelligenz*, ihnen Dinge klarzumachen, und den *Humor*, sich mit ihnen auseinandersetzen zu können, ohne zusammenzubrechen oder beleidigt zu sein, oder er hat es nicht, und wenn er es nicht hat, dann ist es ganz egal, ob irgendwelche Mitbestimmungsrechte ein- oder ausgeräumt werden, weil: es funktioniert ganz bestimmt sowieso nicht, kann es gar nicht.« (gesprochener Text, Rias-Abendstudio, 18. 5. 72).

Niemand, der Zadeks Inszenierung kennt, wird sagen können, Zadek sei kein Veränderer oder er sei konservativ. – Beide Zitate zeigen aber das Spannungsfeld. Zadek sagt richtig: Was *in* den Häusern vorgeht, ist nach außen unwichtig. Was für das Theater zählt, ist: das Produkt.

4. Veränderung: Die Schwierigkeiten mit dem Produkt. Durch die beschriebenen personalen Veränderungen kommen künstlerische Potenzen in andere Zentren oder steigen aus den mittleren Großstädten in Zentren auf. Was das heißen kann, zeigen die ersten Erfahrungen in Frankfurt und Düsseldorf.

1. Frankfurt: Peter Palitzsch inszeniert Edward Bonds »Lear«. Folge: Proteste, Fortlaufen des Publikums, Zurückgeben der Abonnements, drohender Verlust der überlieferten Publikumsbasis.

2. Düsseldorf: Ulrich Brecht und Klaus Michael Grüber inszenieren 20 Jahre alte Stücke: »Arturo Ui« von Bertolt Brecht und »Off Limits« von Arthur Adamov. Folge: Proteste. Kommentare: Agitationstheater. »Zurück in die Ostzone«, Abwanderung des Publikums. Ein Schreck setzt sich fest: Sind die als ›richtig‹ gewählten neuen Leute doch die falschen?

Was liegt den Reaktionen zugrunde? Beide Fälle zeigen: Die neuen Leute, die ihre in anderen Publikumsorganismen entwikkelte Arbeit in einem neuen Ort fortsetzen, kommen mit ihrem neuen Publikum deswegen in Konflikt, weil dieses unter der alten Intendanz jahrelang von der konsequenteren, härteren, auch kritischeren Arbeit, also von bestimmten Entwicklungen in der Theaterarbeit abgeschnitten blieb. Wo bis vor kurzem »zur Zufriedenheit« die Erwartung des Stammpublikums bedient wurde, wird die neue, fremdgesichtige Ware jetzt verweigert.[1]

Das Publikum reagiert auf Entzugsprozesse der verschiedensten Art. Entzogen wird in den zitierten Produktionen nicht nur die Gemütlichkeit und Festlichkeit, indem eine politische Thematik eingebracht wird. Entzogen wird der Genuß alter Art. An einem extremen, aber aktuellen Beispiel ausgedrückt, heißt das: In Sophokles' »Ödipus« wird die Blendung des Ödipus, selbst wenn der Schauspieler mit blutüberlaufenem Gesicht erscheint, deswegen leichter ertragen, weil sie sowohl durch den Schicksalsablauf des Helden wie durch das Pathos dieses Ablaufs und der Figur gedeckt wird. Im »Lear« von Edward Bond gibt es in der Blendungsszene diesen Überbau nicht; die Blendung wird zynisch bloßgestellt und einem anderen angetan. Als Tat gegen sich selbst wächst sie hier der Moral eines großen einzelnen nicht zu.

[1] s. dazu: Das Publikum und die Angst. S. 206ff.

Dieses isolierende Spiel-Verfahren, das zudem die Bosheit der Menschen deutlich ausstellt, erzeugt anscheinend eine Angst, nämlich: daß mit solcher Vereinzelung des zu Zeigenden das dem Theater in seinem vorigen Zeitalter mitgegebene Wertsystem kaputtgehe. Das Isolierte wird nicht nur als »unschön«, sondern auch als »unwahr« verworfen. Es fällt also schwer, den Zynismus in einzelnen gezeigten Vorgängen mit dem allgemeinen moralischen Interesse zusammenzubringen, das eine Produktion auf dem Theater mit hervorbringen muß.

Auch solche neuen Zeigeverfahren enthalten Genußmöglichkeit: etwa im Beobachten der sachlichen wie künstlerischen Prozedur. Dieser Genuß des Betrachters am Vorgang, seinem Inhalt und der Reflexion, die er auslösen soll, wird nicht (noch nicht?) akzeptiert. – Abgesehen von der Frage, was im einzelnen in den abgelehnten beiden Inszenierungen ›schlecht inszeniert‹ sei, gibt es doch die Beobachtung, daß es im Publikum Verspätungen in der Wahrnehmung zwar längst ausgeübter, für dieses Publikum aber noch neuer ästhetischer Arbeitsweisen gibt. Diese werden jetzt dadurch spektakulär, daß sie auf das Publikum in wichtigen Zentren treffen. In Frankfurt z.B. wiederholte sich bei »Lear«, was in Zürich schon vor Jahren nach den Inszenierungen von Peter Stein geschah, und dies geschieht nun in einem Moment, in dem das bürgerliche Publikum durch das Abebben der Protestbewegung wieder in die Behaglichkeit und Festlichkeit, in seine Erwartungen und eigenen Gefühle zurück will. Äußeres Beispiel: die neue Verfestlichung der Garderobe, die – z.B. bei der Premiere von Hollmanns »Julius Cäsar«-Inszenierung in Berlin – selbst den Intendanten erstaunen ließ.

Das heißt: Die Gefahr besteht noch immer, daß die Bindung zwischen der großen Bühne und ihrem Publikum bricht. Was ein Bruch dieser Bindung heißt, zeigt das Beispiel Hamburg (Deutsches Schauspielhaus). Der Bruch, der dort mit Oscar Fritz Schuhs Abschied, verschärft durch das Monk-Debakel, eintrat, konnte bis heute nicht beseitigt werden. Das Theater, ein führendes Institut, ist abends nur halb gefüllt. Der neue Intendant Ivan Nagel hat mit der langsamen künstlerischen Aufbauarbeit auch die Überwindung des Bruchs zu betreiben.

Vor einigen Jahren gehörte die Vertreibung des »alten Publikums« (mit dem Brecht schon gekämpft hat, der Terminus stammt aus seinen Schriften) zur Praxis der jüngeren Kräfte. Sie war begründbar; gerade die ›neuen‹ Kräfte spürten, was die alten Erwartungen im Publikum für eine Last wurden für den Versuch, nicht nur sich selbst, sondern auch eine andere Art von Theaterspiel zu formulieren (Beispiel: Zadeks Inszenierungen in Bremen), ein Spiel, das die Widersprüche nicht verklebt, sondern aufreißt. Die Einführung eines neuen Publikums ins Theater, das als Hoffnung hinter dem Projekt neuer Theaterarbeit stand, ist aber fast nirgends gelungen. Es gab nur partielle Erfolge.

5. *Das Publikum*

Durch die beschriebenen Veränderungen stellt sich neu: die Publikumsfrage.

5. Veränderung: das Verhältnis zum Publikum.

Die diesjährige Tagung der Dramaturgischen Gesellschaft erbrachte auf die Frage »Warum machen Sie Theater?« seitens der Theatermacher ein Schema von *Selbstdefinitionen*, die nun selbst in die Krise kommen. Die *Schemata* lauteten: »Weil es mir Spaß macht« oder (noch immer) »Wir wollen die Gesellschaft verändern.« Diese Definitionen sind altbekannt, aber sie hängen bereits hinter dem aktuellen Stand der Diskussion zurück. Es sind noch Definitionen für das produzierende Ich und die produzierende Gruppe. Die Selbstvergewisserung in der eigenen Arbeit, die sich noch in den Formeln spiegelt, war im Ablauf der letzten Jahre sinnvoll – aber: für die Macher. Weniger für die, mit denen was gemacht werden soll. Diese stellen jetzt die berechtigte Frage: Was wollen die mit uns machen?

Es gab nur eine oder zwei weitergehende Definitionen auf jene Fragen, die die Weiterentwicklung der künstlerischen Arbeit zum Inhalt hatten. Verändern wollen kann jetzt, nach der Politisierung der gesamten Lebensszene nur heißen, nach der Stoff- und Inhaltsfrage auch die Materialfrage neu zu stellen. Die Phantasie wieder bilden (aber nicht Phantasterei betreiben); Phantasie bilden auf der Grundlage, die erarbeitet worden ist: der des zeigenden Durchschauens. – Das aber heißt: das Publikum ist nicht mehr als Konfrontationsobjekt zu behandeln, sondern wieder als Partner zu denken.

Sich ins Publikum hineinzudenken, wird den Theatermachern nun auch von einer anderen Seite her aufgezwungen. Was bedeutet das Publikum für die Fortexistenz der Theater?

Wir sind bei Veränderung 6:

6. Das gute Geld

Die Finanzierungsdebatten der letzten Monate zeigen, daß für die Rechtfertigung der wachsenden Subventionen an Theater (550 Millionen Mark) die Publikumsfrequenz zum entscheidenden Kriterium wird. Sie wird es deswegen, weil sich das Selbstverständnis, die Funktionsbestimmung der Theaterarbeit, die in den letzten Jahren erarbeitet worden ist und die sich so definiert, daß eine Industriegesellschaft eine kritische Spannung zu den Künsten, zu den Bildproduzenten einrichten muß, die sich mit den Problemen dieser Gesellschaft beschäftigen – daß sich diese Funktionsbestimmung nach außen kaum vermittelt. Die Kommunen haben also Schwierigkeiten mit dem Theater, das bisher ihr Hätschelkind war. Es droht Liebesentzug. Den Kommunen wird es erstens durch die Erhöhung der Kosten objektiv schwer, die Theater zu finanzieren. Sie sehen nicht nur die Gegenwart, sondern immer stärker die Zukunftsbelastung. Die Theateretats sind keine statischen und unbezweifelbaren Größen mehr. Die Stadt Frankfurt hatte für ihr Theater zu zahlen: 1966 16,2 Millionen, 1972 26 Millionen; im Jahr 1975 hat sie zu zahlen 35 Millionen bei anhaltendem Preisanstieg.

Die Subvention wächst zwar relativ zum kommunalen Haushalt; die absolute Zahl drängt sich um so mehr vor, als das Theater innerhalb der immer weniger präzisierbaren, immer diffuser werdenden Stadtkultur keine vorrangige Position mehr hat. Es gibt bereits Kulturdezernenten wie den Dortmunder, die das hart gegen die Weiterführung des großen Stadttheaters ausspielen. Das Problem stellt sich so direkt: Soll man die übergroßen Theaterbauten, die als Zentren und Symbole der Stadtkultur nach 1945 wieder errichtet worden sind, nicht besser auflösen, umfunktionieren? Es gibt Tendenzen dahin.

Zweitens wird den Kommunen die Erhaltung der Theater schwer, weil in den kommunalen Gremien kaum jemand die Funktion von Theater im Bevölkerungszusammenhang definieren kann. Dies um so weniger, als ein Teil der gegenwärtigen szenischen Produktion (siehe Bonds »Lear«, Adamovs »Off Limits«) nicht verstanden oder nicht akzeptiert wird. Was also tun?

Die Entleerung der Häuser hing zusammen mit der Politisierung der Szene (die dem Theater immer aus der gesellschaftlichen Situation zugeschoben wird) und dem Angriff auf das überkommene Bildungstheater. Letzterer war notwendig. Es ging um die Aufhebung einer erstarrten Spielweise, einer tot gewordenen Beziehung zwischen Produktion und Publikum. Jetzt ist zu sehen, was der angegriffene Begriff vom »Bildungstheater« auch enthielt: nämlich einen Zuführungsmechanismus für Publikum ins Theater. Die Bindung von Theater an Publikum und umgekehrt war durch den Begriff Bildungstheater gesichert. Seine Zerstörung setzte die bekannten Probleme frei. Wo der ›gesellschaftliche Zwang‹ »Man geht ins Theater« aufhört, muß das Theater von sich aus eine neue Anziehungskraft entwickeln. Wie und welche?

Die Frage ist schwer zu beantworten. Darum zeigt sich immer deutlicher, daß gerade von fortschrittlichen Veränderern in der Kunstverwaltung der Bildungsbegriff, der »Bildungsauftrag« des Theaters wieder eingeführt, Theater wieder in den erzieherischen Zusammenhang gebracht wird, den es bei den Weimaranern hatte. Freilich sind die Inhalte jetzt modifiziert: kritisches Betrachten statt: Genuß erhabener Gegenstände, Reflexion statt Vorbildlichkeit, Realität statt Fabelwelt. – Aber: reicht das?

Die Suche nach einer neuen, umfassenderen Zielsetzung der künstlerischen Produktion hat begonnen. Auf der Dramaturgentagung tauchten die ersten Vokabeln dafür auf. Man sprach endlich nachdrücklicher von Phantasiebildung. Peter Brooks Inszenierung des »Sommernachtstraums« (die gerade über deutsche Bühnen ging) wurde als das Stück künstlerisch produzierter Utopie bezeichnet, in dem die Widersprüche des Lebens und die Entfremdung von Mensch und Welt aufgehoben waren durch Spiel. War bisher die Rede davon, die Entfremdung als Thema darzustellen, so rückte die szenische Produktion als Abbild der überwundenen Entfremdung, als utopischer Akt wieder in den Vordergrund. Ein klassizistischer Zug, ein Teil der klassischen Theorie kam zurück – nach dem Durchgang durch die anarchische Produktion. Hier ist die Diskussion zur Zeit auf ihrem aktuellen Stand.

Wie aber ist das Publikum dem Theater wiederzugewinnen? Die Brüche zwischen Publikum und Theater in Düsseldorf, in Frankfurt, begründen sie sich nicht nur aus der Enttäuschung überspannter Erwartungen?

Die Schule fällt für die Erziehung eines Theaterpublikums mehr aus als zuvor. Literatur wird dort jetzt vorwiegend soziologisch und dokumentarisch verarbeitet, weniger als Kunstgebilde, das auf das komplettierende Theater verweist. Die Schule erzieht nicht mehr zu den gesellschaftlichen Ritualen: »Man geht ins Theater, Theater ist lebenssteigerndes Fest, dort ist Begegnung mit Kunst«. Das Theater muß seine Anziehungskraft wieder selbst herstellen. Aber in einer Gesellschaft, in der Leben als Teilnahme an einer permanenten Volkshochschule geführt wird, ist eine Regeneration der Theaterarbeit aus dem volksbildnerischen Auftrag möglich. Theater ist das Gegenüber, das Andere. Wie also?

7. Die neue Bindung

7. Veränderung: die Suche nach der neuen Bindung. Die zurückliegende Phase der Revolte in der Kultur hat zweierlei eingebracht: den kritischen Blick auf das Produkt und das Interesse am Machen des Produkts. Der nächste Schritt wäre der: Wiederherstellen des bildhaften Denkens, der Bildsphäre. Nach der Erneuerung der Stoffe sind wir am Wiederherstellen der lange sträflich vernachlässigten Phantasie.

Wer die Theaterarbeit der zwanziger Jahre beobachtet, sieht, daß die Arbeit an einer neuen Bildersprache beginnt. Weg von der Illustration und der Illumination von Texten. Nach dem Ausräumen der Illustrationsbühne, die sich Ende der fünfziger Jahre wiederhergestellt hatte, kommen die Bildräume wieder, die die Inhalte der Stücke nicht nur ins Sichtbare übersetzen, sondern durch eigene Prozedur richtig hervortreiben. Man sieht Bilder: als inhaltlichen Prozeß. In Peter Steins Inszenierung des »Peer Gynt«, in Minks' »Maria Stuart« war das summiert. Das Verfahren greift auf andere Inszenierungen über. Die Bilder enthalten das in den letzten Jahren erarbeitete kritische Verfahren (die Distanz zum Gezeigten), aber überführen es in Anschauungen. Zum Interesse an Stoff und Inhalt kommt das Interesse am Wie, am Material des Theaters; an der Komposition einer Szene, an der Entwicklung eines Volumens, das die Phantasie bindet. Das Bild selbst wird der interpretatorische Akt.[1]

Man kann sagen, diese Bindung sei als Versuch zu intellektuell.

[1] s. dazu: Die Erfindung der Bildersprache für das Theater, S. 224ff.

Die Regenerationsprozesse, die Versuche zu einer neuen Bindung von Publikum und Theater, sind denn auch umfassender. Daß ein Regisseur, der früher Konfrontationsregie machte, etwa Peter Zadek, nun »Volkstheater« als Stichwort seiner Bochumer Arbeit ausgab, zeigt auf den anderen Weg desselben Versuchs.

Was kann das auch heißen? Die beschriebenen Prozesse haben dazu geführt, daß viele ältere Schauspieler, sogenannte Stars, aus dem stehenden Theater ausgestoßen worden sind. Sie füllen heute die Tourneebühnen.

8. Das zweite System

Damit sind wir bei der 8. Veränderung. Die Probleme, in die die stehenden Theater durch die Kunstkrise gestoßen wurden, hat die Tourneetheater fett gemacht, die gerade dadurch sich am Leben erhielten, daß sie diese beschriebene »Krise« des stehenden Theaters verleugneten oder an ihr nur insofern teilnahmen, als sie die Stücke, die die Krise produzierte, aufnahmen, nachdem sie durchgesetzt waren. Diese Bühnen stoßen bereits in die Stadtrandgebiete vor, verlassen das ihnen gehörende Hinterland, ja, die Finanznot der großen Theater zwingt diese, ihre Häuser an die Tourneetruppen zu vermieten. Je stärker dieses zweite kommerzielle System wird, um so gefährlicher wird es dem der stehenden Theater, zumal in Städten, in denen nur die Versorgung mit, nicht das Machen von Theater gewollt wird.

Deren Probleme werden im Augenblick dadurch zu lösen versucht, daß man sie im Zuge der Auflösung der Stadtkultur neu von der Region her bestimmt, für die sie spielen. Jedes Stadttheater hat Publikums-Zuzug von draußen. Die draußen müssen die teureren Zentren in Zukunft mitfinanzieren. Die Länder werden von den Kommunen dafür beansprucht.

Auch das ist ein Prozeß der Änderung: Die Stadt als Träger der Theater wird zu klein. Alles das bringt Schwierigkeiten. So verschieden die Probleme sind, sie summieren und potenzieren sich. Man muß aufpassen, daß die Potenzierung nicht zum Ende des stehenden Theaters führt. Schon gibt es Stimmen, die sagen, unser System von Theater werde die achtziger Jahre nicht erreichen.

Die Erfindung der Bildersprache für das Theater

Die Herstellung neuer Sinnlichkeit

Nun gibt es deutliche Zeichen für die Regeneration des Theaters. Welche ist es, und warum vollzieht sich etwas? Die Spielzeit 1971/72 war noch angefüllt mit den Klagen der Defätisten, das Theater sei am Ende. Dabei vollziehen sich schon erstaunliche Prozesse. Einige Inszenierungen, die zum Teil unabhängig voneinander entstanden und oft von konträren Positionen ausgingen, hatten wieder einen gemeinsamen Zug, eine Energie, die auf eine neue Sprache des Theaters aus ist. Ein Verlangen nach neuem bildnerischen Denken, nach Figur, nach Plastik ist offensichtlich. Der Durchgang durch das bilderlose Theater ist beendet.

Bilderlos: gab es das? Hatte nicht jeder »Hamlet«, nicht jede Tschechow-Inszenierung noch Milieubilder, Dekoration, präzise Raumbestimmung? Es gab immer Ausstattung; aber sprach, spielte sie mit? Zu oft war sie stumm. Das Elend der letzten, schlaffen Theaterjahre war auch dies: es gab nur selten wirkliche Verbindungen zwischen den Körpern der Schauspieler und der ›Dekoration‹, der Gegenstände im Raum. Alles isolierte sich voneinander. Die puristischen Kräfte spürten das. Sie räumten in ihren Inszenierungen die stumm gewordenen Bilderreste ab. Der Abbau der ›Illustrationen‹, des illustrierenden Bühnenbildes war ein wesentlicher Prozeß im Theater der sechziger Jahre. Er war einerseits ein Akt der Entrümpelung der zu gefühlig, zu protzig, zu beziehungslos gewordenen Bildwelt (Monstrebeispiel: Everdings »Napoleon«-Inszenierung in Recklinghausen), und er brachte die Abschaffung eines ganzen dekorativen Spielgenres (der Bildwelt von Giraudoux, Anouilh). – Aber der Purismus ging fast parallel mit einer neuen Hervorkehrung politischer Inhalte. Je stärker das Theater in den sechziger Jahren seine politische Funktion wieder suchte, um so mehr trat die Bildkraft hinter den Inhalt zurück.

Der sichtbare Nullpunkt Publikumsbeschimpfung

Peter Weiss' Weg vom »Marat« (1964) bis zum »Vietnam-Diskurs« (1968) macht den Vorgang im ganzen deutlich. Am Ende der ›Entbilderung‹ wurde sogar »Marat« von Hans Neuenfels (1968) ohne Bildhintergrund, nur aus der Bewegung einer Gruppe junger Leute inszeniert. Die Klassiker wurden von der Entrümpelung nicht verschont: Hübners »Hamlet«, Zadeks »Maß für Maß« reduzierten die Bildprägung, die Reizung für das Auge, ganz auf die Bewegung der Körper und übten die Körper ein in eine neue, selbständige, schon Inhalte übersetzende Sprachgebung. Handkes »Publikumsbeschimpfung« (1966) wurde – aus diesem Aspekt – zum Nullpunkt, weil hier nicht nur die Bildsphäre des Theaters schon aufgezehrt war, sondern auch seine Politisierung in Frage gestellt wurde. Das Vorgetragene war weder Handlung noch Bedeutung, noch weckte es Phantasie, es war nur identisch mit sich. Handke erschien auf dem Theater, als dieses seine übernommene politische Widerspruchsfunktion an andere gesellschaftliche Kräfte abgab. Danach geriet das Theater in jenen unentschiedenen, diffusen Raum, der, populär gesprochen, als ›Krise‹ viel beredet wurde.

Fremde Kunstlandschaften Minks und seine Schüler

Die Rückkehr zu einer neuen Bildlichkeit kündigt, sich verstärkend, seit der Spielzeit 1970/71 an. Sie ist inspiriert von einer kleinen Gruppe von Theaterleuten, die eine Zeit zusammen, heute aber auch auf ganz konträren Positionen arbeiten. Der erste Stoß ging vom Bühnenbild selbst aus. Der Bühnenbildner Wilfried Minks (in Bremen) war, als er Popbilder in die Inszenierungen aufnahm (»Die Räuber«, »Frühlings Erwachen«, 1966), noch selbst ein Entrümpler; in seiner zweiten Phase (1967/68: »Maß für Maß«, »Macbeth«) gab er den Regisseuren leere Lichtkästen; seit der vorletzten Spielzeit erarbeitete er mit großer Farbigkeit, neuen Materialien und starker Imagination ausgestattete Bühnenräume, die heute als Entwicklungspunkte unübersehbar sind. Schon in seine neuen Bildräume zu Peter Steins »Tasso« (1969) oder Klaus Michael Grübers »Sturm«-Inszenierung stürzten die Stücke hinein und mußten vom Regisseur auf eine neue, bisher ungewohnte Weise produziert werden. Das pure

Abspielen einer Handlung war darin nicht mehr möglich. Beide Regisseure, Stein wie Grüber, sind seitdem an der Ausarbeitung einer neuen Bildersprache maßgebend beteiligt. Minks wurde inzwischen folgerichtig selber zum Regisseur.

Als Regisseur führt Minks fort, wovon er als Bühnenbildner ausging: alles, was zu zeigen ist, zeigt er als künstlich Hergestelltes (was Theater ja ist). Dem artifiziellen Raum fügte er Schauspieler als artifizielle, als Kunstfiguren ein. Am deutlichsten in der letzten Inszenierung: »Maria Stuart« (Bremen März 1972). – Peter Steins bildhafter Sinn geht mehr aus von den aktiven Körpern, der Bewegung und der Gruppierung der Körper seiner Schauspieler. Er dreht, spreizt, dehnt die Körper, verknotet sie (»Changeling«), verkrampft, löst und jagt sie, bis man sie durchschaut. Er ist anscheinend der realistischste Schauspielerregisseur, der am meisten politisch-sozialen Inhalt mit in seine Bildgebung hineinnimmt; aber seine Figurenführung und Gruppierung reicht weit über die Grenzen eines realistisch-abbildhaften Theaters. Jede seiner Inszenierungen seit »Early Morning« in Zürich wird ein plastisch-bildhafter Akt, der seine Inhalte über die Bildlichkeit ausdrückt.

Grüber dagegen geht ganz aus von der Vision, die das gelesene Stück in ihm erweckt. Jedes Stück ist für ihn eine Situation mit Figuren, aus der er eine Chiffre für den Zustand der Welt macht. Er inszeniert diese Welt als ein in sich geschlossenes Bild; Shakespeares »Sturm«: das Versinken eines Weisen im Inselsand – aber durch Buntheit und Heiterkeit des Bildes märchenhaft kontrastiert. Horváths »Geschichten aus dem Wienerwald« (in der Berliner Schaubühne) wurde zu einer Kaffeehausmoritat, die unser eigenes Inferno enthält.

Gemeinsam ist dieser Arbeit an einer neuen Sprache der Bilder der Versuch, dem bloßen Nachbilden und Verdichten eines Handlungsablaufs zu entkommen. Im ganzen wird die Szene so zum selbständigen Bild verstärkt, daß sie sich unserem Bildsinn einätzt. Statt Illustration: Imagination; statt Gefälligkeit: Eigengesetzlichkeit; statt Reproduktion: Interpretation. Was einer sagt (z.B. der reiche Peer Gynt) wird nun eingeprägt durch die Art, wie er sitzt, wie er aufspringt – mehr durch das Auge als über das Ohr.

Die Bemühung geht vom zweidimensionalen Bild (auch die Bühne hat viel Zweidimensionalität) in das drei- und vierdimensionale Bild. Der bewußt gezeigten Künstlichkeit des szenischen Arrangements, der Spielgeste des Zeigenwollens und Zeigenkönnens entspricht die Überkontur und Überdeutlichkeit der Figuren, die – manchmal bis zur Schwelgerei gehende, die Bühne auch schon überlastende – Farbigkeit, vor allem aber die neue Verbindung von Raum, Bild und Figur.

Als Minks beim »Tasso« seine erste Raumbühne zu entwerfen begann, leitete er sie ab vom Environment, das in der bildenden Kunst inzwischen entwickelt war: dem jede Zeitfolge in sich aufhebenden begehbaren Kunstraum; die Weiterführung der »Tasso«-Bühne brachte 1970 das Herausgehen aus dem Guckkasten in den Raum.

Der so gewonnene, dreidimensionale Spielraum, den Minks im Bremer »Concordia« (z.B. für Gombrowicz' »Yvonne« und Faßbinders »Bremer Freiheit«) einrichtete, ist von der Schaubühne in Berlin ins große Maß ausgedehnt. Der verräumlichte Spielort, der Raum zwischen den Zuschauern, hat andere Wirkungen als im traditionellen Arena-Theater. Der Zuschauer ist einbezogen in den Spielvorgang: entweder als Dekoration oder als Voyeur. Er wird zwittrigen Empfindungen ausgesetzt; er sieht einem überdeutlichen Vorgang zu und der Überrealismus, die scharfe Bildgebung, verstärkt durch die schwitzende Nähe der Schauspieler, fragt ihn: Wie verhalte ich mich? Nicht nur etwas, sondern auch *sich* beim Betrachten erleben: in der neuen Bildgebung wird schon die Aktivierung aller Sinne, nicht nur die von Auge und Ohr versucht.

Der Theaterraum wird – in Extremfällen – zum totalen Phantasieraum. Raum und Figur haben nicht nur die dritte Dimension, die Spieler haben auch viel mehr Kontakte zu den Mitspielern zu halten, die immer anwesend bleiben. Die Binnenspannung in der Raumszene ist erhöht. Die Simultaneität (die als Verfahren nicht neu ist) wird zum sozialen, in anderen Inszenierungen zum surrealen Faktor. Öfter als sonst wechselt die Perspektive auf das, was geschieht. In den besten Fällen kommt alles, die Spieler, die Bewegungen, der Raum selbst ins Erzählen. Man kann sich betrachtend in die Szene verlieren, in Winkel, Ecken, Hütten, Meere, Täler, Berge. Die künstlich nachgebildete Landschaft des Stücks selektiert, verkürzt, rafft deren Charakteristika zusammen. Selbst Details darin verweisen auf überhöhte Begriffe (Goethes Gipsbüste im Spielfeld des »Tasso«). Diese Kunstlandschaften wirken fremd. Sie sind jenseits der Real-Logik, daher die ungewohnte Faszination. Rätselhaft selbst, enthalten sie zu Enträtselndes.

Viele der neuen Bildräume arbeiten mit der Entfremdung des Vertrauten. Auch der Schauspieler ist davon erfaßt. Das Natürliche an ihm wird gesteigert bis ins Übernatürliche (nicht: ins Un-Natürliche). Übernatürlich heißt hier: er drückt noch Wesentliches von der Figur aus; was sie sagt, aber eigentlich meint, was also das Gesagte im Grunde bedeutet. Daß Schauspieler dies Doppelspiel, diese Aufdeckung der Widersprüche heute können, ist ein Ergebnis der schauspielerischen Experimente zwischen 1966 und 1969. Das Natürliche wird mit Bedeutung, mit Interpretation überdeckt. Nicht die Handlung hat mehr den Vorrang, sondern die Figuration des Augenblicks. Die Handlung wird aus Momenten zusammengesetzt. Wie in den Bildräumen Vergangenheit und Zukunft in die Gegenwart zusammengezogen ist (man sieht im Anfang schon die Spielorte des Endes), so ist auch Gegenwart in Vergangenheit und Zukunft auseinandergerissen. Das räumliche Nacheinander ist so aufgelöst wie das zeitliche (oder hat wenigstens die Tendenz dazu). Auch die Schauspieler zerren die eine Figur auseinander; sie geben sie in vielen Perspektiven.

Mehrfach statt einfach
Der andere Schauspieler

Zur neuen Bildgebung gehören auch die vielen Bildzitate aus bekannten alten oder zeitgenössischen Bildwelten; (»Peer Gynt«: aus der bürgerlichen Bildwelt der »Gartenlaube«). Dazu gehört auch die Zerlegung. In Peter Steins »Peer Gynt« war die Hauptrolle in mehrere Peer Gynts zerlegt; Minks zerlegte das Erscheinungsbild der Maria Stuart in viele Assoziationsbilder (Maria: Glamourgirl, Lady Macbeth, Heilige). Grüber schiebt in seine Horváth-Inszenierung vorsichtig Intermezzi. Ähnliches geschieht mit den Texten; Worte, Posen, Figuren werden in besonderen Situationen überdeutlich, »autobiographisch« ausgestellt. Es werden Bezüge zu Stoffen außerhalb des Vorgeführten hergestellt. Das Assoziationsfeld wird durch Bildsignale, Metaphern um das Stück herum, erweitert.

Das additive Verfahren der Bildanreicherung enthält einzelne

Bildkonvolute, die sich erst nach und nach entdecken (Beispiel: die kahlköpfige Großmutter im roten Barchentkissen in Grübers »Geschichten aus dem Wienerwald«). Minks entwickelte in der »Maria Stuart« ganze Bildzeremonien (Marias Beichte), die den Rhythmus des Stücks verändern, aber den Bildgebungsprozeß der Aufführung prägen.

Peter Stein gab in der Trollszene seines »Peer Gynt« eine andere Version davon: Man sah ein langsam aufbrechendes Bildgeschwür, aus dem immer neue Figuration, die widerliche Selbstdarbietung selbstgerechter Kleinbürgerei, hervorquoll. Es war ein Bildprozeß, man mußte immer neu hinsehen. Das Quillbild (von Stein eingeübt schon in seiner Zürcher Inszenierung von »Changeling«) multipliziert seinen Inhalt durch immer stärkere Variation. Steins Trollwelt, Minks Beichtszene: Das sind heute schon Bildprägungen für Jahrzehnte.

Ihre imponierendste Leistung hat die neue Bildersprache bis jetzt in den Schwellbildern hervorgebracht. Schwellbilder nennen wir Bilder, die neue sukzessive Inhalte in die eine Szene hereinziehen; Minks gelang es in »Maria Stuart« (Fotheringhay). Die Begegnung der Königinnen: Elisabeth auf dem Gipfel einer acht Meter hohen Staatsrobe, Maria unten auf einer grünen Parkwiese. Auf Elisabeth zulaufend, wird die Robe für Maria zum Fels. Elisabeth lüftet den Rock und die grüne Wiese, dieses Stück England, ist ihr Rocksaum. Leicester, der Marias Retter sein soll, hängt wie eine Kordel an Elisabeths Robe. Maria trumpft auf: »Ich stehe in Gottes Hand«, aber Elisabeth, die an den Himmel oben rührt, macht klar, wer hier Gott ist. Das Bild wirkt so direkt in den Text, interpretierend, steigernd, enthüllend. Das ist ein Muster kalkulierter Bilddramaturgie.

In Steins »Peer Gynt« zeigte die Szene vor der ägyptischen Sphinx nicht nur den Archäologen Peer; durch die Verbindung dieser mit der Irrenhausszene, in der aus der Sphinxgrube verwüstete Menschen hervorkrochen, erschienen diese Irren wie die aus ihren Gräbern aufgeweckten Sklaven: ein Stück Sklavereigeschichte kam in die Inszenierung, zum Verrücktwerden. (Solche sozialkritischen Bezüge prägen Steins Bildgebung stärker als die von Minks). In Grübers Horváth-Inszenierung »Geschichten aus dem Wienerwald« ist die Maxim-Szene ein solches Schwellbild.

Solche von den szenischen Mitteln her verselbständigte, aber nicht vom Stück abgelöste Bildgebung verschafft dem Stück eine zweite Interpretation. Minks zeigt in Schillers Text durch die Bildgebung das Konglomerat von Selbstdarstellungen, Interessen, Ambitionen, Schwächen, Rollenidentifikationen, die in dem Konflikt der Königinnen ›Schicksal‹ machen. – Stein richtete »Peer Gynt« so ein, daß man eine archaische Gesellschaft und die Befreiungsprobleme aus ihr sah. – Grüber spielte in Horváths »Geschichten« nicht mehr das negative Märchen, sondern in der Nachtlokalszene Apokalypse.

Der Rückgriff auf die Bildphantasie des Surrealismus (auch des diesem oft nahen Trivialismus) ist in manchen dieser Inszenierungen sehr deutlich. Insofern läuft, was sich im Theater vollzieht, parallel mit der Neubewertung der Surrealisten Max Ernst, Dali und Magritte. Die Anleihe bei diesem phantastischen Bildbestand enthält aber für die Theaterleute mehr als nur die Aktivierung ihrer Bildphantasie. Nämlich den Versuch, den Kleinrealismus, der in den Stücken von Kipphardt bis Sperr und Kroetz unsere Bühne provinzialisierte, und auch die jahrelange Schrumpfung wesentlicher Theaterarbeit auf die Studio- und Kammerspielbühnen wieder zu überwinden. Es ist der Versuch, die große Form fürs Theater zurückgewinnen.

Im Rückblick sieht man nun, welche Ablösungs- und Übergangsfunktion die Stücke des Polen Witold Gombrowicz vor zwei, drei Jahren bekamen. Hier war Imagination, Sprechen durch Bilder und kritischer Bezug.

Noch ist im Augenblick manche Unsicherheit merkbar. Schon gibt es eine Reihe von Regisseuren, die diesen Entwicklungen nachlaufen, sich Bildräume von Minks und seinen Schülern bauen lassen, ohne ihre Regie und die Schauspieler in diese Räume einfügen zu können. Sie setzen dann konventionelle Regie in einen neuen Bildraum. Was in Wüstenhöfers prämiierter Inszenierung »Schloß Wetterstein« (Wuppertal) noch manchen Kritiker düpierte, in Lietzaus »Prinz von Homburg« wurde ganz deutlich, daß die neuen Bildräume auch eine bildhaftere, mehrschichtige Führung und Behandlung der Schauspieler verlangen. Nichts zeigt deutlicher die Veränderung, die auf dem Theater vor sich geht.

Das heißt: auch die Schauspielerführung kann sich nun nicht mehr von der Handlungsführung und der Psychologie der Figuren her entwickeln, sondern muß von der Interpretation des zu Zeigenden schon ausgehen. Die Vorprägung eines Schauspielers, der die Bühne betritt, ist so lange keine Hemmung für ihn, solange er in der nun abverlangten Spielweise genug Variations- und Erfindungsmöglichkeit erhält.

Regisseure wie Hans Neuenfels und Claus Peymann, die einst den Purismus des bilderlosen Theaters richtig vorexerzierten, sind inzwischen in die Entwicklungen zum bildhaften Theater längst eingetreten. Neuenfels' Inszenierung von Ibsens »Nora« wurde durch die Koppelung mit der Bildwelt Magrittes so enthistorisiert, daß das Stück seinen emanzipativen Inhalt durch die starke Bildprägung, die Klarheit seiner Konturen, die Überdeutlichkeit seiner Griffe, die Fremdheit und Bedeutungsvariation seiner Requisiten wieder als einen kritisch betrachtbaren vermittelte.

Neuenfels' »Nora«-Inszenierung und Minks' »Maria Stuart« zeigten, daß die neue Bildentwicklung auch auf Inszenierungen der Guckkastenbühne praktizierbar ist. All diese Inszenierungen bestätigen, daß die Wiederfindung des bildhaften Ausdrucks nicht die Rückkehr zu einem poetischen Theater ist, das seine Inhalte überfärbt. Die neue Phase der Theaterarbeit hat sich erst bilden können nach dem Durchgang durch die politisch-kritischen Darstellungen, nach der Funktionssicherung, die das Theater für sein Selbstverständnis gebraucht hat. So haben alle diese neuen Produktionen, die zu einer anderen Bildsprache, zu einer stärkeren Poetik der Szene drängen, einen kritischen Akzent. Sie »zeigen«, sie eröffnen Einsichten in Verhaltensweisen, in die sozialen Tricks, in die psychische Mechanik, sie erklären und werten – aber dies immer ohne die Denunziation, die nur das primitive politische Theater als Signum seiner Parteilichkeit hat. Es ist ein Theater, das die Widersprüche bloßlegt.

Zweimal Realismus
Bergmann oder Noelte

Das neue Verfahren hat eine große Ausdehnungsfähigkeit – auch innerhalb realistischer Inszenierungen. Die Gegenüberstellung von Ingmar Bergmans »Wildente« (die in Berlin zu sehen war) und Rudolf Noeltes »Totentanz« (Schiller-Theater Berlin) erwies Bergman nicht deswegen als den moderneren Regisseur, weil er das realistische Spiel in ein surreales Tableau überführte, sondern weil er jede der Figuren öffnet, ihre Gefühle und Praktiken bloßlegt. Gregers Werle: er stellt (bei Bergman) sich mit verschränkten Armen, aber setzt den Fuß noch zweimal nach: die Gebärde erklärt seine Unsicherheit, sein Suchen, den inneren Kampf. Man sieht in einen armseligen Menschen: Ekdals Frau sucht ihren Mann wieder ins Haus zu fangen, und sie serviert ein Frühstück. Eine Quillszene: er frißt, sie füttert, und aus dem Vorgang wird eine Oral-Befriedigung, die so gut ist wie neuer sexueller Kontakt. Mit jedem Biß am Brötchen dringt man mehr in die Psyche der einzelnen und in die Geschichte dieser Ehe.

Noelte inszeniert noch bürgerliche Tragödie, wo Bergman diese schon in ihre Details auseinandernimmt. Noelte spielt noch Theater von 1890 – dies freilich mit so hoher Qualität, daß er der dialektische Gegenpol wird zu den neuen Entwicklungen. Eine Position, die nur durch hohe Qualität überhaupt zu halten ist. Aber Noelte hat nicht die poetische Bildphantasie, die Vorgänge und Gefühle öffnet, sie theatralisch ausbeutet und ausstellt. Bergman überwindet den Realismus durch dessen eigene Mittel, durch seine Potenzierung. Noelte bleibt bei der einfachen einsträngigen, konzentrierten Abbildung, Bergman gibt zwei und dreifache Bilder, auch er unterbricht, setzt zusammen und überhöht.

All das sind Ansätze. Sie sind naturgemäß verschieden artikuliert, aber man sieht nun das ihnen Gemeinsame. Die Bildhaftigkeit des Theaters wird wiederhergestellt und: die Bilder beginnen selbständig zu sprechen. Noch gehen unsere Autoren nicht mit. Das wird ein Problem. Die besten Theaterleute aber haben in dieser Not gelernt, sich zu verselbständigen. Sie gehen zu auf eine neue, starke, eigenständige, kritische Kunstsprache. Sie experimentieren wieder im großen Format. Das sind Chancen für die Regeneration unseres Theaters.

Von der Politik zur Rolle

Rückblick auf ein Jahrzent (1965-1975)

Den gegenwärtigen Stand des Theaters kann man aus seinen neuesten Hervorbringungen nur unzureichend bestimmen. Theater ist ein Prozeß. Seine Produktionen erhalten Thema, Gesicht, Form und Farbe aus den Bedingungen des jeweiligen gesellschaftlichen Augenblicks, antworten aber auch auf diese. Antizipation, Reflexion, aber auch Zurücknahme zu weit vorgetriebener Positionen und die Anpassung seiner künstlerischen Mittel an die wechselnden Funktionen gehören zu seiner öffentlichen Erscheinung. Wie immer man den einzelnen Abend als singuläres Ereignis preisen mag, Bedeutung erhält er erst aus dem Zusammenhang, den er mit stiftet.

So war es von Bedeutung, daß im März und April 1975 am Deutschen Schauspielhaus in Hamburg, das seit dem Abschied von Gründgens kaum noch prägend in die künstlerische Produktion eingriff (die Inszenierung von Kroetzens »Stallerhof« und die Übernahme von Bernhards »Der Ignorant und der Wahnsinnige« scheinen von heute her gesehen mehr Suche als Positionsbestimmung) einige höchst qualifizierte Inszenierungen miteinander in Kontakt kamen.

Nämlich: Rudolf Noeltes Inszenierung von Molières »Menschenfeind«, Peter Zadeks Inszenierung der »Wildente«, auf die abermals Noelte mit einem vielbeachteten Rückgriff auf das im letzten Jahrzent ganz vernachlässigte realistisch-illusionistische Werk O'Neills, »Eines langen Tages Reise in die Nacht« antwortete: Noelte und Zadek, vor zehn Jahren sowohl in der Definition von Theater wie im Gebrauch der szenischen Mittel noch die deutlichsten Antipoden, rückten nah aneinander. Stellte der konservative Noelte im »Menschenfeind« die Hysterisierung eines auf Veränderung drängenden Intellektuellen in einer engen unerschütterbaren Gesellschaft dar und bloß, so Zadek den auf radikale Wahrheit pochenden Gregers Werle als einen eher elenden, scheiternden Kumpan. Beide Regisseure akzentuierten ihre Inszenierungen gegen den Typus des Veränderers, der die Konventionen und Verlogenheiten des gesellschaftlichen Zustands angreift, gegen den Typus des Wahrheitsfanatikers; beide zeigten die Folgen ihres Auftretens in der Zerstörung vorhandener oder möglicher menschlicher Harmonie. Daß Noelte das Thema des scheiternden Veränderers von Molière durch den Darsteller des Menschenfeinds, Will Quadflieg, auch in die Rolle des Schauspielers James Tyrone (O'Neill) weiterführen ließ, verweist auf ein Konzept: Hier wurde sowohl der hohen Aufwertung des Intellektuellen und des Künstlers widersprochen wie dem Optimismus, daß das Herausreißen der Mitmenschen aus den alten Konventionen im Namen der ›Wahrheit‹ das Leben freier oder gar ›richtiger‹ mache. Beide Inszenierungen polemisierten indirekt gegen Positionen der letzten Jahre, gegen den ›Veränderungsimpuls‹. O'Neill gab das Siegel auf die Dauerhaftigkeit der tragisch-schicksalhaften Struktur des Daseins. Mit der »Wildente« näherte sich auch Peter Zadek, der sich früher nie dem privaten Leid der szenischen Personen geöffnet hatte, solcher Einsicht. Obwohl er, im Gegensatz zu Noelte, noch immer geschlossene Stücke durch seine dramaturgischen Eingriffe öffnet, Übereinstimmung stellte sich doch im Gedanklichen wie im Formalen her.

Zehn Jahre zuvor hatte das die Zeit prägende Theater eine andere Gestalt: Peter Weiss brachte damals die »Ermittlung« und schrieb am »Vietnam-Diskurs«. Zehn Jahre: Position und Gegenposition beschreiben sich durch Stücke und Inszenierungen. Was ist in diesen zehn Jahren auf dem Theater und mit ihm geschehen?

1965 konnte man sagen: es gäbe, zum erstenmal nach dem Krieg, wieder ein in Stoff und Impuls, in moralischer wie politischer Intention geschlossenes deutsches Drama. Nach dem Vorläufer »Andorra« (Max Frisch) hatte sich seit 1960 durch die Stücke von Hochhuth, Kipphardt, Walser und Weiss und deren Inszenierungen ein Funktionswandel im Theater vollzogen. Es war aus der konservativen, romantisch-biedermännischen, tragisch-betrachtenden Spielart der fünfziger Jahre in einen neuen Aktivismus eingetreten, der, in engem Zusammenhang mit der damaligen politischen Konstellation, in eine sich selbstgefällig abschließende, geschlossene Gesellschaft (»Keine Experimente«) eingreifen, über ihre Verdrängungen und moralischen Probleme aufklären, die Wahrheit sagen und das eingeschläferte politische Bewußtsein aktivieren wollte. Die Stückeschreiber waren von nationalen Fragen der ›Bewältigung der Vergangenheit‹ schnell zu den internationalen Problemen des Kolonialismus und der Intervention gekommen (»Gesang vom lusitanischen Popanz«, »Vietnam-Diskurs«). Sie argumentierten nicht mehr vermittels der Phantasie und poetischer Bilder, sondern mit den Dokumenten und Nachrichten, mit historischen Fakten und der Moral. Das Theater verstand sich als ein aufstörendes, dann aufklärerisches, schließlich wieder als emanzipatorisches Instrument. Die damals irritierende Vokabel, die Brecht in das Theater der fünfziger Jahre wie einen Langzeitzünder hineingeworfen hatte (Darmstädter Gespräch über Theater, 1955), die Vokabel: Veränderung der Gesellschaft, wurde nun landläufig, kam in vieler Theaterleute Mund und in die Programmhefte.

Vom politischen zum aktivistischen Theater

Aber eines wurde spätestens 1968 schon klar: Das Theater konnte seine Funktion des Mobilisators nicht halten, sondern gab sie ab, als seine eigenen Grenzen erreicht waren. Zwischen 1967 und 1969 ging die politisch-aktivierende Funktion über an die Studentenbewegung, die als andere, direktere gesellschaftliche Kraft den vom Theater zuerst gegebenen Impuls aufnahm.

Man kann diesen Übergang genau ausmachen: er vollzog sich an jenem Abend, an dem nach der Premiere von Peter Weiss' »Vietnam-Diskurs« in den Münchner Kammerspielen die mit dem Inhalt des Stücks sich identifizierenden Schauspieler über die Rampe ins Foyer gingen, um Geld für den Vietkong zu sammeln, was damals, auf dem Höhepunkt des als antikommunistisch interpretierten amerikanischen Engagements wie ein prokommunistischer und damit als ein Akt gegen die amerikanische Schutzmacht und gegen die eigenen Interessen erschien. Das war eine so starke Provokation und Verletzung der Spielregeln von Theater in der westdeutschen Gesellschaft, daß der Regisseur der Inszenierung, Peter Stein, und einige seiner Schauspieler, die Kammerspiele verlassen, die Inszenierung wie ein scheiterndes Schiff aufgegeben werden mußte.

Die Münchner Vorgänge wirkten nach in vielen Ensembles. Die Studentenbewegung, die sich von 1967 ab immer deutlicher formulierte und immer vehementer ausdrückte, entwickelte sehr schnell ihre eigene Theatralik; in Demonstrationen, die sich mit Spruchbändern farbig machten, in Laufschrittmärschen, mit denen ein ganz anderer Rhythmus in den bürgerlichen Bewegungskanon eindrang, mit eigenen akustischen Signalen, wie dem Ho-Ho-Ho-Tschi-Minh-Klatschen, provokativen Wortkaskaden, durch Veränderung des Alltagsanzugs bis zur Umkostümierung einer ganzen Generation (von den Jeans über den Indian-Look bis zu Phantasiegewändern), durch go- und teach-ins in den Universitäten, durch Happenings während der Vorlesungen oder in Wahlversammlungen, durch spontane und gezielte Aktionen zur Durchbrechung der gewohnten Verhaltenskonventionen, durch Verwandlung von Einkaufs(Konsum-)straßen in Debattierstätten, durch Schau- und Zurschaustellungen vielerlei Art.

Das aktivistische Theater, das (nach Weiss' »Lusitanischem Popanz«) mit dem »Vietnam-Diskurs« endgültig in Erscheinung trat, wurde deswegen zum Gegenentwurf für das etablierte Schauspielertheater, weil es immer rigoroser die Identifikation des Darstellers mit dem, was er vortrug und spielte, vorantrieb. Aufführungen endeten in Diskussionen und Kundgebungen. Das war insofern ein qualitativer Schritt auch über das bisher praktizierte politische Theater (Muster: Hochhuths »Stellvertreter«) hinaus, als dieses sich noch immer vom herkömmlichen Schauspieler (»Darstellungsbeamten«) vortragen ließ, ohne daß das, was dieser vorspielte, seine eigene Sache sein mußte. Je stärker die politische Protestbewegung wurde, um so mehr wurde diese Identifikation, diese Einheit von Tun und Glauben, Spiel und Glauben nicht nur verlangt, sondern von vielen spontan geleistet. Ein neuer Typ von Schauspieler, der nervös-aktivistisch-kritisch war, formulierte sich. In den Staats- und Stadttheatern bildeten sich Aktionsgruppen, die zusammen mit dem Schauspielernachwuchs nun auch auf die neuen, direkteren Spielformen hindrängten, die, eindimensional, entschieden, in losen Szenenfolgen die völlige Identifikation des jungen Schauspielers mit dem Stoff möglich machten. Das etablierte Theater kam damit an seine Grenze; es bildeten sich auch Straßentheater freier Aktionsgruppen.

Handkes Widerspruch, Zeichen der Umkehr

Der junge Peter Handke, ein kühler Beobachter der wirren, aber aktiven Szene, konnte 1968 schon schreiben: »Das engagierte Theater findet heute nicht in Theaterräumen statt (nicht in diesen verfälschenden, alle Wörter und Bewegungen entleerenden Kunsträumen), sondern zum Beispiel in Hörsälen... Es gibt jetzt das Straßentheater, das Hörsaaltheater, das Kirchentheater, das Kaufhaustheater...«[1]

Handke beschrieb die Grenzen des Theaters (auf die das agitierte, aber unwillige Stadttheaterpublikum durch Proteste seinerseits aufmerksam machte), indem er jenes Problem der Identifikation des Akteurs mit seinem Impuls und seinem Stoff aufwarf. Er beschrieb, damals zum Verdruß vieler »Ergriffener«, die das etablierte Theater zum Instrument auch der direkten Aktion »umfunktionieren« zu können glaubten, daß der herkömmliche Theaterraum als ein künstlerischer Bedeutungsraum alles zu Spiel mache, also zum ›Als ob‹, zum Schein, und zur Scheinidentifikation. Dieser Raum lasse eben diese Identifizierung von Spiel und Glauben nicht zu, von seinem Wesen her. Es sei Theatertheater.

Unter solcher Erinnerung, durch die Ausgliederung der aktionistischen Gruppen und das immer deutlichere Fernbleiben des von der Protestbewegung nicht ergriffenen Publikums vollzog sich in den kritisierenden Arten und bald selbst kritisierenden etablierten Theatern, die sich auf Dauer doch als die beständigen Instrumente erwiesen, von 1968 ab – also von dem Zeitpunkt an, an dem die Studentenbewegung voll in Gang kam, schon eine Umkehr.

Freilich, bis 1970/71 gab es an vielen Bühnen eine die Studentenbewegung begleitende Arbeitsphase, in der verschiedene Vietnamstücke, Hatrys »Notstandsübung« oder die Straßentheaterallüren des WLT in Castrop-Rauxel von sich reden machten, in der auch der Angriff auf sakrosankte Autoritäten, den Hochhuth mit der Herstellung der Kritik am Papst (»Stellvertreter«) begonnen hatte, sich fortsetzte, etwa in der historischen Rollenkritik an Luther in Dieter Fortes »Martin Luther & Thomas Münzer oder Die Einführung der Buchhaltung« (1970/71).

Mit der rollenstürzenden Kritik an jenen alten Autoritäten wurde die Errichtung anderer historischer Bezugspersonen versucht, die im Zug der Revolte neue Geltung bekamen: Forte versuchte es mit Thomas Münzer, Peter Weiss und Hartmut Lange in ihren Stücken um Leo Trotzki, Peter Weiss dann noch einmal

[1] Straßentheater und Theatertheater (1968), in: Ich bin ein Bewohner des Elfenbeinturms, st 56, Frankfurt/Main [4]1976, S. 53–54.

mit der Uminterpretation einer deutschen Leitfigur, nämlich Hölderlins, zum Jakobiner. Aber die Trotzki-Stücke waren sentimentale Gedenkstücke, in Fortes Luther-Münzer-Stück blieb der angegriffene Kapitalist Fugger die imponierendste und stärkste Figur, und Weissens Hölderlin-Interpretation konnte nicht verleugnen, daß sie die Dramatisierung eines literaturwissenschaftlichen Essays von Pierre Bertaux war.

Das heißt: Was für einen Augenblick Aktualität, Stück aus dem Zeitgeist war, zeigte bald, daß es auch die Dekoration einer Bewegung war, der Tankred Dorst zwischen 1966 und 1968 mit dem »Toller« schon das Paradigma schrieb. »Toller«, das Stück über die Räterepublik von 1919, kam (unter Palitzsch in Stuttgart) zwar auf die Bühne in dem Augenblick, in dem die Errichtung einer Räterepublik in der Studentenbewegung als Form der direkten Demokratie wieder diskutiert und als erstrebenswerte Staatsform ausgegeben wurde; aber Dorsts Stück war im Grunde doch schon der Report über das Scheitern von Revolutionen, die von Literaten und Liebhabern des Theaters gemacht werden. Palitzsch hatte Mühe, das Stück durch aktivierende Bildassoziationen und Denunziationen bestimmter Personen (Noske) noch als Ausdruck der 1968 begehrten ›revolutionären Anstrengung‹ erscheinen zu lassen, obwohl »Toller« schon der Bericht über die Ernüchterung, das Scheitern eines ähnlichen ›Aufbruchs‹ war. »Toller« war, es wurde ein Stück der Wende.

Daß Peter Zadek etwa zur selben Zeit, das Bremer Theater verlassend, in seinem Film »Ich bin ein Elefant, Madame« die Revolte schon ironisierte, sie auf ein ballettöses Tanzritual und Indianer- und Kriegsspielerei junger Intellektueller zurückführte, war ein weiteres Signal. 1968 wurde das entweder kritisiert oder noch verdrängt, doch 1970 die darin enthaltene Skepsis gegen die Verklärung der Revolte schon offensichtlich. Daß Zadek und Dorst sich danach zu einem Arbeitsteam zusammenfanden (zuerst in der Fernsehfassung des »Toller«, in »Rotmord«) bestätigte den Kontakt durch die ähnlich interpretierte Situation. Hatte Handke 1968 schon notiert: »Das Theater als gesellschaftliche Einrichtung scheint mir unbrauchbar für eine Änderung gesellschaftlicher Einrichtungen«, so kam bald aus der revolutionären Bewegung selbst das Dokument über das Verenden der Revolte von 1968: Gaston Salvatore, der einst mit Rudi Dutschke Arm in Arm an der Spitze der Studentendemonstrationen in Berlin marschierte, gab den Epitaph dafür in seinem Stück »Büchners Tod«. Ein Revoluzzer stirbt, mit ihm die Revolte, man reibt sich aneinander auf. Die letzten Sätze, die Salvatore seinem Büchner in den Mund legt, geben Abrechnung, Selbsterkenntnis und Einblick in die Realität, in den Erkenntnisstand von 1971.

»Und wenn ich ein schlechtes Gewissen habe, das hindert mich nicht, wenigstens einen Teil der Wahrheit zu erkennen. Wir haben eine alte Sprache. Wir glauben, daß es genügt, mit voller Kraft uns der Sache der Erniedrigten und Beleidigten anzunehmen, damit sie sich ihres Zustandes bewußt werden. Das, was der Feind tut, haben wir hochnäsig ignoriert. Daß ihr im Gefängnis seid, interessiert keinen Menschen. Für die anständigen Leute... sind wir alle Verbrecher... Wir waren von Anfang an reaktionärer als die Bourgeoisie. Kenntnisse wurden von uns verlangt, aber wir waren zu beschäftigt, um etwas zu lernen und versuchten noch mit der Sprache St. Simons, ja sogar der von Savonarola zu agitieren. Diese Sprache war schon zu ihrer Zeit veraltet! Wir hätten nie den Riß zwischen der reichen und armen Gesellschaft überbrücken können. Was nützt es, die Gesellen in der Stadt mit Pamphleten aufzuwiegeln, wenn alles was darin steht, schon der Vergangenheit angehört? Wer von uns kennt eine Fabrik? Die Produkte dieser Fabriken? Die Eisenbahn, das Schraubenschiff, den Elektromotor, den Telegrafen? Wer von uns weiß, daß in Dresden und Karlsruhe technische Hochschulen gegründet worden sind? Was ist die Elektrolyse? Was bezweckt man mit der Isolierung des Benzols? Wozu braucht man das Anilin? Was kann man mit Aluminium machen? Die historische Realität war nicht im Blutbad von Södel. Beim Hambacher Fest glaubten wir historische Subjekte zu sein. Nicht der Hessische Landbote, die geheimtuerischen Versammlungen, die Schmähschriften gegen den Großherzog haben die Situation der Bauern verändert. Sie werden sie auch nicht verändern. Sondern die Arbeit eines Mannes, der in Gießen, ein paar Zimmer weit von uns entfernt, an der Entwicklung von künstlichen Düngemitteln gearbeitet hat. Niemand von uns hat sich damit beschäftigt. Wir haben nicht einmal seinen Namen gekannt.« *(Die Freunde starren Büchner beeindruckt an.)* Daß ein Wortführer der Bewegung von 1968 so aus dem Mund des Revolutionärs Büchner und auf dem Theater von 1972 sprach, verweist auf eine Einsicht, die schon Verzicht war.

Hier, in diesem Text, war die Erkenntnis der erkenntniswilligen Revolutionäre von 1968 formuliert: ihre Ferne vom Volk, ihre Sprachprobleme, ihre Unterlegenheit gegenüber den wirklichen Veränderern der Welt: der produktiven Wissenschaft.

Das Stück war ein Abgesang. Seitdem gibt es in der dramatischen Produktion, die bis dahin den jungen, aufsässigen Mann bevorzugte, eine Veränderung der Personen, der Themen wie der Formen. Statt Jugend: Alte Leute (Dorst »Eiszeit«, Henkel »Olaf und Albert«, Mühl »Rheinpromenade«), statt Aufbruch: Sterbevorgänge, statt Ruf nach Zukunft: Erstarrungen und Versteinerungen (in den Stücken Thomas Bernhards und den Sozialmilieus von Kroetz).

So hätten wirs in diesem Jahrzehnt zwischen 1965 und 1975 zu tun mit Aufbruch und Abgang einer jungen Generation? Man könnte die These noch anders belegen: mit dem Auftreten und Sich-Durchsetzen einer neuen Generation junger Schauspieler und neuer, die Traditionen in Frage stellender Regisseure (Zadek, Hollmann, Neuenfels, Heyme, zuletzt Luc Bondy oder Flimm). Nun, 1974/75, gewinnen die alten Darsteller neue Bedeutung: Minetti, Mahnke, O. E. Hasse, Hinz, Quadflieg, Maria Becker und sogar Maria Wimmer. Zadek, der bis 1972 nur mit jungen Leuten spielte, erweiterte seinen Begriff von Theater an Hasse und Mahnke; Noelte sucht geradezu die Neubewertung der Älteren und stellt mit Will Quadflieg fast demonstrativ einen Star des alten Kunsttheaters heraus.

Was sich so als Aufbruchs- und Ermattungsprozeß von zehn Jahren Theater darstellen ließe, ist freilich nur eine erste Wahrnehmung an der Oberfläche. Ergebnisse einer Betrachtung – von außen.

Einflußzone Wissenschaft

Im Rückblick sind die zehn Jahre eine Bewegung der intellektuellen Jugend, die sich einen neuen Begriff von der Welt und was in ihr zu tun sei zu machen versuchte. Daß sie vor allem von Schülern und Studenten getragen wurde, und sich auch in den Bildungszentren in Schulen und Universitäten festsetzte, bestätigt das. Selbst die rüden Figuren in den Stücken von Wolfgang Bauer gehören zu dieser intellektuellen Intelligenz. Sie lesen Saul Bellow, Beckett, Wittgenstein, sind Schriftsteller oder wollen es werden (wie Dutschke, wie Salvatore), selbst wenn bei ihnen die Attitüden der mit der intellektuellen parallellaufenden zweiten Revolte, der Beat-Revolte, die die der tieferen sozialen Schicht ist, vorherrschen. Auch in der Beat-Revolte ging es um die Herstellung neuer, unkonventionellerer, großzügiger Lebensformen, und das Leben aus einem anderen und darum neuen Rhythmus. Es gab enge Verbindungen und Durchdringungen zwischen der Revolte der Jugend aus der Ober- und Unterschicht. Beat und Jeans (als neues gemeinsames Generationskostüm) waren bald auf dem Theater zu hören und zu sehen.

In diesem Veränderungsprozeß haben die Wissenschaften die stärkste Rolle gespielt. Salvatores Hinweis auf Liebigs wissenschaftliche Arbeit aus Büchners Mund (»Büchners Tod«) ist ein deutlicher Hinweis darauf, wo die wirkliche Revolution sich abspielt. In den Wissenschaften bekamen zwischen 1965 Soziologie, Verhaltensforschung, Strukturalismus, Psychoanalyse, marxistische Philosophie und Politologie nicht nur eine neue, – manche (wie der Strukturalismus) ihre erste – Wirkung, sie alle gewannen eine neue, einheitliche Funktion: sie wurden zu Instrumenten des Erkennens und Durchschauens der unbekannt gehaltenen gesellschaftlichen Gegebenheiten, der akuten Zwänge wie der historischen Bedingtheiten.

Was hat sich allgemein eingeprägt durch diese Veränderung? Der Blick hat sich geschärft: für die Struktur der Gesellschaft als eines Geflechts von Interessen und Zwängen, für den nur historischen, also revidierbaren Vereinbarungscharakter vieler Normen, für die Aushöhlung und die Unzumutbarkeit aus historischer oder ökonomischer Tradition auferlegter Rollen, für die Bedeutung von Erziehung und Bildung. Der Grundimpuls von allem hieß: deutlicher beobachten, analysieren, erkennen, Kritik üben, reflektieren aufs Künftige.

Was hat das alles mit dem Theater zu tun? Eben diese Verschiebung der Perspektive auf das Gegebene, das starke wissenschaftliche Erkenntnisverlangen ermöglichten zwei wichtige und folgenreiche Entdeckungen. Denn keines der 1968 vorliegenden deutschen Stücke konnte das neue, auf Erkenntnis der sozialen Struktur gerichtete Interesse befriedigen. Dieses Interesse war nicht nur abstrakt wissenschaftlich, sondern auch bildhaft, das heißt: auf der Szene, zu bedienen. Wie in der Wissenschaft selbst nun viele Positionen der Sozialphilosophie und Gesellschaftstheorie der zwanziger Jahre wieder aufgegriffen wurden, vollzog sich dazu parallel auf dem Theater zunächst die Wiedererkennung des dramatischen Werks von Ödön von Horváth.

Regenerationen: Horváth, Fleißer

Was bewirkte das Interesse an Horváth? Man fand bei ihm die Welt der Kleinbürger und (in geringem Umfang) des Proletariats zwischen 1928 und 1932 sehr genau abgebildet. Man spürte ihre Antriebe, Ängste, Wünsche; es war gezeigt: die Abhängigkeit der Gefühle von der ökonomischen und politischen Situation, die Deformation des Charakters durch Erziehung und gegenseitiges Reagieren, die Bedeutung der Bildung, die Macht der Traditionen, die Interessen im Machtkampf, das Suchen nach und das Erhalten-Wollen von sozialen Rollen. Die Personen wurden wahr durch ihre echten und falschen Ambitionen, die Imitation der Gestik der nächsthöheren Schicht, die Unangemessenheit ihres Verhaltens zur Situation. Horváth resümierte die Sammlung dieser Widersprüche unter der Arbeitsthese: »Demaskierung des Bewußtseins«. Handke spielte denn auch bald in seinem Aufsatz »Horváth und Brecht« (1968) Horváth als Realisten gegen Brecht als Weihnachtsmärchendichter aus. »Seine Arbeiten sind Idyllen. Meine Wirklichkeit verhöhnt sie in jedem Augenblick... Ich ziehe Ödön von Horváth und seine Unordnung und unstilisierte Sentimentalität vor. Die verwirrten Sätze seiner Personen erschrecken mich, die Modelle der Bösartigkeit, der Hilflosigkeit, der Verwirrung in einer bestimmten Gesellschaft werden bei Horváth viel deutlicher.«[1] Dies von einem, der – mit seiner ganzen Generation – sagen konnte »Brecht hat geholfen, mich zu erziehen.«[2] Er bestätigte den Übergang.

Die andere Regeneration eines vergessenen dramatischen Werks vollzog sich an den Stücken der Marieluise Fleißer, die zum Brecht-Kreis gehörte, aber der realistisch-analytischen Verhaltensdarstellung Horváths von Natur aus viel näher stand. Ihre Wiederkehr begann zwar erst mit der Wuppertaler Aufführung von »Fegefeuer in Ingolstadt« (1971), aber am Werk der Fleißer hatte sich schon Jahre zuvor ein Kern kommender Dramatiker

[1] Horváth und Brecht (1968), in: Ich bin ein Bewohner des Elfenbeinturms, a.a.O., S. 63–64.

[2] Straßentheater und Theatertheater (1968), a.a.O., S. 51.

geprägt. Dies war die Konstellation: als 1966 an der Schaubühne am Halleschen Ufer in Berlin »Der starke Stamm« von Marieluise Fleißer inszeniert wurde (ein Erfolg, über hundert Aufführungen, aber keine Nachwirkungen im Sinn einer Regeneration) kam der junge Martin Sperr mit der Fleißer in Kontakt. 1967 stieß in München der noch unbekannte Rainer Werner Faßbinder auf Marieluise Fleißers »Pioniere in Ingolstadt«; über Auseinandersetzungen gab es Kontakt. Als Rainer Werner Faßbinder seine Fassung der »Pioniere« 1968 unter dem Titel »Z. B. Ingolstadt« am Action-Theater in München inszenierte, spielte der noch unbekannte Franz Xaver Kroetz den Leutnant.

Setzte also die Rezeption Horváths die Rezeption und Erschöpfung Brechts voraus, so die Rezeption der Fleißer die Horváths. An einem bildete sich der Blick fürs andere. Um Horváth und die Fleißer sammelten sich in Österreich und Süddeutschland zwei verschiedene Gruppen junger Dramatiker. Dort: z. B. Wolfgang Bauer und Handke, hier Sperr, Faßbinder und Kroetz. Beide Gruppen betonten, so individuell sie sich auch ausdrückten, entschieden die Spezifika ihrer Bezugsdichter und arbeiteten sie in ihren Stücken aus: jene die bewußt ablesbaren sprachlichen und gestischen Rollenphänomene; diese die verinnerlichten, unbewußt gewordenen sozialen Verhaltensweisen.

Neuer Realismus: Das Gesicht der Provinz

Sperrs Stücke: »Jagdszenen aus Niederbayern« (1966/67) und »Landshuter Erzählungen« (1967), Faßbinders »Zum Beispiel Ingolstadt«, »Anarchie in Bayern« und »Katzelmacher« (alle 1966/68), Kroetz' »Heimarbeit«, »Männersache«, »Stallerhof« (1968/71) sind Berichte aus der Provinz oder der städtischen Unterschicht, Ortsbesichtigungen als Menschen-, und Situations- als Verhaltensbesichtigungen. Es werden beobachtet: Vorurteile, Ausstoßungsrituale, Menschenjagd, archaische Sozialverhältnisse, Zweikämpfe, Deformationen von Lebensläufen. Als Sujet ausgedrückt: die gute alte, aber katastrophale Welt der Provinz, des ›Hinterlandes‹. Insgesamt waren das intensive Bildreporte über Entwicklungsrückstände, über archaische Reste in der modernen Industriegesellschaft.

Man muß darstellen, was gegen diese anscheinend regressiven Stücke stand. Wenn wir die großen Leistungen der sechziger

Jahre, das heißt: ihre wahren Veränderungsprozesse beschreiben, muß man nennen: Weltraumfahrt und Betreten des Mondes, Einführung der Elektronik und weitere Abstraktion in der Technologie oder nochmalige Verkleinerung der Welt durch Erhöhung der Geschwindigkeiten und Komplettierung der Übermittlungssysteme (Satelliten).

Nichts davon in diesen Stücken: das nachdokumentarische Drama beschreibt also die andere Seite der Gegenwart: die Dauerhaftigkeit der Provinzstruktur in der Industriegesellschaft, die sich gerade durch die Raumfahrttechnologie als diejenige definiert, der ›alles machbar ist‹. Mit großer Genauigkeit sind also gezeigt: Rückstände sozialer und psychologischer Art bis zur begriffslos verkümmerten Sprache (Kroetz: »Das ausgeprägteste Verhalten meiner Figuren liegt im Schweigen; denn ihre Sprache funktioniert nicht. Sie haben keinen guten Willen. Ihre Probleme liegen soweit zurück und sind soweit fortgeschritten, daß sie nicht mehr in der Lage sind, sich wörtlich auszudrücken«). Dies geschah in einem Augenblick, in dem gerade Eloquenz und Beredsamkeit neu hervorbrachen und große Wortfluten aus den Megaphonen der Studentenrebellion über die Gesellschaft hinflossen. Das Drama als anschaulich gemachte Feldstudie stand freilich zu dieser Rebellion nicht im Widerspruch; es konnte sie sogar durch seine Verweise auf ungelöste soziale Probleme stützen. Formal aber wandte es sich ganz vom Appellationsstil des revolutionär sich verstehenden Dokumentar- und Appellationstheaters ab. Gegen die zunehmende Utopie bestand es allerdings auf der Besichtigung der Realität, gegen das neue Schwärmertum auf Genauigkeit. Es begleitete also die Revolte und opponierte zugleich.

Das so sich wieder ausbildende, auf Realität bezogene realistische Stück fand seine besten zeitgenössischen Stoffe in der Beschreibung der »Arbeitswelt«. War in der Studentenrevolte immer wieder von dieser und vom Arbeiter als (dem dann doch verfehlten) Partner die Rede gewesen, so versuchten zwei Autoren aus eben dieser Arbeitswelt, Heinrich Henkel (mit »Eisenwichser« und »Betriebsschließung«) und Otto Mühl (mit »Rosenmontag«) szenische Reportagen aus dieser auf die Bühne zu bringen: Sie bestätigten den Zug zum Realismus; Henkel, indem er in »Eisenwichser« (1970) Zumutung und Gefährlichkeit der Industriemalerei zeigte und in »Betriebsschließung« (1974) deutlicher und kritischer die Verhaltensweisen eines Malertrupps, der eine wegen Aufsässigkeit der Arbeiter geschlossene Fabrik herrichten soll. Mühl, indem er Denunziation im Betrieb und Fremdarbeiterproblem mischte. Beide griffen auch auf ein anderes soziales Feld: Henkel versucht in »Olaf und Albert«, Mühl in »Rheinpromenade« Schwierigkeiten des Zusammenlebens alter Leute oder das Generationsproblem aus der Perspektive der Alten darzustellen. Aber bei beiden blieb in der Summierung der Details der gesellschaftliche Aspekt schwach, das Dramatische zufällig oder gesucht, der Realismus (etwa von »Stallerhof«) verlor hier an harter Kontur, das heißt: an Eindruckskraft; er glitt zum Teil sogar ab in den Trivialrealismus (»Rosenmontag«, »Olaf und Albert«), ins Anekdotische und Feuilletonistische. In der Frage: Wird hier Theater zum Feuilleton? war das Verkommen der analytischen Beschreibungskraft, die Horváths Stücke noch ausgezeichnet hatte, schon bestätigt.

Ein Mitleidszug drängt sich vor. Mühl wie Henkel haben den kritischen Horváth-Aspekt (Demaskierung des Bewußtseins) fast ganz aufgegeben. (In »Betriebsschließung« ist er noch am deutlichsten.) Die Erkenntniskraft dieses Trivialrealismus ist schwach. Angesichts dieser Tendenz wie der Wege dieser Autoren, die das realistische Stück wieder versuchten, muß man jetzt fragen: was wird aus diesen Erben der um 1968 aufgeworfenen sozialen Fragestellung? Sperr hörte inzwischen auf, Stücke zu schreiben, Faßbinder ging in einen volkstümlichen Ästhetizismus mit sozialen Scheininhalten. Seine Funktion auf dem Theater ist erschöpft. (Therese Giehse über Faßbinder: »Ein Kitschproduzent«), Henkel und Mühl zeigen sich als dramatisierende Bastler ohne Griff für Stoffe und ohne Kraft. So bleibt wohl für die Zukunft von dieser Gruppe der Nicht-Intellektuellen-Autoren, – die die Erben der Revolte nicht sein können – einzig die Arbeit von Franz Xaver Kroetz.

Der Fall Kroetz

Kroetz dramatisiert Miniaturbilder. Er zeigt Ausschnitte aus vielen sozialen Feldern, aber in Vergrößerung. Seine Aufmerksamkeit auf Ausdrucksfähigkeit, Wortschatz, Bildungshorizont, psychische Konstellation, die Fesseln von Milieu, Beruf und Bewußtsein sind scharf. Er prüft Willens- und Entschlußkraft, er sieht im beschriebenen Augenblick Geschichte und Zukunft der

Personen. Je mehr Stücke aus verschiedenen Milieus, desto breiter wird das Panorama, auch was die sozialen Schichten betrifft. Von den archaischen Arbeitermilieus (»Heimarbeit«, »Stallerhof«) kam Kroetz in »Oberösterreich« bis zu den Kleinbürgern in der technisch gesteuerten und konsumbefriedigten Fernsehgesellschaft; zugleich kam er damit aber auch aus der Provinz in die Internationalität dieser Kleinbürgerschicht, wie der Erfolg von »Oberösterreich« auch in der Bundesrepublik, in der DDR oder Italien ausweist. Durch ihre große Verdichtung, die Spannung im Trivialdialog (die Aussparung von Sprache ist) wachsen diese Milieubilder zu Erkenntnisbildern. Die Analyse ist in die Darstellung des Gegenstandes so eingedrungen, daß sie diesen überdeutlich zur Erscheinung bringt. Erkenntnis ist das Ergebnis dieses Realismus.

Erkenntnis vollzieht sich auf dem Theater durch das richtige Bild, das man von einer erkannten Sache prägt. Erkenntnis kommt nicht – oder nur in ganz kurzen, politisch spannungsreichen Augenblicken – durch den aktionistischen Appell. Was ein Stück an Erkenntnis bringt, das ist das entscheidende Kriterium seiner Qualität. Darum überragen die realistischen Kroetzschen Kurzdramen die übrigen neuen realistischen Stücke, deren Funktion nicht Erkenntnis, sondern lediglich ›Hinweis‹ ist.

Kroetzens Kurzdrama gewinnt seine Gestalt aus der Statik des Zustandes, den es beschreibt. Mit dem Vorzeigen solcher statischer Zustände folgte Kroetz nicht dem zwischen 1968 und 1972 allgemeinen, fast neurotischen Drang zur Mobilität. Fast erstickten seine Stücke in dieser Statik, bis er selber für sich die Statik des Beobachters und Beschreibers überwand und – durch Eintritt in die DKP – eine Mobilität aktionistischer Art suchte, – zu einem Zeitpunkt, als diese im öffentlichen Raum, in der Gesellschaft, schon nachließ. Der Versuch, 1972 mit dem »Münchner Kindl« noch einmal das aktionistische Stück (zu dem Thema Wohnungsnot) zu beleben, mißlang. Kroetz kehrte daraufhin zum alten Stückmuster der beobachteten Situation zurück; aber er versuchte nun, wenigstens die abgebildeten Personen in Bewegung zu bringen. Darum wird im letzten Stück, »Das Nest« (1974), aus der verharrenden eine lernende Person. Kroetz sprach von »einem revolutionären Sprung in dem jungen Schriftsteller Kroetz«.

Das »Nest« schließt dialektisch an »Oberösterreich« an. Wieder zeigt er die Arbeiterfamilie in der Wohlstandsgesellschaft, die sich alles leisten kann. Aber hier macht der Arbeiter Kurt eine soziale Erfahrung: er sieht sich heimtückisch benutzt von seinem Chef für einen gemeingefährlichen Auftrag: Giftabfall im See abzuladen. Sein Gewissen beginnt zu sprechen; zum Widerspruch gegen solche Praktiken versichert sich der Einzelgänger Kurt dann der Gewerkschaft. »Die Gewerkschaft, das sind viele«.

Noch ist dieser Satz durch unsicheres Lächeln begleitet. Es spricht auch für Kroetzens Unsicherheit, das realistisch-statische Stück (dessen Hauptpersonen nie Folgerungen zogen) wieder für die Folgerungen zu öffnen, ohne damit in den Parteiaktionismus zu geraten.

Es ist das eben die Situation, in der auch die realistischen Stückschreiber von 1930 standen (nach Ferdinand Bruckner: Lampel und Wolf). Kroetzens Überlegung trifft zeitlich zusammen mit der überraschenden Wiederaufnahme eben der alten Stücke von Lampel (»Revolte im Erziehungshaus«) und Wolf (»Cyankali«) 1974/75 in Frankfurt und Stuttgart. Zu fragen wäre: Entwickelt sich aus dem beschreibenden realistischen Stück nun wieder ein aktiver Realismus? Nimmt das statisch-realistische Drama Impulse auf, die das aktivistische Stück wegen der allgemeinen Ermüdung an ihm nicht mehr transportieren kann? Wir kommen am Ende auf die Frage zurück.

Handkes Entdeckungen

Die Verwandlungen, die 1966, als das Theater die aktivistische Funktion abzugeben begann, für das Drama bedeutsam wurden, sind hier noch immer nicht hinreichend beschrieben. Es formierte sich neben jenen Realisten auch eine neue Gruppe von Dramatikern mit intellektuellem Habitus, die ebenfalls gegen das politisch-aktionistische Drama antrat, aber sich dem eben beschriebenen Sozial-Realismus ganz entzog. Aktionismus bedeutet ja nicht nur: Opposition gegen das Bestehende; er meint: appellatives Verhalten, Identifikation des Vortragenden mit den vorgetragenen neuen gesellschaftlichen Zielsetzungen und Sich-Zusprechen von politischen Führungsrollen, zum Zweck der Veränderung gesellschaftlicher Zustände.

An dem Tag, an dem der junge Peter Handke mit der »Publikumsbeschimpfung« – einem spektakulären Ereignis – die Bühne betrat (Juni 1966, Theater am Turm, Frankfurt) schienen sich freilich gewisse Tendenzen des aktivistischen (aktionistischen) Dramas in diesem Ereignis zu thematisieren. Die Bühne war ausgeräumt, keine Kulisse signalisierte mehr ›Theater‹, der Schauplatz sollte identisch sein mit sich selbst, gegen das alte Publikum wurde anscheinend eine Kanonade von Schimpfwörtern geworfen und dies forciert durch den neuen Underground-Rhythmus des Beat, seine freche Ironie und die Verachtung des Herkömmlichen. Handke erschien selbst als ein zarter Apostel der Beat-Generation, der in der Sprache unternahm, was der Beat in der Musik versuchte: die Entheiligung des künstlerischen Materials.

Auch Gegenbewegungen haben an ihrem Beginn – wenn sie nicht in sich von Anfang an reaktionär sind – Ton, Impuls und die Gestalt des Augenblicks, der sie hervorbringt. Und doch lagen die Dinge hier anders: Aktionismus will Verbrüderung und Gemeinschaft. In Handke erschien aber ein skeptisch kritischer Solipsist. Wir haben vorhin seine Absage an den aktivistischen Glauben von 1968 zitiert, das Theater sei kein brauchbares Instrument für eine Änderung gesellschaftlicher Einrichtungen. Aber eben, als draußen der Aktivismus auf dem Höhepunkt war, nämlich am Tag des Sternmarsches gegen die Notstandsgesetze auf Bonn – ein Ereignis, das bis in die Abendvorstellungen vieler Theater nachzitterte –, wurde Handkes »Kaspar« uraufgeführt. Es war eines der erkenntnisreichsten Stücke der letzten Jahre. Erkennbar wurde Handke als Autor, erkennbar wurde nun sein Thema: Die Sprache, ihre soziale Kraft, ihre überindividuelle Macht, ihre Bildungs- und Zerstörungskraft.

Kaspar, das war der zwar erwachsene, aber seiner Sprache noch nicht mächtige Mensch (der abstrakt gemachte Kaspar Hauser). Vor unseren Augen beginnt er die Welt durch Wörter zu begreifen; sie machen ihn selbständig, bringen ihn zum Begreifen und zu Begriffen, machen ihn sprachmächtig, selbstgewiß und führten dann zu jenem Umschlag, in dem evident wird, daß das, was uns mächtig macht, auch prägt, festlegt, irritiert, einengt, indoktriniert, bis alle vorher mit denselben Mitteln erworbene Individualität wieder verlorengeht. Es war ein Stück über Bildung und Aufklärung durch Sprache, aber auch über ihren Terror.

Damals begannen wir alle mit neuen Begriffen zu leben, Wörter eröffneten neue Perspektiven und Einsichten in unsere Lebensbedingungen; sie wurden aber auch bald schon zum Jargon, zum Sprachlärm, der durch die Megaphone der Teach-ins auf uns eindrosch. – Merkwürdig: Handkes Stück wurde damals, im Anfang der studentischen Rebellion, der Veränderung der Perspektiven und des ›neuen Sprechens‹ noch nicht als Paraphrase, als erhellender Kommentar zu den in dieser Bewegung beginnenden sprachlichen Entindividualisierungen und Frustrationen empfunden.

Wir sagten zu Anfang, daß das neue Drama sich nicht abgelöst betrachten läßt von den gleichzeitigen Entwicklungen in den Wissenschaften. Diese sind der entscheidende Vorgang im letzten Jahrzehnt. Wie die Soziologie für das realistische Stück den Blick auf die Abhängigkeiten, Lebensbedingungen und Verhaltensweisen schärfte, so ist Handkes »Kaspar« (der die langen Vorarbeiten in der für Sprachstrukturen hellhörigen Wiener Gruppe zu einem szenischen Bild verdichtete) nicht ohne die begleitende Entwicklung der Linguistik zu einer Hauptwissenschaft dieses Jahrzehnts zu sehen. »Kaspar« ist nicht deren konkrete Anwendung auf der Bühne, das Stück drückt aber ganz direkt das Probleminteresse des Jahrzehnts aus. Nämlich: zu erkennen, was Sprache ist, was sie mit uns macht, was allein dadurch mit uns geschieht, daß wir in einen vorgeprägten Sprachraum hineingeboren werden, in dem eine Sprache als Material zur Verfügung steht. Das heißt: in der also alte Erfahrungen, alte Glaubensanschauungen und Werturteile aufgehoben sind, die sich vermittels der Wörter und der Syntax uns als die unseren auferlegen oder auferlegen wollen. Dem Erkennen des Ich am Anfang steht am Ende des Stücks die Einsicht gegenüber: Ich bin nur zufällig ich. Der Individualist zweifelt an der erhofften Selbständigkeit, an der Selbstverfügbarkeit der Individualität. Die Angst kriecht zwischen die Wörter.

Im »Ritt über den Bodensee« ging Handke einen Schritt weiter. Zu den Sprachmustern sammelte er die gestischen Muster, die Zwangsverbindungen zwischen Gesten und Kommandos. Wörter wurden mit Gebärden kopuliert, die Entstehung von Gebärden aus Stimmungen und Empfindungen deutlich gemacht, aber so, daß die Mechanik des Vorgangs spürbar war, unsere Reaktionsmechanik auf Wörter wurde vor Augen gestellt. Hinter dem Spaß am Zeigen dieser Zusammenhänge verbarg sich ein Ekel, der ästhetisiert wurde. Handke sagte mit allem: indem wir mit diesen vorgefundenen Materialien, Wörtern, Reaktionsweisen umgehen, sind wir eigentlich im Moment, in dem wir uns selbst zu bestimmen scheinen, nur Schauspieler, die fremde Texte vorführen und das für unser Leben, unseren eigensten, spontanen Ausdruck halten. Die Personen, die das auf der Bühne vorführen, trugen darum die Namen großer Schauspieler: Jannings, George, die Bergner.

Obwohl wir – so sprechend und gestikulierend – alle zu Jannings, George oder zu einer Bergner werden, war das zu Zeigende hier doch so hoch, so artifiziell übersetzt, daß es nur schwer (von manchen schon gar nicht mehr) zu verstehen war. Nicht nur, weil es so ›ohne Zusammenhang‹, also ohne Handlung vorgeführt wurde, sondern weil vielen auch der Einblick in die eigene Entfremdung nicht möglich ist, da sie schon zur Natur geworden ist. Sie glauben zu leben, aber sehen nicht womit, mit welchen Ausdrucksmitteln, sie sehen nicht den Abgrund unter sich: wie der Reiter über den Bodensee.

Auch Handke hängt also noch immer in jenem aufklärerischen Zug, der mit Hilfe des Theaters die Bedingungen und Abhängigkeiten unseres Lebens sichtbar machen will. Aber mit welchem Pessimismus, welcher Angst vor der fast apriori verhinderten Identität mit sich, mit welchem Erschrecken vor dem Erkennen der Determinanten, die Selbständigkeit und Selbstmächtigkeit einengen? Seine Frage ist deutlich: Sind wir nicht alle Schauspieler unserer selbst, Individualität vorgebend, obwohl wir an Rollen fixiert sind, die doch nur Hülsen und Mechanismen sind?

Das sind zerstörerische Einsichten. Zerstörerisch, was die Identität mit sich selbst, alles Verlangen nach Selbstverwirklichung und gesellschaftlicher Aktivität oder, auch anders gesagt, einen »revolutionären Auftrag« betrifft. Zerstörerisch aber auch, was die dramatische Energie, die jeder auf Selbstverwirklichung ausgehende Mensch in sich hat, betrifft; also auch: die Fähigkeit, ein Drama zu riskieren, das für einen Autor benutzbar und abbildbar wäre. Die barocke Trauer über das Leben als Materialkasten tauchte hier wieder auf.

Handke hat sich vor dem Ekel – und was ist jenes Bündel von Einsichten anders? –, vor dessen das Ich beschädigender Macht nur durch äußerste Isolation bewahren können. »Ich bin ein Bewohner des Elfenbeinturms«; so steht als Titel über seinen gesammelten Aufsätzen. Von dort blickt er auf die Realität, mit stechenden Augen, Strukturen wahrnehmend und reflektierend. Sein Stück »Die Unvernünftigen sterben aus« ist dort geschrieben, obwohl es näher an der Realität zu sein und sogar das ›Drama‹ wieder zu suchen scheint. Konkreter als bisheriges, ist es doch nur ein Gedankenspiel über Realität. Handke beobachtet, was die großen Selbständigen, die als die wahrhaft freien Persönlichkeiten gelten, – was also ›Unternehmer‹ eigentlich sind. Er zeigt sie als Rollenträger, Rollenabhängige, angewiesen auf die Spielregeln und auf jene ›Vernunft‹, die die Rolle erhält. Seine Frage ist: was wird aus einem in eine solche Rolle, in ein solches Regelsystem gebundenen Mann, der plötzlich Gefühle bekommt, die nicht mehr mit denen, die für die Erhaltung der Rolle wichtig sind, übereinstimmen? Er wird aus ihr herausgetrieben, wird anscheinend asozial, indem er das Regelsystem verletzt; ohne es doch ganz aufgeben zu können. Er kommt erst heraus, als er sich selbst vernichtet: indem er sich den Kopf einrennt. Damit zerstört er seine Rolle (aber auch nur seine), seine Abhängigkeit von ihr, aber auch sich selbst. ›Ein Gedankenspiel‹ – denn: ist Handkes Unternehmer Quitt wirklich ein Unternehmer? Oder nicht vielmehr ein Intellektueller, der in die Rolle des Unternehmers eingesetzt ist, um sie zu falsifizieren und so die Probe zu machen, ob man so auf dem Leib, ja bis in die Seele festgewachsene Rollen austauschen oder aufgeben kann, ob man so ›unvernünftig‹ sein kann. Es bleiben auch in Zukunft dieselben Rollenhülsen bestehen, in die andere – der Diener Quitts ist schon auf dem Marsch – aus Gründen der Stabilisierung des Ich und des Gewinns wieder hineinmarschieren. Zur Debatte steht die Überwindbarkeit angenommener Rollen.

Bauer – ein Partner

Handke hat – aus dem gleichen gereizten Spannungsfeld zwischen dem jungen Graz und dem mumifizierten Wien, diesem Schlachtfeld von Rollenerhaltung und Rollenerneuerung – auf seinem Beobachtungsfeld einige Partner, die auf den ersten Blick nicht wie Partner aussehen. Wolfgang Bauer zum Beispiel begann um dieselbe Zeit zu schreiben wie Handke, aber er brachte etwas ganz anderes auf die Bühne. In Handkes »Publikumsbeschimpfung« war der Beat und die Beatkultur durch Wörter abstrakt gemacht. Bauer zeigt die jungen intellektuellen Gruppen, die mit Hilfe der Beat-Revolte aus der Johann-Strauß-Kultur ausgestiegen waren, die Rollen der älteren Generation verweigerten, und sich in neuen Gruppen andere Lebensformen suchten, sehr konkret, hautnah, realistisch, samt Hasch-Rausch und neuer sexueller Praxis. Insofern erscheinen seine Personen frech, unverbildet, ungehemmt, ›befreit‹ aus den alten Konventionen, bereit, alles über Bord zu werfen. »Die Wölt ist unhamlich schiach... I glaub, i schmeiß jetzt die Wölt ins Clo und los as obi« heißt es in »Magic afternoon«. Bauer hatte ein scharfes Gehör für die neue, ruppige Generationssprache, einen scharfen Blick für die Verhaltensweisen, er registrierte zum Beispiel genau den Übergang (längst vor dem »Spiegel«-Report) vom Hasch in den Alkoholkonsum. Aber war er auch identisch mit seinem Milieu? Bauer bildete es nicht nur ab. Er versucht, die Fragen zu erkennen, die der gezeigte Ausstieg aus der etablierten Gesellschaft aufwirft. Die Beat-Revolution war, historisch gesehen und verkürzt gesagt, der Versuch, die vorgefundenen historischen Rollen und Konventionen der Elterngeneration, ihre Attitüden, Wertbegriffe, Verhaltensmuster, Kleider- und Berufsordnungen zu verweigern. Den Jungen waren sie hohl und bedeutungslos. Je länger Bauer diesen Prozeß, in den er selbst verschlungen war, beobachtete, um so deutlicher wurden ihm die Probleme, die mit der individuellen Rollenverweigerung in einer Gesellschaft zusammenhängen, die doch insgesamt an den alten Rollen festhält und sie ständig erneuert. »Magic afternoon« war noch eine echte Milieudefinition. »Change« machte den Rollenwechsel (jeder spielt einen anderen) noch spaßhaft und lustig zum Thema. (»Wirrer gehts nirrer.«) Von Stück zu Stück wurden das Milieu und seine in ihren Protestattitüden alternden Personen neurotischer und hysterischer. Am Ende stehen Bluttaten und Selbstmorde.

Von Bauers Stücken aus sieht man, wie sehr Handkes Rückzug in den ›Elfenbeinturm‹ auch Selbstrettung ist. Konrad Bayer, der aus dem gleichen Reizmilieu Jungösterreichs kam, hat Bauers Satz (aus »Change«) wahrgemacht, daß das größte Erfolgserlebnis in der Selbstvernichtung stecke. (Fery: »Ich spül wirklich mit dem Leben.«) Nur sie macht die Existenz wirklich spürbar, indem sie die Rolle endgültig aufhebt.

Bauer hat genau gesehen, wie selbst im oppositionellen Milieu im Grunde die alten Verhaltensmuster wiederkehren. Der wilde Fery bricht aus dem Krankenhaus auf, um zur Party zu kommen: »ohne Partie kannst net existieren«. Genauso lebt auch die etablierte Wiener Gesellschaft: Von Party zu Party, nur ›vornehmer‹, kontrollierter im Ausdruck, auch verlogener.

In Bauers bestem (vom Theater kaum erkannten) Stück »Gespenster«, das Ibsen gewidmet ist, obwohl es anscheinend mit ihm nichts zu tun hat, wird eben der Ausstiegsversuch aus den bürgerlichen Rollen zum Thema. Diesen jungen Leuten ist eingeebnet, was einst an gliedernden Wertungen vorhanden war (»Ich seh kan Unterschied zwischen an Einstein und an Toni Sailer«). Der bürgerliche Leistungsbegriff, der in der ›Leistungsgesellschaft‹ seine gesellschaftspolitische Gestalt fand, hat hier alles Besondere im Begriff der ›Hochleistung‹ egalisiert. Es gibt keine gültigen, individuell werthaltigen Rollendefinitionen mehr für die jungen ›Aussteiger‹ (»Wenn i nix trink, hang i völlig in der Luft... i werd durch nix mehr definiert – durch ka spezielle Gesellschaft, ich kann nix mehr ernst nehmen, nix – außer – wos was i – Hunger, Durst, Geilheit«). Eben diese Situation will der Schriftsteller Fred zum Thema eines Stücks über den Rollenverlust machen, einer Paraphrase zu Ibsens »Gespenstern«. (»Ich wollte den Rollenverlust anhand von Ibsens ›Gespenstern‹ schreiben... vastehst... i fang an normal mit Ibsen... was waaß i... zwanzig Minuten rollt das Ibsenstück ab... und dann schleichen si immer mehr Fehler ein... die Leut werden unsicher in ihrer Rolle... sie verlieren ihren Text mehr und mehr... wissen nit mehr wers sind... naja, wann in einer kleinen Gruppe einer anfangt, san die andern a net mehr, was sie warn... und so weiter... sie enden qualvoll im totalen Rollenverlust...« – Am Ende des Stücks spielen alle Ausgeflippten – anscheinend zum Spaß – aber doch ein Stück Ibsenwelt: alte bürgerliche Rolle (›Glückliche Ehepaare‹, Dienstbotenunterdrückung als Selbstentlastung). Dieses Freisein-wollen von bürgerlichen Rollen und sie zurückholen im Spiel: das macht die Schizophrenie, das macht das Leben selbst zu jenem Stück Theater, als das es dann in Bauers vorletztem Stück »Das Massaker im Hotel Sacher« erscheint. Die Wirklichkeit selbst ist das Theater, und das heißt: das Theater die Wirklichkeit. Es gibt nur Rollen gegen andere Rollen (und sei es in so einer extremen Situation wie im vietnamesischen Massaker von My-lai). Im Wahnsinn, im Massaker kommt der Verlust des selbständig sich bestimmenden Ich zum Vorschein. Der Sinn ist verloren.

Solche Bilanz wird nicht nur von Wolfgang Bauer gezogen. Der Wahnsinn, der mit dem Verzicht auf die bürgerlichen Rollen beginnt, ohne daß neue gesellschaftlich sinnvolle gesehen und akzeptiert werden, geht nicht nur einseitig bei den etwa dreißigjährigen Personen des Wolfgang Bauer (er beschreibt nicht die Welt der 17jährigen!) um. Auch die Alten weisen ihn aus, aber von der anderen Seite her.

Die Welt des Thomas Bernhard

Die Welt der Alten: Das ist die Welt, die Thomas Bernhard in seinen monomanisch-monologischen Theaterbildern erscheinen läßt. Im »Fest für Boris« spielten noch die Krüppel ihre Art Theater: große Gesellschaft in okkupierten Rollen. Fortan zeigte Bernhard in wechselnden sozialen Gruppen einander ähnliche Personen mit immer dem nämlichen Interesse. Im »Ignorant und der Wahnsinnige« waren es arrivierte Leute (Chirurg und Sängerin), deren Leben nur noch aus der spezialistischen Rolle besteht, die ihnen zur zweiten Natur wurde. In der »Jagdgesellschaft« und im »Präsidenten« waren es alte Herrschaftsfiguren, die an ihren Rollen festhalten wollen, obwohl sie längst ausgehöhlt sind. Bernhard verwendet viel Aufmerksamkeit auf Schminkprozesse, Ankleideszenen und Rollenposen (z. B. die für die Staatssymbolik wichtige Umarmung von Präsident und Präsidentin, obwohl sie sich hassen). Im »Präsidenten« ist das Thema bis ins Politische (die Diktatur als Rollenform) verlängert: alle tun sich Gewalt an, um die Rollen zu erhalten. Daher der monologisch-monomanische Habitus der Dialoge, die nur noch Monologe sind, weil ihre Sprecher das Gespräch, das Infrage-Stellen nicht zulassen wollen. Und noch in »Macht der Gewohnheit« bemüht sich der alte Zirkusdirektor Garibaldi (vergeblich) um die alte bürgerliche Attitüde, im höchsten Kunstausdruck die Harmonisierung der Widersprüche des Lebens zu erreichen (das unendliche Streben: Wer immer strebend sich bemüht ...). Bernhard zeigt die Macht und Größe der alten Rollen; er gibt Tableaus ihrer machtvollen Restauration – freilich auf schwankendem Grund.

So zusammengesehen, reflektiert Handke in den »Unvernünftigen« beide Positionen: Die Erhaltung der alten und den Ausstieg aus der alten Rolle. Handke hat in den »Unvernünftigen« als ›Gedankenspiel‹ zu dichten versucht, was der Schriftsteller Fred in den »Gespenstern« als Stück über den Rollenverlust ankündigte, aber nicht zustande brachte. (Fred: »Warum is net mach?

Es wär so künstlich worn, vastehst? Ma hätt soviel künstlerisch schwindeln müssen...«). Handkes Stück ist gerade von dieser Künstlichkeit.

Es beleuchtet und belegt aber auch den Zusammenhang zwischen den im Stil, im Milieu, in der Form ganz unterschiedenen Autoren: Handke, Bauer, Bernhard. Alle durchschauen das Leben als Rollentheater, aus verschiedenen Distanzen, in entgegengesetzten Milieus.

Die Ausarbeitung der Rollentheorie in der Soziologie und Psychologie hat sich auch da parallel zu den originalen Generationserlebnissen der Dramatiker und ihren Fragen, wie sinnvoll, wie nachvollziehbar die alten Rollen noch sind und wie überwindbar, formuliert. Gemeinsam ist Handke, Bernhard und Bauer auch die Beobachtung der Sensibiliät. Die gesellschaftliche, öffentliche Rolle stabilisiert das Ich. An der Sensibilität liegt es, ob man sie durchhält. Gerade die Sensibilität der jüngeren Autoren für ihre Zeitgemäßheit, für ihre Legitimation, und für das Recht, die vorgefundenen Rollen zur Stabilisierung des eigenen Selbst zu benutzen, hat sie zum Problem gemacht.

Bauers Personen haben auf die alten Rollen verzichtet, aber kommen über den Verlust nicht hinweg. Bernhards Personen versuchen, sie mit monomanischer Gewaltsamkeit durchzuhalten. Die einen sind so kaputt wie die anderen. Handke versucht, ein Problem aus beidem zu machen: Er gibt sozusagen die Antwort auf die Frage: Was würde aus Bernhards Figuren, wenn sie Quitts Zweifel an der Verantwortbarkeit der alten Hauptrollen hätten: Bauersche Neurosen, Selbstvernichtung.

Alle drei Autoren beobachten also gemeinsam, wie der Mensch sich in den gesellschaftlichen Hülsen verhält und was ihnen deren Verweigerung einbringt. Diese gemeinsame Problemstellung ist ihnen zugewachsen aus dem von der Studentenrevolte nur sichtbar gemachten Prozeß der letzten Jahre, dem Verändern, dem Anders-werden-Wollen, dem In-eine-andere-Welt-Wollen. Sind also in diesen Stücken die Gegen-Aufklärer am Werk? Sind es Gegen-Aufklärer? Wenn Beobachter Gegen-Aufklärer sind, dann ja. Aber auch in Bernhards Rollen-Mausoleen bohren die Würmer und schleichen die Anarchisten hinter den Kulissen. Bernhards Figuren leben nahe dem Zusammenbruch. Die drei Autoren sind Biographen dieser Stunde. Ihre Stücke, so in Zusammenhang gebracht, zeigen gemeinsame Probleme, stellen ähnliche Fragen. Aber sie geben keine Antworten.

Das Schlimme ist: auf dem gegenwärtigen Theater erscheinen sie noch nicht einmal als eine gemeinsame Frage und als eine verwandte Gruppe. Sie werden ohne Zusammenhang miteinander gespielt. So verschieden ihre Stücke sind, sie kommen von Intellektuellen, die ihre Probleme, das Abenteuer ihres Standes und die sich daraus ergebenden Fragen beschreiben; sie tun es kompliziert, hysterisch, hermetisch. Das heißt: so daß sie als Problemstücke dieses Standes sich der Öffnung ins Publikum dieser Gegenwart verschließen. Es sind mehr ihre als Publikumsstücke. Daraus ergeben sich derzeit ihre Schwierigkeiten auf dem Theater. Handke ging aus vom bloßen Sprachmaterial, und seine »Unvernünftigen« zeigen, wie schwer es ihm fällt, zu einer lebendigen Person, zu einer realistischen Handlung zu kommen. Bauer blieb der analytische Beschreiber sich immer mehr verwirrender Zirkel, für die sich kaum noch jemand im Publikum interessieren will. Und Bernhard?

Wir können nicht leugnen, daß wir in der (kurzen?) Stunde des Thomas Bernhard leben. Warum? Weil er allein das Thema der Stunde nach der Revolte, die Restauration der alten Rollen, gepackt hat, weil er allein wieder zum dichterischen Bild kommt, Realitätsbeschreibung wie die Zitatwelt der Wörter und Gebärden überwindet, um über der Realität auch wieder eine Ebene des philosophischen Fragens zu errichten, was und wozu dieses harte Leben denn sei. Weil er allein den Kunstanspruch – den die Realisten, voran Franz Xaver Kroetz expressis verbis verweigern – aufrechterhält und in seinen monomanischen Mono-Dialogen soviel geformte Sprache hat, daß er sie als Sprachinfusion in die vom Fernsehjargon plattgewalzte sprachliche Landschaft hineinstoßen kann.

Genügt das? Genügt das, um unsere Realität zu beschreiben, Perspektiven in sie zu eröffnen, das Theater lebendig zu erhalten? Thomas Bernhards Stunde ist auch eine Stunde des Mangels – was nichts gegen den Kunstwert seiner Stücke sagt – des Mangels an Stücken, die uns energisch packen.

Die Rückkehr der alten Stücke

Wäre der Mangel nicht so groß, warum kehrten dann so vehement die vor zehn Jahren noch verlachten Stücke der Jahrhundertwende wieder in unsere Spielpläne zurück? Doch nicht aus Heimweh nach dieser alten Welt, nach der Süßigkeit ihrer alten Rollen (obwohl Peter Steins weiche, fließende, atmosphärische Inszenierung von Gorkis »Sommergäste« uns fast sowas fühlen läßt), nach ihren Schönheiten und Empfindsamkeiten, ihrem Zeitmaß oder ihren Salons. Das Heimweh müßte sich dann auch auf die Zustände erstrecken. Das wäre ein falscher Rückgriff. Wir ergreifen diese Stücke jetzt als Beispiele dramatischer, tiefgreifender Analyse. Wir sehen sie neu – mit eben dem Blick, der durch die beschriebenen Vorgänge zwischen 1967 und 1972 geschärft worden ist. Fühlten wir um 1960 noch mitleidend mit Tschechows Menschen, jetzt erkennen wir sie in ihrer Situation, ihren Gefühlen, Bindungen, Abhängigkeiten, sehen ihre Grenzen, Unterlassungen und Unfähigkeiten und deren Ursachen. Ähnliches geschieht an den Stücken Ibsens. Wir haben sie neu sehen gelernt an Horváth, sehen mit Marxens und Kroetzens und Horváths und der Fleißer Augen, mit Ibsens ursprünglichem Blick. Ein durchleuchteter, historisierter Realismus stellt sich durch diesen Rückgriff und die Inszenierung der alten Stücke her, der Auskunft gibt über die menschliche und gesellschaftliche Situation. Daß Gorkis Werk als vorerst letzter Komplex wieder zum erstenmal gewonnen wird, ist symptomatisch für den Vorgang. Gorki zeigt Entscheidungssituationen, die alte Welt wie die kommende, die nach neuen gesellschaftlich verantwortbaren Rollen sucht. Lernen die Dramatiker heute daran wieder gesellschaftliches Erkennen und dramatisches Sehen?

Stellen wir, nur um zu messen, das vorhin beschriebene neue deutsche Drama jenen alten Stücken gegenüber, so registrieren wir für jenes: den Verlust der Fabel, den Verlust an Gespür für individuelles Schicksal, die Einbuße an umfassender gesellschaftlicher Beobachtungskraft, an Liebe zu den geschaffenen Personen, die lebendig sein wollen, den Verlust der Gabe, realistische Vorgänge im Hintergrund symbolisch zu überhöhen, so daß der Ausschnitt für das Ganze stehen kann. Wir leben zwar noch immer in einem Ganzen, aber im Theater sehen wir es nicht mehr, unsere gegenwärtigen Autoren zeigen es uns im zu kleinen Segment.

Und bei diesem Vergleich spüren wir auch den Verlust an dramatischer Kraft, an Blick für dramatische Situationen und Stoffe. Waren die neunziger Jahre des letzten Jahrhunderts dramatischer als unsere? Sicher nicht, und doch gab es eine dramatische (keine collagierende oder melodramatische) Dramaturgie. Wir haben in den zwanziger Jahren in einem sicher notwendigen Prozeß die Dramaturgie des gebauten Akte-Stücks abgeschafft, weil sie nur noch als Rezept für Gebrauchsdramatik zu gelten schien. Aber nun, nach so langer Enthaltsamkeit, kann man auch den Blick dafür wiedergewinnen, daß vielleicht jenes verworfene Verfahren, Dramen zu schreiben, mehr war als das Rezept, als daß es benutzt wurde. War diese Art von Dramaturgie: Konfliktbildung, Belastung, Heraustreiben der Wahrheit – nicht eine eigene, theatralische Erkenntnismethode? Ich frage nur, – nicht, um das Ibsen-Stück als neues Muster auszugeben, sondern, weil wir in ihm ein dramatisches Instrumentarium erkennen, das dem Theaterstück seine Fabel, seine Sinnlichkeit, seine Sinnfälligkeit und den Figuren ihre Individualität läßt, und doch der aktive Spiegel der Zeit war.

Kann man das vom derzeitigen deutschen Drama sagen, das wir eben zu beschreiben versuchten?

Eine Antwort steht noch aus: Wir haben in dem beschriebenen Zeitraum – oben war es gesagt – auch eine erstaunliche Regeneration von Stücken der zwanziger Jahre erlebt, die eng mit der aktuellen Problematik ihrer Gegenwart verbunden waren. Nicht nur Horváth, nicht nur die Fleißer, sondern auch viel direktere auf die Kämpfe des Augenblicks bezogene Stücke (Zeitstücke) wie Bruckners »Verbrecher«, Lampels »Revolte im Erziehungshaus« und Wolfs »Cyankali« erschienen wieder. Kampfstücke von damals – also anscheinend von höchst vergänglichem Wert, nur kurzfristig brauchbar. Daß sie wieder regeneriert werden konnten, hängt nicht nur damit zusammen, daß ähnliche Probleme heute noch oder wieder virulent sind, daß sie sich neue Aspekte zu ihrem Thema assimilieren, sondern auch wesentlich damit, daß hier die aktuellen Themen auf die menschliche Kreatur bezogen wurden, an ihr signifikant wurden und so vom Schauspieler als kreatürliches Problem jederzeit wieder nachvollzogen werden können. Auch von dieser Seite wird also der Zug zum kritischen Realismus, der das gegenwärtige Theater erfaßt hat, bestätigt.

Das heißt aber noch etwas mehr: immer sind die Personen in diesen wieder hervorgeholten Stücken leidende, verlangende und kämpfende Menschen, auch in Situationen, in denen ihre Ohnmacht offensichtlich ist. Das heißt: die Autoren der zwanziger Jahre haben Leben immer noch als Leben, als Konflikt wahrgenommen. So erhielten sie immer wieder das Drama als Drama. Auch im Zeitstück. Der Blick für das Dramatische ist in unserer Gegenwart bei den Autoren aber fast ganz erloschen. Vielleicht auch nur der Wille, es aufzuspüren. Statt dessen kennzeichnet viele Stücke eine Neigung zum Zuständlichen, zum Statischen, Leben wird als Sterbensprozeß oder gar als die sichtbarste Form des Todes ausgegeben. Manche Autoren (wie Gerlind Reinshagen in »Himmel und Erde«) verwandeln anscheinend ihre eigene Gestorbenheit in Poesie.

Vielleicht gibt es dafür einige (auch gesellschaftliche) Gründe, zum Beispiel die allgemeine Resignation, die wuchernde Interesselosigkeit am Wirklichen, die zunehmende Versponnenheit in das eigene biographische Thema, die forcierte Isolation. Die Wirkung Thomas Bernhards auf diesem Gebiet ist stark, denn in der Öffentlichkeit wird er nicht unter dem hier von uns entwikkelten Zusammenhang verstanden, sondern als ein Dichter, der eine Sterbeelegie nach der anderen dichtet. Bernhards Werk hat also, gerade weil es so stark in den Vordergrund tritt, Auswirkungen, die die Lähmungen, die von Becketts (für sich poetisch wunderbaren) Spielen ausgehen, noch verstärken. – Zum Gesicht der »aktivistischen« Epoche von 1961-1974 gehört auch, daß Bekkett fast unabgebraucht allen Veränderungen standgehalten hat. Warum? Weil er die Bilder der Lähmung als Urbilder vom Grund der Gesellschaft heraufhob? Wenn es so ist: so kann man doch in dem bei ihm beschriebenen Zustand selbst nicht leben. Leben wollen heißt nicht: Eintreten in Becketts Bilder. Zwar konnte das Theater Beckett als Gegenbild aufnehmen – das Theater selbst kann aber nicht leben ohne die Individualität, die selbst leben und konkret, im gesellschaftlichen Raum, sich entfalten will. Es hat auf die Dauer nur die Lebenskraft der Individuen, die es darstellt. Es ist selbst der Ort, auf dem Lebendigkeit gesucht wird, und dies um so mehr, je ausgezehrter, abgestorbener, toter wir uns selber fühlen.

Ist das nicht ein Widerspruch in sich? Sich selber tot fühlen (diese Last der Selbstentfremdung spüren) und vom Autor Dramatisches, das heißt: Lebenskraft und Auseinandersetzung verlangen? Jeder von uns hat in seiner Biographie vielleicht schon das beste Beispiel dafür, daß man – sich subjektiv tot fühlend –

doch in den aktivsten Zerreißprozessen lebt, sie sogar mit antreibt und sich dabei ganz kräftig darstellt. Das macht das Leben dramatisch, macht aus ihm Theater und nährt unsere Sehnsucht nach Theater, das heißt nach der Darstellung dieser Probleme.

Kommen unsere Dramatiker wieder dahin? Die Dramatiker nach Handke, nach Bernhard, Bauer und Kroetz? Das Theater bemüht sich gegenwärtig in durchleuchtenden Inszenierungen, die älteren Dramen über die sich verwandelnde bürgerliche Gesellschaft in die Erfahrungsbedürfnisse der Gegenwart einzufügen und die sinnliche Sprache und Bewegungen für die Reproduktion bewegter dramatischer Zusammenhänge auszubilden. Die Bemühung ist nicht einförmig. Zwischen Zadeks Inszenierungen der »Möwe« und der »Wildente« oder Steins »Sommergäste« gibt es konträre Regie-Auffassungen und Einstellungen zu denselben Aufgaben. Noeltes Realismus, der lange Zeit außenseiterisch, ja antipodisch war zur beschriebenen Entwicklung im Theater, wird wieder ein realer Bestandteil in diesen Bemühungen. Er schwingt in sie ein, unterscheidet sich aber von den Unternehmungen jener durch stärkeren Bezug auf die Individualitäten, wie durch Zurücktreten des kritischen und gesellschaftlichen Moments. Das könnten Vorbereitungen des Feldes sein für ein anderes Drama als das gegenwärtige, das den Problemen einer Gesellschaft nachhorcht, in der aktive junge Gruppen aufgebrochen waren, sie zu einer größeren Freiheit und Gerechtigkeit hin zu verändern und die sich nun – mit ihren neuen Erkenntnissen und Enttäuschungen – neu einrichtet in den zutage getretenen Bedingungen.

Bewegungen, Positionen und Strategien

Beobachtungen beim Betrachten von Theater

Gäbe es jemanden, der Abend für Abend alles, was auf deutschen Bühnen aufgeführt wird, überblicken wollte, was nähme er wahr? Etwa zweihundert Aufführungen (etwa dreihundert einschließlich der DDR), entstanden aus kommerziellen oder künstlerischen Intentionen, aus privaten Interessen oder öffentlichem Auftrag, und sei es nur aus einem der ›kulturellen Versorgung‹. Er sähe große alte Stücke, unbrauchbar gewordene, neu belebte oder neue, die besser oder schlechter erscheinen als sie sind, Klassiker im glatten, inspirationslos gewordenen Stil oder exzessive Interpretationen, bei denen in Zweifel steht, ob der Exzeß die Leidenschaft eines Regisseurs enthält, ein Stück aufzureißen, um seine Inhalte wieder spürbar zu machen – denn Theaterarbeit ist auch immer Arbeit gegen den glättenden Verschleiß durch Tradition –, oder ob der Exzeß die private Aggression eines Regisseurs gegen ein Stück oder mit Hilfe des Stücks auch gegen das Publikum ist. Oder: ob da einer zu neuen Ufern aufbricht. Kurz, wer alles wahrnehmen wollte, er sähe in ein Chaos.

Das tägliche Chaos zu ordnen, gibt es begriffliche Möglichkeiten. Wir sprechen von Boulevard-, Werkstatt-, Stadt-, Staats- oder Tourneetheater und meinen damit nicht nur das Gehäuse oder die Betriebsform von Theater, sondern Stücktypus und Aufführungsart, die diese Betriebsformen, die alle ihre Ideologien und Erfahrungen haben, sich zuordneten. Wir können feiner gliedern in: literarisches, politisches, analytisches, kritisches Theater oder, in immer weiterer Differenzierung, in poetisches, geistiges, kultisches, realistisches, phantastisches, komödiantisches, artifizielles oder neuerdings – im Unterschied zum ›epischen‹ – erzählendes Theater. Für alle diese Ordnungsbegriffe finden sich Inszenierungen, Regisseure, sogar ganze Theater, die sich aus einem der Begriffe ein Programm machen. Die Begriffe meinen viel, aber sie sagen nicht viel, sie sind statisch, freilich deswegen noch nicht wirkungslos.

Allein schon die Bemühung, so verschiedene Dinge auf ihren Begriff zu bringen, zeigt das Ausmaß jenes Chaos, das sich zudem noch von Abend zu Abend durch immer neue Inszenierungen,

Stücke und Schauspieler verändert. Die Bemühung, Stoff und Produktion des Theaters zu gliedern, läßt uns sogar über die Zeit und die Entwicklung der Autoren und der Interpretationen hinaus an Begriffen festhalten, die – einmal geprägt aus einem Schock von Fremdheit, was oft soviel ist wie: Neuheit oder Neuartigkeit – längst untauglich geworden sind. Überholt sind, wie zum Beispiel der des ›absurden Theaters‹, dem doch einmal Ionesco, Beckett, Pinter, Genet, Adamov, merkwürdigerweise aber nie der Theoretiker des Absurden, der Dramatiker Albert Camus, zugerechnet worden sind.

Gleichwohl: Begriffsbildung im Theater ist keine unsinnige Spielerei, sondern eine notwendige Hilfsmaßnahme. Alle Begriffe, die wir finden, wirken, sofern sie ordnen und klären, auch produktiv in die Arbeit im Theater zurück. Sie konturieren einen Spielplan, definieren einen Regisseur, geben manchem, der keine eigenen Ideen oder Witterungen hat, auch eine Art Programm; sie irritieren und tyrannisieren aber auch und, als Devise in Umlauf gesetzt, können sie sogar zur Aufmerksamkeit auf bestimmte Vorhaben zwingen; so gab Piscator den Begriff ›politisches Theater‹ aus, Brecht den des ›epischen Theaters‹. Mitunter können sie auch einen Zeitstil begründen, wie der Begriff ›poetisches Theater‹ es in den fünfziger Jahren vermochte, als die Stücke Christopher Frys, T. S. Eliots, Wilders, Saroyans, Lorcas, von Giraudoux und Anouilh, Claudel und O'Neill unter solchem Rubrum die Spielpläne prägten. Nach der Katastrophe von 1945 enthielt er eine Art Programm – oder beschrieb er nur eine Mode?

Kreislauf und Entwicklung

Das Theater lebt in Bewegungen und Moden, wie alle sinnliche und gedankliche Äußerung – und was anderes ist Theater? – von der ständigen Veränderung der Inhalte und Erscheinungsformen lebt. Sie werden ihm abverlangt und aufgezwungen. Auge, Ohr und Gehirn sind Aufnahmeorgane, die sich gern neuen Reizungen aussetzen, denn sie sind auch im gleichen Maß Überdrußorgane, die sich im Begegnen mit dem Immer-Gleichen und -Ähnlichen abstumpfen und, wo sie denn noch als Wahrnehmungs- und nicht nur als Genußorgane funktionieren, wieder schärfen wollen. – Prozesse ökonomischer, politischer Art, Veränderungen von Einstellungen im Alltag, Katastrophen wie Beruhigungserlebnisse (Krieg wie Wohlstand) wirken auf das Theater zurück, weil sie gerade die sensiblen Künstler, sie beunruhigend, ergreifen und zu einer Veränderung der Inhalte wie der Ausdrucksmittel drängen. Wo die Veränderungen auf der Bühne von der Literatur ausgingen, haben wir uns gewöhnt, Kategorisierungen der Literaturwissenschaft für das Theater zu übernehmen. Freilich: in unserem Jahrhundert immer weniger. Nach ›Naturalismus‹, ›Neuromantik‹, ›Expressionismus‹ weisen die inzwischen zu eigenständigen Kategorien ausgewachsenen Begriffe wie ›politisches Theater‹ oder ›episches Theater‹ oder gar die Zeitkategorie ›Zwanziger Jahre‹ einen Zug zur Verselbständigung der szenischen Arbeit wie der szenischen Betrachtung aus. ›Episches Theater‹ – die Geschichte des Begriffs ist die Geschichte einer inzwischen schon klassisch gewordenen Bewegung.

Leopold Jeßner, einer jener Regisseure, die mit wenigen Inszenierungen eine neue Epoche im Theater eingeleitet haben, hat die Folge von Bewegungen in der Geschichte der Bühnenkunst, die er sich als »Kreislauf des Gegensätzlichen« vorstellte, einmal so beschrieben: »Auf die Askese des Laubeschen Stils folgt die opulente Makart-Szene des Herzogs von Meiningen, darauf die spartanische, ganz nach innen gekehrte Geistigkeit Otto Brahms, die wiederum von den überfließenden Tafeln Max Reinhardts abgelöst wurde.« Auf den Krieg und die mit ihm verbundene Zerstörung der Lust an Farbe und Genuß kommend, beschreibt er – sich selbst benennend – dann den neuen »Idealismus einer ethischen Forderung« von 1919. »Statt des farbensatten Gemäldes, statt der fotografischen Treue trat die strenge Architektur in ihr Recht« (»Die Szene«, 1928). Er sah sich selbst als Glied in einer wechselnden Bewegung. Jeßner sprach in diesem Gliederungsversuch der Bewegungen auf dem Theater vor allem von der szenischen Erscheinungsweise. Die Betrachtung der sinnlichen Erscheinungsformen von Theater sind gewiß kein untergeordneter Gesichtspunkt, haben wir doch selbst zwischen 1960 und 1975 erst einen Entfärbungs- und Entbilderungsprozeß erlebt und dann gespürt, welches Erlebnis plötzlich für die Augen die neuen materialechten Bühnenbilder von Wilfried Minks (»Sturm«, Bremen) und Karl Ernst Herrmann in der »Schaubühne« waren.[1] Das Entzücken über den echten Birkenwald in den »Sommergästen« der Schaubühne (1975) kann 1905 beim Ansichtigwerden

[1] s. dazu: Die Erfindung der Bildersprache für das Theater, S. 224ff.

des Birkenwaldes auf Max Reinhardts »Sommernachtstraum«-Bühne nicht stärker gewesen sein. (Womit hier nicht behauptet wird, daß auf der Bühne Ähnliches oder gar Gleiches auch die gleiche Intention habe.) Aber Jeßner deutete schon an, daß für die Beschreibung der Bewegungen auf der Bühne die sinnlichen Kategorien allein nicht hinreichen. Er sprach von der »neuen ethischen Forderung« und brachte mit ihr die strenge, architektonisch eingerichtete Bühne in Verbindung. Wenn Jeßner noch beim »Kreislauf des Gegensätzlichen« als dem Bewegungsgesetz des Theaters blieb, so war er doch der erste, der ihn mittels seiner radikalen Regie und der Einfügung einer politischen Intention in die szenische Arbeit wieder zu durchbrechen versuchte.

Abläufe in unserer Zeit

Sehen wir aus dem Aspekt des ästhetisch-historischen Ablaufs auf die szenische Arbeit im deutschen Theater dieses Jahrhunderts zurück, so heben sich aus dem allabendlichen Chaos doch klarere Konturen einer systematischen, variantenreichen und die Interessen der jeweiligen Gegenwart kennzeichnenden Arbeit heraus. Jeder Theaterabend verwirklicht sich zunächst in einem singulären ästhetischen Erlebnis. Aber jedes Erlebnis steht auch in einem prozessualen Zusammenhang, der nicht erst im Nachhinein definierbar wird. Zusammengefaßt sind etwa dies die Abläufe: Die höchste, feinsinnigste, klangreichste, noch heute in den Versen Hofmannsthals, Stuckens und Ernst Hardts betörend sinnliche Theaterkultur, die das Theaterbedürfnis ihrer Rezipienten als ein nicht auf Erkennen der Gegenwart gerichtetes beschreibt, ist in den Gemetzeln des Ersten Weltkriegs zerbrochen. Ihre Zerstörung machte den Weg frei für jene auf Gestaltung der Gegenwart gerichteten Energien, die uns zuerst die ekstatisch nach Welterneuerung rufenden Szenerien des expressionistischen Theaters, dann die in vielen Stücken belegbare Klärung und den neuen Ansatz zur Gegenwartsanalyse im »Zeitstück«[1] einbrachten. Aus ihm flossen schließlich die beiden Ströme des von 1929 ab gemäß den Entwicklungen in der Gesellschaft selbst sich parteilich politisierenden Theaters, von denen der eine, an Namen wie Piscator, Brecht, Friedrich Wolf oder Gustav von Wangenheim gebundene, die revolutionär-progressive, der an-

[1] s. dazu: Das Zeitstück, S. 82ff.

dere, an Namen wie Hanns Johst, Eberhard Wolfgang Möller, Friedrich Bethge, Heinrich Zerkaulen und Curt Langenbeck gebundene, die revolutionär regressive Variation der politischen Bewegung auf dem Theater darstellen.

Das Neue in diesen Strömungen war, daß das Theater von 1919 ab in ein anderes Verständnis seiner Funktion eintrat, indem es sich zuerst als Element, dann als Wortführer der kulturellen Gesellschaftspolitik, schließlich auch als Kampfinstrument selbst begriff und damit auch sein bisheriges Produktionsprinzip – die Arbeit nur für den einzelnen festlichen, lebenssteigernden Abend – aus den Augen verlor, weil es nun auch in strategischen Konzepten zu arbeiten begann.

Arbeit in strategischen Konzepten – das ist hier zu bemerken – ist kein Wert an sich. Entschlössen wir uns zum Beispiel, das Theater des Dritten Reiches wieder in unsere kontinuierliche Betrachtung künstlerischer Arbeit einzubeziehen (denn es war im ganzen kein großer Sprung aus der Kontinuität heraus), so würde sich zeigen, wie dieses Theater dort ganz den Boden unter den Füßen verlor, wo es – einer »Strategie« folgend – sich Theoremen wie der Darstellung »tragischer Weltanschauung« oder »heroischer Lebensform« oder gar »germanischer Größe« hingab.

Brachte die Katastrophe von 1945 das Ende der politischen Bewegung im Theater? So neu, so befreiend die Ansätze nach 1945 mit dem Hereinströmen der ausländischen Stücke und offener Spielformen auch waren, so ist doch auch dies zu beachten: Es verschwanden nach 1945 vor allem die Stücke aus dem Dritten Reich; sie wurden durch die Aufnahme der besten Exil-Stücke ersetzt, die an die antifaschistische Bruchstelle von 1933 wieder anknüpften und nun im Land diese Strömung, die sich »draußen« fortsetzen konnte, wieder zur Geltung brachte. Und – was wichtiger wurde – unter der gierigen Einvernahme der dramatischen Weltliteratur zwischen 1945 und 1950 verbarg sich nicht nur eine Suche nach neuem Weltstoff, nach neuen Kontakten, sondern – nach einer kurzen Phase noch gemeinsamer Theaterarbeit in West- und Mitteldeutschland – die neue Bindung der Theater an die dramatische Produktion der dem geteilten deutschen Staat jeweils zugeordneten Großmacht (Siegermacht). Diese Programmierung der Spielpläne und des Bewußtseins durch die politische Zugehörigkeit war im mitteldeutschen Theater offensichtlicher als im westdeutschen; hier war sie aber nicht weniger intensiv. Entsprechend der nationalen gesellschaftlichen Situation, der Existenz in der Unterwerfung, war diese dritte Phase der politischen Prägung des Theaters nun rezeptiv.

Innerhalb dieser rezeptiven Situation gab es freilich genug auf Wiederherstellung, Kontakt, Weltanschluß gerichtete Aktivität. Der durchgehende Zug im westdeutschen Theater der fünfziger Jahre ist auch ein Suchen nach neuen spielerischen Freiheiten, neuen Formen und – recht deutsch – sofort auch wieder nach ›Spiritualisierung‹, Vergeistigung, und – nach der Barbarei – auch einem neuen Humanismus (Programmwort 1948 für die Theaterarbeit: restitutio hominis). Das neue Drama gab sich als Parabel, als Gleichnis und auch da, wo es politisch argumentieren wollte, noch als Metapher (Eliots »›Mord im Dom‹, Frys »Venus im Licht«, Frischs »Andorra« und »Biedermann und die Brandstifter«, Dürrenmatts »Besuch der alten Dame« sind dafür Muster). Die maßgebenden Regisseure wie Gründgens, Gustav Rudolf Sellner (Kiel, Darmstadt), Heinrich Koch (Hamburg, Frankfurt) und Oskar Fritz Schuh (Berlin, Köln) betrieben jene Spiritualisierung zusammen mit der Einübung strenger Spielformen. Wo diese Regisseure das Wort »Analyse« gebrauchten, bezog es sich, wie in Sellners Theater, auf die rhythmisch dramaturgischen Abläufe, in Kochs Theater auf die Klärung der geistigen Bewegungsprozesse im Stück, bei Schuh hieß Analyse: Heraufholen des Unbewußten. – Die sechziger Jahre sind vom Abbau dieses formalisierten und spiritualisierten Theaters geprägt. Im Zusammenhang mit den politischen Problemen der Vergangenheitsbewältigung, mit neuen moralischen Fragen in der Politik wurde das Parabelstück durch direktere Spielformen (Hochhuth, Weiss, Kipphardt) ersetzt[1], andererseits führten anarchistische (anarcho-ästhetische) Regiemethoden (Zadek) zum Zerstören der hohen, geschlossenen Spielformen, wie Gründgens sie bis 1962 in Hamburg praktiziert hatte. Sie waren begleitet von aggressiv wirkenden Einflüssen der Pop-Bewegung, die zunächst dem Bühnenraum die neue illusionistische Dekoration nahmen und dann auch in die Regie übergriffen (Minks).[2] So getrennt das alles voneinander schien, getrennt auch von dem subtilen Regietheater Palitzschs (Stuttgart), der Brechts untersuchende und

[1] s. dazu: Das dokumentarische Drama und die deutsche Gesellschaft. S. 119ff.
[2] s. dazu: Die Suche nach der Kunst. S. 186ff.

verdeutlichende Regie weiterführte – zusammengenommen war das: Abbau der Nachkriegsära und Grundlegung für eine neue Spielkonzeption, die nach 1972 zuerst an der neuen Berliner Schaubühne, dann an vielen Bühnen sichtbar wurde: als eine untersuchende, kritische, politisch motivierte, aber zugleich hoch ästhetisierte und sensibilisierte Spielweise. (Musterinszenierungen: Gorki: »Sommergäste«, Regie Peter Stein (1974); Botho Strauß: »Bekannte Gesichter, gemischte Gefühle«, Regie Niels Peter Rudolph (1975).

Diese kurze Beschreibung soll nichts anderes andeuten als den die tägliche Arbeit im Theater durchziehenden allgemeinen Prozeß. Prozesse dieser Art vollziehen sich lange fast unsichtbar, summieren ihre Erfahrungen und Erfindungen, bis sie in plötzlichen Verdichtungen, das heißt: in Inszenierungen zutage treten, in denen alte Konventionen enden, neue sich andeuten, in denen sich die Epochen auf dem Theater voneinander trennen. Unsere neuere Theatergeschichte hat davon eine beschränkte Zahl. Wir zählen dazu: Max Reinhardts »Sommernachtstraum« (1905); Leopold Jeßners »Wilhelm Tell« (1919), Erwin Piscators »Gewitter über Gottland« (1926), Hanns Johsts/Franz Ulbrichs »Schlageter« (20. April 1933), Bertolt Brechts »Mutter Courage« (1949), Hochhuth/Piscators »Stellvertreter« (1963), Peter Steins »Tasso« (1969). Da sie alle Ergebnisse längerer Entwicklungen sind, haben sie ihre Varianten und Zwischenglieder (etwa: Brecht: »Leben Eduards des Zweiten«, Zadek: »Maß für Maß«.

Die Trennung der Epochen

Inszenierungen dieser Art, in denen mit dem Trennen eine neue Setzung gelingt – die Setzung der neuen Intention, der neuen Mittel der Regie und der Darstellung – sind nicht allein herstellbar aus dem Willen und der Inspiration eines Regisseurs. Als einmalige Akte stehen sie doch in weiten Bezügen, haben aber die Tendenz, diese durch ihre Einmaligkeit zu verdecken. Zwei Beispiele:

Jeßners »Tell« hatte als *individuelle* Voraussetzung beim Regisseur dessen Interesse an zeitbezogener Arbeit, als *ästhetische* Voraussetzung die Ausbildung eines energischen Wedekind-Stils und die Anwendung der leeren Shakespeare-Bühne auf das Schiller-Stück in Jeßners Vorarbeiten in Hamburg und Königsberg[1]; als *zeitgeschichtliche* Voraussetzung den revolutionären Ausbruch aus der Monarchie in eine selbstverantwortete Staatsform und die Emotion der Revolutionsmonate mit ihrer Zerstörung der wilhelminischen Repräsentations- und Kunstformen. *Dramaturgisch*: die Konzentration des Spielvorgangs von der Darstellung einer weitgefächerten Handlung auf die Darstellung des Grundmotivs der Handlung (Jeßner: der ›Idee des Stücks‹). *Szenisch*: die Reduktion des gesamten Ausdrucksmaterials auf Entwicklung und Hervorhebung des Grundmotivs. *Darstellerisch*: Die Verfügbarkeit über einen neuen, expressiven, aus dem Rhythmus der Bewegung und des Wortes agierenden Schauspieler (Kortner). – Jeßners »Tell« ist begleitet von ähnlichen Abstraktions- und Konzentrationsvorgängen in der bildenden Kunst, in der Übertreibung, Überzeichnung, konträre Farbgebung, Hervorhebung der Idee zu den neuen, die Epoche auch hier begründenden Mitteln gehören.

Und die entsprechenden Bezüge für Peter Steins »Tasso« (Bremen)?[2] Hier war die *individuelle* Voraussetzung Steins die (durch Kortner geprägte, die Studentenbewegung geschärfte) Neigung zu kritischer Untersuchung des Vorhandenen, die *ästhetische*: die Verbindung der auf Schicksale bezogenen Kortnerschen analytischen Regie mit dem Bremer ästhetischen Stil und dem eigenen politischen Veränderungsimpuls, die *zeitgeschichtliche* Voraussetzung: die Schubkraft der Protestbewegung (Höhepunkt 1969/70), *dramaturgisch*: die Anwendung soziologisch-gesellschaftskritischer Perspektiven auf den Text und das Hervorheben seines verdeckten Inhalts, *szenisch*: die Darlegung des Stückinhalts durch die Darstellung und Akzentuierung der Verhaltensweisen der vorgeführten Personen, *darstellerisch*: die Verfügbarkeit über einen in Bremen ausgebildeten sensiblen Schauspielertyp mit großer Fähigkeit, Brechungen zu spielen (Edith Clever, Jutta Lampe, Bruno Ganz). Das Ergebnis war: nicht mehr Teilnahme an einer Handlung, sondern Betrachtung von Verhältnissen. Steins »Tasso« ist begleitet von Wirkung und Ausarbeitung der »Kritischen Theorie« und der neuen gesellschaftswissenschaftlichen Bewegung.

Inszenierungen dieses Typs sammeln soviel Neues und Grundsätzliches, daß sie selber Zentren mit ausstrahlender Wirkung

[1] s. dazu: Leopold Jeßner. Die Revolution im Staatstheater. S. 47ff.
[2] s. dazu: Die Suche nach der Kunst. S. 186ff.

werden. Zusammengenommen zeigen sie die Veränderungs-Schnitte und damit: die Schritte auf dem Theater. Sie werden aktive Muster des Kommenden. Wie groß ihre Kraft sein kann, ist daran zu erkennen, daß sie Anlaß zum Entstehen neuer Bühnen werden. Der »Sommernachtstraum« brachte Reinhardt in das »Deutsche Theater«, mit dem »Tell« gründete Jeßner das neue Staatstheater, nach dem »Gottland«-Skandal gründete Piscator seine eigene Bühne am Nollendorfplatz in Berlin. Aus dem »Tasso« entstand die 2. Schaubühne am Halleschen Ufer.

Die Erfahrung zeigt: die Durchbruchs- und Konsolidierungsphase eines neuen szenischen Programms (Stils) ist relativ kurz. Jeßners Programm war mit »Wilhelm Tell«, »Marquis von Keith« und »Richard III.« formuliert, das Piscators mit »Gewitter über Gottland« und »Hoppla, wir leben«, das von Peter Stein mit »Tasso« und »Die Mutter«. Das Peter Zadeks mit »Held Henry«, »Die Geisel« und »Frühlings Erwachen«. Klaus Michael Grüber setzte sich durch mit »Sturm« (Bremen), »Im Dickicht der Städte« (Frankfurt). Die folgenden Inszenierungen sind schon Ausarbeitungen, Weiterungen, Verfeinerungen. Sie sind höher qualifiziert, haben nicht mehr das Entscheidende des Durchbruchs, sie bestätigen ihn. Das gilt für Jeßners »Othello« und »Wallenstein«, Piscators »Rasputin« und »Schweyk«, Steins »Peer Gynt« und »Prinz von Homburg«, für Grübers »Bakchen« und »Empedokles«. Und Brecht? Die Entscheidung fiel in »Leben Eduards« und »Mann ist Mann«. Schon die »Heilige Johanna der Schlachthöfe« war Ausarbeitung, Bestätigung in der großen Form.

Aber: erst die Bestätigung gibt dem Anfang Funktion. Was das heißt, ist zum Beispiel erkennbar an den Regiearbeiten von Hans Neuenfels, der seine beiden ›Würfe‹: »Nora« und »Hedda Gabler« (beide Frankfurt) nicht mehr bestätigen konnte. Ein Anfang, der sich nicht in prägende Wirkung verwandelte, sondern Privatleistung blieb.

Von Erneuerungen dieser Art sind Regisseure so beansprucht wie Schauspieler. »Jede theatralische Bewegung hat ihren Schauspieler, in dem sich ihr Wollen und Können am stärksten ausprägt und beispielhaft dokumentiert«, sagte Jeßner. L'Arronge hatte Josef Kainz, Brahm: Bassermann, Reinhardt: Moissi und Krauß, Jeßner: Kortner, Piscator: George, Gründgens: sich selbst, Brecht: Helene Weigel, Zadek: Wildgruber, Stein: Bruno Ganz.

Positionen – Gegenpositionen

Wir sprechen gern von Erneuerungen. Unser Theater liebt deswegen Traditionsbrüche, Einstürze und Zerstörungen. Jeßners Inszenierungen schienen ein Vandalismus zu sein in Reinhardts farbigem Theaterreich. Zadeks Inszenierungen erschienen als ein Vandalismus in jenem spiritualisierten Theater, das sich – nach Oscar Fritz Schuhs Formel – als »geistiger Raum« verstand. – Zerstörung und Erneuerung ist nicht immer an Stücke gebunden. Alles, was in der Gesellschaft sich vollzieht, spiegelt sich auch dann unmittelbar auf dem Theater ab, wenn es von den zeitgenössischen Autoren verlassen ist. (Das Theater kennt lange Phasen, in denen es ohne inspirierende Dichter auskommen muß.)

Der Blick auf dieses Phänomen des anhaltenden Traditionsbruchs (alle zehn Jahre wollen die Deutschen ein anderes Theater) darf nicht davon ablenken, daß es in diesen Prozessen immer die Gegenposition gibt und geben muß. Bewegungen brauchen Gegenbewegungen, Positionen Gegenpositionen. Als Max Reinhardt, der zwölf Jahre lang die Inszenierungen in Deutschland bis in die mittleren Stadttheater mit seinem Stil prägte, 1918 auf die neuen politischen Verschiebungen nur noch mit Spielplandispositionen, nicht aber einer neuen Funktions- und Stilbestimmung von Theater reagieren konnte, trat Jeßner gegen ihn an und mit Jeßner eine ganze Gruppe jüngerer Regisseure. Der Widerspruch war Gegenbewegung, die sich bald zur führenden machte und Reinhardt in die Gegenposition drängte. Wir wissen aus den zwanziger Jahren, wie Reinhardts Arbeit in Wien und seine Regievorstöße von dort nach Berlin zunehmend diese Funktion der Gegenposition erfüllten. – In der scharfen Politisierung der dreißiger Jahre, der Indienststellung des Theaters für den nationalsozialistisch geprägten Staat haben Gustaf Gründgens und Jürgen Fehling solche Gegenpositionen gehalten. Gründgens mit seinem Theater der »großen Form«, das von menschlicher Wahrheit, geistiger Disziplin, Noblesse und Eleganz im Spiel gedrängt war, Fehling, indem er das »Heroische«, das damals vielberufen war, konträr zur herrschenden Ideologie des völkischen Heroismus interpretierte, nämlich als ein Vermögen, »lachend dem Gott gegenüberzutreten«.

Theater kann verantwortlich auch aus dem Widerspruch geführt werden. Als Gründgens 1949 in Düsseldorf Goethes »Tasso« inszenierte, schrieb er: »Der Sinn der Tasso-Inszenierung war der, daß ich meinen Haß gegen das Chaos, Mystik und Schwulst nicht mehr bezähmen konnte und lieber einen etwas ältlichen und leicht manierierten, dafür aber in der Form einwandfreien Tasso machen will als wieder einen deutschen Jüngling, der den Romeo und den Don Carlos mit dem Tasso verwechselt« (Brief an Curt Riess).

Welchen Inhalt, welche Aufgabe die Gegenposition hat, ergibt sich jeweils aus Form und Stil des vorhandenen Theaters. Sie ist nicht an sich etwa konservativ: Als Otto Brahm gegen das Unterhaltungs- und Bildungstheater der achtziger Jahre des letzten Jahrhunderts sein naturalistisches Theater entwickelte, stand er vor der gleichen Aufgabe wie später Jeßner, wie Brecht: die Gegenposition zur führenden zu machen. Und auch dort, wo die bisher führenden Kräfte in die Gegenposition einrücken, oder hingedrängt werden, werden sie nicht funktionslos. Gegenposition ist dann, richtig verstanden, nicht die trotzige Bewahrung des Herkömmlichen, sondern die Bewahrung des Erhaltenswerten. Max Reinhardt hat in diesem Sinne auf die Herausforderung der Kräfte geantwortet, die sich nach 1919 in Berlin durchsetzten. So verstanden ist die Bewahrung der Gegenposition etwa ein Instrument zur Überlieferung der erworbenen Spieltechniken.

Spieltechniken zum Beispiel sind durch lange Theaterarbeit entstandene historische Gebilde. Wo sie nicht zum Abziehbild verkommen sind, ist in ihnen Wissen aufbewahrt über Wirkungsmöglichkeiten bisheriger Dramaturgien, Bewegungsabläufe der Körper in alten Stücken mit allen in ihnen verinnerlichten Normen, Tabus, aber auch Freiheiten, Lockerungen in Haltung, Bewegung und den Ritualen des gegenseitigen Verkehrs. Wieviel Schwierigkeiten macht es zum Beispiel heute jungen Regisseuren, den Bewegungskanon der sozialen Gruppen etwa in »Emilia Galotti« zu reproduzieren, zu wissen, wo die Bewegungs- und Ausdrucksgrenzen lagen, ob und wann man sich – was heute ›Mode‹ ist – auf den Boden setzen durfte und so fort. Wir haben den Abbau solcher Spielweisen, in denen historische soziale Formen aufgehoben sind, sicher zu weit vorangetrieben. Nach Heinz

Hilperts und Hans Bauers Tod, nachdem Gerhard F. Hering in Darmstadt die Arbeit aufgegeben hat, der in den literaturfeindlichen Jahren bis 1971 dort eine ›Gegenposition‹ hielt, ist, was hier gemeint ist, zur Zeit nur noch sichtbar in den besten Inszenierungen Rudolf Noeltes. Noeltes Funktion bestimmt sich heute – was immer man im einzelnen gegen seine Inszenierungen vorbringen mag – aus seinem Widerspruch gegen den ›Zug der Zeit‹, gegen den Verzicht auf die Darstellung menschlicher Schicksale zugunsten soziologisch-politischer Stoffe. Noeltes Regie bildet nach, was der Autor als Abbild vom Zusammen-Leben komponiert hat. Dicht im Atmosphärischen, im Wechsel der Stimmungen, in den Bewegungen. Seine Personen haben ihre individuelle Geschichte, sie tragen sie mit sich in den Verknotungen im Seelischen, in den Gefährdungen wie den Schönheiten ihrer Individualität, sie sind ohne Neigung, ihre eigenen Schwierigkeiten den ›Verhältnissen‹ anzulasten. Sie sind deutlich in ihrem sozialen Ambiente, sie reproduzieren einen abgelebten Zusammenhang, der Lebenserfahrung, Wissen und Einfühlung als wichtigste Qualität schauspielerischer Reproduktion voraussetzt, sowie die Kraft, die von diesen Menschen geschaffene, sie umgebende, sie fesselnde oder auch zum Ausbruch verlockende Lebenskultur mit und an sich sichtbar zu machen. Er lebt sich in die Figuren ein, steht ihnen nicht als Beobachter gegenüber. Das sind komplexe Leistungen. – Zadeks Tschechow-Inszenierungen enthalten nur noch ferne Erinnerungen daran.

Es ist auf dem Theater leichter, sich von Bewegungen tragen zu lassen (auch: sich den Novitäten zu überliefern), als eine wirkliche Gegenposition zu begründen und zu behaupten. Die jenes tun, haben die Akklamation des Zeitgeistes, diese brauchen zu ihrer Rechtfertigung hohe Qualität im szenischen Produkt und Überzeugungskraft. Fehling ist so mit seinen hingewuchteten Inszenierungen gegen den sich popularisierenden Theaterentwurf Brechts angetreten (ohne ihn freilich aufhalten zu können). Dem 1949 nach Deutschland zurückgekehrten Brecht hat er – Kontroversen aus den zwanziger Jahren wiederaufnehmend – Thesen wie diese entgegengesetzt: »Schauspielerei ist, die Menschen in die Menschen verliebt und auf sich selber neugierig zu machen. Der Zuschauer soll nicht erzogen oder verbessert werden. Er soll in einen Spiegel sehen und sich dann selber in Ordnung bringen.« Und Gründgens hat seine Position nach dem Krieg so verstanden, daß er mit der Wiederherstellung der strengen, vergeistigten, klassischen Spielform nach dem zu streben habe, worum er das französische Theater beneidete: nach einer beständigen Tradition des Klassischen, in dem der Schauspieler als das wichtigste Element des Theaters erkennbar bleibt und jeder szenische Akt eine Demonstration geistiger Kontrolle ist. – Es ist sehr die Frage, ob es erlaubt ist, Gegenpositionen wie die von Fehling oder Gründgens auch reaktionäre Positionen zu nennen. Daß Gründgens 1959, nach Brechts Verlangen, die Uraufführung der »Heiligen Johanna der Schlachthöfe« machte, mag verdeutlichen, welche Treffpunkte es da gibt und wie selbst die thematisch fortschrittlichste szenische Untersuchung und Demonstration – eben Brechts »Johanna« – auf die Techniken zurückgriff, die in der von Gründgens bewahrten Spielform erhalten waren. Was also ist Tradition im deutschen Theater? Diese Suche nach der klassischen Form? Oder nicht vielmehr jene dauernde Folge von Brüchen, Zerstörungen, Ablösung der Spielformen? Es gibt in unserem Theater nicht das eine ohne das andere. Wir haben in den sechziger Jahren die Spielformen der fünfziger zerstört und beginnen nun wieder nach größeren, sinnlicheren, strengeren zu verlangen. Noch bevorzugen die jüngeren Regisseure eher einen weichen, fließenden Stil, erproben mit Genauigkeit in Milieu und Verhalten auch neue sinnliche und delikate Reize der Darstellung, aber ein dramaturgischer Architekt, der den szenischen Akt wieder baut und formt, ist nicht zu sehen, und es ist zweifelhaft, ob er aus der jetzt ins Theater eingerückten Generation schon kommt.

Die Kraft der Strategien

Was auf dem Theater geschieht, geschieht also aus den Bedürfnissen, aber auch den Vordispositionen der Zeit. Wer das Theater prägt, kann es vermittels seiner Fähigkeit, beides zu fassen und als szenische Sprache für seine Zeit zu formulieren. Gespür und Vision, verbunden mit starkem Willen, bilden sich zum Programm, das Programm verlangt nach Strategie. Auf dem Theater gibt es Strategien einzelner, aber auch Strategien ganzer Gruppen, das szenische Feld gemäß ihren Einsichten, ihrem Willen zu verändern. Im Theater gewinnt man manches durch Einfälle, durch ›Würfe‹, aber kaum etwas dauerndes, oder doch nur dann, wenn sie sich – wie etwa die Inszenierungen Fehlings – zu einem personalen Stil summieren.

Das Entscheidende ist fast immer durch programmatische Setzungen erreicht worden, die sich aus der Reflexion über den Zustand des jeweils gegenwärtigen Theaters ergaben. Das gilt schon für Lessing wie für Goethe und Schiller. So hat zum Beispiel Max Reinhardt, als er sich am Anfang dieses Jahrhunderts von Otto Brahm löste, für sich das Programm eines – vom Naturalismus abgesetzten – Theaters entworfen und schon die Strategie seiner künftigen Arbeit festgelegt. Dieser Entwurf heißt: »Über ein Theater, wie es mir vorschwebt«:

»Was mir vorschwebt, ist ein Theater, was den Menschen wieder Freude gibt. Das sie aus der grauen Alltagsmisere über sich selbst hinausführt in eine heitere und reine Luft der Schönheit. Ich fühle, wie es die Menschen satt haben, im Theater immer wieder das eigene Elend wiederzufinden und wie sie sich nach helleren Farben und einem erhöhten Leben sehnen. Die strenge Erziehung zu unerbittlicher Wahrheit[1] ist aus der Entwicklung nicht mehr wegzudenken..., aber ich möchte sie auf anderes anwenden als auf Zustands- und Umweltsschilderung, über Armeleutegeruch und die Probleme der Gesellschaftskritik hinaus, möchte denselben Grad von Wahrheit und Echtheit an das rein Menschliche wenden, in einer tiefen und verfeinerten Seelenkunst und möchte das Leben auch von einer anderen Seite zeigen als der pessimistischer Verneinung, aber ebenso wahr und echt auch im Heitern und erfüllt von Farbe und Licht..., und ich werde nicht müde werden... bis... man wieder die Musik des Wortes hört.«

Ein Text von 1901. Eine Willenserklärung, die doch aufs deutlichste zusammenfaßt, worauf Strategien im Theater aufbauen: Auf Erscheinungen des Überdrusses, auf Ungenügen, Erschöpfung des Vorhandenen und Verlangen nach anderem, auf Gespür für den Umschlag der Erwartungen und für das Erwartete, aber auch auf dem Sinn für die Arbeit der Vorgänger, die Vernunft der bisherigen Entwicklung (Reinhardt: »Die strenge Erziehung zu unerbittlicher Wahrheit ist aus der Entwicklung nicht mehr wegzudenken.«), auf der Definition seiner eigenen Reaktionen auf das Vorhandene und dem Erkennen der eigenen Ansprüche und – das Schwierigste – der Formulierung der Folgerungen als Vision dessen, was kommen soll. Aus solchem Anfang die eben be-

[1] gemeint ist die Schule Otto Brahms.

schriebene Strategie anwendend, hat Reinhardt seine ersten Inszenierungen entwickelt, sie im »Sommernachtstraum« (1905) manifest gemacht und aus der so gewonnenen Bestätigung sein Theaterimperium, das schließlich weit über Berlin hinausgriff, aufgebaut.

Bei Max Reinhardt hat Brecht den Sinn für die Rolle der Strategie im Theater erhalten. Brecht hatte nicht ohne Grund die Büste Napoleons auf dem Sims. Zu Brechts Strategie für die Eroberung des zeitgenössischen Theaters gehört nicht nur die ätzende Kritik am bestehenden (s. seine früheren Theaterkritiken), die Herstellung einiger das Vorhandene schlagende Stücke, das Eindringen in die Dramaturgien Otto Falckenbergs in München und Max Reinhardts und Erwin Piscators in Berlin, der Sprung nach und die Durchsetzung in Berlin, die Herstellung eines Freundeskreises zum Debattieren und Projektieren (und Adorieren), die Versorgung eines bekannten Kritikers mit Gesichtspunkten, die Uniformierung seiner Freundinnen, der Wille, ein Theater in die Hand zu bekommen – das gehörte auch dazu. Das Treibende war sein Verlangen nach einer anderen Art von Theater, und seine Schriften zum Theater sind Entwicklungsbücher für seine sich aus Beobachtungen und Erprobungen ergebende Einsicht, aus der sich die – später welterobernde – Strategie formulierte. Der strategische Stil vieler Texte Brechts ist deutlich genug:

»1. Schwierigkeiten werden nicht dadurch überwunden, daß sie verschwiegen werden. In der Praxis muß man einen Schritt nach dem andern machen – die Theorie muß den ganzen Marsch enthalten. Die erste Etappe sind die neuen Stoffe, der Marsch geht allerdings weiter…

2. Das erste ist also: die Erfassung der neuen Stoffe, das zweite: die Gestaltung der neuen Beziehungen. Grund: Kunst folgt der Wirklichkeit« (aus: »Über Stoffe und Form»).

Brecht mußte zwei strategische Feldzüge auf dem deutschen Theater führen, bis er sich durchgesetzt hatte, da der erste, der der zwanziger Jahre, durch die politischen Ereignisse von 1933, abgebrochen werden mußte. Der zweite begann bald nach Kriegsschluß. Die Notiz im »Arbeitsjournal« von 1947 sagt, daß er sich damals in der gleichen Ausgangssituation befand wie 1922. Sie heißt: »Die hauptsächliche Wirkung einer Produktion wie der meinen scheint heute zu sein, soviel wie möglich vom

Theater niederzureißen und zu ruinieren.« Als Brecht 1948 mit Max Frisch nach Konstanz in Hilperts Theater fuhr, war sein karger Satz auf dem Rückweg: »Man muß wieder ganz von vorn anfangen.« »Das kleine Organon« wurde danach das erste Strategie-Buch für die Durchsetzung eines Theaters des Lernens, »Theaterarbeit« das zweite, das sich schon auf die Praxis des neuen Anfangs in Ost-Berlin berief. Brecht hat auch von den Weimarer Klassikern gelernt, was Strategie in der Entwicklung der Kunst, in der Bereitstellung neuer, zeitgemäßer Formen und Themen, ist. Er las damals – als er den zweiten Feldzug begann – den Briefwechsel zwischen Goethe und Schiller.

Der Kampf der fünfziger Jahre

Das Theater der frühen fünfziger Jahre – in das Brecht zunächst nur zögernd hinein wirkte – war geprägt von vielen Versuchen der Wiederherstellung eines (antiheroischen) menschlichen Theaters, einer Pluralität der Themen und Spielformen. Gründgens verstand seine Arbeit in Düsseldorf und Hamburg als Wahrung und Rechtfertigung der großen klassischen Formen. Gustav Rudolf Sellner, der 1951 das Darmstädter Theater übernahm, gründete – unter Verzicht auf den Realismus von Ibsen bis Arthur Miller – ein an die moderne abstrakte Kunst angelehntes neuklassisches Theater, das mit Mimus, Maske, Choreographien, hochgetriebenen Rhythmen und Lauttürmen aus Sprache arbeitete, auf Klarheit und strenge, geschlossene Formen sah. Er wollte das zum Kunstakt gesteigerte Bild, das gleichwohl – durch Verweigerung aller Historizität – den Klassiker (der Jeßnerschen Devise verwandt) ›zum Zeitgenossen‹ machte. Sellners Strategie nannte sich ›instrumentales Theater‹ und die dazu gehörige Theorie verstand den Schauspieler ganz als Funktion, als Instrument für die Verwirklichung des Kunstwerks; ein Träger von Ideen, Gedanken, Stimmungen, Lauten und Melodien. Es mag in diesem Zusammenhang und als Charakterisierung der Theaterarbeit in den fünfziger Jahren beziehungsreich sein, daß die Strategie vom instrumentalen Theater nicht erst 1950, sondern schon 1942, im Augenblick der Scheitelhöhe des Hitlerreichs, formuliert war, nun aber, in den Fünfzigern, in denen ja die im Theater weiterarbeiteten, die schon vorher da waren, politisch gesäubert, poetisch durchtönt, ausgestattet mit der neuen, einst verfemten abstrakten Kunst, andersgesichtig in Erscheinung trat.

Heinrich Koch versuchte eine Vergeistigung des Spiels, indem er zuerst die dekorationslose Bühne propagierte (gegen die Fehling kritisch losdonnerte), dann das Spiel mit Hilfe einer runden Spielscheibe ordnete, die Zentrum und Peripherie in bezug auf das Stück definierte und den Schauspielern ihre Position im Hinblick darauf zuwies, wie intensiv sie am zentralen Vorgang teilnahmen (Koch-Platte). Es ging ihm um geistige Linien, Luzidität. Oscar Fritz Schuh wiederum wollte ein Theater, das sich als ›geistiger Raum‹ definieren konnte, in dem menschliche Schicksale erfaßt und auf ihre unbewußten Antriebe und Abhängigkeiten durchleuchtet wurden. Von den siebziger Jahren her gesehen war das Theater der Fünfziger trotz aller Unterscheidungen eine geschlossene Landschaft, in der die Politik, die Darlegung der sozialen Verhältnisse zugunsten der ideelichen, prinzipiellen Betrachtungen aufgegeben war oder doch soweit zurücktrat, wie eine Parabel von der Wirklichkeit selbst entfernt ist. Wie selbst das damals Gegensätzliche sich zueinander fügte, zeigte sich, als Gründgens seine Vorbehalte gegen Sellner aufgab und mit ihm den »Sommernachtstraum« machte, und noch einmal, als er Schuh zu seinem Nachfolger in Hamburg bestimmte. Mit Hilpert, mit Lothar Müthel, mit Karlheinz Stroux, auch mit Hans Schalla und den vorhin genannten waren es die in erste Positionen gerückten Kräfte, die auch das Theater im Dritten Reich schon mitgeprägt hatten, oder doch in ihm ihre Prägung erfuhren. Was sie in den fünfziger Jahren in Darmstadt, Bochum (Schalla), Düsseldorf (Stroux) und Frankfurt/Hamburg erreichten, war damals in seinen Spitzenleistungen eine vielbeklatschte Errungenschaft: der ›Wiederaufbau des Theaters‹ unter dem Prinzip einer neuen »klassizistischen Humanität«.

Aber – um der Sache nun die Wendung zu geben – wie sah sich dieses Theater von draußen an?

Die Rückkehr der Emigranten

Dem Emigranten Berthold Viertel erschien beim Betrachten dieses Theaters problematisch: »das Spielerische, das äußerlich vollendete, das Choreographische, das eine sauber geordnete Welt, eine glatte Maschinerie der Illusion in Bewegung setzt. Eine Welt ohne Perspektive, ohne Zwischentöne, malerisch aufgefaßt und durchgepinselt. Es fehlt diesem Spiel an Realität... Hat dieses Theater, das vor Ruinen spielt, heute die Funktion, der Not zu entfliehen, der Entscheidung auszuweichen?... Was sich da herauskristallisiert und offenbar eingebürgert hatte: eine wurzellose Ekstase und eine kaltprunkende Rhetorik, die das Offizielle, Repräsentative der Darstellung betonte und überbetonte, in jäher Abwechslung mit einer sich ins allzuleise Private und Unterprivate flüchtenden Diskretion. Manie und Depression folgten einander ohne Übergang«. – Viertel nannte, was er sah, einen »Reichskanzleistil« und meinte damit das Nachwirken des kalten Erlebnis-Theaters aus dem Dritten Reich. – Brechts Diagnose lautete 1948: »Weitermachen ist die Parole. Es wird verschoben und es wird verdrängt. Alles fürchtet das Einreißen, ohne daß das Aufbauen möglich ist.« Kortners Diagnose des Nachkriegstheaters stimmt damit überein. Er nannte, was er sah, »Nachexpressionismus«.

Viertel, Brecht, Kortner: Drei Emigranten, drei Rückkehrer um 1950, drei gleiche Befunde. Der vierte kommt 1951 dazu: Erwin Piscator. Bald notiert er in seinem Tagebuch: »Das deutsche Theater ist unwahrhaftig, falsch, verlogen, kalte Stilmache. Man sucht nicht nach Stücken, sondern nach Inszenierungsvorlagen. Und das tun die Talentierten, wie Sellner, Stroux, Gründgens, Kortner, Koch, Schalla – und die Untalentierten wie B... in gleichem Maße. So werden Klassiker und Moderne aus der Mottenkiste der zwanziger Jahre herausgeholt – und auf 1955 umpoliert. Man ist vom Sozialen und Soziologischen gelangweilt – hat aber damit auch die Beziehungen zum Alltag abgebrochen und kein Kriterium mehr – auch künstlerisch nicht – für unsere Realität... Stil – Inszenierung – und Schauspieler werden in den Dunst einer Pseudo-Wirklichkeit gestellt.«

Jeder der drei Emigranten beginnt – zum Teil in schwierigen, demütigenden Arbeitsverfahren – in dieses Nachkriegstheater einzudringen, langsam und mühsam die geschlossenen Formen aufzubrechen, Relativierungen und politische Inhalte zur Geltung zu bringen. Brecht hatte es, da er in Ost-Berlin bald eine Truppe und ein Theater bekam, nur scheinbar am leichtesten. Denn in der DDR hatte er sich gegen das Stanislawski-Dogma, das das Theater auf einen einfachen, direkten Realismus festlegte, zu wehren (Brechts Notizen im »Arbeitsjournal« sind voller Hohn), und in der Bundesrepublik auch noch gegen die

Fröntler des Kalten Krieges. Er brauchte Brückenschläger wie Harry Buckwitz (Frankfurt), um hier Fuß zu fassen und sich in jenem Theater drüben und gegen die Verteidiger hier durchzusetzen. – Piscator, kaum akzeptiert, wurde Reiseregisseur, (»Die Nichtwürdigung meiner Arbeit in Westdeutschland sagt nichts über mich – sie zeigt nur an den Stand des deutschen Theaters von heute. Formalismus – Virtuosentum – Stil! Kein Wille zur Erneuerung von innen her – den tatsächlichen Problemen.«), bis er 1962 – in der beginnenden Veränderung zu einem neuen politischen Theater – die Berliner Volksbühne übernehmen und nun mit jungen Autoren wie Kipphardt, Hochhuth und Weiss seine Strategie des neuen politischen Theaters, die der »tatsächlichen Probleme« durchsetzen konnte. Kortner fand als Schauspieler, menschliche Figuren energisch aufreißend und ihre Widersprüche zeigend, wieder schneller zurück, blieb aber lange verschrien als der »Schwierige«. Jedoch: Die Rückeroberung des deutschen Theaters durch die drei großen Emigranten zwischen 1950 und 1965 ist sicher der spektakulärste, trotzdem aber der am wenigsten beachtete Vorgang im deutschen Nachkriegstheater. Alle drei hatten einen gemeinsamen Willen: die »Stil-Kunst«, den Formalismus, die Gegenwartsflucht aufzuheben, die Realität als Gegenstand des Theaters wieder einzuführen. Alle drei wollten einen neuen Realismus, wenn auch jeder einen anderen. Brechts Realismus bestand auf der gesellschaftlichen Bedeutsamkeit der gestellten Fragen. Piscators Realismus wollte die direkte politische Wirkung und Fritz Kortner wollte ein Spiel ›unter der Lupe‹, in dem alles subtil und breit aufgefächert und untersuchbar war.

Mit den drei verschiedenen realistischen Methoden wurde das Theater der fünfziger Jahre (das aus dem deutschen Binnenstil hervorgegangen war) zunehmend durchsetzt und verändert. Es ging das nicht ohne den Glauben an die eigene Kraft, den eigenen »Auftrag«. Brecht sprach vom »Theater des wissenschaftlichen Zeitalters« und begründete seine untersuchende Methode daraus; Piscator schrieb: »Die neue Aufgabe des Theaters: Seinen Glauben an den Menschen wiederzugewinnen. Seine Vernunft, seine Ideen, Institutionen. Das Erreichte in der Wissenschaft – von der Relativität aller Dinge im Physikalischen – auch in der *Kunst* anwenden! Zu einer klügeren Kunst vordringen.« Kortner bestand darauf, daß die Wahrheit einer Figur, das sie im Innern

Bewegende, der Kampf der Kräfte in ihr, darzustellen sei; daß das Gute nicht das Schlechte zu unterschlagen habe. Der Realismus, den die Emigranten ins deutsche Nachkriegstheater einzubringen versuchten, hatte sein Gegenstück in der Rückkehr der Soziologen und Philosophen Horkheimer, Adorno, Herbert Marcuse, und die Aufzehrung der Philosophie durch die Soziologie. – Wogegen zum Beispiel Brecht sich durchzusetzen hatte, zeigen noch Oscar Fritz Schuhs Äußerungen von 1966: »Es bleibt noch zu beweisen«, sagte er, »ob der Kunst nur jeweils eine gesellschaftliche Funktion zugrunde lag, ob sie nur dazu da war, die herrschenden Klassen zu bedienen oder ob nicht vielleicht doch ihr göttlicher Ursprung das wahrhaft Beständige ihres Wertes ausmacht... Was hat das Theater auf lange Strecken steril gemacht? Daß es sich dem Geistigen entzogen hat. Wann aber wurde es reich? Wenn es fähig war, sich die Gedanken der bildhaften Gleichniswirkung zu eigen zu machen. Das Wesen des Theaters besteht in dem Abbild, das wir uns von uns selbst machen.« – Binnenstil und Exil-Stil: wer Themen sucht, findet sie hier.

Dar Wechsel des Materials

Bewegungen, Veränderungen der Art, wie wir sie beschrieben, vollziehen sich auf dem Theater durch einen fast totalen Wechsel des szenischen Materials. Neue Stoffe, neue Gesichtspunkte und Perspektiven bringen nicht nur das neue Stück hervor, bestimmen nicht nur dessen Gestalt (Gegensatzbeispiele: Hauptmann: »Einsame Menschen«, Bronnen: »Vatermord«), den Duktus der Szenen, Wahrscheinlichkeit und Verzerrung, Normalität oder Vergrößerung (Verkleinerung) des Auszustellenden (Darzustellenden). Der Wandel greift bis in die Details des Requisits, den Gebrauch des Lichts, in die Ausarbeitung von Bewegungen oder nur deren Andeutung, in die Darbietung, Anordnung oder Verweigerung von Kostüm. Der Wandel schafft sich eine eigene Gestalt der Bühne (Zuordnungen schematisch: Reinhardt: Drehbühne; Jeßner: Stufenbühne; Brecht: Demonstrations(Gardinen)bühne; Piscator: Gerüst- und Praktikabelbühne; Fehling: Raumbühne). Die Ausbildung der Brechtbühne ist zum Beispiel eng verbunden mit der Verwendung dieses szenischen Materials: Ansage, Song, Zwischentitel, Ausstieg aus der Rolle, zitiertes (statt illusionistisches) Requisit, Maske, Verzerrung, Übertreibung. Die Beschreibung des im Bezug zur Normalbühne seiner Zeit neuen Materials der Brechtbühne würde – bis in den Sprechton – einen großen Katalog der Materialbereicherung und Umfunktionierung alten szenischen Materials ergeben. Anläßlich der Betrachtung des Jeßnerschen Theaters und der Betrachtung Piscators haben wir jeweils den Umfang solchen Materialwechsels beschrieben. – Wo Verbindungen zwischen einzelnen Epochen und Stilen bleiben, wird auch Material weitergeführt, oft verdeckt. (So ist zum Beispiel im nationalsozialistischen Theater Hanns Johsts viel Material des Expressionismus versteckt.)

Jeder Materialwechsel versucht das gemeinte Neue optisch zu signalisieren. Was wichtiger ist: Jedem derartigen Materialwechsel liegt der Entzug des vorhandenen Materials zugrunde, an dessen Betrachtung das Auge sich gewöhnt hat. Im Materialwechsel der Bühne steckt also auch eine bewußte Verweigerung von Material. Die Angriffe auf das bestehende Theater, die in der zweiten Hälfte der sechziger Jahre vorgetragen wurden, haben wesentlich mit Materialverweigerung und Materialwechsel gearbeitet. Das gilt nicht nur für das Theater Peter Handkes, der als Material nur noch Wörter und zitierende Mäuler anbot, auch für die neue politisch aktivistische Bewegung, die Milieus durch dynamisch agierende Gruppen ersetzte, deren Spielmaterial die aktive Demonstration ihres Willens mit Hilfe des Körpers war. (»Lusitanischer Popanz«, »Inside-Out« usf.) – Die experimentellen Produktionen der Jahre zwischen 1964 und 1969 sind geradezu aus der Suche nach neuem Material und seiner Darbietung zu beschreiben. Es gab bewußt konzipierte Materialüberschwemmungen (Bazon Brock: »Theater der Position«, Experimenta 1966), die nicht nur ein Hinweis auf neue Materialien enthielten, sondern auch inhaltlich als Darstellung des von seiner eigenen Produktion bedrängten Menschen aufzufassen waren.

Materialwechsel dieser Art sind also nicht nur Folgen von Veränderungen von Stücken, sondern sind auch zu verstehen als bewußte Arbeitsakte zur Veränderung der bestehenden Gewohnheiten. Der Materialwechsel reicht bis in den Gebrauch tabuisierter Bewegungen. Der Tanz der Marie mit dem Tambourmajor (Woyzeck) mit seinem ganzen sexuellen Reiz war für das damalige Theater eine solche Insinuation, wie die Abtreibung in Wolfs »Cyankali«, die Masturbation in Kroetzens »Heimarbeit« oder die plötzliche Einführung des ganz nackten, aufsässigen Menschen in den szenischen Verweigerungsprozessen der sechziger Jahre. Auch die neue Brutalisierung der Ausdrucksmittel, etwa die Wiedereinführung des Blutes (Blutfarbe, blutende Wunde) gehört in dieses – bisher nicht beschriebene – Kapitel szenischer Arbeit. Mit der Verweigerung eingewöhnten und der Benutzung neuen oder neu zugerichteten (ungewohnten) Materials wird nicht nur ein neuer Inhalt skandalisiert, Materialwechsel wird selber insofern eine ästhetisch gesellschaftliche Aktion, als er die eingeübten Seh- und Vermittlungsgewohnheiten nicht mehr akzeptieren will. Auch im Material steckt Revolte. Zadeks Klassikerinszenierungen leben fast ganz vom Materialwechsel.

Interessen- und Perspektivenwechsel

Und was geschieht in diesem Geschiebe von Bewegungen, Positionswechseln, Strategien und Interessen, als das sich uns das Theater darstellte, mit den Stücken? Mit dem großen Vorrat, der sein eigenes Leben im Wechsel unserer Gefühle, Erlebnisse und Interessen hat?

In den fünfziger Jahren, als auf deutschen Theatern doppelt so viel klassische Stücke gespielt wurden wie in den Sechzigern, sagte Oscar Fritz Schuh (damals in Berlin, dann in Köln einer der führenden Intendanten): »Wenn heute jemand das Geschehen auf Cuba oder in Laos auf die Bühne brächte, so würden diese Themen keineswegs mehr jene Wirkungen ausüben, wie vergleichbare Themen in den zwanziger Jahren auf das Publikum ausgeübt hatten. Was heute auf dem Theater zu interessieren vermag, ist das Typische, das Gültige. Unsere Form ist das Gleichnis.«

Das heißt: Schuh – und es war nicht nur er – bevorzugte damals eine dramatisch-szenische Form, von der wir heute unsererseits sagen, was Schuh noch über das Zeitstück sagte: »Es ist fern.« In der Mitte der sechziger Jahre rückte uns das Zeitstück, das wir lange für eine erledigte, verworfene, unkünstlerische Form gehalten hatten, wieder nah. Das Theater wurde wieder von einer starken gesellschaftlichen Bewegung – der Protest-Bewegung – ergriffen. Es suchte wieder seine Gegenwart. Solche Vorgänge des Formenwechsels gehören zum stetigen Wechsel des Theaters.

Auch die Formen des Dramas haben ihre Zeit.

Damit soll nicht nur auf die Banalität verwiesen werden, daß dramatische Formen und Stücke zeitweise stumm werden und sich dann wieder aktualisieren können, wenn Interesse und Ausdrucks- und Anschauungsbedürfnisse sich ändern. Was wiederkommt, kommt auch anders wieder. Beim zweiten Durchgang sind dieselben Stücke andere Stücke.

Die fünfziger Jahre haben – entsprechend ihrer anderen Auffassung von der Aufgabe der Bühne (›geistiges Ereignis‹, ›Unsere Form ist das Gleichnis‹) – auch andere Stücke aus dem Vorrat in die Wiedererprobung genommen als wir. Als Strindberg um 1910 Sensation mit seinen Dramen machte, war die Spannung auf Strindberg ganz entscheidend von Strindbergs Stoffen bestimmt. Die Vokabeln von damals deuten es noch an: Kampf der Geschlechter, Frauenhasser, Erotomane, Zerstörer des Dramas, Phantast, Surrealist.

In den fünfziger Jahren war das Interesse an der stofflichen oder formalen Sensation Strindbergs erloschen. Man fragte nun in die Stücke hinein, welchen Inhalt sie jetzt freigäben. Der Blick auf Strindberg war durch die Kafka-Rezeption nach dem zweiten Weltkrieg verändert. Man sah nun die existentiellen Einsamkeiten, die geheimnisvolle Bildlichkeit in einer aufgeklärten Welt, die tiefere Dimension, Urbilder, Archetypen, den religiösen Grund in einer oft areligiösen Artikulation. Ähnlich öffnete sich in den fünfziger Jahren wieder ein Zugang zu den Stücken Pirandellos und O'Neills, die ebenfalls in den Zwanzigern mit der Sensation ihrer Stoffe Erfolg hatten. Auch hier richtete sich das Interesse jetzt auf die Hintergründigkeit und Fragwürdigkeit der menschlichen Existenz, auf die Frage: wie lebt man, gibt es Halt und wo? Der Verfall von Existenz, Schreckbilder des Sich-Entgleitens: O'Neills Dramen gelangen damals in vielen Aufführungen zu Urbildern, die sich tief einprägten: Kochs »Der Eismann kommt« oder Schuhs Inszenierung – ein Hauptereignis des Jahrzehnts – »Eines langen Tages Reise in die Nacht«, das 1975, von Noelte in Hamburg wieder aufgenommen, so fade wirkte, daß viele sich fragten: Das hat uns einmal erregt? Andererseits: Wer gab 1960 noch was auf Friedrich Wolfs Stück um den Paragraphen 218 und ähnliche Zeitstücke? Nun, im zweiten Durchgang enthält »Cyankali«, die Stoff- und Diskussionssensation von einst, da sich das Stück durch seine ganze soziale Konstellation schon historisiert hat, einen anderen, konkreten Wert. Unser soziales Interesse wird wieder geweckt. In dem nachfühlbaren Fall vom Sterben eines Mädchens, das sein Kind nicht austragen kann, ergreift wieder der menschliche Schmerz den Zuschauer. In einer Diskussion in Stuttgart fiel wieder das vergessene, verpönte, ausgestoßene Wort »Erschütterung«, und alle horchten auf. Die Stücke Ödön von Horváths und der Marieluise Fleißer sind erst im zweiten Durchgang, von Mitte der sechziger Jahre ab, erworben und ins Repertoire eingegliedert worden. Das heißt: erst nach den Lernprozessen der sechziger Jahre über den sozialen Zusammenhang von Sprechen, Denken, Fühlen, Reagieren mit den Formen der Erziehung, der sozialen Situation, mit der Rollenerwartung; erst mit der Debatte über Situationsstruktur und Fehlverhalten ist der Durchblick gelungen, haben die Stücke ihre dichterische Tiefe hinter ihrer einfachen Oberfläche preisgegeben.

Es scheint, daß wir uns jetzt, Mitte der siebziger Jahre, nach dem Wiedererwerb der fast gesamten realistischen dramatischen Literatur von Tschechow bis zu Gorki, die durch eben jene Lernprozesse gefördert wurde, auch den Stücken der fünfziger Jahre wieder näherten, von denen hier als Objekt der Gegenbewegungen der Sechziger einige Male die Rede war. Also eben jenen Stücken, die ihren Inhalt als Parabel (Beispiel) und Gleichnis vermitteln. Beginnt da schon der zweite Durchgang, einer, der auch Brechts einst aufregende, dann ganz verstummte späte, große Stücke einbezieht? Unsere Fragen auch an die Stücke der fünfziger Jahre sind andere geworden. Die Provokationen, die sie einst enthielten, greifen nicht mehr, und wir haben zu fragen, ob sie mehr an Auskunft über den Menschen enthalten als aus der ersten Begegnung in Erinnerung ist.

Selten hält das Theater für eine solche Frage auch ein Lehrbeispiel von außerordentlicher Klarheit parat. Zu den großen, schockierenden Stücken der fünfziger Jahre gehörte Jean Genets Schauspiel »Der Balkon«. Es ist eines der Zeichen eines beginnenden Rückgriffs in die Stücke jenes Jahrzehnts, daß fast parallel miteinander Wilfried Minks in Bochum und Giorgio Strehler in Mailand dieses Stück wieder inszenierten.

Minks beutete nur die Bildoberfläche dieses Stückes aus, schön, delikat – aber man spürte nur, daß die Provokation von einst verloren war. Strehler gelang ein tieferer Zugriff: Er verstrickte alle

Zuschauer in den Vorgang des Träumens und Denkens in alten Rollen, machte alle zu Teilhabern einer monströsen Gesellschaft und verschärfte viele Detailbilder so, daß sie eine ganz andere Bildschicht in dem Stück freilegten, als wir bisher sahen: die der Urbilder, in denen Urängste, Urzweifel, Urfaszinationen festgehalten waren.[1]

Das bildhafte Denken des Theaters ist – so vielfältig, ja so chaotisch es in der Summe der täglichen Produktionen erscheint – im Grunde auf zwei Bildprinzipien zurückzuführen. Auf die Darbietung des Zeitbildes und die des Urbildes. Dabei kann das Zeitbild ins Urbild, können Urbilder ins Zeitbild eindringen, die Vermischungen sind geläufig und am leichtesten heute auszumachen in Horváths Volksstücken. Ibsens Stücke, die einmal ganz als Zeitbilder rezipiert worden sind, haben früh solche Urbilder preisgegeben. Der junge Kortner hat sie schon entdeckt, als Bassermann in Otto Brahms Inszenierung den Oswald in den »Gespenstern« spielte. (Kortner: »Er spielte alle meine Ängste, meine Komplexe.«) Zu den Urbildern, die hier gefunden waren, gehört das Verlangen des verzweifelten, instabilen Mannes, seinen Kopf in den Schoß der Mutter zurückzudrängen. Kortner hat es in seiner Inszenierung der »Gespenster« wiederholt. Es ist auch eines der kurz zitierten Urbilder in Strehlers Inszenierung des »Balkon«, hier freilich ins Erschreckende variiert und obszönisiert, in den Schoß der großen Hure zu gelangen.

Der Durchgang durch das ›politische Theater‹, das das ›Zeitbild‹ sucht, hat gezeigt, daß es ohne diese tief im Unterbewußten rezeptierfähigen Bilder auskommen will. Verlangend nach ›Wirkung in die Zeit‹ vermeidet es den Verweis auf die alten, unabstreifbaren Bindungen. Trotzdem kann es nicht ganz ohne Urbildhaftes auskommen. So benutzt es gern die Kopie der dem politischen Engagement verhaßten Gestalten auf die Inbilder, die wir von Schreckfiguren in uns tragen.

Zu den Wechsel- und Austauschvorgängen auf dem Theater gehört auch der von Zeittheater und dichterischem Theater. Er ist begründbar aus geistigen, politisch-gesellschaftlichen Prozessen, aus dem Leben der Gefühle wie den Erkenntnisprozessen, die sich aus den Wissenschaften herleiten. Die Lebensphase eines direkten aggressiven Zeittheaters ist, wie die Beispiele der zwanziger und sechziger Jahre zeigen, relativ kurz. Sie dauert kaum ein

[1] s. dazu: »Theater heute«. Juni und Juli 1976.

Jahrzehnt. Dies nicht nur, weil das Material des Zeittheaters sich schnell vernutzt – auch das Material des dichterischen Theaters, als das sich doch das Theater der fünfziger Jahre verstand, vernutzt sich – sondern weil es ›die Situation‹ braucht, die es zur Wirkung bringt, weil nur die Situation ihm die Last der Kunst-Legitimation erleichtert oder sogar ganz abnimmt. – In dem geschichtlichen Prozeß, als der sich uns die Arbeit auf dem Theater (Theaterspiel) darstellt, geraten auch die Theatertruppen in wechselnde Positionen. Aus Brechts »Berliner Ensemble« ist bald eine Bühne geworden, die nur noch die Erinnerung an Brecht wachhielt, ein Sanktuarium, das nun versucht, wieder eine Führungsfunktion zurückzugewinnen. Das Gründgens-Theater fiel, mit Gründgens' Abgang und Tod schnell aus der Diskussion, schien plötzlich alt, für die neueren Bewegungen fast bedeutungslos geworden zu sein mit seinem Ordnungs- und Kunstbegriff, seiner großen Rhetorik, so, als sei es von der Zeit längst unterlaufen gewesen. Die Frankfurter Truppe unter Peter Palitzsch wird vielleicht bald dahin kommen, ihr kritisch-analytisches Arbeitsverfahren, das die schärfste Ausprägung der Tendenzen zwischen 1965 und 1975 zeigt, als Gegenposition gegen andere Entwicklungen verteidigen zu müssen. Auch das ist ein Aspekt zum Thema: Bewegungen auf dem Theater.

Sie auszumachen, zu erklären und zu werten kann helfen, das jeden Abend neu sich herstellende Chaos auf dem Theater zu durchdringen. Diese Bewegungen sind ein Teil von dem, was sich in uns und an uns vollzieht und zum Reagieren herausfordert.

Der Bürger, sein Theater und sein Geld

Argumentationshilfen für Parlamentarier und Verteidiger des Theaters

Den Begriff Theater kann man ohne den Begriff Geld zwar theoretisch denken, aber nicht praktisch. Geld gehört zwar nicht zum Ursprung des Theaters, aber doch zu seiner Entfaltung, zu seiner Geschichte. Die Geschichte des Theaters ist sowohl die Geschichte seiner stetigen Verteuerung, wie der Versuche, diese durch Rückgriff auf kleinere Formen, einen nicht-arrivierten Schauspielertypus oder künstliche Verarmung wieder zu unterbinden. Kunst und Geld: das wurden im Lauf der Zeit Geschwister. Sie sind durch Haßliebe aneinander gefesselt. Zeitweise leben sie in großer Spannung zueinander, zeitweise problemlos.

Problemlos waren die Beziehungen zwischen beiden zum Beispiel in den fünfziger Jahren, in der Phase des Wiederaufbaus, des schnell steigenden Sozialprodukts, als das Theater selber den Weg aus der Armut in den Reichtum in der Wiederherstellung seiner Gehäuse und großen Spielkörper sichtbar machte. Diese Beziehungen waren nicht deswegen unproblematisch, weil genug Geld da war (man hätte es für andere Dinge auch nötig gebraucht), sondern weil die Aufwendungen für das Theater nicht bezweifelt wurden. Das hing damit zusammen, daß das Theater gleich nach dem Zusammensturz des Dritten Reiches durch seine zurückgewonnene Freiheit, die Spiellust der Überlebenden wie das Hereinholen der bis dahin ausgeschlossenen Welt-Dramatik viel zur Behebung des geistigen Elends von 1945 beitrug. Inmitten der psychischen Depression setzte es das damals erste und hoffnungsvollste Zeichen, daß es weitergehe. Daß ein Theaterstück, nämlich »Wir sind noch einmal davongekommen«, die Zeitstimmung ausdrückte, bestätigt den Sachverhalt.

Mit dem Schauspieler erschien nach dem heroischen wieder der spielende Mensch. Damals entstand eine Leidenschaft für Theater, wie sie nur ein-, zweimal im Jahrhundert in Deutschland ausbricht. Diese Dankbarkeit durchdauerte die ganzen fünfziger Jahre und reichte bis in den Anfang der Sechziger. Sie verband sich mit dem Bedürfnis der Städte, im Zuge ihres eigenen Wiederaufbaus, der Kommune ein kulturelles Zentrum zu bauen, das sie nach innen belebe und nach außen repräsentiere. Die kulturelle Energie, verbunden mit dem schnell wieder wachsenden Repräsentationsdenken, richtete sich damals vor allem auf das Theater, so daß sich nach der Vernichtung fast des ganzen Theatersystems im Bombenkrieg beinahe unbezweifelt jene theaterbezogene kulturelle Struktur im zerschlagenen Deutschland wiederherstellte, die das Bürgertum sich im neunzehnten und am Anfang des zwanzigsten Jahrhunderts geschaffen hatte. Neben dem Rathaus das Theater, ein zweites Zentrum gegen Dom und Stadtkirche, vorrangig fast noch vor der Universität.

Nur so ist zu erklären, daß von 1950 ab nicht nur wieder die alten Theater neu gebaut, sondern auch immer größere und – für damalige Begriffe – auch immer schönere eröffnet wurden. Die Häuser enthalten die großen Träume der Theaterleute und Architekten wie der staatlichen und kommunalen Behörden, daß die Zukunft eine Zeit des großen Theaters sein werde. Komplizierteste Techniken, variable Bühnen und Parketts: kaum etwas war zu teuer. Für den Wiederaufbau von ca. 80 Theatern wurden insgesamt etwa zwei Milliarden Mark aufgebracht.

Diese Epoche des Wiederaufbaus ging erst im Sommer 1975 – durch viele Verzögerungen bedingt – mit der Eröffnung des Badischen Staatstheaters in Karlsruhe zu Ende. Zu einer Zeit also, in der das Theater nicht nur in einer Krise seiner Inhalte steckt, sondern auch deutlich vor Augen steht, daß schon dieser Wiederaufbau zu teuer war. Denn dieses stolze System, um das uns andere Länder so beneiden, daß sie es nachzuahmen beginnen, kostet nun immer mehr und immer heftiger bestrittenes Geld. Und das nicht nur wegen der anhaltenden allgemeinen Teuerung. Auch wegen der Überdimensionierung der Bühnen, der üppigsten Personal-Apparaturen, die – einst bedenkenlos eingerichtet – heute nur schwer reduzierbar sind, weil die inzwischen auch im Theater mächtig gewordene Gewerkschaft jeden Arbeitsplatz erhalten wissen will und die Kommunen sich vor dem ›unsozialen Konflikt‹ scheuen.

Schon Mitte der sechziger Jahre wurde sichtbar und spätestens 1968 klar, daß die Etats der Theater auf die Dauer nicht im gleichen Verhältnis wachsen können/dürfen wie die Gesamtetats der Städte. Jede Million mehr wurde zu einem kommunalpolitischen Streitobjekt. Als 1974 die Vorausberechnungen auf die Haushalte von 1975 ergaben, daß allein dem Bund 55 Milliarden an

Steuereinnahmen fehlen, die Länder und Städte sich inzwischen noch einmal stärker schrumpfende – Steuereinnahmen errechneten, wurden in den Kultus- und Finanzministerien die Rotstifte gespitzt. Sparbescheide kamen in die Häuser, oft von beträchtlichem Ausmaß (Hannover: zwei Millionen), anderen wurde die Etateinschränkung dadurch auferlegt, daß die wachsenden Kosten bei gleichbleibendem Etat einzubringen waren. Die Lage der Theater unterschied sich zwar von Land zu Land, je nach der Vorsorge, die getroffen war. Aber die Sorge ist allgemein: wie lange können wir uns dieses System von Theatern, das immer teurer wird, noch leisten und warum?

Das schlimme ist: die Angriffe auf die Etats der Theater sind heute populär und werden es wohl mit den steigenden Zahlen immer mehr. Aber in den Theatern fragt man sich, wie man bei einem Etat, der zu achtzig Prozent Kosten enthält, die durch schwer kündbare Arbeitsverträge fixiert sind, wirklich gravierende Summen sparen kann. So ist der Zugriff nur frei auf die Ausgaben für die künstlerische Produktion, sprich: die Inszenierung. Erster Angriffspunkt wird allgemein dann das Bühnenbild, dann: die Halbierung oder Abschaffung des Balletts, dann die Verkleinerung des Ensembles, weil es da kurzfristig aufhebbare Verträge gibt. Kurz: zu sparen ist unmittelbar nur an dem künstlerischen Produkt, das doch das Publikum erst ins Theater treiben, das heißt, zum Zahlen veranlassen soll. Es stimmt nicht, daß sich nur die Katzen in den Schwanz beißen.

Einige Städte haben in der letzten Zeit das Handtuch geworfen: Cuxhaven hat sein Schauspiel aufgelöst, Oberhausen auch. In Hamburg ist die 1975 plötzlich aufgebrochene Diskussion, ob man sich das Deutsche Schauspielhaus und das Thalia-Theater nebeneinander leisten könne, aus innenpolitischen Gründen eher erstickt als aufgehoben. Und wenn der in Dortmund vorgetragene Plan, die Oper (in einem der opulenten Nachkriegsbauten) zu schließen, schließlich mit dem Entschluß ad acta gelegt wurde, sie noch mehr zu fördern, so ist die drohende Gebärde, das Signal der Veränderung doch geblieben. Und schon ist der Vorschlag aus der Schublade, der vorsieht, im Rhein-Ruhrgebiet, in dem zur Zeit fast zehn Opernhäuser Inszenierungen anbieten, nur noch vier große Opern zu belassen. Schrumpfung der Zahl, Umorganisation der übersetzten Region: auch da steht die Frage zu beantworten, ob wir in den schnell zusammenwachsenden, von den Verkehrsmitteln immer näher zusammengebundenen Regionen überhaupt noch so viele Theater brauchen? Es ist nicht nur das Geld, das unsere Frage hervorbringt, sondern auch die Veränderung innerhalb der geo-sozialen Strukturen.

So sieht die Rechnung aus: In der Spielzeit 1969/70 haben die etwa einhundertundsiebzig deutschen Theater (öffentliche und private) eine Gesamtsubvention von Seiten der Länder und Städte in Höhe von 488 Millionen Mark erhalten. In der Spielzeit 1973/74 war der Subventionsbedarf 924,4 Millionen; die Gesamtaufwendungen für die 83 Theater der öffentlichen Hand betrugen 1,12 Milliarden (Subvention plus Einspielgeld). Das heißt zwar: die Etats der Theater sind nur entsprechend der allgemeinen Teuerung gewachsen. Im Jahr 1978 kommen wir bei anhaltender Steigerung aber schon auf weit über eine Milliarde Mark Subvention. Nicht die relative Zahl schreckt die Kommunalpolitiker, sondern diese absolute. Sie erhöht allgemein den Zweifel am Sinn der Subvention.

Umgerechnet heißt sie: die Subvention wächst pro Theaterplatz von Jahr zu Jahr um fünf Mark. In Oldenburg zum Beispiel und vergleichbaren Städten war 1974 jeder Platz abends mit 22 Mark subventioniert, der Durchschnittswert in Niedersachsen liegt bei etwa 27,50 (Ende 1974), in Nordrhein-Westfalen bei 40,15 Mark, in Berlin bei 48 Mark. Auch jeder nicht besetzte Platz kostet Abend für Abend diesen Betrag. Subventioniert wird also auch der Besucher, der nicht kommt, denn auch ihm wird Abend für Abend ein Angebot gemacht. Die Frage stellt sich: ist das sinnvoll, wer nimmt das Angebot überhaupt wahr, für wen dieses viele Geld?

Für die 3500 Schauspieler (von etwa 20000), die in die Planstellen der öffentlichen Theater eingerückt sind? Für die drei- bis vierhundert Regisseure, die etwa 3000 Musiker der Opernorchester, für die Sänger, die zum großen Teil schon Ausländer sind? Selbst wenn man davon ausgeht, daß jeder, auch der spielende Mensch, einen Anspruch auf einen Arbeitsplatz hat – und das Theater ist auch ein Arbeitsplatz – so wäre dies der fast am teuersten bezahlte; wird er doch erhalten für die Herstellung eines Produkts, das längst nicht mehr auf rentable Verkäuflichkeit rechnen kann. Vor zehn Jahren wurden noch etwa dreißig Prozent des Gesamtetats durch Eintrittsgebühren eingespielt. Der Prozentsatz sinkt immer mehr und rutscht auf jene zehn bis fünfzehn Prozent herunter, die die reinen Sachkosten (nicht: Personalkosten) ausmachen. Warum? Weil die Materialkosten, die Strompreise und die Löhne steigen, weil aber auch die Verkürzung der Arbeitszeit, die den Probenbetrieb beeinträchtigt, Überstundenzahlung nötig macht – und dies bei stagnierenden Einnahmen. Denn die Eintrittsgelder sind nur schwer zu erhöhen in einer Institution, die im allgemeinen Verständnis als eine öffentliche und soziale gilt, wenn auch inzwischen in den Großstädten ein Kinoplatz so teuer ist wie ein Platz im Theater.

Aber auch mit dem Hinweis darauf, daß das deutsche Theatersystem über 50000 Arbeitsplätze enthält, daß also jedes Theater in sich ein kleiner Produktionsbetrieb ist (die kleineren Stadttheater haben etwa 300, die großen bis zu tausend Arbeitnehmer), kann man die Subvention kaum rechtfertigen.

Fragen wir also vom Publikum her: für wieviel Theaterbesucher wird der große Apparat des deutschen Theaters unterhalten? In der Spielzeit 1972/73 waren es 17,5 Millionen. Der Zahl nach ist das ein Viertel der gesamten Bevölkerung. Vor der Zeit der Kulturrevolte, 1966/67, waren es noch zwanzig Millionen. In diesen unruhigen Jahren zwischen 1968 und 1972 hat eine Publikumsvertreibung stattgefunden, denn das Theater wird immer als erstes Instrument von geistig/gesellschaftlichen Veränderungen erfaßt, aus Gründen, auf die wir noch kommen. Der Verlust ist bis heute nicht aufgeholt. Die Spielzeit 1974/75 hat etwa 18 Millionen Besucher gebracht. Da jeder Theaterbesucher drei bis viermal durchschnittlich in der Saison ins Theater geht, bedeuten die 18 Millionen Besuche etwa fünf Millionen Besucher. Das sind etwa acht Prozent der gesamten Bevölkerung der Bundesrepublik.

Es ist dieser Prozentsatz, der in den letzten Jahren vor allem dazu diente, die hohen Subventionen zu kritisieren. Acht Prozent: ein Theater für das Volk ist das nicht, aber – das ganze Volk bezahlt?

Die Frage ist so plausibel wie unsinnig (schließlich subventionieren Autofahrer auch die Eisenbahnen und Vegetarier die Fleischmast, Fußgänger den Autostraßenbau.) Aber sie wurde in den Jahren des Protests verschärft durch zwei Argumente; nämlich: Diese acht Prozent seien immer dieselben Leute, Bildungsbürger. Also wurde gefolgert: die Subvention rechtfertige sich nur, wenn mehr Arbeiter ins Theater gebracht würden. Das andere hieß: das angestammte Bildungsbürgertum erwarte vom Theater die Bedienung seiner Gefühle und Unterhaltungswünsche; es blockiere jede neue, gesellschaftlich fortschrittliche Theaterarbeit, es verweigere die Auseinandersetzung mit den wichtigen aktuellen Fragen. Es fessele das Theater, genauer, die Theatermacher, die nach einem anderen Theater suchten; noch genauer: die jungen Kräfte, die sich mit Hilfe der neuen Ausdrucksformen auf ihm darstellen wollten.

Beide Argumente wurden von verschiedenen Seiten vorgetragen: von Sozialkritikern und von Künstlern. Da beide das bürgerliche Publikum trafen, vereinigten sich die verschiedenen Argumente auch in den Ensembles. Es kam an manchen Bühnen zu jenen forcierten Inszenierungen, die allein auf das Aufbrechen des hermetischen, traditionell gestimmten Zuschauerblocks, Reizwort: die schläfrigen Abonnenten, gerichtet waren. Gegen sie gab es Schockinszenierungen. Die Abwanderung jener vorhin erwähnten zwei Millionen begann. War das aber nur eine Aktion gegen den Bildungsbürger, der mit seinen Erwartungen, seinen alten Gefühlen das Theater verstopfte?

Von heute aus sieht sich diese Auseinandersetzung an als eine Variante des alle 15 Jahre auf dem Theater geübten Versuchs, sich von den schnell eintretenden Verkrustungen der Kunst zu befreien, die Verbeamtung des Betriebs zu lockern. Sie sieht sich auch an als der Vollzug eines Generationswechsels auf der Bühne wie im Publikum. Jetzt, da diese Phase zu Ende geht, kann man als Bilanz ziehen: Die Zahl der Arbeiter hat sich in den Theatern kaum erhöht; sie ist auch nicht beliebig erhöhbar. Daß das so ist, hängt mit den Darbietungsproblemen des Theaters selbst zusammen, mit dem Zerlegen einer Handlung, seiner bildhaften Metaphernsprache, dem System seiner Anspielungen und Symbole, die eine gewisse Vorbereitung und Aufgeschlossenheit für übersetzt vorgetragene Stoffe und Assoziationskraft, kurz eine große Rezeptionsfähigkeit verlangen. Anders gesagt, eine sinnliche Empfindungskraft, die um so differenzierter ausgebildet sein muß, je mehr sich der theatralische Vorgang von der reinen Aktion in die metaphorischen Bedeutungen ausdehnt. Selbst in der DDR und Volkspolen beträgt der Anteil der Arbeiter (und das unter Einberechnung der Gemeinschaftsbesuche der Betriebe) nur 15 Prozent.

Aber festzuhalten ist doch: eine wahrnehmbare Verjüngung des

Publikums. Dieser neue Zuschauertypus macht die Spielpläne variabler. Diese Verjüngung mildert zwar auch die harte und hartnäckig vorgetragene Frage: subventionieren, wenn das Publikum wegläuft? Aber sie bringt sie nicht aus der Welt.

Der Publikumsschwund hat freilich auch im Theater selbst den Sinn für die Realität der Finanzierung wieder wachsen lassen. Man hat wieder begriffen, daß auf Dauer nicht Theater für die Theatermacher, sondern nur im Hinblick auf das Publikum, das heißt, im Hinblick auf den Bürger gemacht werden kann.

Da eine generelle Umschichtung des Publikums in der ›kleinen Kulturrevolution‹ nicht gelang, mit einer wirklichen Veränderung auch nicht mehr zu rechnen ist, wurde auch das alte Publikum als Partner wieder akzeptiert. Es zählte wieder jeder, der zahlt.

Nur: selbst wenn die verlorenen zwei Millionen Besucher jetzt langsam wieder zurückkehren, verändert sich der Prozentsatz der Theaterbesucher in der gesamten Bevölkerung nur wenig und die Frage, warum man das Theater subventioniere, hebt sich noch immer nicht auf. Aus jenen Protestjahren mit ihrer vehementen Kritik ist eine drängende Frage zurückgeblieben, die nach dem Sinn von Theater überhaupt. So, wie es 1967 bestand, wurde es von der forcierten Kritik verworfen als ein von der Bourgeoisie übernommenes feudales Lustinstrument, als Stätte eitler Selbstbespiegelung, einer abgebrauchten Kunstreligion, als öffentliches Haus für Voyeure, das die Zuschauerhaltung zu den öffentlichen Ereignissen nur fördere. Gewichtiger war freilich das Argument, daß die überkommenen Prioritäten in der Subventionierung der kulturellen Einrichtungen – subventioniert wird ja nicht nur das Theater – angesichts der geänderten kulturellen Bedürfnisse in der Gesellschaft verändert werden müßten. Es ist unbestreitbar: im Verhältnis zu allen anderen kulturellen Institutionen (außer den Universitäten) wurde das Theater aus dem großen Säckel bevorzugt bedient. Inzwischen hat sich das Feld der staatlichen und kommunalen Kulturarbeit beträchtlich erweitert, neue Verpflichtungen sind entstanden. Die Museen, die zur Zeit in ein neues Interesse des Publikums rücken, das sich seiner Geschichte wieder versichern will, brauchen mehr Mittel; sie können auf den Kunstmärkten wegen ihrer knappen Ankaufsetats kaum noch mitbieten. Die Erhöhung der Betriebskosten geht zu Lasten des Ausstellungsprogramms. Die Kunstvereine brauchen mehr Geld für ihre Ausstellungen, denn die Versicherungskosten sind hoch. Vor allem: die Volkshochschulen sind auszubauen, ein hauptberuflicher Lehrerstamm an ihnen einzurichten. Kommt noch ein kommunales Kino hinzu, so ist zu sehen: die Mittel für die Kultur werden heute von mehr Leuten beansprucht, die alle auf den Löwenanteil des Theaters an der Kulturfinanzierung zeigen. Vom Hamburger Kulturhaushalt, der 93 Millionen beträgt, fließen allein den Hamburger Theatern 56 Millionen Mark zu. Gleichzeitig hat sich auch die Meinung verbreitet, das Theater sei durch das Fernsehen um einige seiner bisherigen Funktionen gebracht, das Verlangen nach Unterhaltung, Belehrung und Darstellung sei durch das Fernsehspiel erfüllt, es reichten zehn sehr gute Theater, deren Produktionen man abfotografieren und durch das Fernsehen verbreiten und so wirklich allen zugänglich machen könne. Sozusagen – um einen SPD-Terminus aufzugreifen – als »flächendeckende Kulturarbeit«.

In all dem steckt ein Vorbehalt, ein Mißtrauen gegen das Institut Theater, das also sowohl strukturell, ideell und auch von seiner wirtschaftlichen Basis her gefährdet ist. Das heißt: Die Subventionen stehen mehr denn je unter Druck, die Kontrolle wird schärfer. Das ist ja nicht schlecht. Aber all das geschieht auch in einem Augenblick, in dem sich das Theater nicht durch Vorzeigen einer starken dramatischen Produktion rechtfertigen kann, die das Publikum spüren lassen könnte, was es an diesem Instrument hat. So ist die Hauptfrage von vielen Seiten her gestellt: Sollen, können wir uns das Theater noch leisten, warum subventionieren wir es und warum ist es uns soviel wert?

Daß wir es subventionieren ist erklärbar aus bestimmten historischen Prozessen, zum Beispiel aus der festen Ansiedlung von Schauspieltruppen an den Fürstenhöfen, die aus der Privatschatulle finanziert wurden – auch das war »öffentliches Geld«. Oder aus seiner Indienststellung für bewußte künstlerische Arbeit in den Städten. Soweit es private Theater von Bedeutung gab, zum Teil als Aktiengesellschaften geführt, sind die spätestens Anfang der dreißiger Jahre in städtisch/staatliche Regie übergegangen (Musterbeispiel: Max Reinhardts Deutsches Theater, heute Staatstheater der DDR). Auch die kleinen Privatbühnen sind heute ohne öffentliche Beihilfen kaum lebensfähig.

Mit solchem historischen Hinweis kann man sich aber kaum zufriedengeben. Es gibt einen tieferen Zusammenhang, der das

Theater so fest in unsere Aufmerksamkeit bindet: in kaum einem anderen Land (Polen ausgenommen) ist das Theater politisch so eng mit der nationalen Geschichte verbunden.

Eine Theaterkultur hat sich in Deutschland erst mit der – französische Hofusancen nachahmenden – Einrichtung der Theater an den vielen Residenzen in der deutschen Kleinstaaterei hergestellt. Hoftheater: das war zwar ein Gebilde der feudalen Repräsentation, aber es wurde etwas anderes, nämlich ein sich mehr und mehr vereinheitlichendes Instrument kultureller Äußerungen zwischen Stuttgart und Königsberg, ein Instrument, das bald von den Dichtern aus dem sich emanzipierenden Stand des Bürgertums infiltriert, dann okkupiert wurde. Der Eintritt Lessings in die Geschichte von Drama und Theater ist bis heute das sichtbare Signal für den bürgerlichen Anspruch, das einst feudale Instrumentarium zu benutzen. Er ist das Signal für die Ausbildung einer eigenständigen nationalen Kultur mit Hilfe eines aus dem französischen Vorbild befreiten Dramas und Theaters: Ein Signal also auch für die Herstellung eines neuen Dramas, das die Probleme des sich von 1760 ab emanzipierenden Standes, des Bürgertums, darstellen und damit gesellschaftlich funktionsfähig werden konnte. Eines Dramas und Theaters, das sowohl fähig war zur Kritik am Bestehenden wie am Vorzeigen und Ausbilden neuer Werte, fähig zur Darstellung problematischer oder problematisierbarer, aber auch musterhafter Verhaltensweisen (in dieser Reihenfolge: Miss Sarah Sampson, Emilia Galotti, Nathan der Weise). Anders gesagt: der Anfang unseres bürgerlichen Theaters ist eingebettet in einen Akt sozialer Emanzipation des Bürgertums. So wurde das Theater selbst eines seiner maßgebenden kulturellen Werkzeuge. Das bürgerliche Publikum begegnete hier seinen Problemen (und immer weniger denen der Aristokratie, die das offizielle Theater bis dahin prägten). Diese frühe Programmierung, die in einem historisch entscheidenden Augenblick vor sich ging, war vor allem deswegen von Dauer, weil die ersten deutschen Dramen zugleich die bis heute besten wurden, denn die Theaterdichter der ersten fünfzig Jahre entwarfen als Dramen wirklich Denk-Bilder schicksalhafter Art, die sowohl Probleme des bürgerlichen Standes wie seiner Anschauungen und Einstellungen behandelten und die im individuellen Fall auch immer wieder Probleme des Ganzen enthielten. Diese dichterisch-szenische Arbeit ging nicht nur zeitlich zusammen mit der Suche nach nationaler Identität, sie wurde deren Ausdruck. Weil die nationale Identität auf Grund der politischen Realität (der Zerspaltung in über hundert Kleinstaaten) nicht möglich war, entstand die Idee einer Nationalbühne, alle geistig Interessierten zusammenzufassen, die mit Lessing ihren Vor-Denker hatte. Der zwischen Lessing und Schiller sich umkehrende Satz: »Hätten wir eine Schaubühne, hätten wir auch eine Nation«, »Hätten wir eine Nation, hätten wir auch eine Schaubühne« zeigt, trotz des Erkenntniswandels, trotz der Enttäuschung, die in der Umkehrung des Satzes steckt, auf einen Zusammenhang von Theater und deutscher Politik, der von Anfang an war. Es war – als Entwurf – ein Bildungsinstrument; Bildung verstanden als Heranbildung eines gemeinsamen Bewußtseins und Betrachtens. Das war von Anfang an politisch gemeint, wurde auf die Dauer oftmals aber auch eine Ersatzidee, die anstelle des verhinderten politischen Handelns trat und damit: ein Zufluchtsraum.

Das Publikum erhielt im Theater aber nicht nur diese Ersatzidee für die zurückbleibende politische Realität. Das Theater war selbst ein Instrument der Kultivierung und Versittlichung. Das Exemplarische an Goethes und Schillers Leben ist, daß sie, die als bürgerliche Rebellen ihrer Generation begannen, Drama und Bühne in den Prozeß ihrer eigenen ästhetischen Erziehung einbezogen und diesen zum Muster einer allgemeinen machten. Die Idee einer ästhetischen Erziehung, und diese enthielt die Idee einer sittlichen Erziehung, die in Weimar und Jena formuliert wurde, ist vorab mit Hilfe der Schaubühne, die das direkteste, öffentliche Instrument künstlerischer Äußerung ist, vorgetragen worden. Die Weimarische Dramaturgie, die das folgende Jahrhundert – freilich unter manchen Deformationen – durchwirkte, enthielt den Entwurf eines gemeinsamen, die politischen wie sozialen und territorialen Trennungen übergreifenden Erlebnisses. Darum richtete sie sich ganz aus auf die Schaffung gemeinsamer moralischer Denkbilder auf der Bühne. So verstanden war die Weimarische Dramaturgie Werkstattarbeit für eine Kulturplanung, die die weiteste, prägendste Wirkung hatte.

Wir wollen nicht ausufern in eine Vorlesung zur Theatergeschichte, aber der historische Exkurs liefert doch einen Grund für die Beantwortung unserer Frage, ob der Aufwand für unser Theater sich noch rechtfertige. Wir müssen doch die historische Leistung des Instruments Theater festhalten: Über das Theater wurde durchgesetzt: ein gemeinsamer Besitz an Dichtung (das Drama ist weitläufiger als der Roman), die gemeinsame Hochsprache, die Bühnensprache ist, und das Bewußtsein von Gemeinsamkeit in einer sichtbar gemachten gemeinsamen Kultur. So verhalf das Theater zu einem Überbau über die politischen Grenzen hinweg – freilich: auch zu einem Überbau über die politische Misere. Diese historischen Funktionen sind bis heute nicht aufgehoben.

Erinnern wir an folgendes: Das Theater stellt auch noch heute die deutsche Kulturnation dar, über alle staatlichen Zergliederungen hinweg, dies vermittels der Hochsprache, die in Zürich, in Wien und Graz, in Köln, Dessau und Frankfurt/Oder sich gleichmäßig akzentuiert. Ein Theater erhält mit Hilfe des ›klassischen Erbes‹ von Lessing bis Hauptmann den geistig-geschichtlichen Zusammenhang zum Beispiel auch mit dem Publikum in der DDR und verlängert ihn durch den Austausch der neuen Stücke. Diese politische Bindekraft des Theaters ist zwar nicht meßbar, aber auch nicht bestreitbar.

Wir haben vorhin gesagt, das Theater habe oft auch die Ersatzfunktion für nicht realisierte politische Vorstellungen erhalten. Über das Theater liefen immer wieder die aggressiven gesellschaftlichen Stöße, die wir die geistigen Revolten nennen. Revolte geschieht in Deutschland immer in und mit Hilfe der Kunst. Zur Zeit des Sturm und Drang, im Theater des Vormärz, im naturalistischen Schock von 1890, der den sozialen Aspekt in den selbstgefälligen Wilhelminismus einschob, wie in der expressionistischen Revolte von 1918/19. Die Weimarische Dramaturgie Goethes und Schillers erhielt in diesem Jahrhundert ihr Gegenstück in der Berliner Dramaturgie von Piscator und Brecht, die ebenfalls das Jahrhundert prägt, und die in der kritischen Aufarbeitung gesellschaftlicher Stoffe und der Entwicklung Probleme-darlegender, entdramatisierter Darstellungsweisen bestand. Die (katholisierende) Ära Adenauer wurde mit Hilfe des politischen Dramas zwischen 1961 und 1966 aufgebrochen (Hochhuth: Der Stellvertreter).

Das Theater ist noch immer ein antizipatorisches Instrument und das vergangene Jahrzehnt hat gezeigt, wie funktionsfähig, wie schnell aktualisierbar es immer noch ist. Es ist fähig, schnell wechselnde gesellschaftliche Aufgaben aufzunehmen. Daß es dazu fähig ist, zeigt, wie sehr es noch in seiner eigenen historischen Struktur hängt und wie wenig diese außer der Zeit ist. Noch immer ist es fähig, die Gegenbilder, die Reizbilder vor seine Zuschauer zu stellen, sie anzuregen, nachdenklich zu machen oder zu provozieren. Der Zusammenprall zwischen Kunst und Gesellschaft geschieht im Theater, nicht vor dem Fernsehschirm (es sei denn: vor »Panorama« seligen Angedenkens), vor dem sich keine Gruppenprozesse, nur Individualreaktionen vollziehen können. In der direkten Reaktion im Theater kann jede Gruppe an ihren Reaktionen ermessen, wie sie sich verhält und wie groß die Differenz ist zwischen ihrem Bewußtsein und dem, was der Autor oder die Truppe zu zeigen für nötig hält; im Theater geschieht die direkte Konfrontation. Die Demokratie, die sich richtig versteht, erhält sich dieses dialogische, auf Provokation und Reaktion hin entwickelte seismologische Instrument, garantiert seine Freiheit, weil nur diese ihm seine Funktionen sichert, die Gegenbilder zu stellen, Aggressionsstöße zu führen, antizipativ zu wirken und dies jeweils so, daß Hegels dialektischer Prozeß auch der seine wird.

Aber, so stellt sich dem Sparsamen sofort die Frage, braucht man dafür ein so großes System, so große Häuser, die Staatsschauspiele und aufwendige Staatsopern?

Wir registrieren immer wieder den Zorn und den Verdruß an den großen Formen und Ausmaßen der Theater. Sie haben eine Tendenz zum Versteinern, zum Ersticken der Lebendigkeit in der reinen Repräsentation. Daher immer wieder die Rufe: schließt die Theater, sperrt das Geld, geht in die Katakomben. Das ist richtig. Unruhe muß sein im und auch gegen das Theater; es neigt seinerseits zum Ersticken, zum Trägewerden, wie auch sein Publikum zum bloßen Genuß neigt. Aber was wäre, wenn wir die großen Theater schlössen? 1945 fingen wir doch auch klein an, und das war im Theater fast die beste Zeit. Wir sagten vorhin: Seitdem wuchs alles ins Große und mancherorts sogar ins Elefantöse (und daran krankt heute manches Haus). – Aber wuchsen die Häuser nur aus dem Größenwahn? Nicht auch, weil Aufgaben es erforderten? Welche kleine Truppe kann den »Hauptmann von Köpenick« spielen, welche den »Wallenstein«, welche »Faust II«. Das sind große Entwürfe, die viel Personal, viel Raum verlangen. Wenn auch die heutigen Stücke kleiner blieben, die Reproduktion des Vorhandenen verlangt größeren Raum. Auch Größe ist eine berechtigte Dimension der Bühnenkunst, weil sich in ihr und mit ihr auch die Ausdrucksmittel erweitern. Variable Raumwirkungen, die Sprache der Proportionen und Distanzen, die langen Läufe, das massenhafte Gehen, Aufzüge und große Tableaus, die vielen Aspekte der Vergrößerung und Verkleinerung, sich verlieren im Raum, die Suggestionen der Weite, die Raumwirkungen des Lichts – ich rede noch immer vom Schauspiel und noch nicht einmal von der Oper. Das Theater, selbst eine Hervorbringung der Phantasie, hat mit Hilfe der Phantasie seine Sprache weit, groß gemacht und sehr differenziert.

Wir sind im Augenblick, da sich die vom politisierten Theater abgeräumte Bühne wieder komplettiert, in einer Phase der Reästhetisierung der neuen Bildsprache, einem Arbeiten, das sich nicht mehr allein auf die Sprache und die Körper, sondern auch auf das malerische-plastische Ausdrucksmaterial verlassen will. Selbst das Kollektiv der Schaubühne am Halleschen Ufer in West-Berlin, das unverdächtig ist, das bürgerliche Prunktheater wiederherzustellen, ist auf seiner Suche nach zeitgemäßer Bildhaftigkeit in die große Materialbühne gekommen (Aufführungen: Peer Gynt, Die Bakchen) und das Defizit in ihrer Kasse beleuchtet unser Thema auch von dieser politischen Seite. Teures, aufwendiges Theater ist nicht gleich bourgeoises Theater. Sofern man sich auf die Entfaltungsbedingungen der szenischen Kunst einläßt, braucht man auch die großen Mittel. Aber wozu? Wozu brauchen wir das Theater?

Reicht die eben gegebene historisch-gesellschaftspolitische Begründung nicht aus? Dann die bildungspolitische, die uns naheliegt? – Wer in den Parlamenten heute das Theater gegen die Einsparer zu verteidigen hat, die immer einen neuen Sozialbau als dringlicher vorschieben, als wäre das Theater kein Raum für die ganze Sozietät, – beruft sich auf den Bildungsauftrag des Theaters. Das ist etwas anderes als das mit Recht verpönte Bildungstheater, »Bildungstheater« das meinte: jenes im Laufe des letzten Jahrhunderts in den Kanon des bürgerlichen Bildungsbegriffs eingepaßte Theater (Klassiker sehen, über sie wie über die Schauspieler reden können), das allein durch seinen Besuch die Aura des kultivierten Menschen vermittelte, weil er ›offensichtlich‹ an den Bildungsgütern interessiert war.

Wir verstehen aber Theater nicht als Reproduktionsstätte hehrer Texte, sondern als den Platz, auf dem Probleme des Lebens zu Bildern gemacht und vor uns so aktiv hingestellt werden, daß sie selbst Wirkungen haben, sich uns einzubilden. Als vor zweihundert Jahren Wagners »Kindsmörderin« auf der Bühne erschien, so wurde über diese Anschauung eines Schicksals, über das Mitleiden jenes Verständnis für Menschen in Not zu wecken versucht, das in das Nachsinnen umschlug, wie jene Konventionen, die die Not verursachten, aufhebbar seien. Goethes »Iphigenie« versuchte die positiven Kräfte des Verstehens, des Überschreitens alter Konventionen ins Bild, in die Anschauung zu heben, um das Schöne sichtbar zu machen, das ohne das Bild im Unsichtbaren bliebe. Funktion des Theaters ist es, Bilder herzustellen, die das Denken in Bildern ermöglichen. Brecht versuchte es im »Guten Menschen von Sezuan«, Dürrenmatt im »Besuch der alten Dame«, Frisch in »Andorra« – und auf andere, analytischere Weise Ödön von Horváth, als er die Gesten, Gebärden, Reaktionen, den Bildungszustand und den der Gefühle bestimmter sozialer Gruppen seiner Gegenwart zum Bild verdichtete. Zur Anschauung erheben, das heißt: nicht nur mit Wörtern oder Erfahrungen und Vorschriften, sondern mit Menschen argumentieren. Menschen sind der Gegenstand des Theaters. – Das Theater ist ein Gegeninstrument gegen die pure Rationalität, gegen die anonyme Computerkultur, das die Augen als Erkenntnisinstrument erhält. Und es ist die Stelle, die uns sichtbar macht, daß wir alle dramatisch und als Theaterfiguren, also in Rollen, leben. Aus einem Hauptsatz des Theaters, aus Calderons »Die ganze Welt ist Bühne« hat sich eine ganze soziale Wissenschaft entwickelt, die sich mit den Sozialrollen beschäftigt, aber ihrerseits keine Bilder mehr hervorbringt.

Die Herstellung des Theaterblicks auf das Leben ist die Einübung des Blicks, der beobachtet, durchschaut und relativiert. Es ist der Blick, der sich unmittelbar in Bildung umsetzt.

Im bildhaften Denken bildet und aktiviert sich die Phantasie. Das heißt etwas, denn unsere Bildung ist deswegen einseitig, weil sie so sehr eine Bildung des Verstandes, noch enger, eine Ausbildung des Sachverstandes enthält, aber der Bildung der Phantasie, der Bildung der Gefühle nur wenig Raum läßt. Daß bestimmte Werke der Literatur zu Klassikern wurden, ist nicht nur in ihrer dichten Sprache begründet, sondern darin, daß sie durch sprechende Bilder Phantasie in Gang setzten, gesellschaftliche Phantasie (auch in Goethes »Iphigenie« steckt ein gesellschaftlicher Entwurf), und weil sie Gefühle bildeten. Die Skala ist reich: das schöne Gefühl, das leichte, das schwere, das lichte, das dunkle, das erhabene, das erhebende, das veredelnde, das zerstörende, das leidende, das liebende, das moralische Gefühl. Reden wir in solchem Zitieren noch von etwas, was uns vertraut ist aus der Betrachtung unserer selbst?

Wir sind selbst Zeugen, wie sehr unsere Augen wieder nach Bildern verlangen nach den Jahren der Theorie, der Entbildlichung der Kunst, der nur mit Begriffen operierenden aktivistischen Bühnenkunst. Wie auf dem Theater die alten Stücke wiederkehren, weil sie Fabeln und Welt enthalten, so in den Museen die Bildfluten der älteren Maler. Aber, auch so stellt sich die Frage: Müssen es Bilder auf dem Theater sein, sind sie nicht durch Bilder des Fernsehens ersetzt, das die Bildbedürfnisse doch wirklich erschöpfen kann? Was ist die eigene Qualität des Theaters?

Das Fernsehen vermittelt uns immer ein intensives Bild, nie aber ein lebendes, Bilder von Menschen, nie diese selbst, nicht seine Aura, nicht seine Temperaturen. Kaum die Räumlichkeit des Bildes, Ausschnitte statt des Ganzen, nicht das Pathos des Raums sondern Segmente, die Reproduktion statt der Genesis bildhafter Erzählungen. Die Differenz kann ermessen, wer die Aufführung auf dem Theater in den zwei Dimensionen des Bildschirms noch einmal nacherlebt. Und: Bilder, die Verbindlichkeit erhalten sollen, müssen auch gesellschaftlich, das heißt: gemeinsam erlebt werden. Damit ist keine der spezifischen Qualitäten des Fernsehens in Frage gestellt, nur die eigene des Theaters zu bestimmen versucht. Als Beweis: daß kein Fernsehautor es bisher vermocht hat, in der Wirklichkeit wiedererkennbare Gestalten zu schaffen (Ausnahme: Ekel Alfred?), wohl aber die Theaterdichter und die Schauspieler auf dem Theater. Theaterfiguren sind so eindrucksvoll, weil sie ihre eigene Poesie, ihre künstlerische Verdichtung haben. Wir sagen: Das ist eine Lady Macbeth, das ein Gretchen. Das eine Rosalinde, dieser ein Romeo, jener ein Meister Anton, dies ein Mädchen von Brecht, das eins von Horváth. Die Figuren auf dem Theater sind so deutlich, daß wir durch sie Wirkliches kennen und bestimmen. Das aber setzt voraus, daß wir sie plastisch, körperlich, nicht im Abbild, sondern atmend, schwitzend, mit ihrer ganzen körperlichen Schwere oder Leichtigkeit erleben – also auf der Bühne.

Wie teuer ist uns also das Theater?

Unter allen Künsten ist das Theater die einzige, die uns abgelebtes Leben noch einmal vor Augen rücken kann mit all seinen Äußerungen, zum Beispiel die Gesellschaft von 1880, wie Ibsen sie sah. Der zweite historische Aspekt ist der, daß man angesichts des Dramas noch einmal nacherleben kann, was Generationen zuvor an diesem Stück erlebten. Das Theater ist der Zauberkasten, der abgelaufene Zeit zurückbringt, reflektierbar macht und die Zeit gliedert. Solche Gliederungsakte sind allgemein ein Vermögen der Kunst, denn die Reproduktionskraft des Künstlers war immer auf das Festhalten der Zeit in all ihren sozialen Äußerungsformen gerichtet. Auf dem Theater allein ist auch die erloschene Beweglichkeit zurückzubringen. Das muß nicht Theater sein als Museum, wohl aber Theater als Wiederbegegnung mit dem, was war. Vor dem historisch Gewordenen sehen wir uns selbst als historisch andere. Angesichts eines Ibsenstücks, das uns das soziale Geflecht zeigt, in dem die Figuren hängen, spüren wir, daß die übernächste Generation uns – wenn wir denn so abbildkräftige Autoren finden – als historische Gestalt auf ihrem Theater sehen wird. Darüber nachdenkend erkennen wir uns an solchem Theaterblick.

So stiftet diese Anstalt, die uns teuer ist und kommt, den Zusammenhang. Es ist hoffentlich klar: ich spreche nicht von ›Bildungstheater‹, sondern vom bildnerischen Auftrag des Theaters. Dieser ist ein gesellschaftlicher.

Ich meine damit nicht nur die Inhalte von Theatern, sondern auch seine Spiel-, seine Ausdrucksformen. Eine differenzierte Gesellschaft denkt auf vielerlei Weise. Auch in Bildern. Die Sprache des Theaters ist insofern künstlerisch, als sie bildhaft formuliert, in Farben, Räumen, in menschlichen Gesten, in Schreien, Flüstern, Horchen, Lauern, in Wörtern und Sätzen, die alle das Panorama eines Stücks, das ein lebendes Bild wird, ausmachen. Da das Theater mit der Gesellschaft lebt, muß es sich auf deren Veränderungen und neue Bedürfnisse immer wieder einstellen. Von der Theatersprache heißt es, sie sei ewig. Sie ist nicht ewig, sie hat nur gewisse Grundcharakteristiken wie jede Sprache. Wie jede Sprache ist sie anzupassen an die neuen Gegebenheiten. Die Theatersprache der klassischen Tragödie ist sicher nicht fähig, subtile Beobachtungen, wie zum Beispiel Horváth sie an den Kleinbürgern dieses Jahrhunderts wahrnahm, auszudrücken. Jede Epoche ist in ihrer Ausdruckskraft, in ihren Bildentwürfen in die Grenzen ihrer Interessen verwiesen. In den zwanziger Jahren standen Brecht und Piscator zum Beispiel vor der Aufgabe, eine szenische Methode – eine Theatersprache – zu entwickeln, mit der schwierige, politisch-ökonomische Zusammenhänge, die das Individualschicksal bestimmten, sichtbar zu machen waren. Wir haben miterlebt, wie sich vor dem großen Ausbruch der jungen Generation von 1968 ein Bewußtsein der Absurdität des Lebens auf dem Theater eine eigene verschlüsselte Bildsprache schuf, wie diese sich dann auflöste. Heute sind junge Regisseure dabei, neue, starke, in ihrem Inneren schon vorhandene Bildwelten auf das Theater zu bringen, ohne daß alle schon die Faszination dieser Entwürfe spüren können. Das Theater ist also darauf angewiesen, immer neue Ausdrucksweisen zu erproben, um sich seine Sprache griffig zu halten. Mit dem Ibsen- oder Hofmannsthal-Stil sind zum Beispiel die Gruppenneurosen, wie Wolfgang Bauer sie in seinen Stücken zeigt, gar nicht zu beschreiben, zu veranschaulichen. Es liegt in der Natur dieser Erneuerung, die auch stark antizipatorische, dem allgemeinen Bewußtsein vorausgreifende Kräfte und Fähigkeiten hat, daß der Zuschauerhorizont überschritten wird, obwohl das Gezeigte sich auf ihn bezieht. Solches Überschreiten (das sich dann oft in Skandalen äußert) liegt also innerhalb der Funktion von Theater, ist also eher zu tolerieren denn als Argument gegen es einzusetzen. Auch dort, wo das Überschreiten der Toleranzgrenze stattfindet, kann Theaterarbeit gesellschaftliche Arbeit sein.

Weil das alles so ist, ist es richtig, jedem, der will, Zugang zum Theater zu verschaffen; es ist eine öffentliche Angelegenheit, weil es unsere Sachen behandelt (behandeln soll). Darum die Subvention.

Der letzte Aspekt: wir haben vornehmlich vom Schauspiel her argumentiert. Das Nämliche – wenn auch in anderer Weise – gilt für die Oper. Sie ist nicht nur ein Teil unserer Theaterkultur, sondern mehr: sie ist ein Bestandteil unserer Musikkultur, die die wesentlichste Kunstentfaltung in Deutschland ist. Es wäre auch falsch, nur von den Inszenierungen zu reden, wenn wir begründen wollen, warum uns so viel am Bestand des Theaters liegt. Das Fernsehen weiß, wie oft es auf die Schauspieler aus den Theatern angewiesen ist, das Theater erhält sie und bildet den Nachwuchs aus. Ähnliches gilt für die Oper. Die Orchester der Opernhäuser sind, obwohl sie meist innerhalb der Theateretats verbucht werden, wieder selbständige Spielkörper. Sie bestreiten Konzerte in der Stadt, die Mitglieder dieser Orchester geben privaten Musikunterricht. Ein starker Eingriff in diese Substanz hätte weitwirkende Folgen für jene deutsche Musikkultur. Darum ist jedes Theater mehr als nur das Haus, in dem Schauspiele und Opern zur Unterhaltung einer kleinen Schicht gegeben werden, wie das oft leichtsinnig heißt. In der unwirtlich gewordenen Stadt ist es ein Zentrum der Humanisierung und die Stelle, an der die Künste sich einander wieder integrieren.

Nicht nur indem hier Schauspieler, Musiker, Maler und Dichter wieder zusammenarbeiten. Die körperliche Anschaulichkeit eines Theaterabends macht es leichter, neue künstlerische Ausdrucksformen, die bei isoliertem Erscheinen abgelehnt werden, zu vermitteln. Die Musik Alban Bergs, Bartoks, Schönbergs, die von Strawinski und Hindemith hat sich über die szenischen Formen, vermittels des Balletts oder der Oper, leichter über die kleinen Gruppen der Kenner hinaus verbreitet. Ähnliches gilt auch für die bildende Kunst. Auf dem Theater vermittelt eine Kunst die andere. Jeder, der an das Gefüge des Theaters rühren will, muß das bedenken. Das Theater integriert die Künste in die Gesellschaft.

Damit sind wir wieder vor der Frage: Noch mehr Geld für das Theater?

Ein Ja an dieser Stelle fiele leicht. Es wäre papieren. Nach dem Exkurs ist die Frage an jeden Bürger, nicht nur an jeden Besucher des Theaters zurückzugeben. Jeder hat zu entscheiden, was ihm das Vor-Augen-wert ist: der festliche Anlaß, die Provokation, die Auseinandersetzung, die Menschennähe, die Denkbilder, das Vorspielen, das Ver-lügen-halten der dramatischen Struktur des Lebens. Jeder hat zu entscheiden, ob er die Schauspieler, Beleuchter, Bühnenarbeiter, Maler und Schneiderinnen, die Leute in der Klempnerei und an den Lichtpulten, die Dramaturgen und den Intendanten erhalten wissen will.

Wir haben immer gesagt: ein wenig mehr Unsicherheit in bezug auf die Finanzierung der Theater wäre gut gegen die Verbeamtung, die unsere Bühnen oft wie Mehltau belegt. Wir brauchen sie nun nicht mehr zu rufen, sie kriecht durch alle Türen in die Theater hinein. Eins nur ist gewiß: es gibt keine Alternative zu unserem System der Stadt- und Staatstheater, wenn man auf dessen Substanz und Funktionalität nicht verzichten will. Dieses Theater muß das Interesse seiner Zuschauer immer wieder wekken. Aber auch das ist zu bedenken: Ein Theater, das nicht vom Interesse der Zuschauer getragen wird, verliert seine Kraft, seine Spiellust und Vitalität. Das heißt: es ist auf mehr angewiesen als nur auf das Geld.

Zu den Aufsätzen

Der Horizont des Jahrhunderts: Teil der Einleitung für G. Rühle, Theater für die Republik 1917-1933. Im Spiegel der Kritiker. 1264 S., S. Fischer Verlag 1967.

Leopold Jeßner: Vortrag 1966 in der Frankfurter Gesellschaft für Theaterwissenschaft. – Überarbeitung.

Das Zeitstück: Vortrag 1967 in der Frankfurter Gesellschaft für Theaterwissenschaft. – Überarbeitung.

Das dokumentarische Drama und die deutsche Gesellschaft: Vortrag zur Frühjahrstagung der Deutschen Akademie für Sprache und Dichtung (4.-8. Mai 1966) in Köln. Gedr. im Jahrbuch der Akademie 1966. Verlag Lambert Schneider, Heidelberg 1967.

Rede über die Zehn Taten des Erwin Piscator: Vortrag zur Eröffnung der Piscator-Konferenz der Akademie der Künste, Berlin. 7. Oktober 1971. Gedr. in »Theater heute«, November 1971.

Auflösung der Grenzen, das Happening: Frankfurter Allgemeine Zeitung. 1. Teil »Vorsicht – ein Happening« 10. November 1964, 2. Teil »Welt aus dem Kopfstand« am 28. November 1964.

Die Suche nach der Kunst, Elf Jahre Theaterarbeit in Bremen: Gedr. im Schlußbericht »Spielräume – Arbeitsergebnisse Theater Bremen, 1962-73«, hsg. von Theater Bremen, 1973.

Das Publikum und die Angst: Frankfurter Allgemeine Zeitung, 23. Oktober 1969.

Was ändert sich am Theater?: Vortrag auf der Dramaturgentagung in Köln, Oktober 1972. – Gedr. in Frankfurter Allgemeine Zeitung, 13. Dezember 1972.

Die Erfindung der Bildersprache für das Theater: Frankfurter Allgemeine Zeitung, 30. September 1972.

Von der Politik zur Rolle: Vortrag zur Tagung »Tendenzen des zeitgenössischen Theaters« in der Akademie für Ostfragen, Ingelheim. 21. April 1975. Gedr. in »Theater heute«, Jahresheft 1975 unter »Zehn Jahre Drama, zehn Jahre Theater«.

Bewegungen, Positionen, Strategien: Vortrag im Institut für Theaterwissenschaft, Freie Universität Berlin, 22. Mai 1976.

Der Bürger, sein Theater und sein Geld: Vortrag zur Eröffnung des Oldenburger Staatstheaters am 8. Dezember 1974.

Register

»Richard III.« 23, 30, 56, 59, 66, 71, 76, 78, 269
»Wie es euch gefällt« 30

Bühnenstücke in den suhrkamp taschenbüchern

Samuel Beckett, Warten auf Godot. Dreisprachig. st 1
–, Das Endspiel. Dreisprachig. st 171
–, Das letzte Band. Dreisprachig. st 200
–, Glückliche Tage. Dreisprachig. st 248

Thomas Bernhard, Die Salzburger Stücke (Der Ignorant und der Wahnsinnige. Die Macht der Gewohnheit). st 257

Edward Bond, Die See. Eine Komödie. st 160
–, Bingo. Szenen von Geld und Tod. st 283

Volker Braun, Stücke 1. st 198

T. S. Eliot, Die Dramen. st 191

Hans Fallada/Tankred Dorst, Kleiner Mann – was nun? st 127

Max Frisch, Stücke 1. st 70
–, Stücke 2. st 81

Peter Handke, Stücke 1. st 43
–, Stücke 2. st 101
–, Die Unvernünftigen sterben aus. st 168

Wolfgang Hildesheimer, Theaterstücke. st 362 (Dez. 1976)

Ödon von Horváth, Sladek oder Die schwarze Armee. st 163

Franz Xaver Kroetz, Gesammelte Stücke. st 259

Martin Sperr, Bayrische Trilogie. st 28

Martin Walser, Gesammelte Stücke. st 6

Materialienbände zu Bühnenstücken

Materialien zu Samuel Beckett ›Warten auf Godot‹. st 104

Der andere Hölderlin. Materialien zum ›Hölderlin‹-Stück von Peter Weiss. st 42

Materialienbände zu Bühnenstücken in der edition suhrkamp

Alphabetisches Gesamtverzeichnis der suhrkamp taschenbücher